C000136185

UNE PROMENADE SINGULIÈRE
À TRAVERS L'HISTOIRE

Michel de Grèce est né en 1939. Fils de Georges Ier et de Françoise d'Orléans, il passe son enfance au Maroc et en Espagne, puis s'installe en France. Après des études de sciences politiques, il s'enrôle pour quatre ans dans l'armée grecque. Michel de Grèce écrit des romans historiques en rapport avec son histoire familiale. Depuis *La Nuit du sérail* et *Le Vol du Régent*, Michel de Grèce est unanimement salué par la critique. Il vit aujourd'hui entre Paris et New York.

MICHEL DE GRÈCE

Une promenade singulière à travers l'Histoire

JC LATTÈS

© Éditions Jean-Claude Lattès, 2012.
ISBN : 978-2-253-17662-6 – 1re publication LGF

From M. to M.

Pour Tigran, Darius, Umberto, Amedeo,
qui sont l'Histoire de demain
de leur grand-père qui représente l'Histoire d'hier.

INTRODUCTION

Ce qui suit n'est qu'une promenade à travers l'Histoire, guidée par le caprice. J'évoque les personnages, les sujets qui m'ont intéressé, séduit, amusé ou horrifié. Je les ai rencontrés à travers des lectures, des voyages, et des récits de vive voix. Beaucoup reposent dans ma mémoire depuis si longtemps que j'en ai oublié les sources. Aussi, instruisez-vous en me lisant, distrayez-vous, indignez-vous, mais ne cherchez pas des analyses rationnelles : elles sont le propre des manuels d'histoire – et ce livre n'en est pas un. Il ne prétend pas témoigner d'une quelconque vérité historique ; il est le souvenir distillé de cette vérité, souvenir nourri par mes intuitions, et déposé dans ma mémoire par plus d'un demi-siècle d'informations personnelles.

Depuis mon enfance, l'Histoire me passionne. J'y ai été initié par ma mère, Françoise de France, dans l'immédiate après-guerre. Pratiquement dépourvus d'argent, nous vivions dans deux chambres d'un palace démodé de Malaga. Chaque soir, ma mère venait s'asseoir sur mon lit et avant que je m'endorme me lisait l'*Odyssée*. Plus tard, à Paris, elle m'offrit des figurines de plomb représentant les rois et reines de France, avec lesquelles je jouais inlassablement dans notre sombre rez-de-chaussée de la rue de Miromesnil.

Enfin, lorsque je grandis, elle me donna la clef de l'Histoire en me faisant lire les ouvrages de Georges Lenotre qui, avec une érudition infaillible, transformait le passé en roman palpitant. J'avais douze ans lorsque je me plongeai dans ses ouvrages, et je ne m'en suis pratiquement jamais séparé.

Après la mort de ma mère, ma grand-mère, Isabelle de France, duchesse de Guise, prit le relais. Ce n'était plus simple érudition : c'était désormais un contact de plain-pied avec l'Histoire. Elle avait connu des personnages tels que l'empereur François Joseph, le duc d'Aumale, la reine Isabelle II, Charles Maurras, la reine Victoria, l'impératrice douairière de Russie, Cécile Sorel, le Maréchal Lyautey, Buffalo Bill, Franco. Elle colorait ses souvenirs d'une vue personnelle, passionnée, engagée. Elle était totalement partiale – ce qui me semble la meilleure façon d'aborder l'Histoire : ceux qui croient pouvoir jeter sur les siècles un regard objectif se fourvoient ; et même s'ils se glorifient de pouvoir le faire, ils ne sont en vérité jamais impartiaux. Aussi me semble-t-il plus honnête de confesser la relativité du regard que l'on porte.

Les affections mais surtout les rancœurs de ma grand-mère remontaient les siècles. Elle détestait Madame de Maintenon qui s'était montrée ignoble envers le Régent, notre ancêtre, de même qu'elle ne pouvait souffrir les Portugais qui maltraitaient sa sœur, Reine de ce pays. Cette façon engagée d'aborder l'Histoire me la rendit vivante. Colorés par ses passions, les personnages prenaient littéralement vie et se mettaient en mouvement sous mes yeux.

La bête noire de ma grand-mère était le comte de Chambord. Ce dernier représentant de la branche aînée des Bourbon s'était vu offrir le trône de France après la défaite française de 1870. La France frappée, ensanglantée par cette guerre avait été très près de retrouver sa monarchie millénaire, mais le comte de Chambord avait exigé de ramener avec lui le drapeau blanc pour en finir avec le drapeau tricolore, symbole pour lui de la Révolution. Cette question était devenue la pierre d'achoppement. On avait supplié le prétendant de se montrer plus souple, il s'était entêté. Il n'y avait pas eu de restauration ; Chambord n'avait pas d'enfant et son héritier était le comte de Paris, Philippe d'Orléans, père de ma grand-mère. À cause de l'absurde de son cousin, le comte de Paris n'était jamais devenu roi de France, et cela, ma grand-mère ne le pardonnait pas.

Pendant des décennies, bien formé par la duchesse de Guise, j'ai voué aux gémonies le dernier des Bourbon ; mais, grâce à elle, je m'étais intéressé à lui. Mieux, j'avais fougueusement pris parti contre ce personnage qui, sans elle, serait resté bien falot. La lecture de ses mémoires me fit mesurer la profondeur du vide qu'avait été son existence. Récemment, je voulus avoir de lui une vision plus lucide et je tâchai de me débarrasser des préjugés injectés par ma grand-mère. Je me suis demandé s'il avait réellement agi par bêtise, par aveuglement, par étroitesse d'esprit. C'est ce que pensaient ses contemporains, comme cet abbé légitimiste qui, au plus fort du drame, alors que les partisans de Chambord se désespéraient de son entêtement, priait : « Mon Dieu, ouvrez les yeux de Monseigneur ou alors fermez-les-lui pour toujours. » Peut-être son absurde fixation sur le drapeau blanc masquait-elle sa conviction que, de toute façon, l'ancienne monarchie n'avait plus aucune chance, et que tenter de la restaurer n'aurait fait qu'accentuer la division des Français. Que ma grand-mère, de là où elle est, me pardonne d'avoir osé soupçonner que le comte de Chambord n'avait peut-être pas entièrement eu tort.

Plus tard, j'ai recueilli quantité d'anecdotes en interrogeant des personnages qui avaient joué un rôle important dans l'Histoire. Le régent Paul de Yougoslavie me dévoilait les coulisses de l'attentat de Sarajevo, qui avait déclenché la Première Guerre mondiale. Sa femme tante Olga se rappelait avoir joué avec les enfants du dernier tsar. Le roi d'Italie Humbert évoquait l'avant-guerre mussolinienne. Lord Mountbatten peignait son arrière-grand-mère la reine Victoria. Tante Véra, la cousine germaine de mon père, la fille du grand-duc Constantin Constantinovitch racontait la révolution russe et sa fuite avec sa mère alors qu'elle avait onze ans.

Petit à petit, naquit en moi un sentiment diffus d'être lié à l'Histoire. Je contemplais un portrait du XVIIe, ou du XVIIIe siècle et je me disais que je descendais du modèle. J'admirais un palais et je me répétais qu'il avait été construit par ma famille. Ce n'était pas là une quelconque fatuité mais bien plutôt une prise de conscience, alliée par ailleurs à un sens aigu du devoir.

Je m'enivrais de certaines anecdotes relatives à un oncle très éloigné, un petit prince de la branche des Bourbon Condé qui vivait au XVIIIe siècle. Tout enfant, il se révélait déjà un prodige de méchanceté et de cruauté, infernal avec tous, pourri par un orgueil inimaginable ; il se montrait surtout abominable envers les serviteurs. Un jour, exaspéré, son précepteur lui lança : « Monseigneur, vous feriez bien de regarder en dessous de vous puisque de toute façon il n'y a rien au-dessus. » Effectivement, le petit Condé se situait au sommet de la hiérarchie sociale comme moi-même. Je l'accepte parce que j'ai la conviction qu'il n'y a rien au-dessus de personne.

En tout cas, pour en revenir à mes jeunes années, après avoir été initié par des témoins de l'Histoire, j'éprouvais le désir puissant d'en savoir toujours plus à son sujet. Ainsi, presque inconsciemment, j'établis un lien très particulier avec le passé, un lien vivant. Beaucoup des personnages de la vieille Europe étaient si étroitement liés à ma famille. J'en discutais avec tant de conviction que finalement, même s'ils étaient morts depuis des siècles, ils reprenaient vie.

Bien plus tard, j'ai tâché de trouver un sens à l'Histoire, ce à quoi je dus renoncer. Par contre, on peut tâcher d'en découvrir les directions, les mouvements, les axes, tant verticaux, c'est-à-dire chronologiquement, qu'horizontaux, c'est-à-dire d'un pays à l'autre, d'un continent à l'autre.

Évidemment, l'Histoire ne peut pas passionner tout le monde. Mais la connaissance du passé est un élément nécessaire, indispensable, à la compréhension des événements du présent. Et quoique les situations ne soient jamais tout à fait semblables, quoique le présent ne soit en rien une répétition du passé, ce dernier nous donne des indices sur notre temps, il nous fournit des pistes de recherche, des explications.

L'exemple de l'ancienne Yougoslavie est révélateur : il est quasi impossible de s'y retrouver entre Serbes, Croates, Slovènes, il faut renoncer à comprendre les drames qui ont secoué la Bosnie-Herzégovine, si on n'a pas des rudiments de l'Histoire de ces régions, et qu'on ne s'est pas informé sur la crise de 1909 qui les a secouées.

Ainsi comprend-on la loufoquerie qui sous-tend l'idée de fabriquer une Yougoslavie à partir de peuples, de religions, totalement opposés, totalement différents, et qui se haïssent entre eux. Cet amalgame absurde ne pouvait fonctionner qu'avec la main forte du roi Alexandre, puis du maréchal Tito. Il était, dès la naissance, condamné à se morceler. Tito avait pourtant voulu faire un effort. Selon la méthode soviétique, il avait transformé son pays en républiques fédérées, en réalité, de simples expressions administratives. C'est ainsi qu'il avait inventé la Macédoine. Lors de l'éclatement de la Yougoslavie, cette expression administrative revendiqua comme d'autres son indépendance. Encouragée par l'Amérique dont elle devint une des bases stratégiques, elle se piqua d'un passé fabuleux et se lia, contre toute vérité historique, à Alexandre le Grand.

Par ailleurs, l'Histoire, ce sont nos racines à tous, de tous les continents, de toutes les races. Or, nos racines, c'est nous. Nous ne pouvons comprendre parfaitement nos réactions, nos attirances, nos répulsions, nos sentiments si nous ne connaissons rien du passé qui les a façonnés.

On ne peut bien entendu apprendre tout de l'Histoire, surtout lorsqu'elle ne représente pas un intérêt majeur ; mais il me paraît indispensable de la parcourir d'un survol rapide, qui puisse être assimilé facilement. Un survol de l'humanité depuis qu'elle existe, un survol de tous les pays et de tous les continents : après quoi, libre à chacun de s'intéresser plus particulièrement à une époque, à un pays, à un personnage.

Aborder l'Histoire par segments isolés les uns des autres la rend incompréhensible ; l'enseigner comme on le fait aujourd'hui, en la réduisant à des débris épars, est une scandaleuse aberration, une ineptie.

Lorsque, par exemple, je vois des élèves apprendre la politique économique anglaise du temps d'Élisabeth Ire, sans savoir qui est Élisabeth Ire, je dénonce un massacre de l'Histoire.

J'ai voulu comprendre ce qui s'était passé un peu partout dans le monde à travers les siècles pour choisir ensuite ce qui m'intéressait le plus. Je l'ai fait librement : car, malgré mon sang, mes atavismes, c'est un regard libre que je porte sur l'Histoire.

L'ANTIQUITÉ

Pour moi, l'Histoire commençait avec les plus anciens vestiges archéologiques. Pas de ruines, pas d'Histoire. Récemment, je me suis demandé si l'Histoire, en fait, ne remonterait pas beaucoup plus haut, s'il n'y avait pas des civilisations qui auraient entièrement disparu sans laisser la moindre trace. L'Histoire pourrait-elle être beaucoup plus ancienne qu'on ne le croit ?

Un exemple célèbre me permettrait de le croire. Dans mon enfance, ma mère m'avait initié aux héros de l'*Iliade*. J'apprenais à vibrer pour Achille, pour Ulysse. Je tremblais pour eux mais je n'arrivais pas à détester Hector ou le vieux roi Priam, leurs ennemis. Ces personnages s'apparentaient pour moi à des créatures de légendes tels les fées ou les génies. Longtemps en effet, ils avaient appartenu à la fiction suscitant les envolées sublimes des poètes grecs... jusqu'à Schliemann.

Cet Allemand de la seconde moitié du XIXe siècle

avait de l'imagination : et si l'*Iliade* n'avait pas été une invention des poètes mais tout simplement le récit d'une guerre qui avait eu lieu ? Et si la ville de Troie avait véritablement existé ailleurs que dans les vers d'Homère ? Et si la mythologie avait un fondement historique ? Schliemann n'avait pas d'argent pour prouver sa théorie : aussi se fit-il pendant des décennies industriel. Puis, au bout de trente ans, ayant gagné assez d'argent, il ferma ses usines et partit dans l'Empire ottoman à la recherche de Troie. Se fondant sur des descriptions de l'*Iliade*, il tomba pile dessus. Grâce à lui, la légende prit pied dans l'Histoire.

Schliemann avait trouvé à Troie sept villes antiques superposées. Aussi, dans sa hâte, s'était-il trompé dans les dates qu'il attribua à ses trouvailles. Qu'il ne cherchât que des trésors matériels, jetant en l'air des tablettes cunéiformes car les trouvant inintéressantes, n'entame en rien l'importance de son extraordinaire découverte. Surveillé par les ouvriers turcs, il fouillait la nuit quand ceux-ci dormaient, et c'est la nuit qu'il trouva le fabuleux trésor de bijoux en or. Il avait, entre-temps, abandonné sa première femme, une bourgeoise allemande, pour épouser une belle Grecque. C'est elle qu'il para des bijoux des rois et reines de Troie pour la photographier.

Le trésor se composait de centaines de bijoux, colliers, diadèmes, bracelets, boucles d'oreilles, bagues en or de la plus délicate facture. Il était historiquement, artistiquement sans prix. Schliemann réussit à le sortir secrètement de l'Empire ottoman, il l'offrit au tsar qui le refusa. Il l'offrit à l'empereur d'Alle-

magne qui l'acheta, à la rage des Russes. À la fin de
la Seconde Guerre mondiale, l'énorme trésor disparut de Berlin, en flammes. On supposa qu'il avait été
anéanti sous les bombes.

Dans les années 1980, alors que nous habitions
New York, j'entendis, venue des milieux archéologiques allemands, la rumeur selon laquelle le trésor
aurait en fait été « déménagé » par les troupes soviétiques. On sait que celles-ci avaient saisi dans des
quantités colossales des trésors d'art de toute l'Allemagne, qui avaient été transportés en Union soviétique et dont personne n'avait jamais plus entendu
parler. Le trésor de Troie existerait donc toujours
mais où chercher, comment le prouver ? Le rideau de
fer empêchait toute investigation officielle.

Puis, un beau jour, les Soviets avouèrent qu'ils
l'avaient simplement emporté à la prise de Berlin.
Aussitôt, tout le monde s'agita. Les Allemands parce
que le trésor leur avait été volé, les Turcs parce que
le trésor venait de leur pays, et même les Grecs,
puisque le trésor avait séjourné chez eux. Les Soviétiques se moquèrent totalement des réclamations et
eurent le toupet d'exposer publiquement les bijoux
de Troie sans le moindre remords et sans la moindre
intention de les rendre à qui que ce soit ; tout le
monde put au moins les admirer.

Mis en appétit, les Soviétiques laissèrent entendre
que tel tableau, telle sculpture, telles archives disparus depuis la Seconde Guerre mondiale se trouvaient
toujours chez eux. Le musée de Brême apprit ainsi
que trois cents dessins dont il pleurait la disparition

depuis cinquante ans avaient été épargnés et étaient « abrités » dans une cave soviétique. Récemment, un touriste bavarois eut la stupéfaction de reconnaître dans un musée de Crimée trente toiles qui avaient orné un musée de son pays natal. Les Soviétiques, pour piller, ne s'embarrassaient pas de scrupules. Tout ce qui était étiqueté comme nazi était bon à être emporté. Or, les nazis ayant eux-mêmes pillé auparavant, bon nombre des trésors déménagés par les Soviets appartenaient non pas aux nazis mais à leurs victimes.

Du coup, les Soviétiques se dirent qu'il serait possible de monnayer ces emprunts. Ils firent savoir à certains grands spoliés qu'ils détenaient leurs archives et qu'ils étaient prêts à les rendre contre compensation. C'est ainsi que les archives de la Maison princière de Liechtenstein, de la Franc-Maçonnerie française, de la famille Rothschild et même celles de mon oncle le comte de Paris reprirent le chemin de leurs légitimes possesseurs… contre compensation.

Je dois confier que ces histoires de pillage m'ont toujours fasciné au-delà de la morale. Bien sûr, voler des biens privés m'indigne, détruire des œuvres d'art me révolte mais délester les musées de certains de leurs acquis éveille en moi un écho que je préfère ne pas trop entendre. Je vibrais lorsqu'on me murmurait que les fonctionnaires égyptiens organisaient, dans les sous-sols du musée du Caire, des ventes aux enchères secrètes où ils se débarrassaient d'objets provenant des réserves. On me montra même le sou-

pirail par lequel les acheteurs triés sur le volet péné-
traient dans le musée. Je calme ma conscience en me
disant que les musées, après tout, ne sont que des
cavernes de voleurs puisque la plupart de leurs trésors ont été acquis de façon parfois bien discutable.

Quant à Schliemann, après Troie, il s'attaqua à
Mycènes, la patrie des héros mythiques de l'*Iliade*.
De nouveau, grâce à lui, la légende de la capitale
d'Agamemnon devint réalité. Il découvrit même
l'extraordinaire tombeau du roi ainsi que le masque
d'or qui avait recouvert son visage. Qu'il se trompât
de deux cents ans, le masque étant plus ancien
qu'Agamemnon, n'a aucune importance ; il put télé-
graphier à mon grand-père : « Au roi Georges Ier de
Grèce, ai trouvé la tombe du roi de Grèce Agamemnon », signé Schliemann.

Avec la découverte de Troie, puis de Mycènes,
Schliemann prouvait donc que la légende, la mythologie ont toujours un fondement historique. Il ouvrit
une voie immense qui allait mener à bien des découvertes fascinantes.

On racontait que le dernier objectif de Schliemann
aurait été une mystérieuse civilisation crétoise que
tout le monde avait oubliée. Il mourut avant de
pouvoir s'y attaquer, laissant ses notes à son élève,
l'archéologue anglais Evans. Celui-ci, s'en inspirant,
creusa près d'Héraklion, la capitale de la Crète, et
mit au jour l'extraordinaire ville-palais de Knossos.
Ce fut la découverte d'un important chapitre de
l'Histoire qui, jusqu'alors, avait été totalement éradiqué.

En cette île bénie qu'était la Crète avait fleuri il y a des millénaires une des civilisations les plus éblouissantes. D'où venaient ces Crétois ? Ils étaient petits, menus, les traits accusés, la peau sombre. Il y a des millénaires, l'Inde, alors habitée par un peuple appelé les Dravidiens, fut envahie par un autre peuple venu du Nord appelé les Aryens. Or quantité de Dravidiens émigrèrent. Curieusement, ceux qui restèrent parqués dans le sud de l'Inde, les Tamils, nos contemporains, ressemblent étrangement aux Crétois minoens, tels que les représentent les fresques de l'époque. Ces derniers avaient inventé une civilisation fort originale. Le culte était célébré dans des grottes, dans des souterrains. Ni temples, ni remparts. Ce peuple devait considérer que la mer les protégeait. Ils avaient envoyé leurs navires ouvrir des comptoirs sur tous les rivages de la Méditerranée. Les Crétois minoens ont créé Gaza. Ce sont les ancêtres des Philistins de la Bible. Ils ont de même fondé la ville de Troie. Ce sont les ancêtres des Troyens de la célèbre guerre. Peut-être même ont-ils été beaucoup plus loin. Leur histoire demeure prisonnière de l'ombre la plus épaisse d'autant que, jusqu'à ce jour, on n'est pas parvenu à déchiffrer leur écriture, le fameux linéaire A.

À défaut d'Histoire, il reste l'Art. Les œuvres d'art que les Minoens ont créées, fresques, bijoux, poteries, statuettes, principalement découvertes à Knossos, ont une originalité, une beauté, un modernisme extraordinaires.

Je vois devant moi cette statuette d'une femme aux immenses yeux sombres et aux seins nus. Elle porte une jupe à volants comme les danseuses de flamenco et tient dans ses mains deux serpents. Il y a aussi ce gracieux jeune homme qui, s'appuyant sur les cornes d'un taureau, exécute une sorte de saut périlleux. Il est le lointain ancêtre des toreros : les corridas furent inventées par les Crétois minoens. Les cornes de taureaux étaient leur emblème et la légende du Minotaure, créature mi-homme, mi-taureau qui tue ses victimes dans le Dédale, prend sa source dans la réalité d'un roi-prêtre portant un masque de taureau aux cornes d'or, qui officiait dans les souterrains du palais de Knossos.

Les témoignages de l'art crétois ne ressemblent à rien d'autre, n'évoquent aucune autre civilisation. Comment s'était éteinte une telle civilisation, qu'était-il advenu des Crétois minoens, nul ne le savait.

En 1965, je venais d'épouser Marina, et nous faisions une croisière qui nous mena en l'île de Santorin. Visitant les lieux, nous y rencontrâmes l'archéologue grec, le professeur Marinatos. Il avait fait de Santorin sa manie. Il y avait bien sûr des ruines antiques sur l'île mais de l'époque romaine ou hellénistique et de peu d'importance. Avec son idée fixe en tête, Marinatos s'attaqua à l'impossible. Quatre mètres de poussière lavaire transformée en béton empêchaient de creuser quoi que ce soit. Marinatos y réussit pourtant et trouva, là où il l'avait imaginé, les restes d'une étonnante ville minoenne. Elle était le premier témoignage trouvé hors de Crète de cette éblouissante civilisation crétoise. Et Marinatos de

nous raconter le sort tragique de la Crète minoenne
et de son empire.

En 1500 av. J.-C., avait eu lieu la plus grande catastrophe naturelle de l'Histoire, avec pour épicentre
l'île de Santorin. Marinatos put en mesurer les effets
en les comparant à l'éruption du volcan Krakatoa en
Indonésie, à la fin du XIXe siècle, qui avait épouvanté
le monde entier. C'est ainsi qu'assis sur les marches
brisées des ruines qu'il fouillait, il nous décrivit
ce qui s'était passé à Santorin. L'île, à l'époque, était
dominée par un important volcan. Les séismes à
répétition avaient commencé par la secouer. Ils
étaient devenus si fréquents que la population avait
fui. D'où le fait que Marinatos n'avait trouvé dans ses
fouilles aucun squelette. Aussi, fut-ce sur une île
déserte que se déchaîna la nature. Non seulement le
volcan entra en éruption mais il explosa littéralement, envoyant des milliers de tonnes de déchets en
l'air avant de s'effondrer et de créer un trou gigantesque dans lequel se rua la mer. L'île qui s'était
appelée Strongili, c'est-à-dire « la ronde », n'a plus
aujourd'hui que la forme d'un croissant de lune.
Tout le reste, la majeure partie des terres, a disparu
dans la catastrophe. La fumée, les déchets disséminés
dans l'atmosphère assombrirent le ciel pendant des
semaines. Des nuages de cendres se répandirent sur
des centaines de milliers de kilomètres carrés, plongeant dans la nuit des terres immenses pendant des
jours et des semaines. Le volcan n'est toujours pas
éteint : il continue à lancer ses inquiétantes fume-
rolles à la surface de la mer et à modifier la surface

de l'îlot noirâtre et anguleux qui se dresse au milieu de la baie. D'ailleurs, le sol du cratère au-dessus duquel circulent désormais les énormes bateaux de croisière, ce sol marin est mouvant, constamment transformé par des petites éruptions. J'apprends, en écrivant ceci, que, récemment, les activités volcaniques de Santorin ont augmenté.

Selon Marinatos, le pire dans la catastrophe de 1500 av. J.-C. avait été le tsunami. Parti de Santorin, il atteignait cent mètres de haut lorsqu'il toucha la Crète et dix mètres lorsqu'il arriva sur les côtes d'Égypte. De la Crète minoenne, dont la plupart des édifices se trouvaient au Nord et qui furent frappés de plein fouet, il ne resta pratiquement rien. À tel point qu'elle disparut non seulement de la surface de la terre mais de la mémoire des hommes.

Plus personne ne sut que la Crète minoenne avec ses trésors avait existé jusqu'en 1910, lorsque Evans, suivant l'intuition du défunt Schliemann, découvrit les restes de Knossos.

Mais si une civilisation aussi marquante a pu disparaître pendant des millénaires de la mémoire des hommes, d'autres civilisations ont pu subir le même sort – des civilisations que nous n'avons pas encore retrouvées, et dont nous ne savons rien car les découvertes archéologiques modifient chaque jour l'Histoire, en l'étoffant, l'enrichissant, la précisant.

Quant à la malheureuse Crète, ravagée par la catastrophe, elle fut envahie par des reîtres venus du Nord qui la jalousaient depuis longtemps. Ces Mycéniens sont les mêmes que les héros de l'*Iliade*. La poésie a déguisé une invasion impérialiste contre les malheureux Troyens en expédition pour récupérer la femme du roi grec Ménélas enlevée par un insolent Troyen. Les Mycéniens étaient gouvernés par la dynastie des Atrides dont les membres se révélèrent plus abominables l'un que l'autre, le pire restant le roi Agamemnon, le chef légendaire de l'armée grecque qui anéantit le royaume de Troie, en fait, un guerrier brutal, un impérialiste sanguinaire. Comme on comprend sa femme Clytemnestre de n'avoir pas supporté de le revoir à son retour de Troie, auréolé par sa sanglante victoire, encore plus arrogant et insupportable ! Elle n'eut qu'une solution, le faire assassiner par Égisthe, l'amant qu'elle avait pris pendant son absence. C'était sans compter avec sa fille Électre, une sorte de vieille fille hystérique et frustrée qui asticota son frère Oreste jusqu'à ce qu'il assassine lui-même sa propre mère.

Les Atrides, avec Agamemnon et son frère attaquant Troie, inspirèrent Homère pour son épopée mais offrirent avec leurs violentes passions, leurs parricides, matricides, fratricides et autres assassinats, un souffle puissant aux tragédiens grecs. J'ai souvent visité Mycènes, le repaire des Atrides. Piquée sur une hauteur, la forteresse construite en énormes moellons garde l'aspect rébarbatif. Bien que tant de siècles se soient écoulés, ces lieux respirent encore la violence. Et pourtant, ces affreux soudards qu'étaient les Mycéniens avaient le sens de l'art. Ils firent venir de force des artistes crétois qui avaient pu survivre à la catastrophe et créèrent avec eux un art en tous points semblable à celui de la défunte Crète qui put ainsi survivre.

Lors de notre séjour à Santorin, Marinatos nous fit visiter sa découverte alors qu'elle était encore fraîche. Une pièce comportait des fresques les plus délicates, les plus poétiques, une hirondelle s'envolant, une branche de lis, un gracieux singe bleu. Seulement, la salle où elles avaient été trouvées ne comportait ni fenêtre, ni porte. Dans un coin d'une autre pièce, des entassements de bronzes allaient se révéler des merveilleux vases soudés entre eux par la chaleur de l'explosion. Les dalles de l'escalier étaient toutes fendues par le milieu, preuve de séisme. Les marques de la catastrophe se retrouvaient partout.

Et Marinatos de formuler sa théorie fondée sur ses découvertes. Selon lui, l'Atlantide, c'était la Crète minoenne. Au début, j'émis quelque doute sur cette hypothèse. En effet, les nombreux ouvrages que j'avais lus sur le sujet suggéraient que le légendaire continent avait disparu dans une catastrophe naturelle survenue au milieu de l'Atlantique, d'où son nom. D'ailleurs, la taille et l'ancienneté qu'on lui attribuait rendaient impossible son identification avec une quelconque île grecque.

Puis je relus les textes de Platon, le *Timée* et le *Critias* qui abordent la question de l'Atlantide. Qu'indiquent ces textes ? Un législateur grec du VIe siècle av. J.-C., Solon, s'était rendu en Égypte, alors haut lieu du « tourisme » méditerranéen. Il avait visité les temples, comme le font aujourd'hui des millions de visiteurs. Dans l'un d'entre eux, un prêtre lui avait demandé, comme les Égyptiens d'aujourd'hui le font avec les étrangers, de quel pays il venait. « De Grèce », avait-il répondu fièrement. Le prêtre avait ricané en lui soutenant que les Grecs étaient ignares et qu'ils ne connaissaient même pas leur propre passé. Solon, à juste titre indigné, avait vigoureusement protesté. Le prêtre lui avait rétorqué qu'il allait lui prouver cette ignorance. Il entreprit alors de lui raconter l'histoire de l'Atlantide, un continent gigantesque, d'une ancienneté prodigieuse, d'une richesse inconcevable, d'un degré de civilisation jamais atteint qui brillait sur terre comme un phare. Et puis, la nature s'en était mêlée. Le continent, secoué de tremblements de terre et d'éruptions catastrophiques, avait été pulvérisé, puis englouti au fond de la mer. Il reste que cette terre mythique, dont le sort était lié aux compatriotes de Solon, appartenait forcément au monde et au passé grecs.

Autre détail, dans le récit du prêtre égyptien, l'Atlantide est une île entourée d'autres îles et de continents proches avec lesquels elle commerce. Si l'Atlantide s'était trouvée au milieu de l'océan Atlantique, on ne voit pas très bien avec quelles îles elle aurait pu commercer.

Enfin, une catastrophe effrayante avait anéanti l'Atlantide tout comme l'éruption de Santorin avait supprimé l'empire crétois de la carte. Il demeure le problème des mesures : dans le texte de Platon, l'Atlantide est décrite comme une terre aux dimensions prodigieuses. Mais ces chiffres n'ont-ils pas pu être altérés par la traduction de l'égyptien en grec, puis par la relation qu'en fit Solon à ses successeurs ?

Je me mis personnellement à étudier le sujet. Bien que la Crète eût été rayée de la mémoire des hommes, il devait rester de son histoire quelques fragments perdus dans les textes postérieurs de la Grèce antique. Effectivement, je trouvai d'innombrables détails, épars sur la Crète minoenne, qui correspondaient exactement à la description de l'Atlantide dans les textes de Platon. Marinatos, comme son prédécesseur Schliemann, ancrait la légende dans l'Histoire. Étrangement, il devait mourir à Santorin au milieu de cette ville minoenne qu'il avait découverte, en tombant d'un mur de seulement dix centimètres de haut. Cependant, rien n'arrêtera la marche de l'Histoire, qui continue et continuera à rattraper la légende et à l'annexer.

Grâce à Marinatos, l'Atlantide n'était plus un mythe mais une réalité. Cela ne fit pas le compte des amateurs de mystères. Dans mon adolescence, je me gavais d'ouvrages consacrés à l'Atlantide bien sûr mais aussi à la Grande Pyramide, au Continent de Mu, à la Porte de Tiahuanaco, au Triangle des Bermudes, aux Templiers, au Déluge Universel. Plus tard, je réalisais que l'erreur des chercheurs consistait à lier ces mystères entre eux. Or, leurs preuves étaient peu convaincantes et ne résistaient pas à l'étude. Si mystères il y a eu, ils n'ont aucun lien les uns avec les autres. Et cette déclinaison que l'on retrouve dans toutes les études devient lassante. D'autre part, l'expérience m'a appris que, très souvent, on affirme la présence d'un mystère là où il n'y en a pas, et qu'inversement, il se trouve être là où on ne le cherche pas. L'Histoire est pleine de zones d'ombre mais elles ne sont pas aussi manifestes qu'on le croirait.

L'histoire officielle reste méfiante. L'Atlantide ou la guerre de Troie ne sont pas encore admises comme réalité historique. On en reste aux anciennes données. Pour le plus grand nombre, l'histoire commence avec l'Ancienne Égypte. Bien sûr, il y a des disputes pour savoir si la Mésopotamie n'est pas plus ancienne. Je préfère l'Égypte. À mes yeux, elle est la mère des civilisations de l'Occident, ou plutôt la grand-mère, sinon l'arrière-grand-mère ! Qu'on raccourcisse son passé de nombreux siècles, voire de millénaires, selon le verdict de la chronologie moderne, ne change rien. L'histoire de l'Égypte remonte à une antiquité prodigieuse et son origine reste nimbée de mystère.

Un fait m'a toujours intrigué. C'est la seule civilisation de l'Histoire qui commence par son apogée. Les autres civilisations connaissent des débuts modestes, puis une ascension plus ou moins longue. L'apogée fleurit avant que ne commence la décadence. L'Égypte n'a pas connu d'ascension. L'art pré-dynastique, bien qu'intéressant, est une poussière comparé aux pyramides. Comment les Égyptiens, à partir de presque rien, se sont-ils mis un beau jour, de but en blanc, à bâtir la pyramide à degrés de Saqqarah, puis la Grande Pyramide de Gizeh ? Sans transition, on passe des vases, des plats, des palettes de modeste taille de l'époque pré-dynastique à l'infiniment grand des pyramides, à leur perfection mathématique, à leur invraisemblable technologie, à leur insondable richesse de significations. Là réside l'énigme la plus impressionnante. Comment est née la conception, l'exécution du plus grand monument de l'Histoire qui reste la pyramide de Kheops ? Hormis l'entracte du règne d'Akhenaton avec ces étranges visages, l'art égyptien jusqu'à la fin ne déviera pas d'un académisme merveilleux défini il y a cinq mille ans. Preuve selon moi, qu'après avoir tout inventé au départ, elle avait épuisé toutes les sources de son imagination.

J'ai découvert l'Égypte lorsque j'avais vingt-trois ans. C'était en 1962, Nasser régnait en maître absolu et cruel. Dans les rues, nous avons vu passer les camions bâches découvertes pleines de prisonniers, des chaînes aux mains et aux pieds. Il était strictement interdit de photographier les ponts sur le Nil. Qui s'y promenait avec une caméra au poing était jeté dans des geôles. Seulement, des fenêtres du Hilton voisin, on pouvait à loisir photographier ces ponts sans que personne ne le sache.

Nous étions arrivés au Caire avec deux de mes cousines, Anita et Crista. Or, dans notre jeune âge, nous n'avions pas le sérieux que, j'espère, nous avons acquis depuis. Aussi, pour nous documenter sur l'Égypte, nous étions-nous contentés de lire *Les Cigares du pharaon* de *Tintin*, révélation qui n'avait pas impressionné les archéologues mis à notre disposition. Ceux-ci, cependant, nous firent visiter le musée du Caire, fort longuement. Ils étaient toute une escouade d'experts pour montrer à ces trois prince et princesses plutôt ignares les divinités égyptiennes

auxquelles nous ne comprenions rien. Pour agrémen-
ter cette visite, nous nous étions munis d'un énorme
sac de pistaches amenées par notre compagnon de
voyage, mon ami grec, qui portait le merveilleux prénom de Télémaque. Les pistaches de Télémaque
étaient dissimulées dans nos manteaux. Soudain, le
fond du sac en plastique se déchire – et une pluie de
pistaches se répand bruyamment devant la statue
géante d'Aménophis III. Les archéologues, déjà
échaudés par notre intérêt pour *Les Cigares du pharaon*, conclurent qu'il y avait peu d'espoir de nous
cultiver. Plus tard, je devais revenir en Égypte et m'y
intéresser un peu plus sérieusement.

Un fait me frappa. Les Égyptiens de l'Antiquité
n'ont jamais été intéressés par la mer. Pour leurs
explorations maritimes, à l'instar du tour de l'Afrique
ordonné par le pharaon Nectanebo, ils avaient
recours aux Phéniciens. C'est Alexandre le Grand
qui devait les initier à la mer en y ouvrant une fenêtre
par la fondation d'Alexandrie.

Les pharaons noirs m'intriguaient. Vers le VIIIe siècle
av. J.-C., des dynasties africaines avaient régné sur le
sud de l'Égypte. Dans ces sites aujourd'hui établis
au Soudan de Dongola et de Méroé, ils avaient bâti
des pyramides comme leurs prédécesseurs au Nord,
et avaient multiplié leurs effigies sur les bas-reliefs.
Les couronnes, les tenues, les poses, les sceptres
étaient ceux des pharaons de la plus Haute Antiquité
mais les traits étaient négroïdes, donnant jour à un
fascinant syncrétisme.

Je me demandais aussi pourquoi la civilisation
égyptienne est celle des morts. La Grande Pyramide

était réputée n'être qu'un tombeau. Pourquoi cette obsession pour les morts ? Pourquoi ces monuments gigantesques qui leur sont consacrés ? Peut-être la nature y était-elle pour quelque chose. L'Égypte, en effet, se présente comme un désert immense qui la couvre entièrement hormis la vallée du Nil, étroite ligne bleue et verte qui fend les sables du Nord au Sud. Nul ne peut bâtir sur les sables : il fallait donc creuser, ouvrir des tunnels et créer un univers souterrain. Un univers qui résisterait aux mouvances des dunes, au climat meurtrier. Le Séjour des Morts. Pour les accompagner dans l'au-delà, les Égyptiens les entouraient de leurs objets familiers, de leurs trésors mais aussi des représentations de leurs possessions et de nourriture.

C'est ainsi que les archéologues retrouvèrent des grains de blé enterrés dans l'Antiquité. Ils les plantèrent, les grains germèrent, poussèrent et donnèrent à nouveau du blé trois mille ans après avoir été déposés dans le tombeau de quelque propriétaire terrien. Mais peut-être y avait-il plus. Les Égyptiens si férus de spiritualité donnaient une extraordinaire importance aux restes mortels. Quelle en était la signification ? Se pourrait-il que ces restes, appelés à se dissoudre avec le temps, gardent quelque chose de l'immortalité de l'âme, quelque chose qu'il fallait conserver à tout prix à travers la momification et l'enfouissement dans une série de sarcophages plus précieux les uns que les autres ? Y a-t-il un secret des morts que les Égyptiens possédaient et qu'ils ne nous ont pas transmis ? J'ai toujours nourri l'idée que les Égyptiens possédaient des connaissances quasi démesurées, disparues avec eux ; des connaissances dans l'invisible, dans la parapsychologie. Je crois qu'ils maîtrisaient des sciences dont nous n'avons même pas idée. Tout cela restait secret, à l'abri des chambres les plus inaccessibles de leurs temples.

Un seul pharaon avait voulu trahir un de ces secrets. Aménophis IV, appelé Akhenaton, affirma qu'il n'y avait qu'un seul dieu, représenté par le soleil. Les prêtres avaient frémi d'horreur. Jusqu'alors, ils avaient maintenu sagement une religion à deux vitesses – fait d'ailleurs commun à toute l'Antiquité. Une élite concevait qu'il n'y avait qu'un seul dieu. Le peuple, lui, s'y retrouvait, s'identifiait avec des dieux et des déesses multiples qui leur offraient tous les choix. Cet équilibre s'était maintenu pendant des millénaires, satisfaisant les uns comme les autres. Et voilà qu'Akhenaton soutenait qu'il n'y avait qu'un seul dieu. Les prêtres, devant ce sacrilège monstrueux, avaient réagi. Ils devaient détruire jusqu'aux murs de la capitale d'Akhenaton, Tel Amarna.

La Grèce, c'est la réaction de l'humain contre le surhumain de l'Égypte. L'invisible existe toujours mais on le cantonne dans des souterrains avec les Mystères, ces rites occultes pratiqués sous terre. La Grèce s'occupe surtout du visible, c'est-à-dire de l'homme. Les dieux deviennent des êtres humains avec le physique, la beauté, la taille d'êtres humains. Ils agissent comme tels. Ce ne sont qu'histoires d'amour, querelles, jalousies, enfants illégitimes. Tout ce que les humains font, les dieux se mettent à le faire. L'archi-

tecture abandonne le gigantisme pour des proportions humaines. Elle néglige les morts et s'occupe des
vivants. Tout commence par l'homme et, pourrait-on
dire, finit par l'homme.

Les Grecs inventent une égalité entre les hommes,
égalité d'ailleurs potentielle. Car s'il est vrai que la
Grèce antique a inventé la démocratie, dans les
textes, celle-ci est présentée comme le régime d'une
société idéale mais qui n'existe pas encore.

L'homme n'est pas qu'esprit, il est aussi corps.
On invente les sports ou plutôt, on leur donne leurs
lettres de noblesse. Que sont les Jeux olympiques,
sinon l'entretien et le culte du corps humain ?
L'Éternel, le monde inaccessible de l'Égypte sont
éludés : en Grèce, l'homme est roi.

Cette mesure, cet équilibre, cette humanisation, je
pense que la nature grecque y est pour quelque
chose. À côté des paysages écrasants de l'Égypte, la
Grèce offre une harmonie de montagnes, de vallées,
d'îles, de mers. Dans le désert égyptien, qu'est-on
sinon un grain de sable ? Dans une île grecque,
l'homme se sent maître de toutes ses possibilités.

Dans mon île de Patmos, lorsque je sors, chaque
matin tôt, sur ma terrasse et que je contemple de trois
côtés la mer scintillante, les montagnes pâles, le soleil
qui n'est pas encore brûlant, avec, de l'autre côté, la
lune qui s'apprête à disparaître, et au-dessus de moi
le ciel d'un bleu soutenu, j'ai le sentiment que tout ce
que je veux, je peux l'accomplir et je me rappelle
que, des millénaires avant moi, les Grecs ont contem-
plé exactement ce même paysage.

La Grèce était et reste un pays pauvre, avec des cultures misérables, peu de ressources minières. Qu'importe, le génie grec s'élance sur la mer. Il faut préciser sur la mer et non pas dans la mer, car si les Grecs ont été les premiers navigateurs de l'Histoire, ils ne sont pas nageurs. Longtemps, le taux de citoyens sachant nager était en Grèce le plus bas d'Europe. Si les Grecs régnaient sur la mer, ce n'était pas pour conquérir par la guerre mais par le commerce. La guerre, ils l'ont faite de manière défensive pour repousser les Perses qui les envahissaient mais ils n'en avaient pas besoin pour s'étendre. Leur habilité et leur intelligence leur suffisaient, ainsi établirent-ils des comptoirs commerciaux un peu partout suivant la tradition perdue des Minoens.

La Grèce, qui peut le nier, est à l'origine de l'Europe. Les idées, les conceptions, les organisations de l'Europe d'aujourd'hui sont directement liées à la Grèce d'il y a deux mille cinq cents ans. S'il y a une source d'inspiration dans l'Europe actuelle, c'est bien la Grèce. Cependant, il lui fallait un vecteur pour transmettre ses valeurs. L'Empire romain s'en chargea. Si c'est lui qui a conquis la Grèce et le monde connu, c'est la Grèce qui a conquis, culturellement, l'Empire romain. Elle insinua un snobisme culturel chez ces nouveaux venus dans l'Histoire qu'étaient les Romains. Ils se piquèrent d'être hellénisés. Du coup, ils répandirent l'héritage grec partout où ils passaient. Il y eut d'abord ce qu'on peut déjà appeler du tourisme : les Grecs étaient allés en Égypte faire du tourisme. Les Romains vinrent en Grèce faire du tourisme. Pour les Romains qui se voulaient l'élite, il fallait parler grec et connaître le pays. Pour les empereurs cultivés comme Hadrien ou même Néron, monstre ambigu car très érudit, tout ce qui était beau venait de la Grèce. L'industrie du faux naquit et prospéra : les statues grecques se mirent à fleurir sur le sol romain. Pour ces collectionneurs avides mais peu experts, les faussaires faisaient jaillir des chefs-d'œuvre grecs, ciselés la veille même mais qu'on faisait passer pour des originaux découverts par hasard. D'où les innombrables copies romaines de merveilles de la sculpture grecque qui donnent une pâle idée de l'original mais qui souvent en restent le seul témoignage.

Certes la civilisation grecque du Ve siècle av. J.-C. constitue un des plus importants moments de la pensée et de l'art de toute l'Histoire. La civilisation grecque, c'est la perfection. Vient alors mon héros, Alexandre le Grand. Il est jeune, il est beau, il est fougueux, il est mystérieux. Il a le don de transformer le rêve en réalité. Il veut dépasser Achille, le héros de la guerre de Troie – et le sien. Il quitte son petit royaume de Macédoine et part à la conquête du monde. À la différence des autres conquérants, il est reçu partout à bras ouverts car il est humain. Il charme ses contemporains comme il charmera l'Histoire. Il arrive jusqu'en Inde. À partir de là, ses soldats ne le suivent plus, ne le comprennent plus. Ils l'obligent à s'arrêter alors qu'il voulait poursuivre et aller jusqu'en Chine.

Je le vois sur la rive de l'Indus, contemplant ces empires qu'il ne pourra pas parcourir et se rendant compte qu'il ne réalisera jamais son rêve. Alors, il s'en retourne pour mourir à trente-trois ans, faisant rêver des générations avec son épopée baroque. Il laisse derrière lui le souvenir lumineux du seul conquérant capable de se rendre populaire aux yeux des conquis. Son ombre, je ne l'ai pas trouvée dans la triste Pella, sa capitale macédonienne, dont il reste des ruines peu inspirantes. Son ombre, je l'ai cherchée là où Alexandre s'épanouissait en accumulant les victoires.

En 1966, voyageant en Asie, ma femme et moi nous arrivons à Rawalpindi, alors capitale provisoire du Pakistan. Islamabad est en construction, que nous voyons sortir de terre. Nous reçoit le président du Pakistan, le général Ayub Khan, un homme très grand, aux yeux bleus, à la moustache grise. Il nous accueille en nous affirmant « Je suis grec ». Il soutient qu'il descend d'un des soldats d'Alexandre le Grand. Il nous confie à sa fille, la très belle Nassim, mariée au prince héritier de Swat. C'est une petite principauté à la frontière de l'Afghanistan, longtemps inconnue jusqu'à ce que les horreurs des Talibans fassent connaître son nom dans le monde entier. Avec Nassim et son mari Aurangzeb, nous allons donc, par un matin d'hiver ensoleillé, dans leur lointaine principauté. Des allées de peupliers aux feuilles jaunies mènent jusqu'aux contreforts enneigés de l'Himalaya. La rivière roule ses eaux transparentes entre des prairies brûlées par l'hiver. Dans un village que nous font visiter nos hôtes, nous descendons de voiture. Nous sommes les premiers Européens que les habitants voient de leur vie. S'approche un vieillard à la barbe teinte au henné qui nous demande d'où nous venons. « Yunnan, la Grèce », répondons-nous. « Yunnan, s'exclame-t-il avec un large sourire édenté, Yunnan, Iskander, la Grèce, Alexandre. » Ce témoignage m'émeut plus que tout. De même, Alexandre m'émeut pour avoir poursuivi son rêve jusqu'à l'impossible.

Cependant, ce prodigieux météore qui traversa l'Histoire comme une comète scintillante laissait derrière lui peu de restes tangibles et personnels. Dans les années 1970, vivait à Salonique un archéologue grec au bord de la retraite nommé Andronikos. Il n'avait jamais rien trouvé de sensationnel et se résignait à entrer dans une semi-obscurité. Pour sa dernière campagne, il décida de fouiller un tell à Vergina, une petite ville en Macédoine. Quel instinct le poussait ? Nul ne le sait. En tout cas, il frappa, il ouvrit et il trouva un des plus grands trésors archéologiques de la Grèce, c'est-à-dire rien moins que le tombeau du roi Philippe, le père d'Alexandre le Grand. Ainsi, grâce à lui, apparut la civilisation macédonienne qui avait baigné Alexandre le Grand. Les bijoux révélaient une délicatesse extraordinaire, les fresques prouvaient que les Macédoniens maîtrisaient la peinture aussi bien que leurs successeurs romains des siècles plus tard. Les inscriptions affirmaient enfin que les Macédoniens étaient bien grecs malgré les controverses. Mais, surtout, ces objets, ces armures qui avaient appartenu au père d'Alexandre donnaient une vie à des personnages jusqu'alors légendaires.

Là aussi, nous avons eu la chance de visiter peu après la découverte. Il fallait faire de l'équilibre sur des planches au-dessus de trous que les ouvriers creusaient. Les lampes éclairaient à peine des fresques dont on devinait la perfection. Le coffre en or orné du fameux emblème de la Macédoine de Philippe et d'Alexandre et qui contenait les ossements du roi était tout bosselé. Des archéologues évoquaient un manteau qu'ils avaient trouvé intact et qui, à peine à l'air libre, était devenu poussière, telles les couronnes de fleurs qui avaient survécu plus de deux millénaires et qui, à peine découvertes, s'étaient décomposées. Heureusement restaient des couronnes en métal précieux, ces extraordinaires diadèmes formés de fleurs, de branchages entrelacés et scintillants.

L'empire d'Alexandre à sa mort fut divisé entre ses lieutenants. Les Antigonides obtinrent la Grèce et la Turquie, les Séleucides le Moyen-Orient et les Lagides les terres de l'Égypte. Ces derniers se pharaonisèrent, se faisant représenter comme leurs prédécesseurs mais ils parlaient grec et ils résidaient près de la mer à Alexandrie, ce que jamais un pharaon n'avait fait avant eux. Un de ces Grecs, Ptolémée Philadelphe, roi d'Égypte, avait, selon l'usage égyptien, épousé sa sœur Arsinoé. Ils étaient jeunes, beaux et amoureux fous l'un de l'autre. Le roi Ptolémée était parti en guerre. Pour qu'il revienne vivant et vainqueur, la reine Arsinoé sacrifia sa splendide chevelure, son plus bel ornement. Elle coupa ses longues tresses blondes et les déposa sur l'autel de sa divinité préférée. Le lendemain, sa chevelure avait disparu, elle avait été volée dans la nuit.

Revenu vivant et vainqueur, Ptolémée apprenant ce blasphème convoqua son astrologue et lui enjoignit de lui révéler incontinent où se trouvait la chevelure, sans quoi il le ferait exécuter. L'astrologue garda son sang-froid. Il montra le ciel étoilé et dit au roi : « Regardez, les cheveux de la reine sont au firmament. » En effet, une constellation avait vaguement la forme d'une chevelure féminine. Et l'on donna à la constellation le nom d'Arsinoé qu'elle porte toujours. L'astrologue avait sauvé sa vie et le ciel y gagnait une jolie histoire d'amour.

De leur côté, les Séleucides, souverains grecs du Moyen-Orient, s'étaient orientalisés. L'un d'entre eux, Antiochus IV, eut une idée qu'il considérait géniale. Pour en finir avec les querelles religieuses qui secouaient son territoire, il décida de créer un syncrétisme du judaïsme et du polythéisme grec. Le résultat fut que les Juifs se révoltèrent en masse et se firent massacrer. Il leur est resté la fête de Hanoukka où le peuple élu célèbre sa résistance contre « les abominables Syriens » – en fait des soldats grecs du roi grec de la région.

Ces Grecs, Antigonides, Séleucides et Lagides, au lieu de s'entendre, se faisaient une guerre impitoyable. La plus belle probablement des statues grecques, *La victoire de Samothrace*, célèbre le succès d'un roi antigonide sur un autre Grec, probablement un Séleucide. Quand Rome pointa son nez dans l'Histoire, les Grecs firent appel à elle pour les aider dans ces guerres fratricides. Un Antigonide était en difficulté à cause d'un Ptolémée, il appelait les Romains trop ravis d'intervenir. Un Séleucide risquait-il d'être envahi par un Antigonide, il appelait les Romains à la rescousse. Grâce à ces attitudes idiotes et imprévoyantes, les Romains s'infiltrèrent dans ce qui avait été l'empire d'Alexandre et, tout naturellement, s'en emparèrent.

La dernière à résister fut l'incomparable Cléopâtre : cette princesse grecque devenue figure emblématique de l'Ancienne Égypte est consignée comme telle dans l'imagerie populaire, en grande partie grâce au film de Cecil B. DeMille. Peu enclin à accorder un quelconque crédit à un amour passionné qui aurait uni Marc-Antoine et Cléopâtre, j'ai toujours soupçonné que cette forte tête, intrigante et rusée, avait fait la danse des sept voiles devant ce militaire romain macho et un peu stupide, dans un but éminemment politique. Après leurs épousailles, le macho ne se sentit plus de vanité. Il pêchait tous les jours dans le port d'Alexandrie mais faisait accrocher d'énormes poissons à sa ligne par des esclaves qui plongeaient sous l'eau. Il se rengorgeait de ses prises somptueuses jusqu'au jour où la reine Cléopâtre, instruite de cette comédie, fit accrocher à l'hameçon un poisson fumé. Je me plais à imaginer l'expression du visage de Marc-Antoine, tirant de l'eau cette preuve de sa tricherie. Preuve aussi de l'estime dans laquelle Cléopâtre tenait son célèbre amant. Et, pourtant, celui-ci est beaucoup plus sympathique que le glacial calculateur Octave, futur Auguste. La reine Cléopâtre, comme on le sait, se suicida plutôt que de tomber dans ses griffes.

Dans mon ignorance, j'avais toujours cru que la mère de Cléopâtre était grecque et, selon la tradition des rois d'Égypte, la sœur de son père. Lorsque récemment, j'appris que la dernière reine d'Égypte était devenue une icône pour les Afro-Américains, je me suis demandé quel rapport elle pouvait entretenir avec eux. Une théorie se fait jour selon laquelle Cléopâtre était la fille d'une esclave noire. Mais il est impossible de le prouver puisqu'il n'existe pas de portrait de cette souveraine, dont le physique joua un tel rôle dans l'Histoire.

Ce n'est que lorsque j'atteignis mes vingt ans que je vins habiter en Grèce. Jusqu'alors, j'avais vécu avec la famille française de ma mère. J'avais fait l'école puis l'université en France. Aussi je connaissais à peine mon propre pays. Gavé de culture française, formé par les visions françaises de la Grèce antique, j'exprimais sans ambages mon intérêt et mon admiration pour cette dernière aux Grecs modernes. Ils semblaient intéressés mais sans plus. Ils ne vibraient pas comme ils vibraient à l'évocation de Byzance. Leur cœur, leur âme, leur mémoire, c'était Byzance et non pas la Grèce antique trop lointaine. Celle-ci, conclus-je, s'était réfugiée dans les temples qu'arpentaient des millions de touristes.

Puis, un beau jour, je fis une découverte… Tout en me plongeant ostensiblement dans la littérature grecque antique, je ne dédaignais pas les faits divers de la presse à scandale. Je lisais le récit de crimes de villages, de tragédies de banlieues dans les journaux à sensation, l'*Acropolis* et l'*Apogevmatini*, et voilà que les trames de ces récits se mirent à évoquer pour moi les tragédies antiques d'Eschyle ou de Sophocle. Dans ces cadres modestes, avec ces personnages d'humble condition, je retrouvais l'intrigue, les personnages des épouvantables histoires qui avaient ensanglanté Mycènes ou Thèbes. Hélas, le talent des tragédiens antiques était bien mort mais leur imagination survivait, intacte, dans ces faits divers. Je n'avais qu'à aller dans la cuisine pour monter sur la scène du théâtre le plus vénérable. Le personnel, les voisines, les livreurs qui se réunissaient autour d'un café pour commenter la situation, échanger des informations, étaient les héritiers du chœur antique avec exactement les mêmes fonctions.

Du coup, je regardai d'un autre œil la politique locale. La Grèce inventa, entre autres, la politique. C'est en Grèce qu'apparaissent, pour la première fois dans l'Histoire, les politiciens, c'est dans la Grèce millénaire que les citoyens se mêlent des affaires de l'État et que les partis fleurissent. À lire la sérieuse *Kathimerini* ou la gauchisante *Eleftheria*, je retrouvais, intouchés, les sujets des satires antiques.

Là-dessus, je dus faire mon service militaire. Après l'école d'officiers de Goudi près d'Athènes, je fus envoyé en garnison à Salonique. Là, je rencontrai par la force des choses des Grecs de toutes les provinces et de toutes les classes sociales. Nous partions en manœuvres pour des semaines. Ainsi, de la façon la plus naturelle, j'appris à connaître mes compatriotes mieux que ne me l'aurait jamais permis ma situation. Un jour, la lumière fut. La Grèce antique ne s'était pas seulement réfugiée dans les temples en ruine, elle survivait dans l'âme des Grecs. Les réactions, les sentiments, les attitudes, les moteurs, tout jusqu'au moindre détail des Grecs de notre époque venait directement et sans altération des Grecs antiques. La Grèce classique vivait toujours en ses descendants. C'est là où elle s'abritait et où elle continuait à briller, la race la plus intelligente, la plus généreuse qui exista. En vérité, le peuple grec mériterait d'être inscrit au patrimoine culturel de l'Unesco.

Quant au rayonnement de cette Grèce antique… En 1964, le roi Constantin m'avait envoyé inviter plusieurs souverains à son mariage. J'avais entre autres été chargé d'y convier le roi de Libye, Idris, destiné à être renversé par Kadhafi. Ce souverain fort sage s'était retiré dans une ville, avait parqué son gouvernement dans une seconde et expédié le corps diplomatique dans une troisième. C'est ainsi qu'un avion militaire américain me mena jusqu'à Benghazi où résidait le roi. C'était à l'époque une petite ville fort provinciale. La Cour de Libye était plutôt popote. Pendant l'audience royale, j'entendais des poules caqueter sous les fenêtres de la salle du trône. Le roi était un vieillard à barbe blanche, tout de blanc vêtu, imprégné de dignité, de courtoisie et de sagesse. Il m'accueillit avec chaleur et simplicité et, en guise de préambule, me cita cette parole du Prophète : « Le flambeau du savoir est transmis par la langue des Arabes, la main des Chinois et l'esprit des Grecs. »

Après la Grèce, fine, menue, rayonnante, arrive cette grosse machine qu'est Rome. Rome amène l'ordre, l'organisation, la législation, la centralisation, l'infrastructure mais aussi la source de destruction de tout, c'est-à-dire le matérialisme. Bien que l'art romain soit un recyclage de l'art grec, il a laissé de bien belles réalisations. Les Grecs ont inventé l'homme idéal, les Romains inventent le portrait expressif, personnalisé, frappant.

L'architecture romaine me plaît surtout dans les colonies de l'empire. Comme l'Angleterre au XIXᵉ siècle, Rome fut beaucoup plus prodigue architecturalement dans ses colonies que dans la métropole. Il fallait éblouir les peuples soumis, les frapper par la grandeur de l'empire, aussi a-t-on bâti des cités, des monuments majestueux, immenses, impressionnants. Leptis Magna, que j'avais visité sous un soleil impitoyable en chemin vers l'audience du roi Idris de Libye, était une réalisation semblable dans son esprit au Bombay anglais du XIXᵉ siècle, avec ces gigantesques bâtiments dans tous les styles concevables.

La ressemblance entre l'histoire de Rome et l'histoire des États-Unis m'a toujours frappé. Au départ, une petite république vertueuse, ambitieuse, à l'épiderme chatouilleux, qui sait se défendre contre l'agresseur. Petit à petit, elle s'étend hors de ses frontières jusqu'à devenir un empire universel. Elle présente l'étonnant contraste de posséder, au moment de sa plus grande étendue et de sa plus forte puissance, une tête assez faible. Des empereurs fous, débauchés ou nuls, Néron, Caligula, Claude se trouvent aux commandes de l'empire au moment de son apogée, comme des présidents oligophrènes tels Reagan, Bush fils ou même Carter gouvernent l'Amérique à l'époque la plus intense de son impérialisme. Cependant, l'histoire romaine me distrait autrement plus que celle des États-Unis. Je pèche là par frivolité. Je préfère de loin les scandales, les turpitudes des empereurs romains dont Suétone donne la chronique poivrée avec une hypocrite indignation mais sans en manquer un détail, aux biographies des présidents américains, vertueux, honnêtes et d'un profond ennui, même dans leurs débordements qui restent d'une confondante banalité.

Enfin, l'empire romain comme l'empire américain est fondé sur l'argent. Les valeurs morales que tous deux affichaient ne cachaient pas que l'argent constituait leur socle et leur dynamique. Ce sont les grandes compagnies américaines qui, derrière une façade d'austérité protestante, orientent la politique internationale, de même que les grandes fortunes romaines, à l'abri des dieux, décidaient des guerres et des conquêtes dans un but lucratif.

Le Moyen-Orient a longtemps été ma destination préférée. Que ce soit en Syrie, en Turquie et au Liban, on y trouve toutes les civilisations de tous les siècles. Voyager dans ces régions, c'est choisir chaque jour à la carte tel royaume dont on visitera les ruines, telle civilisation dont on cherchera les splendides témoignages. Les siècles, les dynasties, les arts s'entremêlent dans une proximité unique. J'apprécie ce désordre historique aux multiples facettes.

Ce qui ajoute au charme du Moyen-Orient, à côté des monuments innombrables offerts à l'admiration des visiteurs, ce sont les secrets que n'a pas encore révélés le sous-sol. On peut imaginer l'ampleur des trésors archéologiques non connus au vu des découvertes quotidiennes, car c'est chaque jour que sortent de terre des temples, des mosaïques, des basiliques, des villes. Si on en découvre tellement, c'est qu'il en reste encore à trouver. Lorsqu'on roule sur les routes désertes de la Syrie ou de l'Anatolie on voit, de loin en loin, des collines arrondies et régulières reconnaissables entre toutes : elles sont artificielles. Ces tells abritent des restes séculaires que la terre a recouverts. L'envie est irrésistible de prendre une pioche et d'aller creuser.

Un jeune archéologue italien, grand et sympathique, nommé Matthiae, décide un jour de fouiller un tell parmi d'autres au sud d'Alep, le tell Mardikh. Il creuse et trouve d'abord les restes d'un palais qui a été brûlé. C'est intéressant mais sans plus. En effet, lorsqu'il nous le fait visiter, nous ne voyons que des entassements de briques noircies par les flammes et du sable. Mais Matthiae s'entête, il creuse sous le palais et il découvre une pièce hermétiquement close. Il nous y fait descendre par une échelle qui s'enfonce dans l'obscurité. Les torches électriques nous permettent de voir, dans un coin, un entassement de tablettes cunéiformes. Elles sont grandes comme une main, à peu près, elles aussi noircies par l'incendie, mais présentent des quantités de lettres. Surtout, il en reste des milliers. Ces tablettes donnent le nom ancien de la ville, Ebla, et évoquent un vaste empire dont personne jusqu'alors n'a entendu parler. Un empire contemporain de l'Égypte, de la Mésopotamie, des Hittites, qui a eu des relations diplomatiques et commerciales avec eux. Tout un chapitre de l'histoire des hommes, grâce à cette trouvaille, refait surface. Combien précieux sont ces petits objets de terre cuite griffonnés dans tous les sens. Matthiae apporte un nouveau chapitre à l'Histoire.

Entre le monolithique Empire romain, l'Égypte immuable et les empires multiraciaux, multi-religieux qui se sont succédé en Perse, royaumes et civilisations mêlant l'Orient et l'Occident sont apparus brièvement dans tout le Moyen-Orient.

La première de ces civilisations bizarres, ambiguës et peu connues, je l'ai découverte en mars 1967 lors d'un voyage en Irak. C'est la seule fois où j'ai mis les pieds dans ce pays. Je trouvais les Irakiens un peu rudes et dénués de l'humour que l'on retrouve chez tous les Arabes. On devinait chez eux une violence que nous pûmes palper lors d'une visite à la ville sainte de Kerbala. Ils ont multiplié les révolutions sanglantes. Vingt-sept membres de la famille royale ont été massacrés en 1957 et, jusqu'à aujourd'hui, leurs régimes successifs ont fait couler des flots de sang.

Nous nous étions rendus au nord de Bagdad, aux ruines de Hatra. L'architecture était certes romaine mais les costumes des divinités mêlaient à cet Occident un fort élément oriental qui lui donnait une poésie extraordinaire.

Le lendemain, nous eûmes une expérience inoubliable à Ctésiphon. Ce palais date des Sassanides, souverains persans qui possédèrent l'Irak. Il est célèbre pour posséder la plus grande arche architecturale au monde. Nous avons pique-niqué sous cette arche au clair de lune, entourés par une boucle du Tigre. J'avais amené une énorme boîte de caviar que nous avait offerte deux jours plus tôt le Shah à Téhéran. Le mélange des ruines antiques, de la nuit illuminée par la lune, du fleuve vénérable et du caviar impérial avait bien du charme.

Quant à la Syrie, j'avais déjà découvert depuis plusieurs années Palmyre et sa civilisation double. Occidentales étaient les rangées de colonnes qui surgissaient du sable mais la sobriété avait quitté les ornements. Cette abondance, ce rococo dans les décorations de chapiteaux, dans les guirlandes surmontant les porches, ces divinités étranges comme cette statue gigantesque à la porte des musées, mi-bête monstrueuse, mi-être humain, tout cela proclamait l'Orient. J'ai toujours eu un faible pour celle qui a immortalisé Palmyre, la reine Zénobie. C'est pour elle que le mot arabe a été pour la première fois utilisé dans l'Histoire. Elle était la reine des Arabes. Fille et sœur de rois locaux, elle avait fait de son oasis le centre d'un vaste empire qui couvrait la plus grande partie du Moyen-Orient. À la longue, les

Romains s'étaient tout de même inquiétés. L'empereur Aurélien avait envoyé une armée qui avait vaincu et fait prisonnière la belle et audacieuse reine. Lors du triomphe qui avait suivi à Rome, l'empereur avait fait défiler la reine vaincue à pied derrière son char, couverte de tous ses bijoux et les mains liées avec des chaînes d'or.

Aujourd'hui, Palmyre reste un lieu exceptionnel. On traverse des centaines de kilomètres de désert pour arriver soudain dans une explosion de verdure au milieu de laquelle s'élèvent les imposantes colonnes du temple de Baal, divinité occidento-orientale. Tout autour s'étalent des monuments magnifiques, des allées entières de colonnes et, dispersés un peu partout sur les collines, des tombeaux dont la plupart n'ont jamais été fouillés.

Je découvre Palmyre en hiver 1964. Il fait froid, très froid. Nous logeons à l'hôtel de la reine Zénobie, alors le seul existant. Cette maison au milieu des ruines, longue et basse, avait été construite par la comtesse Dandurain. Cette Française a épousé un officier en garnison à Palmyre car, à l'époque, la Syrie est sous mandat français. Elle connaît une existence, il faut bien dire, un peu agitée. Les soirées avec les officiers de la garnison sont plutôt corsées. On boit sec et ce qui s'ensuit défie souvent la morale. Un soir de beuverie, la comtesse Margot Dandurain parie avec les officiers qu'elle entrera à La Mecque. « Vous êtes chrétienne, vous ne pouvez pas entrer dans la ville sainte des musulmans. » « J'entrerai », affirme-t-elle. Le pari établi, elle trouve un mendiant dans la rue et lui demande s'il veut l'épouser. Le mendiant, médusé, accepte. « Je te donne tant, lui dit la Dandurain, tu m'épouses mais tu signes un document par lequel tu t'engages à ne jamais me toucher. » Le mendiant signe, ils se marient. Épouse d'un musulman, Margot Dandurain est devenue musulmane. « Tu m'emmènes à La Mecque », lui intime-t-elle. L'autre ne se fait pas prier. Ils vont à La Mecque, elle entre dans la ville sainte des musulmans, gagnant ainsi son pari. À l'auberge où ils descendent, les autres pèlerins s'extasient sur la beauté de la femme du mendiant, visiblement une étrangère de haut rang. Et les pèlerins de supposer que le mendiant est bien chanceux de pouvoir profiter d'une telle beauté. Le mendiant, piteusement, leur avoue qu'il a signé un document promettant qu'il ne touchera pas à la beauté. Les autres protestent : « Ce document est contraire à la loi de l'Islam, tu es marié, tu peux coucher avec elle autant que tu veux, c'est ta femme. » Le mendiant, ravi, grimpe quatre à quatre dans la chambre, se jette sur la comtesse Dandurain qui le poignarde au cœur. Il meurt.

Le lendemain, le roi d'Arabie saoudite, le vieux Saoud, la convoque et lui dit : « Je sais qui vous êtes. Je n'engagerai pas des poursuites parce que vous êtes une étrangère. Vous avez dix heures pour quitter l'Arabie saoudite et ne plus jamais y revenir. » Elle revient triomphante à Palmyre où elle reprend sa vie de beuveries et de débauche, se prenant petit à petit pour la reine Zénobie.

Lors de notre première visite à Palmyre, nous avions été guidés par un vieux crocodile syrien, éru-

dit et charmant, Saouaf Bey. Celui-ci de nous raconter ses souvenirs sur la comtesse Dandurain. Un jour,
avant la guerre, il roulait entre Damas et Palmyre. En
plein désert, il vit une voiture en train de brûler
entourée de passagers ensanglantés. Ces Français
avaient été attaqués par des bédouins qui avaient mis
le feu à leur voiture et volé tous leurs effets en les
maltraitant. « Mais le pire, c'est que nous avions avec
nous la comtesse Dandurain et les bédouins l'ont
emmenée. Dieu sait quel sort ils allaient lui faire
subir. » On s'affole, on fouille les environs. Qu'est
devenue la comtesse Dandurain ? Et tous d'imaginer
le sort de cette beauté aux mains de ces brutes. Soudain, les Français et Saouaf Bey voient apparaître
entre les dunes la comtesse Dandurain, entièrement
nue, qui s'approche tranquillement, gracieusement,
et dit simplement : « Ces gens sont absolument charmants. »

Pendant la Seconde Guerre mondiale, on la voit à
Tanger. Elle organise un trafic de marché noir entre
le Maroc et l'Espagne. Pour ce faire, elle achète un
voilier et elle prend comme complice et coéquipier
un Allemand. On raconte que celui-ci, un beau jour,
la jette par-dessus bord pour garder le magot. Ainsi
disparaît cette grande aventurière.

Une autre de ces civilisations orientalo-occiden-
tales qui m'enflamma, je la découvris il y a quelques
années seulement. Nous avions quitté la ville turque
d'Urfa, célébrissime dans l'Histoire. Nous roulons
vers le Nord et nous engageons dans un paysage de
vallées profondes, de montagnes assez élevées. La

route tournicote, monte, descend, presque pas de villages, une petite ville au loin et personne. Et, pourtant, les cultures, les buissons de lauriers en fleurs, les
animaux qui paissent donnent son amabilité à ce paysage sauvage. Les montagnes deviennent de plus en
plus élevées, les vallées de plus en plus profondes. Le
chemin est long, bien long, sans la moindre auberge
pour faire une halte. Les torrents grondent à côté de
la route devenue bien étroite. Nous nous dirigeons
vers le plus haut sommet de la région. La route
dépasse un hôtel qui semble abandonné. Elle monte
encore quelques kilomètres puis elle s'arrête brusquement. Nous poursuivons à pied. Nous emprun-
tons un raidillon plutôt vertigineux. Des cailloux
roulent sous nos pieds vers le précipice. Enfin, nous
arrivons sur une terrasse. Elle est orientée à l'est.
Douze divinités de plus de dix mètres de haut nous
attendent, assises sur des trônes en pierre. Le temps
les a décapitées. Leurs têtes immenses, désormais
posées à côté d'elles, font face à un paysage grandiose. Un sentier fort étroit nous mène de l'autre côté
du sommet. Même terrasse, de nouveau douze divinités assises, leur tête posée à côté d'elles. Cette fois-
ci elles regardent vers l'ouest. Entre les deux terrasses, le sommet de la montagne a été arasé et remplacé par une colline artificielle composée de cailloux.
On dit que, sous la colline, se trouve le tombeau
du fondateur de ce lieu étrange, Antiochus Ier, roi du
minuscule royaume de Commagène quasi inconnu de
l'Histoire. Pourquoi n'a-t-on pas fouillé cette colline ? La raison est simple : si l'on creuse un trou
dans cette colline, elle risque de s'effondrer entière-

ment. Donc, impossible d'entreprendre des recherches pour savoir ce que cache ce sommet.

Je m'assieds sur la terrasse Est, et je reste longuement à contempler la vue qui s'étend sur des dizaines de kilomètres, à scruter ces visages millénaires, à tâcher de trouver la signification des bas-reliefs qui mêlent la magie et l'astrologie. Ces divinités tantôt en chlamyde grecque, tantôt en pantalon veste, une fois de plus, mêlent la mythologie orientale et la mythologie occidentale dans un harmonieux syncrétisme. Mais quel est le sens de ces lieux ? Un tombeau, ou plutôt un lieu de pèlerinage. On affirme que dans l'Antiquité, le Nemru Dag, car tel est le nom moderne de ces lieux, a attiré des milliers de pèlerins. Mais un lieu de pèlerinage dans une zone totalement inaccessible n'a pas de sens. Je doute tout autant que la colline artificielle abrite uniquement les restes d'un roi. De toute évidence, les lieux ont une signification profonde qui s'est complètement perdue dans le temps. Quel en est le secret ? Nul ne l'a jamais découvert. Mais lieu plus étrange et plus inspirant, je n'en ai jamais visité.

Il est un peuple dont on n'associe pas le nom avec l'Orient, un peuple qui a joué un rôle immense dans l'Histoire, dans la civilisation : les Celtes. J'éprouve une étrange attirance pour eux. Je « devine » de loin un lieu celte. Je m'y sens toujours extraordinairement bien. J'y découvre chaque fois des affinités étranges. On ne sait pas d'où ils viennent. Ils évoquent l'Irlande, l'Écosse, le Pays de Galles, la Bretagne. Cependant, leur origine serait orientale. Ils ont fondé

entre autres la ville d'Ankara, actuelle capitale de la
Turquie, comme par ailleurs la ville de Prague. On
connaît à peine leur histoire, on ignore à peu près
tout de leurs cultes, de leurs mœurs, de leur langue
car ils n'ont laissé aucune trace écrite. Tout, chez
eux, se transmettait oralement. Et pourtant ils ont
gravé des traces profondes dans la culture mais aussi
dans la pensée. Ils étaient puissamment versés dans
l'ésotérisme. Ils avaient des pouvoirs, de grandes
connaissances, ils choisissaient à la perfection leurs
lieux sacrés. Ainsi, il n'est pas une grande cathédrale
chrétienne qui ne soit construite sur un lieu de culte
celte, à commencer par la cathédrale de Chartres. On
les pressent, on mesure leur envergure, même si on ne
les connaît pas.

Les Celtes, sous le nom de « Gaulois », avaient
envahi la Grèce. Menés par leur chef Brennus, ils
descendaient la péninsule balkanique. Leur but :
prendre la cité de Delphes qui abritait le plus grand
trésor de l'Antiquité, des offrandes en or et métal
précieux accumulées depuis des siècles et venues de
tout le monde antique. Les prêtres d'Apollon, terri-
fiés de ce qui les attendait, se précipitèrent chez
la Pythie pour lui demander de leur lire l'avenir.
« Le trésor ne sera pas pris », répondit-elle. Les prêtres
se rassurèrent. Ils avaient tort car la ville tomba aux
mains des Gaulois de Brennus et eux-mêmes furent
massacrés. Mais de trésor, point. Il ne fut jamais
trouvé. Probablement avait-il été évacué avant l'arrivée des Gaulois et caché dans des failles ou des
grottes des falaises avoisinantes où il devrait toujours

se trouver. La Pythie n'avait donc pas eu tort, mais comme toujours, il fallait interpréter ses réponses. Brennus voulut la rencontrer. On lui indiqua qu'elle s'était retirée dans une grotte. Il y entra seul et sans armes. Quelques instants plus tard, il réapparut un poignard fiché dans le cœur avant de s'écrouler mort. Ses soldats se précipitèrent dans la grotte et ne trouvèrent rien. Ainsi disparut la dernière de cette longue lignée de voyantes les plus célèbres de l'Antiquité.

Les gitans grecs ont confié à ma cousine Irène, qui, ayant beaucoup fait pour eux, a su gagner leur confiance, que les pythies étaient traditionnellement d'origine gitane... En effet, il s'agissait d'un titre et non pas d'un nom.

Il est curieux de trouver, en voyageant au Moyen-Orient, des architectures entièrement copiées de Rome. Mais si les légionnaires et les colonnes romaines se retrouvaient dans tout le monde connu, les divinités orientales, elles, suivirent les voies en sens inverse et se retrouvèrent à Rome. La Pax Romana s'accompagnait d'une très forte tolérance religieuse. Chaque divinité pouvait avoir son temple à Rome, telle Isis, la déesse égyptienne, tel Sérapis, mélange d'Osiris et de Zeus, tel Baal, le grand dieu de la Phénicie. En effet, l'empire romanisait mais l'Orient s'insinuait. Le grand empereur de la fin du IIe siècle, Septime Sévère, épousa une princesse syrienne. Elle venait de Homs qui, dans l'Antiquité, portait le nom romanisé d'Émèse, un haut lieu du mysticisme et de la magie où fleurissaient des cultes étranges. La Syrienne, femme de l'empereur, fit souche. Il y eut une succession d'impératrices orientales qui réussirent à mettre sur le trône fils, petits-fils et neveux. Et l'on vit même l'inimaginable, un empereur romain nommé Héliogabale, jeune homosexuel de dix-huit ans, défiler entièrement nu et maquillé à outrance dans Rome devant le char en portant un énorme phallus, symbole de la divinité d'Émèse. On imagine la tête des sénateurs romains, tous imbus des vertus viriles de leur tradition. Ce sacrilège fut rapidement sanctionné par un assassinat.

L'Orient, en s'infiltrant dans Rome, apporta dans ses bagages une divinité plutôt discrète. Ce dieu est né le 25 décembre d'une vierge. Il est souvent représenté enfant sur les genoux de sa mère avec, devant eux, agenouillés les rois mages apportant leurs présents. Il est le dieu de l'amour, il est « le messie », « le bon berger, « le sauveur », à la fois divin et humain. Il s'est choisi douze disciples et il accomplit des miracles. Son culte comprend un baptême purificateur, puis une sorte de confirmation au cours de laquelle l'homme reçoit le pouvoir nécessaire de combattre le mal. On ajoute à ce culte un repas sacré composé de pain et de vin, la base d'une Eucharistie nécessaire au salut du corps et de l'âme. Le dimanche est sacré. Ce dieu prêche l'ascétisme et compte parmi les principales vertus l'abstinence, le renoncement et le contrôle de soi. Son culte comprend l'existence d'un paradis ainsi que d'un enfer, l'immortalité de l'âme, le jugement dernier et la résurrection des morts. Ce dieu lui-même ressuscita trois jours après sa mort. Événement fêté annuellement à l'égal de sa naissance.

Ce dieu s'appelle... Mithra. Parti de la lointaine Perse, il s'étendit dans tout l'Empire romain jusqu'à ses confins. Il eut entre autres son temple au nord de l'Angleterre à côté du mur d'Hadrien, bâtiment tout petit mais significatif que j'ai moi-même visité. Son culte faisait d'innombrables adeptes parmi les soldats, parmi les gens de condition modeste. Il n'était pas secret mais ses liturgies se déroulaient de préférence dans des temples souterrains. L'implantation de Mithra fut suivie par l'arrivée d'une autre divinité dont les caractéristiques ressemblaient étrangement aux siennes.

LE CHRISTIANISME

Ce qui devait arriver arriva. Pour avoir trop conquis, l'Empire romain fut conquis. Les « barbares » le grignotèrent puis le supprimèrent. Sur ses ruines apparut la nouvelle puissance, le christianisme.

Il y a plusieurs années, j'avais été sollicité pour faire une conférence à Genève sur le monastère grec de Sainte-Catherine au mont Sinaï en vue de récolter des fonds pour la restauration de la bibliothèque. J'acceptai. Avant de commencer mes recherches pour étoffer mon discours, je me dis que je ferais bien de revoir ce qui s'était passé au Sinaï. Je n'avais plus lu la Bible depuis mon adolescence. Cette relecture se révéla une découverte.

La remise des Tables de la loi dans la presqu'île du Sinaï s'est accompagnée, selon la Bible, d'une série de catastrophes naturelles d'une ampleur sans précédent, glissements de terrains, tremblements de terre, éruptions volcaniques, tout y passe. Au bout de semaines, de mois où la terre ne cesse de trembler et où les montagnes apparaissent et disparaissent,

Moïse émerge en tenant les Tables de la loi. Aussitôt, il fait sculpter l'Arche d'Alliance pour les contenir, c'est-à-dire un coffre d'or surmonté de deux archanges sculptés. Plus tard, cette Arche d'Alliance fut enfermée au temple de Jérusalem dans la pièce la plus sacrée où nul n'avait droit de pénétrer. Il était interdit d'ouvrir le coffre d'or. Personne ne devait, non seulement lire, mais même approcher des Tables de la loi, considérées comme l'objet le plus sacré du monde.

Or ces Tables de la loi, selon la Bible, contiennent les Dix Commandements. C'est un texte très court, très banal aussi, en ce sens que dans toutes les législations, toutes les religions, les mêmes principes se retrouvent : tu honoreras ton père et ta mère, tu ne tueras pas, tu ne voleras pas. Tous les peuples ont répété la même chose. On peut se demander pourquoi les Tables de la loi devaient rester inaccessibles et j'en vins à imaginer que le texte contenu dans l'Arche d'Alliance pouvait être bien différent de ces Commandements. Si bien qu'il était effectivement indispensable de les abriter dans un impénétrable secret.

À ce soupçon s'ajouta une curiosité. Un des grands mystères de l'Histoire, pour moi, est en effet le sort de l'Arche d'Alliance et des textes qu'elle contenait. Celle-ci disparaît lors de la destruction du temple de Jérusalem par (le futur) l'empereur Titus en 71 après J.-C. L'Église éthiopienne affirme détenir l'Arche d'Alliance dans le profond secret d'un de ses monastères. Les Éthiopiens pourraient bien posséder la clef du mystère dévastateur de ce texte.

Quant au judaïsme, son grand défaut à mes yeux est d'avoir officialisé le machisme. Dans le polythéisme, il y a des dieux mais aussi des déesses. Au début de l'Histoire, c'était la Déesse-Mère qui avait la suprématie. Plus tard, le roi des dieux la lui emprunta. En Grèce, la Déesse-Mère se réfugia sous terre. Elle continua à être adorée mais d'autres déesses apparurent. Si elles ne sont peut-être pas les égales des dieux, au moins savent-elles bien leur tenir tête. On assure qu'à ses débuts dans l'Histoire, le peuple juif reconnaissait l'existence d'une déesse. Plus tard, celle-ci disparut et, du coup, la femme fut reléguée dans une condition inférieure… celle où elle se trouve encore pour les orthodoxes juifs, comme pour l'Église catholique ou pour les puristes musulmans. Cette aberration est liée au monothéisme.

Comme il a été noté à propos de l'Égypte, autrefois, dans l'Antiquité, la religion était à deux vitesses. Pour les masses non éduquées, il y avait quantité de dieux, les gens pouvaient faire leur choix pour les reconnaître et s'identifier à eux. Pour les initiés, et tout le monde était d'accord, il n'y avait qu'un seul dieu. Ils étaient monothéistes mais pas officiellement. Le système fonctionnait à la perfection.

Le monothéisme intégral crée automatiquement l'intolérance religieuse. « J'appartiens à la religion du vrai dieu et tous les autres sont faux » : ainsi naît le fanatisme. Tandis que dans le polythéisme, il n'y a aucune intolérance par définition, puisqu'on a quantité de divinités, les divinités des autres sont les bienvenues. Avec le monothéisme, on en vient à convertir ou à tuer. Ainsi ont agi les successeurs du judaïsme, du christianisme et de l'islam.

On s'est vite aperçu que le monothéisme radical ne fonctionne pas. Cette trop grande abstraction n'attirait pas. Le christianisme a bien été forcé, non pas d'inventer d'autres dieux, mais de donner une grande importance aux saints et saintes. Il laissa leurs cultes particuliers se développer, il leur permit d'avoir leurs fidèles, il encouragea les sanctuaires, les ex-voto, les vœux, les donations, les pèlerinages, les hommages à des saints et des saintes très individualisés qui, après tout, n'avaient été dans leur vie que des hommes et des femmes. C'était bien là une forme indirecte de polythéisme.

Le comble du genre est tout de même atteint en Espagne lors de la Semaine Sainte. Chaque soir, à Séville, pendant ces sept jours, on sort des églises ce qu'on appelle les *tronos*, c'est-à-dire des échafaudages de bougies, de fleurs, de colonnes d'argent, de damas, de pierreries, de couronnes qui ornent une vierge. Chaque quartier, chaque église a sa vierge. Mais, après tout, ne s'agit-il pas de la même personne, c'est-à-dire Marie, mère de Jésus ? Je pensais qu'il n'y avait qu'une Marie. Or, à Séville, elles sont une douzaine. Chaque quartier promène la sienne et déteste les autres. La plus célèbre, la plus populaire des vierges est la Macarena, à laquelle j'offre à chaque visite à Séville mes dévotions.

Le soir du Jeudi Saint, nous attendions avec des milliers de fidèles enfiévrés à la porte de son sanctuaire. Soudain, les portes de l'église s'ouvrirent lentement, découvrant une montagne de lumière et d'or au milieu de laquelle se détachait le visage douloureux de la mère du Christ. Un titi s'écria : « Celle-là est la véritable mère de Dieu, les autres ne sont rien. *Las otras nada.* » « Mais, protestai-je, il s'agit de la même personne, toutes les autres sont aussi la Vierge Marie ! » « Ah, non, hurla-t-il, pas les autres. » Puis il lança le cri de ralliement « Macarena », auquel la foule immense répondit d'une seule voix : « *Guapa !* »

À l'origine du christianisme, il y a ce personnage prodigieux. Jésus. Mais est-il Dieu ou pas ? Il faut souligner que nulle part dans les quatre évangiles, nulle part je le répète, il n'est mentionné qu'il est Dieu. Fils de Dieu, oui, mais ne le sommes-nous pas tous ? On soupçonne les évangiles originaux d'avoir été « corrigés » au IVe siècle après J.-C.

Cependant, ces tripatouillages ont dû être effectués hâtivement car les « correcteurs » ont laissé des contradictions troublantes. Les Évangélistes nous disent que Jésus-Christ meurt sur la croix pour nous sauver du péché. Il est bien mort sur la croix mais nous sommes toujours dans le péché.

À plusieurs reprises, dans les évangiles, on appelle Jésus, fils de David, c'est-à-dire descendant du roi David. Or il ne peut descendre de David que par Joseph, Marie n'étant pas de sa lignée. Joseph appartenait à la race royale de Judas, Marie à la tribu de Lévy qui n'avait rien à voir avec David. Au Moyen Âge, on s'est aperçu de cette énormité et les théologiens de l'époque ont affirmé, contre toute vraisemblance, que Marie, elle aussi, descendait de David, ce qui souligne leur trouble.

Un trait peu connu m'intrigue. Il existe au Cachemire, à Srinagar, la tombe de Jésus, reconnue comme telle par les habitants. On sait qu'une tribu d'Israël, la fameuse 10e tribu, a disparu. Peut-être s'est-elle installée au Cachemire, car curieusement on y trouve la tombe de Myriam, c'est-à-dire de Marie, le trône de Moïse et d'autres. La tombe de Jésus est en fait un monument du XIIe siècle, mais n'ayant jamais été fouillé, on ignore ce que sa crypte contient. De même, le tissu brodé qui le recouvre empêche de déchiffrer ses inscriptions. Selon les dires des Indiens, la tombe abrite les restes d'un grand prophète venu de l'Ouest qui s'appelait Iasu, c'est-à-dire Jésus. Dans les chroniques indiennes du Moyen Âge, on raconte comme la chose la plus naturelle que, sous le règne d'un certain roi, arriva d'Occident un grand prophète, blanc de peau. Crucifié, il avait survécu et venait au Cachemire pour enseigner et guérir. Cette version qui révolutionnerait dangereusement toutes nos conceptions n'émeut absolument pas les Indiens.

Si le Christ n'est pas mort en Inde, il y a de fortes chances, cependant, pour qu'il y ait reçu son initiation. Pendant quinze, vingt ans, il disparaît entièrement des évangiles. Qu'est-il advenu entre l'enfant surdoué de dix ans et le prophète de trente ans qui apparaît en pleine lumière ? Nul ne le sait.

Un explorateur russe, au début du XXe siècle, aurait trouvé au Ladakh un manuscrit qui raconterait que le Christ était venu étudier en Inde auprès des grands maîtres du mysticisme. De preuve, il n'en existe pas. Cependant, l'Inde était, comme elle l'est restée si longtemps, la mère des civilisations orientales et en particulier de toutes les sciences, du paranormal. C'était là où était enseigné le plus important... ce qui ne se voyait pas.

On peut néanmoins se demander comment le fils d'un charpentier juif, même surdoué, a pu aboutir en Inde pour subir son « entraînement » de prophète. Malgré les difficultés de communication qui nous semblent insurmontables, il existait de nombreux liens entre l'Orient et l'Occident, entre l'Inde et le Bassin méditerranéen, en particulier. Les informations concernant la métaphysique, la connaissance de soi, la Connaissance tout court, circulaient librement. Donc rien d'étonnant à ce que les apprentis prophètes de tous les pays soient venus recevoir la lumière en Inde.

Je déteste les reliques, ces petits bouts d'os plutôt répugnants placés dans de somptueux reliquaires d'or et de pierreries. L'Empire byzantin en avait fait son principal fonds de commerce. Avait-on besoin de quelque argent pour combler le déficit, on trouvait la couronne d'épines, la lance du Christ, la ceinture de la Vierge qu'on vendait à des prix effarants aux naïfs Occidentaux.

Cependant, je ferais exception pour le Saint Suaire. J'ai eu l'opportunité de le contempler une année où il a été exposé dans son église à Turin. On ne voit qu'un grand tissu plus long que haut sur lequel on distingue à peine quelques traces. Et pourtant, en contemplant cet objet, j'ai reçu un choc quasi électrique. J'ai éclaté en sanglots, non pas d'émotion, mais parce que l'énergie que je recevais je ne sais d'où provoquait des réactions quasi incontrôlables. Est-ce mon imagination ? Je ne sais, mais en tout cas je n'ai jamais éprouvé une telle réaction.

Avec mon amie Yaguel, une voyante surdouée, nous avions entrepris des expériences sur le passé : plonger dans les mystères de ce dernier m'apparaissait moins ennuyeux que tenter de scruter un avenir sordide. Je tendais à Yaguel des enveloppes scellées contenant une ou plusieurs photographies concernant le sujet dont nous voulions parler. Elle prenait l'enveloppe, la palpait et se mettait à parler d'une façon toujours très claire et passionnante. C'est ainsi qu'elle s'exprima longuement jusqu'à deux heures du matin sur les mystères historiques les plus divers. Elle allait parfois si vite qu'il était difficile de la suivre. Un jour, je lui tendis dans une enveloppe toujours scellée une photo du Saint Suaire. Elle prit l'enveloppe et, aussitôt, avant même de la palper, elle déclara : « Je ne peux rien dire. C'est un sujet tellement immense qu'il me dépasse. Il s'en dégage une énergie plus grande que des milliers de bombes atomiques. Face à ceci, je ne suis rien, je ne suis qu'un grain de sable du désert. Je n'ai rien à ajouter. »

L'histoire du christianisme est l'aventure la plus prodigieuse, la plus invraisemblable de l'Histoire. Au départ, il y a le message merveilleux d'un être d'exception, d'un prophète, fils de Dieu ou Dieu lui-même. Cependant, il a peu marqué son époque. Son action est restée limitée dans le temps et dans l'espace. Beaucoup ont douté, doutent encore de son existence. Hormis les sources chrétiennes, seuls les courts textes de deux historiens antiques la mentionnent.

Le premier d'entre eux, du nom latin de Flavius Josèphe, était un historiographe juif passé au service de l'occupant romain. Il a vécu à peine quelques décennies après Jésus et voici le passage qu'il lui consacre :

« Vers le même temps survient Jésus, habile homme si du moins il faut le dire homme. Il était en effet faiseur de prodiges et maître de ceux qui reçoivent avec plaisir les choses anormales. Il se gagna beaucoup de juifs et aussi beaucoup du monde hellénistique. Christos, c'était lui. Et Pilate l'ayant condamné à la croix selon l'indication des premiers d'entre nous, ceux qui avaient été satisfaits au début ne cessèrent pas. Il leur apparut en effet le troisième jour, vivant à nouveau, les divins prophètes ayant prédit ces choses étonnantes et dix mille autres merveilles à son sujet. Et jusqu'à présent, l'engeance des chrétiens dénommés d'après celui-ci n'a pas disparu. »

À peine quelques décennies plus tard, un historien romain, non seulement de sang mais aussi de mentalité, Tacite, reparla de Jésus. C'était sous le règne de Néron. Rome venait de brûler, l'incendie ayant été, selon les rumeurs, allumé sur les ordres mêmes de l'empereur qui voulait bâtir une nouvelle capitale. Le peuple accusait Néron d'être l'incendiaire, aussi ce dernier trouva-t-il un exutoire : « Mais aucuns moyens ni largesses impériales ni cérémonies expiatoires ne faisaient taire le cri public qui accusait Néron d'avoir ordonné l'incendie. Pour apaiser ces rumeurs, il offrit d'autres coupables et fit souffrir les tortures les plus raffinées à une classe d'hommes détestés pour leurs abominations et que le vulgaire appelait chrétiens. Ce nom leur vient de Christ qui, sous Tibère, fut livré au supplice par le procureur Ponce Pilate. Réprimée un instant, cette exécrable superstition se débordait de nouveau, non seulement dans la Judée où elle avait sa source mais dans Rome même où tout ce que le monde enferme d'infamies et d'horreurs afflue et trouve des partisans. On saisit d'abord ceux qui avouaient leur secte et sur leur révélation, une infinité d'autres qui furent bien moins convaincus d'incendies que de haine pour le genre humain. On fit de leur supplice un divertissement. Les uns, couverts de peaux de bêtes, périssaient dévorés par des chiens, d'autres mouraient sur des croix ou bien ils étaient enduits de matières inflammables et quand le jour cessait de luire, on les brûlait en place de flambeaux… »

Sur ces deux seuls courts passages repose toute la conviction historique du sujet démesuré que sont le Christ et le Christianisme.

Hormis ces minuscules témoignages, aucun écrit non chrétien en notre possession ne mentionne Jésus-Christ. Le domaine quasi infini de la littérature qui lui est consacrée est exclusivement chrétien et donc partial. Cependant, malgré ce que pensent beaucoup, je suis convaincu que les faits rapportés dans les

Évangiles tels que nous les connaissons sont authentiques. L'interprétation, elle, l'est peut-être un peu moins mais l'histoire de Jésus, malgré tous les soupçons, est vraie. Cela n'explique pas comment ce personnage mystérieux – et que d'aucuns ont même soupçonné de ne pas avoir existé – réussit à changer radicalement le cours de l'Histoire de la planète entière.

On sait que c'est l'apôtre Paul qui internationalisa le christianisme en transportant sa tête d'Israël à Rome, alors centre du monde. Mais ce déménagement ne suffisait pas. Alors, on altéra un message humain et généreux d'amour, d'altruisme, de bonté, en directives autoritaires. On donna à cette Église naissante une armature de fer. Puis, on établit les bases de la domination chrétienne qui, au cours des générations, se répandit sur tout le globe. On commence par créer un fanatisme. Les autorités romaines étaient, répétons-le, extraordinairement tolérantes pour les cultes étrangers. Il en fallait vraiment beaucoup pour qu'elles interviennent, pourchassent, condamnent pour raison religieuse. Les martyrs s'en sont pris au seul point que ne pouvait accepter le gouvernement romain. Ils ont mis en cause, toujours au nom du monothéisme, la divinité de l'empereur.

Les premières images que je reçus du christianisme se situaient en Espagne où nous vivions dans ma petite enfance. Ce n'était que Christs exsangues, dégoulinant de sang, couverts de plaies, les yeux révulsés par la douleur, avec ces terribles clous enfoncés dans les mains et les pieds. Quant à la Vierge, c'était des torrents de larmes, les poignards des sept douleurs enfoncés dans son cœur, la lividité d'une femme à bout, tenant sur ses genoux le cadavre de son fils.

Bien plus tard, je découvris l'art byzantin. Le Christ Pantocrator, « le Tout-Puissant », en mosaïques ou en fresques occupe la coupole centrale des églises. Cet homme jeune est un maître doué d'une volonté, d'une force inouïes. Il domine, il dicte sa loi. Même assis sur les genoux de la Vierge, c'est un enfant déjà adulte qui bénit les fidèles. Marie, elle-même, incarne la douceur mais surtout la sérénité, une sérénité qui ne peut venir que d'une force surhumaine. Le Christ byzantin et la Mère de Dieu sont tout sauf des victimes, c'est-à-dire le contraire des représentations de l'Occident. Alors, en les contemplant à Sainte-Sophie, à la Kariye Camii d'Istanbul ou encore en admirant la Vierge debout vêtue de bleu sombre sur le fond or de l'abside de l'église de Torcello, je me suis pris à détester les représentations sanguinolentes de mon enfance. Je me sens profondément gêné du fait qu'une religion ait été baptisée dans le sang et qu'elle ait pu adopter comme symbole un instrument de torture, même si la croix, à l'origine, est un des plus anciens symboles, d'ailleurs hautement bénéfique dans l'Antiquité. Je suis tout autant embarrassé par ce Christ qui supporta des tortures atroces avant de subir le sort dégradant des révoltés. Où donc est sa toute-puissance ? Comment inciter ces fidèles au pardon, à la compréhension, à la tolérance

s'ils ont devant eux ce monstrueux crime qu'est l'exécution de leur Dieu ?

On nous présente les martyrs comme d'innocentes
victimes de la férocité des païens. Or ces martyrs ont
vraiment cherché leur sort cruel. Ils avaient de qui
tenir, vu qu'ils s'inspiraient d'un dieu exécuté de la
façon la plus abominable. À une époque, je souhaitais
écrire l'histoire des martyrs, non pas chrétiens, mais
par les chrétiens. Ces derniers, en effet, après avoir
longtemps subi le pire, crucifixions, bêtes du cirque,
bûchers, tortures, ont atteint la puissance à laquelle
les préparait leur remarquable organisation lorsque
Constantin le Grand, par l'édit de Milan, a fait du
christianisme la religion officielle.

Après avoir consacré l'officialité de l'Église chrétienne, celui-ci resta prudemment païen. Il avait tué
ou fait tuer à peu près toute sa famille, ce qui
n'empêcha pas l'Église reconnaissante de le sanctifier. C'est le moins qu'elle pouvait faire. Arrivée au
pouvoir, l'Église eut tout de suite une politique expéditive et ne s'embarrassa pas de tuer des « païens »
récalcitrants, leur plus célèbre victime étant la philosophe grecque, Hypatia. Elle vivait à la fin du
IVe siècle à Alexandrie. Cette métropole était, depuis
des siècles, le creuset de toutes les spéculations méta-
physiques, de toutes les formes de la connaissance.
Curieusement, dans cette cité créée par Alexandre le
Grand, devaient naître les trois plus grandes hérésies
du christianisme : le nestorianisme, l'arianisme et le
monophysisme. De quoi créer dans le christianisme
encore jeune et peu sûr de lui-même des divisions
dont on garde la trace jusqu'en notre siècle. De

même, Alexandrie avait donné naissance à la gnose, sorte de société secrète consacrée à la connaissance ainsi qu'à la kabbale, l'équivalent de la gnose pour le judaïsme. Ainsi, en cette cité, les courants hautement intellectuels mêlaient l'occulte à la métaphysique et le mystère à la théologie.

Hypatia, philosophe et mathématicienne de génie, enseignait la pensée traditionnelle grecque. Jeune et belle, elle était considérée comme une sommité sans égale. Mais les chrétiens, dans cette période de transition, gagnaient du terrain. Excitée par les moines, la foule envahit l'école d'Hypatia et la lyncha.

Le christianisme triomphant devait faire une autre victime. Les ultras chrétiens de l'Empire byzantin considéraient Athènes comme le repaire du paganisme maudit. En effet, un ou deux siècles après que le christianisme fut devenu la religion officielle de l'empire, la sagesse, la connaissance, la philosophie, la métaphysique de l'Antiquité, cette merveilleuse éclosion de l'esprit se maintint à Athènes, qui avait été la capitale culturelle du monde antique méditerranéen. L'Église byzantine décida donc, non pas de détruire Athènes, mais de la laisser dépérir, se dessécher, pourrir. Plus d'universités, plus d'enseignement, plus de crédits alloués au développement de la connaissance. Par contre, elle favorisa une métropole nouvelle, Salonique, qui devint un des centres culturels de l'empire. Lorsque la Grèce accéda au XIXe siècle à l'indépendance, le niveau culturel et éducatif était confondant. La plaie ne s'est jamais entièrement refermée. On accusa, à raison, quatre cents ans d'obscurantisme ottoman en oubliant que les Byzantins avaient commencé le travail.

Athènes ne devait jamais retrouver son niveau culturel passé, tandis que Salonique, après avoir été un haut lieu de la pensée byzantine, devint sous l'Empire ottoman un phare de la pensée juive, lorsqu'y émigra l'intelligentsia juive, chassée d'Espagne au XVe siècle par les rois catholiques Isabelle et Ferdinand. Les nazis anéantirent presque entièrement, lors de la Seconde Guerre mondiale, cette brillante communauté juive. Lorsque je débarquai en Grèce à vingt ans, je rencontrai un de ses seuls survivants, un membre de la Cour. Cet homme jeune, cultivé, charmant, possédait encore la clef de la maison familiale du ghetto de Tolède. Il me parla en ladino, la langue des juifs d'Espagne qu'avec mon espagnol du XXe siècle je parvenais pourtant à comprendre. Il s'était enfui de la Grèce occupée par les nazis en barque à rames jusqu'à la Turquie. Plus heureux, en cela, que tous les membres de la famille d'un grand rabbin de Salonique exterminés par les nazis, qui se trouvaient être la famille maternelle du président Sarkozy.

À côté des juifs orthodoxes de Salonique s'étaient multipliés les membres d'une étrange secte appelée les Dönme. Au XVIIe siècle, dans l'Empire ottoman, et plus précisément en la ville de Smyrne où cohabitaient deux importantes communautés juive et grecque, était apparu un jeune homme nommé Sabbataï Tsevi, un théologien d'une étonnante originalité, qui s'était tout simplement proclamé le messie.

Étaient-ce les circonstances favorables de l'époque, était-ce son charisme, il avait attiré des milliers de fidèles, à tel point que l'autorité ottomane s'était inquiétée. Le sultan avait convoqué le soi-disant messie et lui avait offert de se convertir à l'Islam ou d'être instantanément décapité. Le Grand Seigneur, certain que l'autre n'abandonnerait pas sa foi, se léchait les babines à l'idée de massacrer encore un infidèle. À son intense surprise, le messie accepta immédiatement de se convertir à l'Islam, ce qu'il fit en présence du sultan. Absous, celui-ci revint à Smyrne et continua à prêcher, mais en secret. Alors fut inventé pour ses fidèles cet étrange bipolarisme de juifs qui pratiquaient ostensiblement l'Islam mais qui, en secret, entretenaient leurs traditions ancestrales. Puis, devinant peut-être que Smyrne sentait le roussi, le « messie » se transporta à Salonique où ses fidèles, une fois de plus, se multiplièrent. Leurs descendants existent toujours en Turquie. Les iconoclastes murmuraient même qu'un des membres les plus distingués de cette secte de juifs occultes n'aurait été autre que… le fondateur de la Turquie moderne… Kemal Atatürk, natif de Salonique.

La domination chrétienne, après le fanatisme, s'est établie sur la peur. On affirme que les enfants naissent avec le péché originel, ce qui est une monstruosité. Comment peut-on accuser un minuscule innocent d'être sali par le péché ? Cette idée de péché originel est la traduction chrétienne du karma, ce que, pour les Indiens, chacun de nous hérite de ses incarnations précédentes. Or, le péché originel, il faut bien l'effacer pour éviter la damnation. Et comment l'effacer ? Grâce à l'Église. Grâce au baptême.

Le christianisme a inventé une autre abomination : l'enfer. Religion soi-disant d'espoir, elle a créé un lieu où l'homme en est totalement privé. Pour éviter d'y être condamné, une seule solution : passer par le clergé pour se confesser, pour se faire absoudre.

Un jour, à Séville, j'exprimai mon indignation devant la conception de l'enfer à une jeune fille éclairée par une foi ardente. Comment pouvait-elle croire à l'enfer ? Elle eut un sourire avant de me donner cette ravissante réponse : « L'enfer existe mais il est vide. »

Le monothéisme chrétien comme le monothéisme musulman, comme le monothéisme judaïque, affirme que le paradis existe mais pas dans ce monde, pas dans cette vie. Pour l'atteindre, il ne suffit pas d'être vertueux, il faut nécessairement passer par l'Église. Hors du clergé, point de salut, point de paradis.

Pour tenir plus fermement encore ses proies dans ses serres, l'Église s'est ingérée dans les affaires sexuelles. L'Antiquité considérait le sexe comme un élément à part entière de la vie, comme une composante naturelle de l'être, elle le respectait comme quelque chose de beau et lui avait appliqué des règles qui lui donnaient sa qualité. On n'en faisait pas un cas extraordinaire, on l'acceptait tel qu'il était, on tenait compte de ses exigences.

L'Église l'a couvert de boue. Par sa faute, le sexe est devenu quelque chose de dégoûtant, elle l'a transformé en péché. Le sexe, indispensable à l'homme, est devenu un objet défendu. Les hommes, cédant évidemment à la tentation, devenaient des pécheurs. Pour les absoudre, une seule solution, là encore, la confession, le clergé, l'Église, grâce à quoi ils pouvaient espérer se blanchir et entrer au paradis. L'immense pouvoir de l'Église s'est donc bâti sur la base la plus solide au monde : la frustration sexuelle.

Lorsque nous étions adolescents, nous allions en vacances au château d'Eu qui appartenait à la famille impériale du Brésil. Y était conservée, parmi d'autres reliques, la chemise de nuit de noces de l'empereur Pedro II. Elle était en coton blanc, brodée de devises latines vantant le bonheur chrétien de l'hyménée. À la hauteur du sexe, il y avait une sorte de clapet en toile que le marié soulevait pour libérer son sexe et pénétrer la mariée, car être nu l'un contre l'autre, même lors de la nuit de noces, eût été un monstrueux péché. Le mariage n'avait pas pour vocation d'ouvrir aux joies de la chair mais bien uniquement de procréer. C'est ce qu'expliquaient encore les nonnes aux jeunes filles, à l'instar de cette directrice de conscience qui avait déclaré à une de nos amies lorsqu'elle avait seize ans : « Bientôt, mon enfant, vous atteindrez l'âge de vous marier. Sachez-le, le mariage, c'est connaître les joies de la maternité en passant par quelques petits ennuis. » Voilà comment on réduit l'immense et merveilleux sujet de l'érotisme.

L'Antiquité, dans sa sagesse, avait instauré deux vitesses dans le domaine de la connaissance comme de la religion : l'une pour les masses, l'autre pour les initiés. La connaissance pour les initiés avait alors atteint, dans tous les domaines les plus concrets ou les plus occultes, des hauteurs quasi inimaginables. Ces masses d'informations furent anéanties par le christianisme, certaines à tout jamais. En vérité, la connaissance, loin de s'accumuler au cours des siècles, régresse souvent et parfois d'une façon irréversible. Tel fut le rôle le plus détestable de l'Église, car la connaissance risquait de mettre en cause ses dogmes.

La Bible portait les prémices de ce qui allait survenir avec l'histoire d'Adam, d'Ève et de l'Arbre de la Connaissance. Le péché d'Ève n'a-t-il pas été d'offrir la pomme cueillie sur l'Arbre de la Connaissance ? La femme qui détruisait son bonheur et celui de son compagnon en mangeant la pomme du savoir que lui tend le serpent, créature diabolique, est l'annonce trompetée de l'obscurantisme et de la misogynie du christianisme. Point de salut avec la connaissance. La connaissance, c'est la damnation, c'est l'enfer. D'où l'affirmation que la terre était plate, d'où la condamnation de Galilée pour en avoir douté. Ainsi, pendant des siècles, a-t-on scellé une dalle de plomb sur le savoir.

Conséquemment, au XIXe siècle, une des forces les plus puissantes de l'anticléricalisme fut la science, car c'était une façon de s'opposer à l'obscurantisme de l'Église. Elle chercha dans les mêmes directions qu'avait explorées l'Antiquité mais en voulant réagir contre le christianisme, elle tomba dans la même intolérance et dans le même fanatisme qui s'imposent encore aujourd'hui.

Aujourd'hui, cependant, si l'Église s'ouvre à peine, la science, elle, admet qu'elle a commis des erreurs, que ses théories rigides étaient fausses. Elle accepte de ne pas tout savoir. Elle admet que le domaine de la pensée la plus abstraite, de la métaphysique, la plus nimbée de foi peut lui apporter beaucoup. Au contraire de l'Église qui, tout en feignant de respecter la science, n'admet toujours pas la moindre critique de ses dogmes dont l'absurdité, l'autoritarisme, l'étroitesse, l'infantilisme ont été cependant étalés au grand jour.

L'erreur de départ du christianisme, une erreur qui s'assimile à un scandale, fut l'existence d'un pouvoir temporel de l'Église, le fait qu'elle disposa aussi d'un État comme les autres.

Le christianisme naissant s'inventa les États du Pape, par un faux célèbre. Dans les convulsions de l'Antiquité expirante, l'Église, seule force organisée, produisit un édit de l'empereur Constantin lui accordant de vastes territoires autour de Rome. Seulement, cet acte de donation avait été fabriqué de toutes pièces par les bons moines qui s'y connaissaient en faux. Ce document dont tout le monde parlait mais que personne n'avait vu est sorti pour la première fois, très récemment, des archives secrètes du Vatican pour être exposé à Rome. Qu'importe que les États du Pape se soient édifiés sur un mensonge grossier, leur existence dura jusqu'au milieu du XIXe siècle.

Le pouvoir impérial, cependant, ne laissait pas les mains libres à l'Église chrétienne. Le pouvoir impérial, c'était Constantinople, c'était l'Empire d'Orient héritier de l'Empire romain. Il y avait un seul empereur et, en dessous de lui, les rois, en quelque sorte ses vassaux. Comme l'Église ne s'entendait pas avec ce dernier, elle créa donc un second empereur. Le jour de Noël de l'an 800, le pape Léon, pendant la cérémonie dans la basilique Saint-Pierre, posa une couronne impériale sur le roi de Germanie, Charlemagne, le sacrant ainsi empereur d'Occident. Celui-ci parut convenablement surpris alors qu'il était évidemment de mèche avec le pape… L'Église, ainsi, put opposer un empereur fabriqué par elle à celui de Constantinople, jusque-là unique. C'était la pire insulte jamais faite à l'idée impériale, c'était tout simplement la mort de l'empire : admettre l'existence de deux empereurs, c'est n'en admettre plus aucun.

L'Église, tranquillement, joua sur les deux tableaux. Tantôt le pape était le chef spirituel de la chrétienté auquel tout le monde devait obéissance et respect, tantôt il était chef d'État comme n'importe quel roi, se conduisant comme tel, faisant la guerre, signant des traités d'alliance, changeant de camp, attaquant, se défendant. Mais chaque fois que ses adversaires le menaçaient de trop, il brandissait les foudres de son pouvoir spirituel, usant de l'excommunication lorsque ses objectifs politiques l'exigeaient. Ce qui exaspérait les rois ses confrères, indignés de le voir utiliser sa suprématie spirituelle pour des objectifs exclusivement politiques.

Un roi en eut plus qu'assez de ce double jeu. Philippe IV le Bel, roi de France, commença par une insolence. Il écrivit selon le protocole au « Très Saint

Père » ajoutant « qui n'est ni saint ni père ». Là-dessus, il envoya son âme damnée, Guillaume de Nogaret, « discuter » avec le pape Boniface VIII. Celui-ci le reçut en son palais d'Agnani, tiare en tête, trônant au milieu de ses cardinaux. Le ministre français gifla le pape qui, ivre de rage, en mourut d'une crise cardiaque. Puis, le roi Philippe fit attribuer la tiare à une de ses créatures, Bertrand de Got, et déplaça la papauté à Avignon pour pouvoir la contrôler et mettre un terme à ses abus de pouvoir. L'épisode d'Avignon se termina dans l'anarchie presque complète. À un moment, il y eut trois papes rivaux. Enfin, la papauté réintégra Rome et continua à régner sur ses États.

L'unité italienne s'est faite en grande partie contre l'emprise de l'Église. Elle absorba les États de l'Église et surtout profita à la Maison de Savoie, frustrant la papauté de son ambition éternelle de gouverner directement ou indirectement toute la péninsule. Or les curés ont la rancune lourde et longue. Un siècle plus tard, à la fin de la Seconde Guerre mondiale, un référendum eut lieu en Italie : pour ou contre la monarchie des Savoie ? Le résultat fut de 52 % contre et 48 % pour. Ces chiffres avaient tout simplement été inversés. Le résultat avait été délibérément truqué par les communistes ? Par l'Église ? Par monseigneur Montini, murmurait-on, lequel obéissait aux ordres du pape Pie XII. Grâce à quoi les Savoie et la monarchie éliminés, la papauté put gouverner pendant des décennies l'Italie entière sous le couvert de la démocratie chrétienne. La victime de cette tromperie éhontée fut Humbert II, dernier roi d'Italie. Pour avoir accepté le référendum et pour s'être élégamment incliné devant le verdict soi-disant populaire, il fut exilé et perdit tous ses biens. Or, loin d'être un criminel, c'était un grand seigneur, cultivé, doux, humain, d'une forte élévation d'âme.

Bien des années plus tard, l'artisan supposé de la chute de la monarchie, monseigneur Montini devenu Paul VI, fit une visite officielle au Portugal où résidait l'ancien souverain. Ce dernier fut invité à rencontrer le pape. Chacun s'attendait à ce qu'il refusât. Il accepta sans hésiter. Tant d'eau avait coulé sous les ponts depuis, il avait pardonné, ou plutôt il n'envisageait aucune autre solution que pardonner, c'était pour lui naturel.

Le christianisme, toutefois, ne s'est pas imposé que par la force ou par les massacres d'hérétiques, il répondait à un besoin essentiel. Je le respecte pour les millions d'êtres qui, au cours des siècles, ont abrité en eux une foi magnifique et vibrante, véritable lumière. Je le respecte pour le sens qu'il a donné à la vie de tant de générations, pour l'espoir et l'altruisme qu'il leur a inspirés. Je le respecte pour ses penseurs fulgurants comme saint Jean de la Croix ou sainte Thérèse d'Avila, monuments humains de tolérance, d'intelligence, d'amour ; pour tant d'écrivains, de poètes, telle sœur Juana de la Cruz, cette nonne ravissante, qui illumina le Mexique colonial du XVIIᵉ siècle avec ses poèmes inoubliables. Je le respecte pour les splendeurs artistiques, monuments, tableaux, sculptures, orfèvreries qu'il a répandus par-

tout pendant presque deux millénaires. Ce n'est pas
une religion comme les autres celle qui a inspiré une
vierge de Bellini, une messe de Mozart, la cathédrale
de Tolède ou les sculptures de l'Aleijadinho – ce
mulâtre rongé de lèpre auquel il fallait attacher ses
outils aux poignets car ses doigts se détachaient de sa
main, et qui laissa à Congonhas, au Brésil, ses extraordinaires et uniques témoignages de foi tellement
inspirants.

HISTOIRE DE FRANCE

Avant qu'elle ne soit héréditaire, la monarchie était élective, système qui se poursuit encore de nos jours dans le seul royaume de Malaisie où, tous les sept ans, on élit parmi les sultans locaux un roi. En France, à l'extinction de la dynastie des Carolingiens, se posa donc le problème d'élire un nouveau roi. Les plus importants seigneurs étaient concentrés au sud du pays : le comte de Provence, le comte de Toulouse, le duc d'Aquitaine, le comte de Poitiers, le comte d'Anjou. À eux, le pouvoir, la richesse. Ils comprirent cependant qu'élire l'un d'entre eux reviendrait à ouvrir la porte aux rivalités, aux guerres fratricides ; tandis que s'ils se décidaient pour le candidat le plus pauvre et le moins important, celui-ci les laisserait tranquilles sans se prévaloir d'une suzeraineté et sans créer de rivalités. En cherchant bien, ils s'arrêtèrent sur le comte de Paris, Hugues dit Capet. Ses territoires étaient si limités que la frontière nord correspondait à l'actuelle zone de l'aéroport Charles-de-Gaulle, dont

la localité s'appelait Roissy en France, car là s'arrê-
taient les terres du comte de Paris, duc de France. De
plus, le tenant du titre était un personnage apparemment falot et dépourvu d'un grand esprit. Les seigneurs du Sud mirent donc tout leur poids dans la
balance et en 987, Hugues Capet fut élu roi de
France, ou plutôt roi des Français, comme il s'appelait à l'époque. Les seigneurs du Sud, sans le savoir,
avaient introduit le loup dans la bergerie.

Hugues Capet n'était peut-être pas un génie mais
il avait de la suite dans les idées et, comme ses descendants, il était tenace. Sa première idée fut de
transformer la monarchie élective en monarchie héréditaire. De son vivant, il associa ainsi son fils aîné
Robert au trône et le fit élire comme son successeur.
Robert et ses descendants en firent de même. Au
bout de plusieurs générations, la monarchie, tout
naturellement, était devenue héréditaire dans la
famille d'Hugues Capet.

Le deuxième objectif des Capétiens fut d'augmen-
ter leurs territoires. Ils opérèrent par mariage, ils
épousèrent des héritières qui, tout naturellement,
apportèrent en dot une province, laquelle s'adjoignait
à leur territoire. De génération en génération, ils
agrandirent démesurément leur domaine.

Cependant, ce mouvement centripète s'accompagnait automatiquement d'un mouvement centrifuge.
En effet, chaque roi qui, par mariage ou héritage,
agrandissait le territoire royal, devait le diviser entre
ses fils. Des branches cadettes se créaient qui possédaient d'importants territoires car, à leur tour, elles

s'agrandissaient par mariage. Ainsi, à l'intérieur de la Maison de France, se créaient des rivalités et des pouvoirs parallèles. Tels les ducs de Bourgogne, cousins proches des rois de France, qui devaient à ce point agrandir leurs domaines qu'un jour ils rêvèrent de remplacer les rois, leurs cousins. Il fallait donc réduire, détruire, limiter ces pouvoirs que la coutume créait. Le travail de la Maison de France fut celui de Pénélope qui, la nuit, défaisait la tapisserie qu'elle tissait le jour. On était forcé de défaire, à chaque génération, ce qu'on faisait à la précédente.

Néanmoins, la force centripète prévalut. Non seulement la Maison de France élimina les dynasties locales mais elle eut raison de ses branches cadettes. La dernière province indépendante étant la Bretagne, l'unique héritière de ce duché, Anne, fut forcée d'épouser à la suite deux rois de France, Charles VIII et Louis XII. Elle haïssait la France, lui reprochant d'anéantir le particularisme de sa Bretagne bien-aimée. Aussi refusa-t-elle de porter les fleurs de lys de ses maris. Partout où elle passa, elle arbora les hermines de Bretagne. Avec elle mais malgré elle, l'unité de la France fut achevée.

Cette unité, ce rassemblement, s'effectua à un prix que je considère déplorable. Lorsque Hugues Capet fut élu, deux civilisations occupaient la France. Celle du Nord, beaucoup plus rustique et embryonnaire, parlait la langue d'oil. Celle du Sud, d'un raffinement, d'un éclat incomparables, parlait la langue d'oc. D'où le Languedoc. La Maison de France, les Capétiens, appartenant à la langue d'oil par leur géographie, n'eurent de cesse d'éliminer la civilisation du Sud, d'autant plus qu'elle se couplait à un irrédentisme que leur volonté unitaire ne pouvait admettre. Cet irrédentisme prit au cours des siècles de nombreuses formes, la plupart religieuses. Les hérésies qui eurent pour siège le Sud, les Cathares, les protestants des Cévennes, étaient en fait une expression de cet irrédentisme. La monarchie issue du Nord ne pouvait le supporter. Elle écrasa ces hérésies et, ainsi, anéantit la scintillante civilisation du Sud.

La monarchie française, pour supprimer ces indépendantistes à coloration hérétique, utilisa l'Église. Louis IX en tête, le bon Saint Louis qui rendait la justice sous son chêne et qui ne pensait qu'au bien-être de ses sujets, fut un des plus grands massacreurs d'hérétiques de la dynastie. Je pense surtout aux Cathares.

Au IIIe siècle après Jésus-Christ, surgit dans l'empire persan un mage exceptionnel, Mani, qui mélangea la religion de son pays, celle du feu fondée par Zoroastre, avec le christianisme selon une recette explosive de sa façon. Il finit mal, exécuté par le shah de l'époque mais il eut des fidèles qui se multiplièrent. Ceux-ci émigrèrent puis, sous le nom de Pauliciens, réapparurent en Asie mineure dans la ville de Divrigi perdue au milieu de l'Anatolie où j'allai visiter la plus étrange et probablement la plus belle mosquée de Turquie. Puis, ils refirent surface en Bulgarie sous le nom de Bogomiles avant de fleurir au sud de la France sous le nom de Cathares. Avec eux, on ne s'amusait pas, on ne mangeait pas, on ne buvait pas d'alcool, on ne faisait pas l'amour. Mais c'étaient des

hommes purs, honnêtes, humains, généreux et, surtout, incorruptibles. Tout pour déchaîner les foudres
de l'Église. Ils gagnèrent les grands seigneurs locaux
comme le comte de Toulouse qui voyait chez ces dis-
sidents un moyen détourné d'acquérir une certaine
indépendance. Alors se déchaînèrent les foudres de
la monarchie. Les armées du roi et du Pape fondirent
sur eux.

Pour illustrer l'état d'esprit qui régnait chez ces
pourfendeurs d'hérétiques, rien n'est plus frappant
que la célèbre réponse du légat du pape lors de la
croisade contre les Cathares. Après la prise de
Béziers, les vainqueurs vinrent lui demander ce qu'il
fallait faire des survivants du siège. Le légat ordonna
de les massacrer. Les rudes militaires protestèrent. Il
y avait, parmi les prisonniers, de nombreux catholiques fidèles au pape. « Tant pis, dit le légat, tuez-les
tous, Dieu y reconnaîtra les siens. » Ainsi ces fleurs
merveilleuses de culture, de tolérance, de pureté qui
s'étaient épanouies au sud de la France furent-elles
sauvagement piétinées et détruites.

J'allai visiter ce qu'on appelle les châteaux cathares
et, en particulier, le plus célèbre d'entre eux, Montségur, qui avait vu la fin de cette aventure merveilleuse appelée « hérésie ». Derrière les murs de la
forteresse, les derniers Cathares avaient soutenu un
long siège avant de se rendre. Plus de deux cents
d'entre eux avaient refusé de retourner au catholicisme et avaient été brûlés au bas de la colline. Je
grimpai le raide sentier qui menait vers la forteresse
en m'inquiétant sur l'atmosphère que j'y trouverais.

Tant de violences, tant de souffrances, tant de morts brutales n'étaient pas pour créer une ambiance sereine, et surtout, j'étais conscient de descendre de celui qui avait anéanti les Cathares. Or, en pénétrant dans Montségur, non seulement je fus imprégné par une atmosphère de tranquillité, de paix mais encore, contre toute attente je me sentis bien accueilli par les invisibles habitants.

La Maison de France présente un exemple unique en Europe de ténacité, de continuité, de nationalisme. Française, la Maison de France l'était et elle l'est toujours. Ma mère Françoise, princesse de France, avait la France dans le sang comme son père le duc de Guise. Celui-ci, comme membre de l'ancienne famille royale, s'était vu refuser la permission de se battre avec ses compatriotes lors de la Première Guerre mondiale. Il avait réussi à s'engager comme simple brancardier et avait même reçu la croix de guerre pour ses hauts faits. Il avait au moins la satisfaction, dans son poste modeste et anonyme, d'avoir servi son pays. La Seconde Guerre ne l'épargna pas. Réfugié au Maroc, il fut, dès 1940, atteint d'un anthrax au cou qui le mena rapidement au tombeau. Les siens comprirent qu'en fait il était mort de chagrin de savoir sa patrie envahie et occupée. Et pourtant, l'ancêtre d'Hugues Capet, le premier roi, aurait été un boucher allemand. À l'origine, les Capétiens étaient en effet des Francs, nom qui allait donner les Français. Mais les Francs, auparavant, étaient une tribu allemande qui avait envahi l'ouest de l'Europe. Ironique est le sort de l'Histoire : les Alle-

mands furent à l'origine des Français. Il n'en reste
pas moins que du IXe au XIXe siècle, la Maison de
France régna à travers différentes branches sans discontinuer.

Les Capétiens produisirent des souverains remarquables, Louis VI, Philippe II Auguste, même
Louis VIII, mais ils donnèrent aussi le plus grand cré-
tin de la famille. Louis VII avait épousé la plus grosse
héritière d'Europe. Aliénor d'Aquitaine amenait avec
elle tout le sud-ouest de la France ainsi réuni au
domaine royal. Le roi et la reine partent à la croisade
au Moyen-Orient. La reine retrouve là-bas son oncle,
le prince d'Antioche. Le roi ne devait pas être très
inspirant au lit car la reine devient la maîtresse de son
oncle. Louis VII pourrait la répudier, l'enfermer dans
un couvent. Non. Il décide de divorcer, c'est-à-dire
de la renvoyer à ses foyers avec sa fabuleuse dot. En
vain, son ministre, le sage Suger, se jette à ses pieds
pour le supplier de ne pas faire une telle bêtise.
Louis VII s'entête.

Aliénor repartit avec ses provinces qu'elle apporta
bientôt à son second mari, le comte d'Anjou, déjà
immensément riche et puissant. Par-dessus le marché, celui-ci devint roi d'Angleterre sous le nom
d'Henri II Plantagenêt. On imagine les sentiments
d'Aliénor vis-à-vis de son ancien mari et de la France.
Les sentiments de son nouveau mari n'étaient pas
bien différents. Aussi, grâce à Louis VII, la France
eut-elle contre elle un front qui allait des Pyrénées à
l'Écosse.

Aliénor était une femme prodigieuse, dotée d'une personnalité explosive. Le film *Un lion en hiver* évoque ses querelles homériques avec son second mari, le roi d'Angleterre. Du haut des provinces qu'elle possédait en propre, elle pouvait se sentir indépendante et donc faire ce qui lui passait par la tête. Entre autres, voyager. En ce Moyen Âge, dont j'imaginais les moyens de communication embryonnaires et le confort totalement inexistant, je découvris grâce à Aliénor que les voyages étaient possibles car elle ne cessa de se rendre d'un bout à l'autre de ces domaines épars, ainsi qu'en Castille dont une de ses filles, comme elle prénommée Éléonore, avait épousé le roi.

Philippe IV Le Bel est déjà apparu dans ces pages à propos des disputes avec la papauté. Il se rendit tout aussi célèbre en anéantissant l'Ordre des Templiers. Au début, quelques moines-guerriers s'étaient associés pour défendre les lieux saints contre les Sarrasins. Pour une raison inconnue, on leur avait alloué, à Jérusalem, les ruines ou plutôt l'emplacement du temple de Salomon, c'est-à-dire le lieu le plus sacré du judaïsme dont il reste aujourd'hui le Mur des Lamentations. Les guerriers, poussés par l'élan de la foi, se multiplièrent. Ils acquirent une puissance militaire considérable. Malgré leur combativité, les revers se succédèrent. Bientôt les Maures reconquirent le Moyen-Orient que les Croisés leur avaient enlevé. Les Templiers, comme les autres Européens installés dans la région, se replièrent en Occident. Si leur objectif principal n'existait plus puisque le croissant dominait de nouveau Jérusalem, leur carrière était loin d'être terminée. Ils se répandirent dans l'Europe entière où ils laissèrent d'innombrables monuments souvent magnifiques. Beaucoup sont bâtis suivant les lois les plus ésotériques de l'architecture, accréditant la théorie selon laquelle ils avaient été des occultistes de haut niveau, mais surtout, ils se découvrirent des banquiers hors pair. Inventant les lettres de crédit, ils devinrent l'institut financier international le plus important de leur époque. Les nantis n'avaient plus besoin de voyager avec leur or, il leur suffisait de l'échanger contre des lettres de crédit chez les Templiers et d'aller de commanderies en commanderies dans n'importe quel pays d'Europe pour pouvoir retrouver leur or, sans éprouver l'inconfort de le transporter et sans risquer de se voir dépouillés par des bandits de grand chemin.

Le succès de cette entreprise devait causer la perte des Templiers. Le roi Philippe IV, toujours jaloux de son pouvoir, ne pouvait admettre cet État dans l'État et surtout, toujours à court d'argent, il convoitait leurs immenses richesses. Utilisant les services de l'Église, trop ravie d'accuser et de torturer, il fit arrêter ces malheureux considérés comme hérétiques et les mit à la question. Les chefs d'accusation frisaient le ridicule. On accusa les Templiers de piétiner les crucifix, d'adorer des idoles, de se livrer à des rites homosexuels au cours desquels ils embrassaient des pénis et des fessiers. Beaucoup d'entre eux n'en furent pas moins brûlés. On sait que le grand maître des Templiers, Jacques de Molay, du haut du bûcher qui allait le consumer et qui avait été dressé à l'extrémité de l'île de la Cité, maudit le roi qui le condamnait, le pape qui l'abandonnait, le ministre qui le tuait et leur donnait rendez-vous dans les six mois. Effectivement, les trois personnages moururent dans des circonstances soit mystérieuses, soit dramatiques avant que ce délai ne se soit écoulé. Mais Jacques de Molay était-il le véritable grand maître des Templiers ? Inspirés par les organisations ésotériques orientales, les Templiers ont pu connaître une hiérarchie parallèle, laquelle aurait échappé à l'arrestation. On est à peu près sûr qu'ils avaient été prévenus de ce qui les attendait, et que la veille de l'arrestation ils avaient fait sortir de Paris un bon nombre de chariots surchargés de coffres. On a cru, on croit encore qu'un fabuleux trésor avait ainsi échappé aux sbires du roi de France. Mais était-ce un trésor en numéraire ou en documents ? Ces documents pouvaient comporter des secrets ésotériques tout aussi bien que les livres de comptes de tous les puissants du monde d'alors.

La malédiction lancée par Jacques de Molay du haut du bûcher sur le roi de France agit-elle ? En tout cas, il est une coïncidence qui laisse rêveur. La révolution qui mit fin à la monarchie millénaire incarnée par la Maison de France envoya son dernier titulaire, Louis XVI et sa famille, en prison... au Temple, c'est-à-dire le palais de ces Templiers que leur ancêtre avait envoyés à la mort.

La fin des Templiers comporte pas mal d'inconnues, même si celles-ci ont été énormément amplifiées et exagérées. L'existence même de ces moines-guerriers devenus banquiers fut nimbée de magie et on cherche encore leur trésor. Ont-ils été influencés par le prodigieux passé des lieux qu'ils occupaient à Jérusalem, c'est-à-dire l'emplacement du Temple, découvrirent-ils sous ces ruines des documents hermétiques ? Nul ne le sait. En tout cas, il est concevable qu'au cours des générations où ils vécurent au Moyen-Orient, ils se laissèrent gagner par un certain ésotérisme local. Il est tout aussi possible qu'ils aient injecté cet ésotérisme dans leurs règles et leurs croyances. Le principal n'en reste pas moins qu'ils furent éliminés parce qu'ils constituaient une trop puissante « multinationale ».

Malgré l'hérédité instaurée par la Maison de France, il reste des séquelles de la monarchie élective. En fait, les instances populaires, l'équivalent des États Généraux d'autrefois, pourraient élire un nouveau roi fondant une nouvelle dynastie. N'importe qui peut être élu roi de France à deux conditions : qu'il soit en règle avec l'Église, et, surtout, condition *sine qua non*, irréductible, qu'il soit français. Non pas français d'adoption mais français de naissance, français de parents. Aucun document ne comporte cette condition. Elle est ancrée au plus profond de la conscience populaire. À preuve :

La dynastie des Capétiens directs s'éteignit avec trois frères rois, Louis X le Hutin, Charles IV le Bel, Philippe V le Long, qui ne laissèrent aucun fils survivant. Légitimement, le prochain roi devait être le mari de leur sœur ou son fils, c'est-à-dire le roi d'Angleterre. Instinctivement, les Français se rebiffèrent. Ils inventèrent alors de toutes pièces la loi salique, c'est-à-dire une règle régissant soi-disant la succession des Francs saliens et interdisant aux femmes de régner ou de transmettre la couronne, celle-ci ne pouvant se transmettre que par les hommes. Si les trois rois frères n'avaient laissé aucun fils, ils avaient pourtant des cousins, dont le comte de Valois qui fut déclaré roi sous le nom de Philippe VI.

Le roi d'Angleterre fut légitimement outré de cette préférence. Il se considérait comme le roi légitime de France avec le droit pour lui. Contre lui, il avait la conscience nationale française. Ce n'était pas un argument pour le roi d'Angleterre qui commença ainsi la guerre de Cent Ans pour récupérer le royaume qui lui avait été injustement soufflé. Et, tout de suite, il arbora sur ses armoiries les trois fleurs de lys qu'il écartelait avec les léopards d'Angleterre. Le roi d'Angleterre garda son titre de roi de France et ses fleurs de lys jusqu'en 1802. Ce ne sont pas les rois de France mais Bonaparte qui, dans le traité d'Amiens, obligea le roi d'Angleterre à abandonner ses fleurs de lys et son titre de roi de France. Un aventurier corse réussissait là où vingt générations de rois de France avaient échoué.

L'origine de ce conflit était donc Isabelle de France, la digne fille de Philippe IV, qui avait épousé le roi d'Angleterre Édouard II, lui amenant ses droits à la couronne de France. Or, ce dernier n'aimait que les garçons. La frustration aigrit considérablement Isabelle au point qu'elle dénonça ses belles-sœurs qui faisaient consommation de beaux étudiants dans la fameuse tour de Nesle. Résultat : une des belles-sœurs fut enfermée au couvent, deux autres furent étouffées entre deux matelas. Ces épisodes inspirèrent *Les Rois maudits*, le célèbre roman historique de Maurice Druon.

La reine Isabelle finit par être exaspérée par les favoris de son mari. Elle prit un amant, Mortimer, mais cela ne lui suffisait pas : elle voulait le pouvoir. Avec son amant, elle fit détrôner et enfermer le roi. Elle proclama son fils mineur sous le nom d'Édouard III et gouverna. Cela ne lui suffisant toujours pas, avec l'aide de Mortimer, elle fit assassiner le mari d'une façon tellement atroce que je me refuse à le rapporter dans ces pages, mais la vengeance du destin l'attendait. Son fils devenu majeur fit arrêter, torturer et exécuter l'amant, puis il fit enfermer sa mère dans une sombre forteresse. Aux hurlements que les autochtones entendent la nuit autour du château de Berkeley où fut torturé à mort Édouard II répondent les cris de rage et de folie que les habitants du Norfolk entendent la nuit autour de Castle Rising où vécut prisonnière la reine Isabelle, surnommée « la louve de France » par ses sujets anglais.

Je suis allé dans le Norfolk visiter cette prison. La forteresse n'a rien de sinistre. En fait, c'était pour l'époque une demeure somptueuse où la souveraine déchue vécut avec un entourage et les honneurs dus à son rang. Son fils Édouard III l'y venait visiter et la traitait avec considération. Elle-même gardait toute sa raison et tout son sang-froid.

La guerre de Cent Ans, déclenchée par la succession des fils de Philippe IV, connut des hauts et des bas, et surtout des bas, avec d'effroyables défaites françaises et le roi de France prisonnier à Londres. La France toucha le fond avec celui que je considère comme le personnage le plus tragique de son histoire.

Le roi Charles VI était beau et courageux, il avait de profondes capacités, des talents divers, il était jeune, il portait l'espoir. Il est parti en expédition militaire en Bretagne. Il fait une chaleur épouvantable. Il est bien trop chaudement vêtu de velours en plus de sa lourde armure.

Ses soldats et lui somnolent en avançant au milieu de la lande incandescente. Soudain, un soldat à moitié endormi laisse tomber sa hallebarde sur le casque de celui qui le précède – ce qui produit un fracas violent. Le roi bondit hors de sa somnolence, tire son épée et, en hurlant, se jette sur son entourage, croyant qu'il s'agit de l'ennemi. Au début, nul n'ose toucher sa personne sacrée puis, devant le danger qu'il représente, ses courtisans parviennent à le maîtriser. Le roi de France est devenu fou.

« Le bal des ardents » n'améliora pas son état. Pour le distraire de sa folie, un bal masqué fut organisé. Lui-même ainsi que plusieurs de ses courtisans se déguisèrent en bêtes féroces. On cousit sur eux des peaux d'animaux tués lors de chasses. Le bal se déroule dans la gaieté et l'animation lorsqu'un curieux, voulant savoir qui se cache sous ces dépouilles de félins, approche trop près de l'un d'eux une torche. Les peaux de bêtes s'enflamment. Le feu se communique aux autres courtisans déguisés de la sorte. Le roi n'est épargné que grâce au zèle de sa belle-sœur, la duchesse d'Orléans Valentine, qui a su l'entraîner hors de ce cercle d'enfer.

Plusieurs courtisans périrent ainsi sous ses yeux dans des souffrances atroces.

Le roi avait des crises de folie intenses où, persuadé d'être composé de verre, il craignait à tout instant de se casser. La maladie de Charles VI intrigue beaucoup ses descendants. En effet, aucun cas de folie n'a été enregistré avant Charles VI ni après lui jusqu'à nos jours, jusqu'à la Maison de France actuelle dont faisait partie ma mère. L'ami Jean-Louis Bachelet m'a éclairé sur le sujet. Il s'agit d'un cas de schizophrénie, maladie qui n'est pas forcément héréditaire. Elle peut se manifester par crise subite, créée par un événement extérieur dans le cas du roi – le fracas causé par la lance tombée sur le casque. Elle arrive chez les individus à quinze ou vingt-cinq, ou quarante-cinq ans, or Charles VI avait vingt-quatre ans lorsqu'il céda à la maladie. Enfin, le schizophrène a souvent le sentiment d'être morcelé, aussi se tâte-t-il constamment, d'où l'impression de Charles VI de se briser en morceaux. Le malheureux avait aussi des périodes de lucidité. Souffrant psychologiquement, il se rendait parfaitement compte de son état, de la situation où il plongeait le royaume. En effet, l'ennemi anglais en profitait tant qu'il pouvait. Sa femme, la grosse, l'horrible Isabeau de Bavière, signait avec son gendre le roi d'Angleterre un traité qui donnait pratiquement la France à son ennemi héréditaire, et pour bien évincer son propre fils, elle le déclara bâtard, c'est-à-dire qu'elle confessait un adultère, d'ailleurs imaginé en ce cas, pour enlever à son héritier tous ses droits.

Les Parisiens accueillirent triomphalement les Anglais et collaborèrent avec eux de tout cœur. Cela devait devenir une manie chez eux. Plus tard, ils idolâtreraient le duc de Guise qui, ni plus ni moins, fit venir les Espagnols en France contre le roi légitime, comme ils accueillirent à bras ouverts les alliés vainqueurs de Napoléon en 1814. Il faut bien reconnaître que, pendant la Seconde Guerre mondiale et l'occupation nazie, la résistance des Parisiens ne connut pas une unanimité remarquable…

La France française était donc perdue. Réduite à un pitoyable domaine au centre du pays, elle n'avait aucune chance de survivre ni de se relever lorsque…

Nous en arrivons à mon personnage favori – probablement le plus grand de l'Histoire de France. Pendant des années et même des décennies, j'ai étudié Jeanne d'Arc. Ce travail m'a confirmé dans une constatation établie depuis longtemps. Il y a toujours quelque chose de nouveau à extraire de documents déjà lus par des dizaines d'historiens. Il existe fort peu d'archives crédibles concernant Jeanne d'Arc. Celles-ci ont été disséquées par des générations de spécialistes. Et pourtant, il y a des faits frappants, des détails extraordinaires, des indices stupéfiants sur lesquels personne ne s'était arrêté avant moi. Non pas que je sois le plus fort, loin de là. Il suffit de lire ces documents sans idées préconçues, avec l'esprit libre mais en alerte. Alors l'inédit, c'est-à-dire ce qui n'a pas été remarqué ou retenu auparavant, paraît en pleine lumière et l'on peut construire des théories nouvelles, ou plutôt, des théories plantées sur les bases solides et concrètes de thèses plus anciennes mais jusqu'alors trop audacieuses pour être complètement étayées. Ainsi s'est édifiée pierre par pierre ma conviction. Cependant, je n'avais pas assez de preuves pour retenir l'attention des lecteurs non avertis. Aussi, me suis-je résolu à utiliser le mode romanesque pour rédiger mon étude sur mon héroïne.

La légende selon laquelle une simple bergère sortie d'un trou perdu de Lorraine, inspirée par ses voix, a réussi par sa ténacité à avoir accès au roi ne tient pas debout. Nul n'approche facilement des rois, quels qu'ils soient et en quelque siècle que ce soit. Par ailleurs, des illuminés qui prétendent avoir reçu des révélations célestes, il y en a des centaines par jour. Il me paraît donc évident que Jeanne d'Arc a été mise sur orbite par quelque groupe de pression occulte. Ce même groupe qui l'a soigneusement éduquée, à l'écart dans sa retraite lorraine.

Tout le monde le sait : poèmes, tableaux, ouvrages érudits, films soutiennent que Jeanne d'Arc était une simple bergère. Or, elle-même, lors de son procès, l'a nié. « Je n'ai jamais gardé les moutons », a-t-elle soutenu. Qu'elle ait été inspirée, qu'elle ait reçu l'aide de ses voix ou de Dieu, c'est tout à fait plausible, mais ce ne sont pas ses « saintes » qui lui auraient appris à manier l'épée. Or, contrairement à la légende, elle ne se contentait pas dans les batailles de brandir son oriflamme ; attaquée, elle se défendait comme n'importe quel officier. Elle savait donc manier les armes, elle savait monter à cheval, elle savait porter une armure. Cela ne s'apprend pas en une semaine ou un mois. Elle a été entraînée depuis l'adolescence à se battre comme un chevalier. De même, pour une simple bergère, elle était extraordinairement éduquée. D'abord, elle ne parlait pas le patois lorrain mais un français impeccable réservé à l'élite. À son procès, elle se moquera de l'accent d'un abbé. Elle écrivait d'une belle écriture, on possède d'elle trois signatures qui en sont la preuve. Lorsqu'elle arrive à la Cour, elle a donc reçu non seulement un entraînement militaire mais l'éducation la plus soignée, ce qui ne correspond pas à une fille de paysans.

Quel était ce groupe qui la commanditait ? Quel était son but en l'utilisant ? Il est difficile de répondre à cette question mais je pense, quant à moi, que toute l'affaire de Jeanne d'Arc prend son origine dans les relations de la France avec la papauté. L'Église se trouve en plein schisme, deux papes se disputent la tiare. Des conciles à répétition essaient de mettre de l'ordre dans cette anarchie. Depuis un temps, la France songeait à acquérir une certaine indépendance vis-à-vis de la papauté, et ce mouvement appelé le gallicanisme rampait dans les églises. À l'époque, le roi légitime, qui n'avait même pas pu être couronné – et que l'on appelait le dauphin Charles –, ne possédait qu'une minuscule partie du royaume. Le reste était occupé par les Anglais et le roi d'Angleterre paradait comme roi de France. Ce dauphin sans avenir, si on réussissait non seulement à lui rendre l'espoir mais à en faire un vainqueur chassant l'ennemi de France, pourrait se faire le champion du gallicanisme. On a donc suscité Jeanne d'Arc. Jeanne d'Arc a sorti Charles de l'ornière et l'a mis sur le chemin de la victoire. Ce dauphin que sa mère affirmait n'être qu'un bâtard finit par acquérir le surnom du « victorieux ». Or, sa première mesure, après avoir chassé les Anglais, fut de publier la *Pragmatique Sanction*, document qui affirmait les principes du gallicanisme et posait les bases de l'indépendance de l'Église de France vis-à-vis de la papauté.

On peut se demander quels critères ont motivé un quelconque groupe occulte pour choisir Jeanne d'Arc. Peut-être a-t-il trouvé en elle, dès sa naissance, des signes comparables à ceux qui font désigner un enfant à peine né comme le futur dalaï-lama. Cependant, elle devait posséder des qualités beaucoup plus tangibles. La légende en fait une jeune fille innocente et naïve, même un peu primaire. Elle était tout sauf cela. L'intelligence hors pair, l'esprit vif et incisif, les visions politiques grandioses, beaucoup plus larges que les politiciens de l'époque, elle disposait de surcroît d'un génie militaire. Dès le début, elle s'opposera aux généraux de carrière. Ceux-ci voudront appliquer telle stratégie, Jeanne d'Arc proposera souvent telle autre. Les généraux protesteront, elle finira par imposer sa tactique et, chaque fois, elle prouvera qu'elle avait parfaitement choisi. Cette jeune fille de dix-neuf ans se révélait un stratège autrement brillant que tous les militaires chevronnés de l'époque.

De même politiquement. Après les premières victoires, elle fut la seule contre tous les autres à exiger de mener sans tarder le Dauphin Charles pour être couronné à Reims. Il fallait traverser les territoires ennemis. Les pairs du royaume et les couronnes manquaient. Tant pis. Elle eut raison de l'opposition des politiciens et des militaires, elle eut raison de la présence ennemie sur le chemin de Reims, elle fit couronner Charles VII qui, ainsi, devenait un personnage sacré. Elle seule avait compris la profonde symbolique du geste. Est-ce seulement pensable de la part d'une naïve paysanne lorraine ? Effacée, grâce à elle, la bâtardise du Dauphin Charles, effacées les humiliations, effacé le couronnement des rois d'Angleterre comme rois de France, Charles VII était désormais le roi sacré et consacré.

Hommes et femmes, à l'époque, montraient un courage extraordinaire mais celui de Jeanne se révéla partout, lors de la bataille mais pas seulement. Emprisonnée, menacée de torture, harcelée par ses juges, condamnée à mort, exécutée d'une façon atroce, pas une seconde sa vaillance ne céda. Et pour accompagner ses qualités, elle affichait un profond humour. De nombreuses répliques dans les deux procès de condamnation et de réhabilitation témoignent de son sens brillant de la repartie, de son à-propos souvent amusant, de son plaisir à rire. « Portez-vous des anneaux aux oreilles ou ailleurs ? » lui demande son juge, l'évêque Cauchon. « Oui, vous en avez d'ailleurs un qui m'appartient, rendez-le-moi », réplique-t-elle alors qu'elle risque la torture et la mort à chaque instant. Plus loin, le même évêque Cauchon lui pose une question idiote : « Obéissez-vous à Sa Sainteté le Pape ? ». « Menez-moi à lui et je le lui dirai. » Personnage d'une dimension exceptionnelle mais jamais pompeux, ni grave, ni austère, toujours profond mais aussi, quand il le fallait, plein d'ironie.

Lorsqu'elle atteignit la notoriété et qu'elle se prétendit poussée par ses voix et par Dieu, elle subit tout naturellement les examens de virginité, celle-ci allant de pair avec la sainteté. Mais, curieusement aussi, la Cour imposa un examen pour déterminer son sexe, ce qui signifiait qu'on pouvait concevoir des doutes. Jeanne devait être puissamment bâtie, fortement musclée pour porter les lourdes armures de l'époque, pour tenir l'épée et pourtant femme elle l'était bien puisqu'un témoin décrira ses « jolis tétins ».

Il y a dans sa trajectoire de nombreux points intrigants. D'abord, dès son apparition à la Cour, la nouvelle est connue partout en Europe. Des abbés, des clercs, des seigneurs s'écrivent pour annoncer qu'une jeune bergère est venue de Lorraine pour sauver le royaume de France. Toutes proportions gardées, cette façon dont son entrée en scène est partout, simultanément, annoncée ressemble bien à une campagne de presse. Nouvelle preuve qu'elle n'était pas seule mais soutenue par un puissant groupe de pression. Frappante également, la légende de la bergère naïve et primaire est née dès cette époque, inventée probablement par ses commanditaires qui voulaient donner cette image totalement fausse, mais, évidemment, facile à retenir pour l'opinion et qui dissimulait la vérité embarrassante d'un personnage prodigieux soigneusement choisi et entraîné. Étrange aussi, tout ce qui la concerne a disparu. On ne possède d'elle que les deux procès de condamnation et de réhabilitation ainsi que trois signatures. Pas une relique, pas une armure, pas un vêtement. Et pourtant, elle avait laissé une de ses épées sur un autel d'église. On ne l'a jamais retrouvée. Tout a disparu comme si on avait voulu supprimer toute preuve matérielle de son existence.

Que s'est-il passé ? Comme je l'ai souligné, Jeanne a probablement été lancée par un groupe de pression occulte. Tout se déroula harmonieusement jusqu'au couronnement de Charles VII. Ensuite, le groupe occulte voulut selon toute vraisemblance entamer des négociations. Jeanne, elle, voulait poursuivre la lutte. Jamais elle n'avait été un instrument aveugle aux mains de ses commanditaires. Simplement ses propres vues, ses objectifs, avaient correspondu aux leurs. Désormais, il y avait divorce. Ses commanditaires se rendirent compte qu'ils avaient créé un « instrument » qui désormais leur échappait. Aussi lâchèrent-ils Jeanne d'Arc. Elle échoua devant Paris dont elle voulait s'emparer. Elle subit revers sur revers. Ses troupes s'amenuisèrent. Elle en vint à guerroyer ici ou là avec de misérables effectifs. Elle voulut délivrer la ville de Compiègne assiégée par l'ennemi. Elle réussit à s'introduire dans la ville. Puis, elle décida d'opérer une sortie. Elle fut attaquée et se trouva rapidement en si mauvaise posture qu'elle se replia vers la ville. Mais elle trouva porte close. Ainsi fut-elle faite prisonnière par une évidente trahison.

Ce n'étaient pas les Anglais qui l'avaient arrêtée mais un sujet du duc de Bourgogne. Ce dernier, bien que cousin du roi de France, bien que prince des fleurs de lys, était le rival de Charles VII et l'allié des Anglais. Cependant, il était singulièrement embarrassé. Il ne savait que faire de Jeanne d'Arc sa prisonnière. Le roi Charles VII demandait mollement qu'il la libère. L'Université de Paris, fanatiquement proanglaise, exigeait qu'elle leur fût remise pour lui faire rondement son procès et l'envoyer sur le bûcher. Les Anglais la voulaient pour la condamner. Le duc de Bourgogne hésitait tout de même à la livrer.

C'est alors qu'entre en scène l'évêque Cauchon. Il convainc le duc de Bourgogne de lui livrer Jeanne d'Arc, on se demande par quel argument. Il refuse de la livrer à l'Université de Paris qui la réclame à cor et à cri pour la condamner. Il la mène à Rouen pour la remettre aux Anglais. C'est donc qu'il veut sa mort, c'est donc que ce traître a livré Jeanne à ceux qui rêvent de la brûler. En réalité, les choses ne sont pas si simples. Si on lit attentivement le procès de condamnation, on s'aperçoit que l'intention de Cauchon n'est pas de faire mourir Jeanne. Il domine complètement le tribunal. C'est lui qui fait tout, qui arrange tout, qui décide tout. Or, à plusieurs reprises, il dicte à Jeanne ce qu'il lui faut dire pour échapper à la mort. Bien sûr cet intrigant sans foi ni loi n'agit pas ainsi par générosité. Le marché est simple. Jeanne échappera à la mort si elle se rétracte, si elle reconnaît ses erreurs, si elle avoue publiquement que ses voix l'ont trompée et que la cause de Charles VII n'est pas la bonne. Jeanne d'Arc ne se laisse pas faire. Pourtant, il y a cette séance dans le cimetière de Saint-Ouen à Rouen. Le document de renonciation est prêt, apparemment elle aurait accepté de le signer. On l'amène devant un public nombreux, elle n'est visiblement pas dans son état normal, les témoins le confirmeront. Elle se met même à rire, alors qu'elle risque la mort ! Peut-être est-elle droguée. On lui présente le document de renonciation, elle signe d'une croix comme les illettrés, elle, dont on possède trois signatures magnifiques. Elle se moque visiblement du monde. Les Anglais sont furieux d'autant plus que, ramenée en prison, elle revient sur son reniement. Elle ne reconnaît aucune erreur. Dès lors, elle est perdue malgré les efforts de Cauchon. Elle suivra jusqu'au bout son destin terrible et magnifique. Jusqu'au bûcher, elle s'est révélée plus forte, plus intelligente, plus décidée que tous. Son courage intact, son intégrité préservée, elle va, sans trembler, vers la mort horrible qui l'attend. L'évêque Cauchon, quant à lui, restera dans l'Histoire comme le juge qui l'a condamnée.

Charles VII et ses courtisans étaient tout de même un peu gênés. Ils n'avaient pratiquement pas fait un geste pour la sauver. Le monde entier saluait l'héroïne incomparable et méprisait ce roi qu'elle avait mis sur le trône et qui l'avait abandonnée. Alors, la Cour utilisa le plus ignoble des moyens. Pourquoi accuser Charles VII de l'avoir laissée mourir puisqu'elle n'était pas morte ? On avait brûlé une autre condamnée à sa place. Quant à Jeanne, elle avait été sauvée, elle avait vécu dans l'obscurité pen-

dant plusieurs années, et maintenant, quatre ans
après le procès de Rouen, elle réapparaissait sous
le nom de Dame des Armoises. Qui a suscité cette
imposture ? On ne le sait pas mais en tout cas,
cette résurrection servait la Cour qui reconnut la
Dame des Armoises comme Jeanne d'Arc. Tout le
monde suivit l'exemple de la Cour, y compris
« les frères » de Jeanne d'Arc. Ils s'étaient tous les
deux appelés d'Arc. Or, lorsqu'on avait demandé
à son procès son nom, Jeanne d'Arc avait répondu :
« Mon prénom est Jeanne, quant à mon nom je ne
le connais point. » Le roi avait donné à ses frères
le beau patronyme de « Du Lys » et maintenant ils
reconnaissaient sans hésiter l'usurpatrice, preuve
qu'ils n'étaient pas véritablement ses frères.

Qui était, en vérité, Jeanne d'Arc ? De même
qu'elle n'était pas une bergère ni une paysanne, de
même elle n'appartenait pas à la famille d'Arc. Probablement, était-elle l'enfant illégitime d'un grand
personnage, ce qui avait permis à ses commanditaires
de connaître son existence. Curieusement, ce nom
d'Arc qu'elle porte dans l'Histoire vient du lieudit
Arc-en-Barrois, une vaste propriété que j'ai possédée
avec ma famille jusqu'en l'an 1965. La Dame des
Armoises reconnue par tous reçut une pension, elle
se maria au sieur des Armoises et vécut heureuse
et comblée. Jeanne d'Arc n'étant pas morte sur le
bûcher, on pouvait l'oublier. C'est ce que firent avec
soulagement l'Église et la Couronne, les deux responsables de sa fin, les deux ne voulant pas que l'on
puisse le leur reprocher. Ainsi Jeanne d'Arc fut pendant des siècles plongée dans un semi-oubli.

Puisque ni l'Église et la monarchie ne voulaient lui rendre les honneurs auxquels elle avait droit, ce fut la République qui, contre toute attente, s'en chargea. En cette fin du XIXᵉ siècle, la Lorraine était occupée par les Allemands. La France ne supportait pas cette humiliation. Alors, elle se souvint d'une Lorraine qui, un jour, s'était soulevée contre l'occupant ennemi et l'avait chassé hors des frontières. La République s'empara de ce personnage emblématique et, de ce pas, demanda au Vatican de sanctifier Jeanne d'Arc. Le Vatican répondit par une fin de non-recevoir. L'Église avait condamné Jeanne d'Arc, ce n'était pas pour l'honorer quelques siècles plus tard. La République insista lourdement et l'Église avait tellement besoin de la République que finalement elle accepta, non pas de la canoniser, mais de la béatifier, statut préliminaire à celui de la canonisation. La République dressa des statues de Jeanne d'Arc un peu partout et en fit l'héroïne nationale, le symbole de la résistance à l'ennemi.

Cependant, pour l'opinion publique, il était inacceptable que l'occupant ait été chassé par une fille d'illustre origine, soigneusement entraînée pour son rôle, un génie militaire et politique, une personnalité exceptionnelle. Aussi transforma-t-on la véritable Jeanne d'Arc en Mademoiselle Tout Le monde, une simple bergère issue du peuple, une paysanne ignare qui avait réussi l'impensable. La légende, complètement fausse, de Jeanne d'Arc était plus nécessaire que jamais… au point qu'elle dure encore !

Je me suis rendu à Domrémy en Lorraine où Jeanne d'Arc naquit et grandit, à Chinon dans la salle même où elle rencontra Charles VII pour la première fois, à Beaugency, à Loches, à Rouen enfin. La tour où elle fut enfermée n'existe plus mais la place du Vieux Marché où elle fut brûlée est toujours là. Or, contrairement à tant d'autres lieux célèbres « habités » par d'illustres personnages, nulle part je n'ai senti Jeanne d'Arc, comme si elle n'appartenait plus à aucun lieu précis, comme si ce personnage qui avait été si vivant, si présent s'était désincarné.

Il est dans l'histoire de Jeanne d'Arc un personnage particulièrement ambigu et sinistrement coloré. Gilles de Rais devait donner naissance au mythe de Barbe Bleue car sa chevelure et sa barbe étaient tellement noires qu'elles en avaient des reflets bleuâtres. Seulement, lui ne tuait pas ses femmes. Son unique épouse lui survécut même. Lui, tuait les petits enfants. L'association de Barbe Bleue et de Jeanne d'Arc est étrange et pourtant un sentiment me laisse croire qu'un courant exista entre ces deux êtres si dissemblables.

Alors que tout la séparait de cet orgueilleux grand seigneur, Gilles de Rais devint un inconditionnel de Jeanne d'Arc au point qu'après la mort de cette dernière, il fit représenter un « mystère », c'est-à-dire un grand spectacle consacré à son héroïne. Il en avait écrit lui-même le texte, des milliers de vers. Il monta le spectacle avec des centaines de figurants et des décors somptueux et y engloutit une fortune. Jeanne d'Arc, de son côté, avait profondément apprécié ce militaire qui devait devenir un monstre. Il était fou de musique, il était passionné d'art mais c'était aussi un pédophile, un évocateur du diable qui n'hésita pas à sacrifier des centaines d'enfants. Son immense fortune le mit longtemps à l'abri des poursuites. Son suzerain le duc de Bretagne attendit qu'il fût ruiné pour le faire arrêter. Son procès ecclésiastique fut présidé par un cardinal. Celui-ci trônait dans sa vaste cape rouge sous un immense crucifix. L'accusé décrivait avec une sorte d'exhibitionnisme complaisant ses crimes monstrueux. Soudain, le prélat se leva, enleva sa cape, en recouvrit le crucifix, en disant « Dieu ne peut pas entendre cela ». Gilles de Rais fut condamné à être brûlé vif mais, privilège de son rang, il fut étranglé par le bourreau avant que les flammes ne l'atteignent.

Dans mon enfance, j'aimais feuilleter les grands albums de Job et Montorgueil publiés à la fin du XIXe siècle qui avaient appartenu à mon père enfant. Ils étaient consacrés aux grands personnages de l'Histoire de France : Richelieu, Louis XIV, François Ier, etc. Leurs somptueuses illustrations, souvent encore reproduites, m'ont marqué indélébilement au point que je vivais les scènes représentées. Ils m'ont permis de découvrir, entre autres, Louis XI. Deux images illustrant la vie de ce roi me frappaient particulièrement. Dans l'une, le roi, un sourire mauvais aux lèvres, vient rendre visite au cardinal de la Balue enfermé dans une cage, laquelle était suspendue au plafond de la prison. Par excès de cruauté, le roi s'amusait à balancer la cage, rendant infernale l'existence du prisonnier. L'autre illustration représente

Louis XI se promenant en se frottant les mains et le dos courbé dans le verger de son château de Cléry. Entre les branches des pommiers, on distingue les pieds des pendus car le tyran sanglant et cruel exécutait à tour de bras.

Plus tard, je compris que Job et Montorgueil représentaient le conformisme historique de la fin du XIXe siècle. Louis XI avait été décrété être un monstre, et monstre il était. La Balue, par exemple, il est en effet vrai que le roi l'avait fait incarcérer. Cependant il avait fait toute la carrière de cet homme. Sorti de rien, il l'avait élevé jusqu'au plus haut rang, ministre, prince de l'Église, et pour le remercier, la Balue l'avait trahi et il avait servi d'espion à l'archi-ennemi de Louis XI, le duc de Bourgogne. En l'incarcérant, Louis XI ne faisait que rendre justice. Quant à la cage dans laquelle il est supposé l'avoir enfermé, c'est tout simplement une invention tardive. On alla jusqu'à fabriquer cette cage plusieurs siècles après son prétendu usage. À la fin du XVIIIe siècle, le libéralisme voulant, et l'antimonarchisme grandissant, on la montrait au Mont-Saint-Michel. La gouvernante du futur Louis-Philippe, Madame de Genlis, « gauchiste » de l'époque, avait emmené son élève contempler ce symbole de la tyrannie. On avait même donné au petit prince une hache avec laquelle il avait essayé de la mettre en pièces.

En réalité, Louis XI n'était pas cruel. Il n'y avait pas d'acte gratuit dans sa sévérité. Ce souverain, extraordinairement moderne pour son temps, était décidé à combattre tous ceux qui s'opposaient à l'État, à commencer par les grands feudataires, ces possesseurs de vastes provinces qui se dressaient constamment contre le pouvoir central. Il fit des exemples retentissants, emprisonnant longuement le duc d'Alençon qui trahissait la France avec les Anglais, laissant assassiner le comte d'Armagnac qui, non seulement le trahissait aussi mais avait épousé secrètement sa propre sœur Isabelle dont il avait plusieurs enfants. En même temps, il s'appuyait sur la bourgeoisie, sur le petit peuple. Ce roi de France, probablement le plus grand, réussit à cimenter le royaume jusqu'alors divisé. Il lança la France vers l'avenir et ouvrit la porte de la Renaissance. C'était un grand « chéri » dans la Maison de France, la famille de ma mère, qui avait été aussi la sienne. On admirait le fondateur de la France moderne qui avait eu raison de tous les trublions. On enviait sa ténacité et sa ruse. Ma grand-mère, la duchesse de Guise, avait un faible pour cet ancêtre et sa sœur, la duchesse d'Aoste, avait adopté son emblème : un porc-épic fleurdelisé avec la devise prometteuse : « Qui s'y frotte, s'y pique. »

Son règne tout entier fut illustré par sa querelle avec son cousin le duc de Bourgogne. La rencontre de ces deux personnages a quelque chose de fascinant. D'un côté Louis XI, intelligence remarquable, conceptions très en avance de son temps, avec un sens de la France qui lui fait honneur, rusé, subtil, perspicace, dissimulateur, modeste d'apparence, habillé d'une façon presque humble. On le disait fort avare. Le nez long, le regard perçant, il n'en imposait pas. En face de lui, un jeune homme bouillonnant,

Charles le Téméraire, duc de Bourgogne, flamboyant, brutal, énergique, magnifique, violent. D'un côté un homme d'État, de l'autre un héros. N'en déplaise aux romantiques, ce fut le premier qui gagna. L'époque le voulait aussi. Charles le Téméraire, c'est la chevalerie qui s'éteint, Louis XI c'est la fonction publique qui arrive en pleine lumière.

Je n'aime pas les ducs de Bourgogne car, en tant que membres de la famille royale, ils auraient dû loyauté aux rois de France dont ils étaient les proches parents. En fait, au cours des générations, ils n'ont songé qu'à prendre leur place. En revanche, ils ont laissé derrière eux l'incomparable splendeur de leurs tombeaux à Dijon, avec ces gisants du duc et de la duchesse dont des anges de marbre, les ailes déployées, tiennent la tête avec, tout autour, ces pleurants, c'est-à-dire ces moines au capuchon rabaissé de marbre blanc sur fond de marbre noir. Leur politique était détestable, il fallait les éliminer, la France risquait de périr. Louis XI y arriva plus à coups d'intrigues que de guerres. Son adversaire Bourgogne le surnommait « l'universelle aragne » car, partout, il tissait ses toiles. N'ayant pas la puissance militaire de s'opposer à Bourgogne, il mettait au service de la Couronne la puissance infinie de son esprit retors.

Cependant, une fois il fut pris à son propre piège. Pour embêter Bourgogne, il avait fomenté une révolte à Liège qui appartenait à ce dernier. Entretemps, il avait organisé une entrevue avec ce même Bourgogne à Péronne afin d'essayer de trouver un *modus vivendi*. Malheureusement pour lui, le déclen-

chement de la révolte avait été mal calculé et celle-ci
éclata alors qu'il était en pleine négociation avec
Bourgogne et, surtout, alors qu'il était son hôte au
château de Péronne. Bourgogne entra en fureur. Il
avait immédiatement compris que Louis XI était derrière la révolte de ses sujets liégeois. Il le mit pratiquement aux arrêts et le menaça du pire s'il ne signait
incontinent un traité honteux pour lui. Louis XI
n'hésita pas, il signa. Le plus humiliant fut que Bourgogne obligea le roi à venir avec lui réprimer cette
révolte que lui-même avait fomentée. Il assista donc
au massacre des Liégeois qui se faisaient tuer en
criant « Vive la France ».

Les Parisiens qui n'aimaient pas leur souverain
l'apprirent et lui réservèrent une réception à leur
façon. Lorsque Louis XI traversa sa capitale, tous les
perroquets, innombrables dans les rues de Paris,
criaillaient « Péronne, Péronne » sur le passage du
roi. Entendant ces volatiles lui rappeler sa déconfi-
ture, le roi étouffa de rage.

Cependant, ce fut lui qui gagna, contre tout espoir.
Un jour, il se trouve dans son oratoire à Cléry, suivant la messe avec ses courtisans. Son chapelain, soudain, s'arrête au milieu d'une prière, se retourne et
annonce : « Sire, votre pire ennemi vient de mourir »,
puis il reprend sa lecture du missel. À la fin de
l'office, le roi lui demande ce qui lui a pris. Le chapelain ne se rappelle rien. Quelques jours plus tard,
Louis XI apprend qu'à l'heure exacte où le chapelain
a fait cette étrange déclaration, le duc de Bourgogne
mourait à la bataille de Nancy. Si féroce fut l'engage-

ment que son cadavre ne fut pas retrouvé. Un Suisse de ses ennemis passant sur le champ de bataille couvert de tués voit un objet qui brille sur le couvre-chef d'un des morts. Il l'arrache du chapeau et vend pour quelques sous à un marchand ambulant ce qu'il croit être un morceau de verre. Sans savoir, il se défait du plus gros diamant du monde qui a orné la coiffure du duc de Bourgogne dont il n'a pas reconnu le cadavre.

Louis XI est un personnage totalement méconnu. Loin d'être sinistre, c'était un plaisantin. Il aimait suivre les évolutions de cochons apprivoisés habillés en seigneurs et gentes dames. Revenu de tout, il n'avait d'illusions sur rien ni personne. Assez froussard, il s'entourait d'une garde de soldats écossais. Au moins, eux ne le trahiraient pas, car il n'avait pas une confiance excessive dans la loyauté de ses sujets français.

On peut lui reprocher de s'être assez mal conduit avec sa famille. Son père Charles VII mourut pratiquement de faim car il n'osait toucher à sa nourriture craignant d'être empoisonné par son fils. Il est probable en effet que celui-ci empoisonna la maîtresse de son père, Agnès Sorel. Quant à sa première femme, Marguerite d'Écosse, qui lui avait donné l'idée de sa garde écossaise, elle mourut toute jeune avec ce mot fameux : « Fi de la vie, qu'on ne m'en parle plus », ce qui laisse entendre que son mari ne la traitait pas au mieux, loin de là.

Ce personnage complexe était extrêmement superstitieux, se couvrant de médailles saintes et de grigris.

Son célèbre médecin astrologue, Jacques Coitier, qu'il consultait sans cesse tomba dans sa disgrâce. À tort ou à raison, le roi le soupçonna de servir secrètement l'ennemi car, hélas, beaucoup autour de lui le trahissaient. Il avait donc décidé de l'envoyer dans un monde meilleur. Tout souriant et mielleux, il lui demanda s'il savait quand il allait mourir. L'astrologue répondit en s'inclinant : « Que oui, Sire, je mourrai la veille de votre Altesse. » Louis XI qui projetait pour le lendemain l'exécution de l'astrologue décida sur-le-champ d'y surseoir et garda auprès de lui un lecteur aussi remarquable de l'avenir.

BYZANCE

Avant de franchir le seuil de la Renaissance, je voudrais rendre hommage à Byzance. J'ai longtemps cru les historiens occidentaux qui avaient inventé pour Byzance le surnom de « Bas Empire ». Selon eux, les Byzantins étaient intrigants, faux, traîtres, cruels et pervers. Tout cela, je le découvris plus tard, était une invention pour justifier l'injustifiable, c'est-à-dire l'attitude de l'Occident vis-à-vis de Byzance. Désormais, je suis revenu de cette accusation et il faut toute mon admiration pour le style incomparable de l'historien anglais Gibbon pour digérer les insultes dont il couvre l'Empire byzantin.

Il m'a fallu attendre de m'installer en Grèce pour découvrir combien les Grecs étaient attachés à Byzance. Ils n'avaient pas besoin de me le dire, je sentais d'instinct combien l'histoire et surtout la fin de l'empire les émouvaient. Ce sulfureux « Bas Empire » symbole de tous les vices pouvait bouleverser, c'est donc que je l'avais mal jugé. Byzance fait encore vibrer les Grecs d'aujourd'hui, proba-

blement à cause de la religion. Les Grecs n'ont pas
un respect excessif pour leur clergé, à juste titre
pourrait-on dire, cependant ils sont attachés à leur
Église. Même ceux dont la foi est vacillante entre-
ront dans un sanctuaire et y allumeront une bougie,
car l'Église symbolise leur indépendance vis-à-vis de
l'occupant turc, elle cristallise leur patriotisme.
Aussi ont-ils gardé la nostalgie de cet empire grec.
Certains, au début du XXᵉ siècle, rêvèrent de rendre
Constantinople aux Grecs. Ce mirage a disparu, il
en reste l'émotion qui saisit les Grecs à la pensée de
cet empire grec chrétien anéanti par l'envahisseur,
par l'Islam. Dans l'inconscient populaire beaucoup
plus que dans la vérité historique, Byzance défend
les couleurs grecques, Byzance incarne les valeurs
grecques.

Après m'être enthousiasmé pour l'histoire byzantine, il me fallut bien des années pour apprécier l'art
byzantin. Une certaine maturité est nécessaire pour
pouvoir pénétrer dans les arcanes de cet art mystique
et quasi ésotérique. D'autant plus qu'il en reste fort
peu de témoignages. Ceux-ci sont concentrés dans
trois lieux.

Le plus riche est sans conteste le monastère grec
de Sainte-Catherine au Sinaï. Je m'y rendis pour la
première fois en janvier 1965. À l'époque, pour se
rendre au monastère, on partait du Caire la nuit par
la route, conduits par un Grec, ledit Périclès. Son
taxi traversait le désert. Soudain, dans un demi-
sommeil, je vis un énorme navire toutes lumières allu-
mées glisser lentement au milieu des sables, nous

étions au canal de Suez. Un bac nous le fit franchir, puis Périclès s'engagea dans des pistes de sable où il était le seul à s'y reconnaître. Nous roulâmes toute la nuit pour arriver devant une forteresse cernée de pics rocheux. Au milieu de cette nature sauvage et inspirante, on était transporté dans un village grec. Les moines se hélaient de terrasses en terrasses. On entendait, venus des cuisines, des jurons bien grecs et les plateaux portant des cafés fortement aromatisés circulaient un peu partout.

C'était l'hiver et il faisait froid. Je n'ai même jamais eu aussi froid de ma vie. Marina, que je devais épouser deux mois plus tard, nos amis et moi, nous nous entassâmes dans une chambre, la seule qui possédait un poêle. Et pour que la pudeur fût respectée, nous tendîmes des draps autour du lit de Marina. Un moine nous fit visiter. Dans l'église principale était accrochée cette grande icône du Christ, une des plus vieilles du monde, à l'expression étrange et dont les yeux sont dissemblables rendant le regard encore plus perçant. Nous entrâmes dans des chapelles bourrées d'images saintes et d'orfèvreries. Dans le Skevophilakion étaient alignées des orfèvreries de toutes les époques. Un moine me tendit, entre autres, le calice d'or émaillé de fleurs de lys envoyé par le roi de France Charles VI le fou. Les bibliothèques étaient en enfilades bourrées d'incunables. Dans le saint des saints des bibliophiles, des manuscrits sans prix s'entassaient. Au cours des siècles, beaucoup avaient été volés mais ce qui restait était encore prodigieux. Ce monastère était une caverne d'Ali Baba. J'eus même droit au grenier où je découvris deux caisses vides sur lesquelles était inscrit « Portrait du roi », « Portrait de Monsieur Colbert ». Qu'étaient devenus ces cadeaux de Louis XIV, nul ne le savait.

Au cours de ce même voyage, nous visitâmes Jérusalem. Nous fûmes aimablement reçus par le patriarche grec Benedictos, un vieillard imposant, à la barbe de neige. Peu avant, il avait reçu le pape Paul VI. Benedictos parlait le grec, l'arabe, l'hébreu mais aucune langue occidentale. Aussi, les silences entre le Pontife et lui s'allongeaient. Comme le veut la coutume dans les monastères grecs, on offrit à l'auguste visiteur le café, la sucrerie, le verre d'eau et surtout le petit verre d'alcool que Paul VI contempla avec perplexité. Alors une inspiration saisit notre patriarche. Il pointa du doigt la liqueur verte « Bénédictine » puis retourna son doigt vers lui-même, « Benedictos », et enfin esquissa un geste de la main, la « bénédiction ». Benedictos, Bénédictine, bénédiction, à ces trois mots se limita sa contribution au dialogue avec le Pontife.

Le second trésor d'art byzantin repose au mont Athos au nord de la Grèce. Je l'ai découvert lorsque j'avais à peine vingt ans.

Après avoir traversé la Chalcidique, on parvenait au village frontière d'Ouranopolis où se dressait en bord de mer un donjon et où la route s'arrêtait. On montait sur un caïque débordant de moines et l'on voguait jusqu'à Daphné, port du mont Athos. Celui-ci se présentait comme une longue presqu'île couverte d'épaisses forêts qui descendaient jusqu'au rivage. Une vingtaine de monastères qui ressemblaient à des forteresses médiévales se dressaient tantôt au milieu des arbres, tantôt au bord de la mer piquées sur un rocher. Au bout, se dressait la Sainte Montagne, Ayios Oros en grec, inviolée, inviolable qui tombait à pic dans la mer Égée.

Le mont Athos est une théocratie, c'est-à-dire un État semi-indépendant dont Dieu aurait été le chef. Les femmes y étaient interdites de séjour. On disait même que les poules et les chèvres n'avaient pas le droit d'y mettre les pieds. À l'époque, il n'y avait pas de route à travers les forêts, l'électricité n'avait pas été installée, les couvents étaient à peu près déserts et les règles n'avaient pas été rétablies comme aujourd'hui.

Débarqués au petit port, on grimpait dans un autocar vert émeraude, vieux et poussif, que remplissaient des moines, des ouvriers, des balluchons. Et l'on partait sur la seule route de la presqu'île pierreuse, poussiéreuse, qui montait en tournant raide jusqu'à Karyès, la capitale du mont Athos. Dans cette petite agglomération, on trouvait le gouvernorat du mont Athos, un bâtiment en pierre, austère. Quelques moines affairés nous recevaient entre deux portes. On leur demandait un permis de séjour qu'ils accordaient à la va-vite. Munis de ce viatique, nous partions à pied par les sentiers qui sinuaient entre les très vieux arbres. Nous arrivions à notre destination, un monastère que nous avions choisi. Les grandes portes étaient ouvertes, un moine apparaissait auquel nous demandions l'hospitalité. Selon la coutume, le clergé était obligé de nous l'accorder. Ils devaient offrir le gîte et le couvert à quiconque le demandait. À six heures du soir, les portes du monastère étaient fermées jusqu'à six heures du matin. Ces épaisses armatures médiévales bardées de fer se refermaient dans un fracas métallique. Impossible d'entrer ou de sortir jusqu'à l'aube.

La Grèce étant encore une monarchie, je jouissais de certains privilèges. Dans chaque monastère on m'accordait des appartements d'honneur, c'est-à-dire une suite de pièces donnant sur des balcons de bois. De là, on découvrait la mer sur des distances infinies que, parfois la nuit, les orages secs venaient éclairer magiquement. La décoration vieillotte reprenait le style ottoman avec des canapés bas qui couraient le long des murs. Des photos de potentats et de patriarches jaunies par le temps en ornaient les murs. Les toilettes se trouvaient au bout du balcon, un peu primitives, une simple planche avec un trou ouvert sur deux à trois cents mètres de falaises. Des gardénias en pot ornaient l'entrée afin de parfumer les lieux. Quant au papier toilette, il était souvent constitué par des billets de banque périmés du temps de l'inflation galopante.

Le soir, un moine nous menait jusqu'à la salle à manger. Quelques lanternes accrochées au plafond éclairaient mal de longues et larges galeries ornées sous toutes les coutures de fresques représentant des scènes religieuses et des saints. De même, la salle à manger immense meublée de longues tables de bois ou de marbre et de bancs fort inconfortables. La lumière parcimonieuse, les théories de saints aux grands yeux, les batailles d'anges et de diables, dehors, dans les cours, la lune et les étoiles, tout cela formait le décor d'un romantisme puissant.

La gastronomie monacale étant limitée, je me munissais de provisions, surtout des saucissons, de l'ail pour relever les ragoûts locaux.

Les moines suivaient un horaire bizarre. Ils dormaient le jour et officiaient la nuit. Ils mangeaient entre nos repas à des heures fixées depuis des siècles qui n'avaient apparemment aucun sens. Ils affirmaient qu'ils suivaient un horaire byzantin. J'avoue n'en avoir jamais compris la signification.

La journée, les moines nous faisaient visiter. C'étaient des églises bourrées de merveilles ou plutôt des capharnaüms où s'entassaient icônes, mosaïques, bas-reliefs, lampes en argent, lustres immenses. Parfois, ils nous livraient le secret des caches aux trésors. Ils appuyaient sur un panneau qui s'ouvrait, brusquement, révélant des petites cellules bourrées de manuscrits ou d'orfèvreries antiques.

Parfois aussi, nous avions droit à des dégustations des vins qu'ils fabriquaient pour leur propre consommation. Dès six heures du matin, ils nous faisaient descendre des étages de souterrains jusqu'à une cave emplie d'énormes fûts. Pas question de recracher les nectars comme le font les véritables goûteurs de vin, on avalait tout et pour se nourrir on n'avait que quelques morceaux de feta. Grâce à quoi, deux heures plus tard, moines et visiteurs étaient dans un état lamentable. La remontée des six étages était plus que pénible. Puis, chacun disparaissait pour un sommeil réparateur. Pas question d'assister aux offices, personne ne nous l'a jamais demandé et nous ne l'avons jamais demandé à personne. La liberté régnait.

Je devais revenir au mont Athos pour fêter son millénaire en 1962 avec le roi Paul. Étaient réunis tous les patriarches orthodoxes autour de celui de Constantinople, Russie, Serbie, Roumanie, Bulgarie, Jérusalem, Antioche, Alexandrie. Lorsque nous entrâmes dans l'église principale, je crus à un tremblement de terre car l'immense lustre de cuivre pendu au milieu du sanctuaire se balançait de droite à gauche. En fait, on l'agitait ainsi pour faire un peu d'air car il faisait une chaleur effroyable dans l'étroit sanctuaire bourré de prélats. J'ai cette vision d'une vingtaine de patriarches à barbes blanches, couverts de brocarts bleus, roses, jaunes, vert pâle, scintillant de dorures, portant leurs couronnes endiamantées et leur engolpion, leur pendentif sacré incrusté de pierreries et suspendu à des chaînes d'or. La liturgie millénaire déroulait ses pompes accompagnée des chants byzantins. Le patriarche de Constantinople, Athënagoras, qui a tellement fait pour le rapprochement des Églises, était très grand, très imposant. Il avait revêtu les ornements de brocarts offerts par un empereur du XIIe siècle. C'était Byzance toujours vivante.

Au banquet qui suivit, je me trouvais assis à côté du Métropolite de Rostov Nicodème. C'était un homme, épais plus que gros, sans cou, aux petits yeux porcins, à la chevelure et à la barbe rousses. Il était, comme on dit, dur à la détente, c'est-à-dire que mes essais de conversation n'eurent aucun succès. On murmurait qu'il était tout-puissant sur l'Église russe car non seulement il servait les Soviets mais il aurait été un membre du KGB...

En ce 17 février 2012 où je corrige ces pages, *Le Figaro* publie un article de plus d'une page sur les pratiques du mont Athos il y a un demi-siècle. Les services secrets bulgares avaient envoyé nombre de leurs agents sous le froc du moine pour récupérer ce qu'ils considéraient comme des trésors nationaux et en fait les voler. À cette époque, le mont Athos était à peu près vide. Dans d'immenses monastères achevaient de vieillir une dizaine de moines. À toutes les incitations de repeupler les monastères, l'Église répondait qu'elle ne voulait pas s'encombrer d'espions communistes. Le même article du *Figaro* affirmait que le monastère russe de Saint-Pantéléimon avait été, lui aussi, truffé d'agents que dirigeait le Métropolite Nicodème qui était en fait un très haut gradé du KGB. Ainsi je voyais confirmée cette rumeur que j'avais entendue en 1962.

Le troisième haut lieu de l'art byzantin n'est autre que mon île de Patmos. Du pont du bateau, j'aperçois de loin, piquant vers le ciel, son sommet effilé couronné par le monastère séculaire. Chaque fois je la découvre alors que le bateau s'approche avec un plaisir égal, une surprise aussi émerveillée. Patmos, c'est le rocher, la mer, la lumière, l'air et rien d'autre. Peu de végétation, un port guère sécurisant. Pourtant, dans cette île règne une étrange hospitalité.

C'est un endroit magique et quand on découvre Patmos, on comprend que saint Jean l'Évangéliste y ait écrit « L'Apocalypse ». Ce texte ne commence-t-il pas ainsi : « Moi, Jean, votre frère qui participe à votre tribulation, royauté et persévérance dans la communion de Jésus, je me trouvais dans l'île de Patmos à cause de la parole de Dieu et du témoignage de Jésus. J'entrai en extase le jour du Seigneur et j'entendis derrière moi une voix forte comme un son de trompette… » Dans le monastère figé sur sa montagne et situé derrière ma maison, s'entassent des trésors d'art. Derrière la grande icône de saint Michel, à gauche de l'iconostase, se dissimule la salle du trésor où sont rangées des pièces d'orfèvrerie sans prix. J'aime chercher sur la bulle de fondation les remarques dans la marge du donateur. L'empereur Alexis Ier Comnème, un de mes préférés, utilisait l'encre rouge, privilège de son rang, comme l'utiliseront plus tard les chefs d'Églises orthodoxes grecques autonomes, tel par exemple Monseigneur Makarios Ethnarque de Chypre et fondateur de son indépendance.

Quant à l'architecture byzantine, il faut aller en chercher des exemples magnifiques dans des lieux inattendus, par exemple en Syrie, autour de la ville d'Alep. On y a répertorié cinq mille sites byzantins, villes abandonnées, basiliques en ruine, couvents ouverts à tous les vents mais qui donnent une solide idée de la gloire de Byzance. Dès la conquête musulmane, ces exemples de l'architecture de la grande époque byzantine furent abandonnés. Cependant, les témoignages de ce temps se dressent toujours dans la campagne profonde du nord de la Syrie. La terre y est rouge sombre, les oliviers font des tapis d'argent d'où s'élèvent des tours, des façades d'églises, des monastères sans toit, en pierre gris pâle. Parmi ces ruines, il en est une particulièrement significative. C'est une église qui date d'avant l'empereur Constantin, c'est-à-dire un lieu de culte chrétien avant même que le christianisme ne devienne la religion officielle et à une époque où le polythéisme était toujours honoré. Ce sanctuaire est dissimulé sous l'apparence d'une maison quelconque, dans un village dressé en haut d'une falaise. Extérieurement, il ne se distingue pas des autres bâtiments de la rue. Du coup, je me suis demandé si, après que le christianisme eut été institutionnalisé par l'empereur Constantin, il y avait eu des temples « païens » secrets…

Non loin de là, au sud-est de la Turquie, la région peu connue du Tur Abdin abrite, elle aussi, d'innombrables monuments byzantins. Ils sont occupés aujourd'hui par les Syriaques, héritiers des Monophysites, une des plus grandes et des plus anciennes hérésies du Moyen Âge. Entre-temps, la région a été dévastée, ensanglantée par les luttes sans merci entre les Kurdes et les forces gouvernementales. Et pourtant, lorsque je l'ai parcourue, elle respirait la paix, la sérénité, elle était imprégnée d'une indicible beauté. Relevée de quelques collines peu hautes, la plaine s'étend à l'infini. Au-dessus, se déploie le ciel le plus vaste que j'aie jamais vu. Au milieu des vergers et des oliveraies, le voyageur découvre au hasard des églises, des monastères. Certains sont toujours occupés par des Syriaques, d'autres ont été abandonnés aux villageois et sont devenus des fermes, des granges, ce qui est d'ailleurs une façon inattendue de les préserver. Les bovins passent sous les porches sculptés de la croix byzantine. Les villageois logent dans ce qui a été des cellules de moines. En contemplant la campagne grandiose et inspirante, je compris pourquoi tant de religieux étaient venus s'y retirer.

Il y a évidemment ces sommets de la mosaïque byzantine que sont Istanbul et Ravenne. À Istanbul, c'est Dieu qui règne en mosaïque. Il y a ces deux visages du Christ Roi, celui de Sainte-Sophie, celui de la Kariye Camii, autrement dit l'église de Hora. On peut discuter à l'infini pour savoir lequel est le plus puissant, le plus inspirant. En tout cas, l'un comme l'autre incarnent pour moi le sommet indépassable du mysticisme.

À Ravenne, l'empereur Justinien se tient debout au milieu de prélats et de courtisans. Son visage énergique est encore jeune, c'est un maître qui est représenté là et, de fait, il occupa le trône alors que l'empire était le plus étendu sur l'Europe, l'Asie, l'Afrique. Il peut contempler pour l'éternité sa femme, debout face à lui, au milieu de ses dames d'honneur. Théodora ruisselle d'énormes bijoux, moins étincelants cependant que ses immenses et sombres yeux. C'est le plus bel ornement de cette femme fascinante et terrible dont le destin dépasse tous les romans. Elle naquit on ne sait trop où, probablement en Syrie, dans la condition la plus misérable. Elle fut montreuse d'ours au cirque, puis péripatéticienne. Après un mariage malheureux, elle devint ermite dans le désert de Libye, puis elle parvint jusqu'à Constantinople et réussit à se faire remarquer par l'héritier du trône. Il en devint fou amoureux et l'épousa. Les dynasties byzantines n'étaient pas snobs et il n'était pas nécessaire que les impératrices soient nées dans des grandes familles mais, tout de même, une péripatéticienne sur le trône ! Et pourtant ce fut la plus grande de toutes les impératrices. Jusqu'alors, l'Empire byzantin se piquait d'être l'héritier de l'Empire romain, aussi les lois et tous les actes officiels étaient-ils rédigés en latin que le peuple comprenait de moins en moins. Théodora, impératrice grecque, imposa le grec comme langue officielle. Elle eut des démêlés avec le clergé et envoya plusieurs patriarches en exil, voire, parfois, dans l'autre monde. Avec une personnalité immense, c'était aussi une femme incroyablement courageuse. Lors de la révolte « Nika », le plus dramatique incident du règne, tout semblait perdu, Justinien, ses conseillers, comme ses généraux, étaient prêts à renoncer et à fuir. Seule Theodora voulut résister jusqu'à la toute dernière extrémité. Préférant, affirmait-elle, mourir qu'abdiquer, elle se drapait dans son manteau teint en rouge sombre, la couleur impériale : « La pourpre est un beau linceul. » Cette déclaration et sa détermination fouettèrent le courage des hommes, à commencer par celui de son mari, et la révolte fut vaincue. Avec

Justinien, auquel elle vouait un amour sans partage, elle forme un couple légendaire. Lorsqu'elle mourut du cancer, son mari, toujours épris d'elle, fit enchâsser ses joyaux dans son linceul, couvrant ainsi le cadavre de sa bien-aimée de la couverture la plus précieuse au monde avant de la voir disparaître dans le tombeau.

L'Empire byzantin était tolérant et multiracial. Plusieurs empereurs furent arméniens comme cet extraordinaire aventurier que fut Jean Tzimiskis. D'autres avaient du sang slave comme Basile Ier le Macédonien, autre aventurier, qui, parti de rien, commença par être gigolo avant de s'emparer de la couronne impériale. La Cour impériale s'entourait d'un luxe qu'on n'avait jamais vu jusqu'alors et qu'on n'a jamais revu depuis, un luxe destiné à impressionner les autochtones comme les étrangers et à proclamer bien haut la grandeur de l'Empire. Je rêvais de ces arbres grandeur nature en or et pierreries où voletaient et chantaient des automates, des oiseaux sertis de gemmes. J'imaginais ce trône scintillant d'énormes joyaux qui descendaient et montaient du plafond, faisant apparaître et disparaître l'empereur. Charles Diehl avec ses *Figures byzantines* que j'ai lu et relu m'a fait découvrir une galerie d'empereurs et d'impératrices, tous des personnages d'exception. Ces derniers commirent le meilleur comme le pire, atteignant le fond du vice et du crime comme les sommets de la sainteté, connaissant des aventures qu'aucun romancier n'oserait inventer.

Mon impératrice préférée reste Zoé la Porphyrogénète. Cela signifie en grec « née dans la pourpre » : princes et princesses impériaux voyaient en effet le jour dans une salle du palais ornée de colonnes en porphyre. Elle était la fille de l'empereur Constantin IX – incarnation parfaite de la légèreté, l'insouciance et la frivolité – qui régnait depuis longtemps. Il n'avait que deux filles, Zoé et Théodora. Un beau jour, il se rendit compte qu'il n'était plus très jeune – il avait alors soixante-dix ans. Or, il ne s'était jamais occupé de sa succession. Ses deux filles qui avaient atteint la cinquantaine n'étaient toujours pas mariées. Affolé à la perspective de mourir bientôt en laissant l'Empire sans homme pour en tenir les rênes, il convoqua ses filles et leur déclara qu'il fallait qu'elles se marient incontinent. « Jamais », s'écria la cadette, sorte de vieille fille intransigeante, « Tout de suite », affirma l'aînée, Zoé. C'était une blonde aux yeux noisette, pulpeuse, dont l'occupation préférée était la fabrication de parfums. Dans ses appartements, elle avait installé un laboratoire et, du matin au soir, concoctait onguents, crèmes odoriférantes, senteurs rares.

On se met aussitôt à la recherche d'un mari pour elle. On trouve un général couvert de victoires qui a prouvé au long de sa glorieuse carrière qu'il est un homme à poigne. Il s'appelle Romain Argyre, il est vieux et pas très rigolo. Cela n'arrête pas Zoé en mal de mari. On les unit, Zoé est au comble du bonheur, elle connaît enfin l'amour qu'elle attend depuis des décennies. Son père, l'empereur Constantin, meurt. Zoé et Romain montent sur le trône. Mais si Romain s'est montré un excellent général, il ne se révèle pas un mari très satisfaisant. Peut-être est-ce l'âge, peut-être un manque d'intérêt. Bref, Zoé commence à trouver qu'il ne l'honore pas autant qu'il le devrait. Romain aime prendre de longs bains dans sa piscine. Un esclave est chargé de lui maintenir quelques secondes la tête sous l'eau pour mouiller ses cheveux. Zoé soudoie l'esclave. L'esclave maintient la tête de l'empereur une ou deux secondes de trop et Romain ressort de la piscine à l'état de cadavre.

Zoé est folle de joie, elle est enfin libre. Elle trouve tout de suite un jeune amant, charmant, beau, dont elle tombe folle amoureuse. Elle épouse l'amant qui devient empereur sous le nom de Michel IV. Bientôt, cependant, l'amant est atteint de crises d'épilepsie, ce qui provoque en lui une sorte de choc mystique. Il s'enferme au couvent et ne veut plus en sortir. Cela ne fait pas le compte de la malheureuse Zoé qui, toujours folle amoureuse, court au couvent. Son époux refuse de la recevoir. La pauvre Zoé s'arrache les cheveux. L'amant meurt à la fleur de l'âge d'une crise particulièrement violente.

Par amour pour lui, Zoé à sa demande avait adopté un sien neveu. Celui-ci lui succède et devient empereur sous le nom de Michel V, avec le surnom de Calfat, car jusqu'alors il goudronnait l'extérieur des bateaux. Ce petit jeune homme est un intrigant ingrat et répugnant. Monté sur le trône, il n'a qu'une seule idée en tête : éliminer Zoé et Théodora, les héritières légitimes, afin d'être seul à régner sur l'Empire. Par une sorte de coup d'État,

il fait enfermer les deux sœurs dans un couvent.
C'est sans compter sur la popularité des deux princesses. D'abord, elles sont les rejetons de la glorieuse dynastie macédonienne et sont très aimées du petit peuple de Constantinople. Celui-ci se soulève, chasse le Calfat et délivre les deux princesses de leur prison pour les remettre sur le trône. Elles ont plus de soixante ans lorsque commence ainsi leur règne personnel.

Théodora, la cadette vieille fille, ne s'intéresse qu'à l'argent. Cette avare, au lieu de gouverner, compte quotidiennement ses sous, assise sur le trône qu'elle partage avec sa sœur. Zoé, elle, ne pense qu'à ses parfums et aux hommes. La situation ne peut plus durer. De nouveau, les conseillers viennent trouver les deux sœurs et leur déclarent qu'elles doivent se marier. De nouveau, Théodora pousse des hurlements d'horreur à cette idée tandis que Zoé est enchantée et pressée ! En peine de maris, on va trouver un vieux beau nommé Constantin Monomaque. On propose sa candidature à Zoé. Elle accepte sans hésiter. C'est Constantin Monomaque qui rechigne. Il a une maîtresse, Sklerene, et il ne veut s'en séparer à aucun prix, pas même pour devenir empereur. La situation est sans issue, aucun autre candidat n'est trouvé : celui sur lequel se sont portés le choix des conseillers et les espoirs de Zoé refuse de se séparer de sa très jeune maîtresse. Tant pis, la maîtresse restera et l'on rédige, sur les exigences de Constantin, un traité orné de trois signatures : la sienne, celle de l'impératrice et celle de sa maîtresse. Il y est indiqué quels jours seront attribués à l'épouse et quels jours seront consacrés à la maîtresse, quelle nuit il passera avec l'une et quelle nuit il passera avec l'autre.

Le traité signé, Constantin épouse Zoé et devient empereur. Zoé a soixante-quatre ans, et Constantin n'est pas non plus de toute première fraîcheur. Le mariage n'en est pas moins solidement consommé et le ménage à trois commence son existence on ne peut plus harmonieuse. À la surprise générale, ce fut la plus jeune, Sklerène, la maîtresse, qui mourut la première en 1055. Zoé désormais repue d'aventures et assagie par les ans la suivit la même année. Constantin Monomaque resta seul sur le trône. N'aimant pas la solitude, il trouva le moyen de se marier encore une fois avec un tendron, une princesse géorgienne. Il finit tout de même par mourir après cinq ans de règne. Qui donc émergea alors d'une profonde obscurité pour réapparaître en pleine gloire ? Théodora, la sœur de Zoé, désormais l'unique héritière de la dynastie macédonienne. Vu qu'il n'y avait aucun autre candidat légitime, on la mit sur le trône, persuadé qu'à demi gâteuse elle n'interviendrait pas dans les affaires d'État. Tout le monde s'y trompa. Théodora, enfin seule sur le trône, développa une autorité, une énergie et un goût du pouvoir qui renversèrent les observateurs. Elle ne régna cependant qu'un an, et ainsi se termina, de façon quelque peu loufoque, une grandiose lignée.

À chacune de mes visites à Constantinople, je vais rendre visite à Zoé. J'entre dans la basilique Sainte-Sophie, je monte dans la galerie du premier étage, je la parcours sur presque toute sa longueur jusqu'à son extrémité, à droite du maître autel où s'alignent des portraits impériaux en mosaïques. Je salue d'abord l'empereur Jean II Comnème et sa femme, l'impératrice Irène, la Hongroise. Puis, je m'arrête devant mon héroïne. Je lis consciencieusement ses titres : « Zoé, née dans la pourpre, la fidèle de Dieu, la reine, impératrice des Romains ». Elle est tout simplement ravissante. Menue, presque frêle, sous la lourde couronne de rubis et d'émeraudes on distingue le visage fin, les grands yeux noisette, le nez délicat, la bouche minuscule, la fossette du menton, les tresses blondes. Sa beauté se joue des myriades de joyaux dont elle est couverte. À côté d'elle, son mari Constantin Monomaque, lui aussi, scintille de joyaux et sa couronne surchargée de perles et de diamants est plus haute que celle de l'impératrice. Soudain, je remarque un détail qui ne m'avait pas frappé lors de mes précédentes visites. La dalmatique de Constantin, ses bijoux, ses mains, sont parfaitement dessinés. Par contre, le visage en mosaïque est un peu flou et les lettres de ses titres imprécises. Je mis du temps à comprendre qu'à chaque mari on changeait le visage et le nom sur la mosaïque, ce qui, vu le nombre de ces messieurs, finissait par rendre le dessin plutôt vague. Je revins vers Zoé et remarquai avec stupéfaction que son visage, lui aussi, était moins précis que sa tenue d'apparat. C'est alors que je perçai son secret : devant chaque mari, elle avait voulu apparaître plus jeune. À soixante-quatre ans, lors de son mariage avec Constantin, elle s'était donc fait faire un « lifting », non pas sur son visage éphémère mais sur son portrait fixé pour l'éternité dans la basilique de Sainte-Sophie.

Les austères chroniqueurs ne nous auraient certainement pas fait connaître la vie amoureuse de l'impératrice Zoé. Heureusement, pour nous en révéler les rebondissements, il y eut son contemporain, le chroniqueur Psellos. Celui-ci prend des mines horrifiées pour décrire ses turpitudes, mais on le devine grisé de ragots et enchanté de s'étendre sur les scandales érotiques de l'impératrice. C'est grâce à son talent que nous n'ignorons plus rien sur cette séductrice qui découvrit l'amour sur le tard et qui parvint à rattraper le temps perdu.

L'histoire de Byzance a ceci d'émouvant qu'elle est une lutte continuelle contre l'Est, c'est-à-dire l'Islam qui avance d'une façon inexorable, mais aussi contre l'Ouest, l'orthodoxie contre le catholicisme, c'est-à-dire la Papauté et les Croisades. Ces dernières avaient commencé avec les meilleures intentions, la délivrance de Jérusalem, mais petit à petit l'appât du gain les défigura. Les chevaliers de la 4e croisade, inspirés par les Vénitiens et les Génois qui avaient des intérêts financiers dans la région, au lieu de s'intéresser à Jérusalem, prirent d'assaut

Constantinople, pillèrent, massacrèrent et affaiblirent à ce point l'Empire qu'ils permirent aux Turcs
de l'envahir et de l'achever. Les vrais tueurs de
l'Empire byzantin ne sont pas les Turcs mais les
Croisés, à tel point qu'il y a plusieurs années, le pape
Jean-Paul II étant venu en visite officielle en Grèce,
l'archevêque d'Athènes refusa de le recevoir tant
qu'il ne s'excuserait pas pour la croisade de 1204. Le
pape dut faire repentance.

Tandis que l'Empire agonisait, sous les derniers
Paléologues, l'empereur Jean VIII, en 1439, alla en
Occident chercher de l'aide. Cela lui permit
d'être immortalisé par un grand peintre de la pré-
Renaissance Benozzo Gozzoli, sur les fresques du
palais Medici Riccardi à Florence. Grâce à quoi, on
connaît son beau visage, son teint brun, ses cheveux
bouclés et ses yeux clairs. Le pape lui accorda toute
l'aide qu'il voulut à condition cependant qu'il reniât
l'orthodoxie et se convertît au catholicisme. Aux
abois, son empire menacé d'extinction, il accepta et
devint catholique. Le chantage exercé par le Vatican
ne servit à rien parce que, catholique ou pas, l'Empire
sombra.

Les prélats orthodoxes, outrés par la conversion
de l'empereur, avaient déclaré préférer les Turcs
aux catholiques. Ils n'ont pas ouvert les portes de
Constantinople aux Turcs mais ils se sont montrés
plutôt coulants envers les envahisseurs. La preuve :
le sultan Mahomet II, conquérant et ennemi
numéro un des Grecs, mais aussi homme de génie,
promit de respecter et de garantir les biens du

clergé orthodoxe, grâce à quoi il ne rencontra pratiquement pas d'opposition chez les prélats. Ceux-ci avaient adopté le fameux dicton : « Plutôt le turban que la tiare. »

L'épopée du dernier empereur, Constantin XI, émeut encore aujourd'hui les Grecs. Cet empereur héroïque qui n'ignorait pas le sort qui l'attendait se trouvait assiégé dans une ville devenue fantôme. Constantinople était presque déserte, les murs n'enserraient plus que des champs et des ruines. Alors, perdu pour perdu, l'empereur décide de se battre à mort, il revêt le costume impérial, il va sur les remparts, il combat avec ses soldats, il se fait tuer. La légende assure que l'on reconnut son cadavre à ses mules de velours rouge brodées d'un aigle bicéphale en or.

Pendant longtemps, et peut-être même jusqu'à aujourd'hui, les catholiques sont restés impopulaires en Grèce... En 2007, une équipe de byzantinologues vient fouiller au nord de l'île de Spetsai la région nommée Zoyeria. S'y dresse « la vieille église de saint Georges » qui a infiniment mauvaise réputation dans l'île. Les marins évitent de voguer près d'elle car ils la disent hantée. À côté de l'église, les archéologues trouvent les restes d'un lazaret où avaient été soignées les victimes d'une épidémie de peste qui avait ravagé le Péloponnèse à la fin du XVIIe siècle. Dans les ruines de l'église, ils découvrent un tombeau qui abrite les restes d'un grand jeune homme, visiblement d'un rang social élevé.

Les archéologues ont conclu qu'il s'agissait du bâtisseur de l'église et du petit couvent adjacent mais un détail totalement inédit les laisse bouche bée. À une époque postérieure à son inhumation, on a rouvert le tombeau du jeune homme, cassé ses genoux, percé son thorax pour lui retirer quelques vertèbres. C'étaient là les signes indiscutables qu'on l'avait considéré comme un vampire. En effet, en lui enlevant les vertèbres, on l'empêchait de se lever après sa mort et en lui cassant les genoux, on lui supprimait la possibilité de marcher à la recherche de victimes. Cette découverte plongea les archéologues dans la plus grande perplexité. Que signifiait ce rite sauvage ? Et pourquoi l'avait-on appliqué à un seigneur certainement très pieux puisqu'il avait bâti ce sanctuaire ?

Les archéologues fouillèrent, cherchèrent, se plongèrent dans les archives. Ils découvrirent alors une histoire étrange. À la fin du XVIIIe siècle, une seconde épidémie de peste avait ravagé la région, et en particulier Hydra, l'île voisine de Spetsai. Dans l'angoisse et la terreur, les habitants avaient éventré les tombes de dix-huit notables accusés d'être des vampires. Or, comme chacun savait à l'époque, ce sont les vampires qui amènent la peste. Les cadavres avaient été embarqués sur un navire qui les avait déposés à Santorin. On les avait jetés sur l'îlot volcanique de Kameni, car, là au moins, ils ne pourraient plus faire de mal. Les vampires ne marchant pas sur l'eau, ils ne pourraient jamais sortir de Kameni, sinon pour aller droit en enfer dont la porte se trouvait justement à Santorin, ravagé par les éruptions et les séismes – signe irréfutable que l'accès au monde souterrain s'y trouvait. Les archéologues connaissaient vaguement ces croyances. Mais un détail continuait de les intriguer : pourquoi avoir choisi ces dix-huit notables pour les accuser d'être des vampires responsables de la peste ? Tout simplement parce qu'ils s'étaient convertis au catholicisme. À l'époque, la bataille faisait rage en Grèce entre le prosélytisme catholique répandu par les Vénitiens qui occupaient une bonne partie du pays et l'orthodoxie qui n'avait comme arme que l'excommunication contre tous ceux qui cédaient aux sirènes du Vatican. Or « excommunication » signifie, dans l'orthodoxie, « vampirisation ». L'âme de l'excommunié, en effet, ne connaîtrait jamais le repos éternel. Les dix-huit notables de Hydra, qui étaient tous de richissimes armateurs, avaient embrassé le catholicisme tout simplement pour échapper aux persécutions des pirates catholiques venus de Malte. Personne n'avait alors trop fait attention à ce fait. Mais, après leur mort et lorsque la peste se déclara, les Hydriotes s'en souvinrent. Les notables armateurs étaient devenus catholiques, l'Église orthodoxe les avait anathématisés, du coup ils avaient été condamnés à devenir des vampires après leur mort. Et vampires ils étaient puisqu'ils avaient apporté la peste. Aussi avait-on utilisé contre eux le seul moyen pour les empêcher de continuer à faire le mal. Et les byzantinologues, faisant le rapprochement, comprirent que le jeune seigneur enterré à Spetsai avait, lui aussi, été accusé d'être responsable de la peste et avait subi le sort réservé aux vampires fauteurs d'épidémies... tout cela parce qu'il était devenu catholique.

LES EMPIRES LOINTAINS

Les Turcs ottomans achevèrent l'Empire byzantin. Ils n'en étaient pas à leur coup d'essai, ils avaient déjà anéanti des empires arabes. Pendant longtemps, je n'en ai rien su. À l'école, on m'avait appris l'histoire de l'Antiquité, l'histoire de France, vaguement l'histoire de l'Europe et pas du tout celle des autres civilisations. Du coup, je sentis naître en moi des curiosités, des attirances pour ce qu'on ne m'avait pas appris, inspiré par les lectures de l'historien René Grousset, spécialiste du Moyen-Orient et de l'Asie.

À cette époque, j'éprouvais une profonde attirance pour l'Islam, pour son Histoire, pour ses monuments. C'était avant le renouveau de cette religion accompagné d'un fanatisme sanglant et d'excès insupportables. Enfant, j'avais vécu dans un pays musulman, le Maroc. J'avais entendu l'appel du muezzin, j'avais visité les mosquées sobres et sereines, j'avais été charmé par les palais somptueux entourés de jardins féeriques.

Adolescent, j'avais découvert la mosquée de Cordoue, un des monuments les plus enchanteurs d'Europe, avec cette forêt de colonnes qui se perd dans l'ombre dorée. L'Islam en Espagne s'était montré tellement plus civilisé que le christianisme. Cordoue avait été un centre mondial de connaissance, de recherche, de tolérance. Les juifs et les chrétiens y étaient librement admis et contribuaient grandement à faire briller ce sultanat. Aucun domaine ne resta méconnu ou interdit pour ces poètes, ces philosophes, ces médecins, ces hommes de science, ces architectes de génie alors que l'Europe chrétienne croupissait dans l'obscurantisme. La mosquée de Cordoue devait être en partie défigurée à la Renaissance, lorsque les chanoines, sans prévenir personne, en détruisirent le centre pour créer un maître autel catholique. J'appréciais Charles Quint pour avoir voulu les pendre à cause de ce crime contre la civilisation.

Plus tard, beaucoup plus tard, je découvre Roumi. Il devient mon héros car il représente un Islam tellement différent de celui que l'on présente de nos jours. Il naît en Afghanistan dans la ville de Balkh au XIIIᵉ siècle. Son père est déjà un très grand mystique. Un jour, il monte en chaire dans la grande mosquée et annonce aux habitants qu'ils doivent quitter la ville car d'ici trois ans, cette dernière sera rasée et sa population massacrée. Beaucoup le croient fou. Cependant, un millier d'habitants le suivent et émigrent avec lui. Trois ans plus tard, Gengis Khan anéantit la ville et tue tous les habitants.

La colonie d'Afghans, conduite par le père de Roumi, passa d'abord par Damas puis s'en alla à Konya au centre de la Turquie sur laquelle régnait à l'époque la dynastie des sultans Seldjoukides, particulièrement tolérante et ouverte qui attirait les penseurs de tout acabit. Le père de Roumi y fut accueilli avec générosité. Il continua à prêcher jusqu'à sa mort. Son fils lui succédait. Son véritable nom était Djalâl ad-Dîn, Roumi n'était que son surnom, déformation de « romain », qui signifie étranger (comme le mot « Rom » pour les tziganes). Djalâl ad-Dîn était un Roumi, un étranger, puisqu'il venait d'Afghanistan. À la suite de son père, il devint le plus grand prêcheur mystique de la région. La Cour, les autorités rendaient hommage à sa science et à son élévation. Des centaines d'ouailles venaient quotidiennement l'écouter. Ses élèves accourus de partout se multipliaient.

Un jour, dans le bazar, il tomba nez à nez avec un inconnu, un homme d'une soixantaine d'années, grand, maigre, laid, qui se révélera de plus antipathique et désagréable. Et, pourtant, dès le premier regard, la passion flambe. Non pas du vieux envers le jeune mais du jeune Roumi envers le vieux Shams, car tel était son nom, Shams e Tabriz car il venait de la ville persane de Tabriz. Roumi l'emmène dans son couvent, s'enferme avec lui dans sa cellule et y reste… pendant quarante jours. Ce fut l'extase.

Il est survenu l'Amour
Comme le sang
Il coule dans mes veines
Il m'a vidé de moi
Il m'a rempli de l'Aimé

L'Aimé a envahi
Chaque parcelle de mon être
De moi ne reste qu'un nom
Tout le reste, c'est Lui.

Roumi était marié et père de deux fils. À partir de sa rencontre avec Shams, il change de vie, il ne veut plus recevoir les membres de la Cour, il renvoie ses élèves, il se ferme à ses ouailles, il se coupe de sa femme. Son fils aîné qui se montre compréhensif garde sa faveur. Mais le cadet qui enrage contre Shams est écarté. L'intrus se révèle un très grand mystique et un très grand poète, à l'instar de Roumi. Leur « amitié » fut semée de rebondissements et d'aventures colorées. Roumi lui-même les a racontées ainsi que ses plus proches disciples devenus ses chroniqueurs. La nature de cette « amitié » qui défie les apparences et reste profondément mystérieuse continue à intriguer tous ceux qui s'intéressent à Roumi.

Un beau jour, tous les deux dînent dans le couvent lorsqu'on vient annoncer à Shams qu'on le demande dans la rue. Les disciples présents mais aussi Shams et Roumi trouvent tout de suite que cette invitation n'est pas naturelle. Il y a une menace. Pourtant Shams se lève et Roumi murmure quelques mots lorsqu'il le voit se diriger vers la sortie. « C'est le mieux à faire », phrase étrange que personne ne parviendra à expliquer. Shams sort de la maison et ne revient pas. On ne l'a jamais revu.

Aujourd'hui encore, on ignore ce qui s'est passé. On suppose que le second fils de Roumi, excédé par la faveur de Shams, jaloux de lui, l'a fait assassiner et cacher son cadavre. Roumi restait dans l'ignorance du sort du Bien Aimé et dans l'angoisse. Comme celui-ci était déjà parti une fois et que Roumi l'avait cherché pendant des mois, il crut à un nouveau caprice de Shams. Il se mit à sa recherche dans tout le Moyen-Orient pendant des années, errant de ville en ville et demandant partout si quelqu'un l'avait vu. Un jour, sans que rien de nouveau ne soit survenu, il déclara à son entourage qu'il avait retrouvé Shams. Tout le monde, surpris, lui demanda où il était. « En moi », répondit Roumi et il revint à Konya.

Il aimait beaucoup un de ses disciples, Husam al-din Chalabi, un jeune homme auquel il intima alors de le prendre en dictée. Roumi, sans hésiter ni se tromper une fois, sans se reprendre ni corriger, entreprit de composer devant le jeune homme son plus fameux poème, le *Masnavie*, plus de deux mille vers. Comme ses autres œuvres, même traduites dans les langues occidentales, sa poésie révèle une beauté inimaginable, profondément mystique, tellement prenante qu'on en oublie l'hermétisme. On n'a pas besoin de comprendre, on est immédiatement séduit et emporté. On lit pour le plaisir de lire :

Nuage à la pluie douce, viens !
Ô ivresse des amis, viens !
Ô toi, le roi des tricheurs, viens !
Ceux qui sont ivres te saluent.

Étonne, efface la douleur
Détruis, et offre des trésors.

Trouve la mesure des mots,
Ceux qui sont ivres te saluent.

Tu as bouleversé la ville
Elle sait tout et ne sait rien.
Grâce à toi, le cœur est lucide.

Ceux qui sont ivres te saluent.

L'Islam de Roumi, c'est l'Islam de la tolérance totale. Il y mêle l'Antiquité grecque car il était pétri de philosophie et écrivait le grec, il y mêle le christianisme dont il parle sans cesse. Cette ouverture, cette ampleur, cette envergure, cette humanité sont fascinantes et émouvantes. Entre autres, il avait compris que le mouvement du corps qui consiste à tourner sur soi-même, la façon dont on tient ses mains et sa tête permettent de communiquer avec l'univers et l'éternité. Aussi fonda-t-il l'Ordre des derviches tourneurs dont les membres utilisent la danse pour atteindre le sommet de la spiritualité. Il mourut de sa belle mort en pleine gloire et son fils aîné, qui lui avait toujours été fidèle, lui succéda à la tête de l'Ordre. Les Mevlavna, car tel est le nom de ces religieux, étaient à ce point respectés par les sultans ottomans que c'est d'eux qu'ils décidèrent de tenir leur légitimité. Chez les Turcs, il n'y avait pas de couronnement mais une cérémonie d'intronisation dans la mosquée d'Eyub à la porte d'Istanbul. Lorsqu'un nouveau sultan montait sur le trône, il faisait venir de Konya le chef de l'Ordre des Mevlavna, c'est-à-dire le successeur de Roumi. Celui-ci devait lui tendre le sabre d'Osman, le fondateur de la dynastie. C'était la façon pour le nouveau sultan de recevoir l'onction sacrée qui lui permettait de régner sans partage et sans contestation. Il en fut ainsi jusqu'en 1917.

Atatürk supprima l'Ordre et transforma le tombeau de Roumi à Konya en musée. Celui-ci, ainsi que la mosquée avoisinante, viennent d'être rendus au culte et les derviches tourneurs ont de nouveau l'autorisation de se produire dans leur école, voisine du tombeau. Musée ou pas, le tombeau de Roumi n'a cessé d'être respecté et d'attirer des milliers de pèlerins venus rendre hommage à cet homme unique. Il représente l'image probablement la plus vraie, la plus attrayante de l'Islam.

En revanche, Konya, que j'ai visité plusieurs fois, n'est pas une ville particulièrement attirante. Bien sûr, j'ai été ébloui par les monuments élevés par les sultans Seldjoukides. Ils ont inventé un art tout à fait spécial et original et sont les seuls à avoir osé des représentations d'animaux, en principe interdites par l'Islam. Le tombeau de Roumi baigne dans une atmosphère extraordinaire, on s'y sent bien accueilli et entouré de chaleur humaine. Cependant, curieusement, il pèse sur la ville une pesanteur qui se révèle au bout de plusieurs jours assez désagréable. Tout le contraire de Roumi qui, avec la hauteur vertigineuse de son esprit, sut rester toujours léger, aérien.

Bien différente de l'Islam de Roumi est l'image qu'en avaient les Croisés. Vue par l'Occident, l'histoire de ces derniers est quelque peu simpliste. Des hommes de foi s'embarquent pour un long voyage à travers mille dangers pour arracher des mains des musulmans les lieux saints où vécut et mourut Jésus Christ qu'ils occupent contre tout droit. Les bons, ce sont les Croisés ; les mauvais, les musulmans. Déjà, nous avons effleuré le scandale de la 4ᵉ croisade où la cupidité des Vénitiens et des Génois détourna les Croisés vers Constantinople. Ces derniers n'hésitaient pas à massacrer. La prise de Jérusalem, censée délivrer les habitants de la ville du joug musulman, s'accompagna d'horreurs où les chrétiens (qui y vivaient depuis longtemps) et les juifs furent tués aussi bien que les musulmans par d'autres chrétiens. Pendant les Croisades, il y eut des chefs, tel Renaud de Châtillon, qui restent des exemples de traîtrise et de férocité. Le roi d'Angleterre lui-même, Richard Cœur de Lion, le héros si sympathique de *Robin des Bois*, était en vérité un épouvantable prédateur qui tuait et torturait sans pitié ainsi qu'il le démontra lorsqu'il se fit Croisé et vint au Moyen-Orient. À l'opposé, les héros fleurirent dans le camp musulman. Cela commença par Nur Ed-Din, un Kurde qui rassembla les musulmans contre l'envahisseur croisé. Ce personnage était un juste...

À Alep, j'ai souvent visité, dans le vieux cimetière musulman, la tombe de « la belle étrangère », un monument très simple en granit rose. Quatre colonnes soutiennent une sorte de dais au-dessus de la pierre tombale dénuée d'inscriptions. La tradition orale qui s'est maintenue jusqu'à nos jours affirme que « la belle étrangère » était la margrave Ida d'Autriche. Elle était venue dans un cortège de Croisés. Les troupes du sultan Nur Ed-Din avaient attaqué la caravane et avaient fait prisonnière la margrave. Belle et jeune, celle-ci avait été versée dans le harem de Nur Ed-Din. Ils étaient tombés amoureux l'un de l'autre et auraient vécu un amour resté secret. Le successeur de Nur Ed-Din, Saladin Salah Ad-Din, le Saladin des légendes, reste un des plus grands personnages, un des plus purs de l'Histoire musulmane. Génie politique et militaire mais aussi souverain équitable, un penseur généreux, noble dans toutes ses actions. Il eut à combattre un personnage tout aussi noble, un héros doublé d'un saint, le roi Baudouin IV de Jérusalem. Tout jeune, il était monté sur le trône alors qu'il était déjà atteint de la maladie qui ne pardonnait pas : la lèpre. Son corps s'en allait en lambeaux mais il combattait toujours. Il batailla jusqu'à son dernier souffle car il gardait la foi intacte, cette foi qui lui donnait une force surhumaine. Il respecta Saladin, Saladin le respecta. L'affrontement entre le tout-puissant musulman maître de l'invincible armée, infiniment populaire parmi les musulmans, contre le jeune homme mourant, combattant avec lucidité dans une guerre sans issue, soutenu par sa seule foi, est un des très beaux épisodes des Croisades.

La seule façon convenable de faire la Croisade, pourrait-on dire, fut celle de l'empereur germanique Frédéric II. Cet homme cultivé, polyglotte, tolérant, préférait aux brumes de son empire nordique le soleil de la Sicile dont il avait hérité par sa mère. Il était particulièrement attiré par la civilisation islamique. Savants, artistes, poètes, philosophes arabes ornaient sa cour à Palerme. Or le pape voulait à toute force qu'il se croisât pour délivrer Jérusalem. L'empereur n'en avait aucune envie. Le pape finit par agiter son arme suprême, la menace d'excommunication. L'empereur fut bien forcé de partir à la croisade. Il arriva au Moyen-Orient mais, au lieu d'envoyer ses chevaliers combattre les musulmans, il dépêcha un message au sultan d'Égypte, Malik Al Kamil, avec qui il entretenait depuis longtemps une correspondance amicale et érudite. Les deux souverains se rencontrèrent. Pendant une semaine, ils discutèrent poésie, art, philosophie. Puis, comme si c'était une démarche sans grande importance, ils signèrent à la va-vite un traité pacifique où le sultan acceptait de rendre Jérusalem aux chrétiens. Ce n'était pas l'affaire du pape qui voulait non seulement la « délivrance » de la ville sainte mais un massacre de musulmans. Il excommunia le malheureux empereur qui pourtant avait fait ce qu'on lui demandait, mais de façon pacifique.

J'ai visité avec ma fille Olga la création la plus significative de Frédéric II, le Castel del Monte, près de Bari, un château en pierre pâle aux huit côtés ponctués par des tours elles-mêmes octogonales, construit selon les règles de l'architecture la plus ésotérique. Nous parcourions des enfilades de salles désertes, lumineuses, pleines de symboles depuis longtemps oubliés. Nul n'a jamais trouvé la destination de cette construction unique. Forteresse, ce ne l'était pas, relais de chasse non plus, lieu de fête peut-être, mais occasionnellement. On pense que c'était tout simplement un temple du savoir où étaient réunies énormément de données astrologiques, astronomiques, symboliques. En fait, une porte ouverte vers la connaissance du monde invisible. Entreprise digne de Frédéric II et de sa curiosité insatiable qui garde, malgré les siècles et les déprédations, sa lumière et son inspiration. Ce chef-d'œuvre de symétrie et de lumière est embué d'étrangeté et de sérénité.

Plusieurs États croisés se fondèrent au Moyen-Orient, le royaume de Jérusalem, la principauté d'Antioche, le comté de Tripoli, celui de Édesse. Au bout de quelques générations, ces Occidentaux transplantés adoptaient les mœurs aimables, le goût du luxe, la tolérance sexuelle de l'Orient. Lorsque de nouvelles vagues de Croisés arrivaient d'Occident, ils étaient horrifiés par la décadence où étaient tombés leurs compatriotes devenus des locaux.

L'époque des Croisades vit aussi fleurir l'étrange secte des Hachachins, dite des Assassins, ancêtres du terrorisme international. Leur fondateur était un Persan nommé Hassan Ibn al-Sabbah. Il était natif du Khorassan. Sur les bancs de son école dans la ville de Nishapur, il s'était fait deux amis inséparables. L'un s'appelait Nizam Ol Molk qui allait devenir Grand Vizir d'un sultan. L'autre s'appelait Omar Khayyam qui se hisserait jusqu'au sommet de la littérature mondiale. Ce chantre incomparable du vin et de l'amour écrivait :

Notre trésor ? Le vin. Notre palais ? La taverne.
Nos compagnes fidèles ? La soif et l'ivresse.
Nous ignorons l'inquiétude
Car nous savons que nos âmes, nos cœurs, nos coupes et nos robes maculées,
N'ont rien à craindre de la poussière, de l'eau et du feu.

Mais, comme tous ces immenses poètes, il était également un profond penseur – car les plus immenses penseurs sont aussi des profonds poètes. Omar Khayyam, après avoir vanté le vin et l'amour, écrivait donc :

Dans les monastères, les synagogues et les mosquées,
Se réfugient les faibles
Que l'enfer épouvante.
L'homme qui connaît la grandeur de Dieu ne sème pas
Les mauvaises graines
De la terreur et de l'imploration.

Comme Roumi, un de ses charmes sera l'ambi-
guïté. On ne saura jamais s'il parlait de l'alcool et du
sexe d'une façon concrète ou spirituelle, s'il s'agissait
de la foi ou d'un être humain, d'homme ou de
femme. Pendant que le poète vaticinait sur le plaisir
et sur le mysticisme, Hassan Ibn al-Sabbah fonda un
ordre composé de partisans rendus fanatiquement
obéissants. Pour cela, il utilisait leur naïveté et la
drogue. Il leur faisait avaler du haschich, d'où leur
nom de Hachachins. Dans un état semi-conscient, ses
futurs partisans se retrouvaient dans des jardins
enchanteurs où on leur servait les mets les plus déli-
cats, où on les abreuvait des vins les plus capiteux et
où ils étaient servis par les femmes les plus belles
dont ils pouvaient user et abuser. Au réveil, on leur
expliquait qu'ils avaient été momentanément transportés au paradis, qu'il suffisait d'exécuter aveuglément les ordres de leur chef pour retrouver cet
endroit béni, ces plaisirs que déjà ils regrettaient. Le
calcul d'Hassan Ibn al-Sabbah était simple. Gagner
le plus de pouvoir et le plus d'argent possible en
menaçant les potentats de l'époque. Ou ceux-ci
suivaient ses directives et lui payaient des rançons
considérables, ou il les ferait assassiner. En effet,
ses fanatiques bien entraînés, bien drogués, bien
convaincus, ne reculaient devant rien et se jouaient
des systèmes de sécurité les plus perfectionnés. Hassan Ibn al-Sabbah avait commencé par faire assassiner son ancien camarade de classe devenu Grand
Vizir mais il respecta Omar Khayyam. Puis il lança

ses élèves dans des attentats suicide qui visaient n'importe quelle autre personnalité du Moyen-Orient. Bientôt, ceux-ci provoquèrent une telle terreur que les princes et les rois n'hésitèrent pas à traiter avec eux, comme Saint Louis qui signa un traité en bonne et due forme avec le Vieux de la Montagne, titre du chef de la secte.

Finalement, la forteresse mère de l'ordre, Alamut, peu distante de Téhéran, fut emportée par les envahisseurs mongols et l'ordre disparut. Cependant, le Vieux de la Montagne qui, pour ses fidèles, était l'imam des Ismaéliens, une branche du chiisme, eut des successeurs jusqu'à nos jours. En effet, l'actuel Aga Khan en est l'héritier. Il est difficile d'imaginer que ce prince, international, urbain, souriant, dévoué à sa tâche et présent dans les magazines, soit l'héritier de ce chef sombre, mystérieux, insaisissable, commandeur des terroristes. Les gigantesques fondations caritatives et culturelles de l'Aga Khan qui font tant pour les déshérités lui assurent un prestige équivalent mais bien différent de celui de ses prédécesseurs.

L'Égypte, ce sont les pyramides et les pharaons… en tout cas pour la plupart des visiteurs. Elle le fut pour moi lors de mes premières visites. Plus tard, je découvris l'Égypte musulmane, et notamment Le Caire, le plus important conservatoire de monuments islamiques de l'âge d'or. On visite la mosquée de Mohammed Ali, fichée sur la citadelle, qui ne date

que d'un peu plus d'un siècle et demi. Ce fondateur
de l'Égypte moderne offrit à Louis Philippe, en
remerciement de son appui diplomatique, l'obélisque
qui orne la place de la Concorde. Le roi des Français
envoya en retour une horloge que Mohammed Ali,
fièrement, plaça sur le grand portail de la citadelle où
on l'admire toujours. Louis-Philippe, soupçonné
d'être avare, avait dû l'acheter d'occasion car elle n'a
jamais marché. Les visiteurs qui se bousculent aux
pyramides ignorent les milliers de monuments islamiques du Moyen Âge qui parsèment la vieille ville
encore entourée de ses remparts. Aujourd'hui, on en
a restauré pas mal mais, autrefois, ils s'écaillaient à
qui mieux mieux. Palais, medressas, mosquées et
tombeaux se déglinguaient dans la saleté. Souvent,
l'entrée en était difficile à trouver dans le dédale de
ruelles. Les habitants du quartier se montraient toujours d'une extraordinaire gentillesse. Non seulement, ils nous indiquaient le chemin mais ils nous
invitaient à prendre un café pendant qu'on allait
chercher la clef du monument. Cette clef était
énorme, en fer rouillé. On l'introduisait péniblement
dans la serrure, on la tournait plusieurs fois, la porte
s'ouvrait en grinçant et on pénétrait dans des enfilades désertes où nos pas s'imprimaient dans la poussière. Boiseries dédorées, moucharabiehs noircis,
marbres irreconnaissables, c'était des belles au bois
dormant qui n'attendaient qu'une baguette magique
pour ressusciter.

Les courses au trésor, c'étaient ces visites dans le
vieux Caire inchangé depuis des siècles, qui sortait

droit des illustrations du XIXe siècle de Roberts. Après la rue grouillante avec ces personnages, ces costumes, ces chariots, ces animaux domestiques qui n'avaient pas changé depuis des siècles, c'était un silence romantique, peuplé de fantômes dans des salles naguère somptueuses, dans des espaces gigantesques noyés d'ombre qui rappelaient un monde perdu. La plupart de ces monuments dataient des dynasties mamelouk. C'étaient, à l'instar des janissaires, des enfants, la plupart chrétiens, enlevés à leur famille et élevés pour former la garde prétorienne des sultans d'Égypte. Un officier plus aventureux que les autres assassinait le sultan en place et prenait sa place sur le trône jusqu'à être assassiné à son tour. Comme disait le chroniqueur, ces soldats d'aventure, ces personnages romanesques avaient, dans leur vie, accumulé tant de crimes que, pour se faire bien voir d'Allah dans une autre vie, ils multipliaient les fondations religieuses et les monuments somptueux. Une mosquée pour tant de crimes, une medressa pour tant de massacres. Ainsi Le Caire se couvrit de merveilles.

Dans cet univers d'hommes, une femme se distingua. Shagaret ed Dorr était une esclave turque que le sultan d'Égypte Al Salih Ayyub avait épousée. Cette femme de caractère refusa d'être enfermée dans le harem et suivit son mari partout, particulièrement à la guerre. Elle se retrouva devant Damiette où venaient de débarquer les Croisés menés par Saint Louis. Le danger pour l'Égypte était mortel. Il fallait à tout prix rejeter les envahisseurs à la mer. Or le sultan mourut d'une brusque maladie. Tout était

perdu. Ce n'était pas l'avis de Shagaret ed Dorr. Cal-
mement, froidement, elle prit les choses en main.
Révéler la mort de son mari le sultan, c'était donner
un immense avantage à l'ennemi croisé et créer un
vacuum du pouvoir qui ouvrait la porte à toutes les
aventures. Aussi cacha-t-elle sa mort. De la tente du
sultan que tout le monde croyait encore vivant, elle
donnait des ordres supposément émis par son mari,
grâce à quoi l'armée égyptienne gagna victoire sur
victoire et finalement fit prisonnier Saint Louis. Les
Croisés furent rejetés à la mer, vaincus par une
ancienne esclave.

Mise en appétit, Shagaret ed Dorr n'allait pas
lâcher le pouvoir. Seulement, c'était son fils, le successeur de son mari, qui régnait. Qu'à cela ne tienne,
elle le fit massacrer par ses soldats, sous les yeux des
prisonniers français horrifiés. Les soldats, enthousias-
més par la détermination et l'énergie de cette femme,
la hissèrent sur le trône. Mais de Bagdad, le Calife
protesta. On ne donnait pas le pouvoir aux femmes.
« Qu'à cela ne tienne », répondit de nouveau Shagaret ed Dorr. Elle épousa un des officiers turcs,
Aybak, qui devint le souverain nominal. Au fil des
années, Aybak émit des prétentions. Ne se figurait-il
pas être le véritable souverain ? C'était inacceptable.
Aussi, Shagaret ed Dorr le fit-elle assassiner en 1257
pour installer sur le trône une nouvelle marionnette,
Ali, fils d'un premier mariage d'Aybak. Elle continua
ainsi à gouverner par parent interposé.

Tout aurait été pour le mieux dans le meilleur des
mondes si la femme d'Ali, Omali, n'avait pas trouvé
sa belle-mère par trop encombrante. La bru, en effet,

voulait le pouvoir pour elle. Comment l'atteindre avec une telle belle-mère ? Tout simplement en l'éliminant. Elle organisa son complot soigneusement et elle était si acharnée à gagner qu'elle fit un vœu. Si elle réussissait à se débarrasser de sa belle-mère, elle donnerait à tous les pauvres du Caire un gâteau. Elle sut soudoyer des esclaves qui, dans son hammam, frappèrent de leurs socs en bois la sultane Shagaret ed Dorr jusqu'à ce qu'elle meure. Omali, au comble du bonheur, fit cuire le fameux gâteau qu'elle distribua à toute la ville. Cette sucrerie est toujours confectionnée par les pâtissiers du Caire et porte son nom.

J'avais déjà retrouvé dans un des quartiers de la Cité des Morts le tombeau assez modeste de Shagaret ed Dorr. La belle-fille, en effet, ne s'était pas souciée de lui édifier un somptueux monument.

Plus tard, dans une de mes visites ultérieures, je découvris non loin de la mosquée al Hakim son palais, intact. De la rue, je voyais les moucharabiehs de la grande salle. Je voulus visiter. Une dame fort aimable me répondit que c'était impossible car c'était devenu le harem d'un riche marchand.

Les sultans mamelouks, en cette fin du Moyen Âge, étaient devenus la plus grande puissance politique et économique du Moyen-Orient. Ils occupaient, en dehors de l'Égypte, la Syrie, l'actuel Liban, Chypre. Ils avaient rejeté à la mer tous les envahisseurs mais ils ne résistèrent pas aux Ottomans. Le sultan Selim Ier conquérant de l'Égypte en 1517 pendit le dernier sultan mamelouk dans une arcade de la mosquée Al Mourayed.

Les Ottomans renversaient tout sur leur passage, en Asie, en Europe, en Afrique. Ils abattaient des empires séculaires aussi facilement que des châteaux de cartes. Ils massacraient aussi à tour de bras. Leur cruauté inspirait la terreur. Cependant, ils révélèrent un sens de l'adaptation et une certaine tolérance bien inattendus. Mohamed II qui avait conquis Constantinople était entré à cheval dans la basilique Sainte-Sophie. Là, il avait prié Allah, transformant le plus célèbre sanctuaire de la chrétienté en mosquée. Il avait ottomanisé, turquisé, islamisé mais c'était aussi un génie de l'assimilation.

Les Turcs étaient devenus musulmans car ce fut la première religion organisée qu'ils avaient rencontrée en descendant des Hauts Plateaux asiatiques où ils pratiquaient jusqu'alors l'animisme. Ils étaient musulmans mais jusqu'à un certain point. Ils admettaient et toléraient l'existence d'autres religions, surtout dans leur empire devenu multiracial. Les sultans utilisèrent les Juifs pour la médecine, les Arméniens pour l'architecture. Les architectes des étonnants palais du XIXe siècle qui ornent les rives du Bosphore appartenaient à une dynastie arménienne, les frères Balian. De même, les sultans utilisèrent les Grecs pour la diplomatie, les affaires étrangères et la marine. Le capitaine Pacha, le grand amiral, était presque toujours un Grec. Quant au fameux Barberousse, le pirate légendaire qui ensanglanta les côtes de la Méditerranée pendant des décennies, il s'agissait d'un Grec de

Samos. Son tombeau se dresse toujours sur la rive
européenne du Bosphore, non loin du premier pont
qui relie l'Europe à l'Asie.

Les Ottomans firent entrer à leur service l'élite
grecque de Constantinople mais ils laissèrent croupir
les Grecs de Grèce dans une obscurité, une ignorance et un immobilisme de plusieurs siècles.

Ce ne sont pas les Ottomans, mais des Turcs tout
de même, les Ghaznévides, qui, dans le haut Moyen
Âge, envahirent l'Inde. L'Inde agit avec eux comme
elle le fit avec tous ses envahisseurs passés et futurs,
elle les absorba, les noya dans son immensité, sa profondeur, sans rien altérer de sa personnalité. J'y péné-
trai pour la première fois en 1962 sans rien y
comprendre. Pour le débutant que j'étais, c'était une
multiplicité incompréhensible de divinités étranges,
tantôt animales, tantôt humaines avec des masques
grimaçants ou des quantités de bras et de jambes. Sur
des bas-reliefs kilométriques se tortillaient des milliers d'hommes et de femmes dans des poses hautement érotiques. L'Inde, ce fut pour moi les derniers
temples « païens » en fonction, les plus grands du
monde où des dizaines de milliers de pèlerins et de
prêtres circulent et laissent des offrandes, encens,
fleurs, fruits, avec, ici ou là, le sacrifice d'une chèvre.

Plus tard, je découvris que l'Inde était la mère de
tout. Les Indiens, depuis des millénaires, ont hissé
l'esprit jusqu'à des sommets vertigineux dans la
métaphysique, la philosophie, le mysticisme, la poésie épique. Toute l'Asie en a été inspirée et parfois
même, sans qu'on le saisisse, l'Occident antique

aussi. L'Inde, c'est donc le polythéisme mais c'est aussi l'Islam. Les musulmans l'envahirent à plusieurs reprises et la parsemèrent de monuments majestueux, les plus magnifiques étant les plus récents. Au XVᵉ siècle, les grands Moghols, ainsi qu'ils s'intitulèrent, dévalèrent les pentes de leurs hauts plateaux afghans et se répandirent dans les plaines indiennes. Ils réussirent la première union de l'Inde avant que les Anglais ne la complètent. Le fondateur de la dynastie, Babour, après avoir assemblé un des plus grands empires du monde, continuait à regretter son Fergana natal et pleurait sur les violettes qui embaumaient ses printemps. Le troisième, Akbar, est un de mes héros. Il n'avait que douze ans lorsqu'il monta sur le trône à la mort de son père, l'empereur Humayun, qui s'était tué en tombant de l'échelle de sa bibliothèque. Akbar n'avait pas dix-huit ans lorsqu'il en eut assez de son trop autoritaire Régent, il le jeta par la fenêtre, puis il descendit dans la cour, constata que le Régent n'était pas mort, le remonta à l'étage et le jeta de nouveau, avant de vérifier que celui-ci était bel et bien mort. Il combattit les princes hindouistes du Rajasthan qui s'étaient rebellés contre lui mais la prise de Chittorgarh devait le marquer à jamais. Il vit les Rajputs ouvrir les portes de leurs forteresses et, en habit de gala et couverts de joyaux, se jeter contre ses armées, sabre à la main, et se faire tuer jusqu'au dernier. Lorsqu'il pénétra dans la ville, ce fut pour trouver des bûchers monstrueux qui achevaient de se consumer là où s'étaient fait brûler les femmes et les enfants des Rajputs avec leurs trésors.

Du coup, Akbar ne voulut plus de guerre. Il assimila les Rajputs, en commençant par épouser une princesse de leur sang. Il ne voulut plus de querelles confessionnelles. Dans ses palais de grès rose qui dominaient sa nouvelle et féerique capitale Fatehpur Sikri qu'il finissait de construire, il réunissait les prélats de toutes les religions, moines chrétiens, rabbins, mullahs, sadous hindouistes. Il les faisait monter sur des terrasses et, sous les étoiles, il discutait avec eux nuit après nuit. Partant du principe qu'il n'y avait qu'un dieu, le même pour toutes les religions, il les exhortait à s'accorder afin d'unir tous les croyants du monde et mettre fin à leurs disputes. Lui, Akbar, le Grand Moghol, était un visionnaire. Les prélats étaient tout sauf ça. Ils se disputaient jusqu'à l'aube sans jamais arriver à s'accorder. Ainsi, Akbar ne put-il jamais réaliser son rêve d'un syncrétisme des religions (qui aurait fait tellement progresser l'humanité).

L'arrière-petit-fils d'Akbar, Aurangzeb, quant à lui, devait faire éclore sur la terre indienne le fanatisme musulman, ce qui occasionna la perte de sa dynastie. Celle-ci laissera derrière elle le Taj Mahal mais aussi les grandes mosquées de Delhi et de Lahore, comme les exquises petites mosquées de la Perle dans le fort rouge de Delhi et dans celui d'Agra, chefs-d'œuvre de marbre blanc, incrustés de pierres semi-précieuses, de granit rose, de marbre noir où le gigantisme le plus impérial se mêle au raffinement le plus poétique. Dans une de ces merveilles nichées dans le Fort Rouge d'Agra, Aurangzeb l'affreux enferma son père Shah Jahan qu'il avait détrôné.

Celui-ci restait des heures immobile à sa fenêtre, contemplant au loin le Taj Mahal qu'il avait bâti pour servir de tombeau à sa bien-aimée Muti Mahal. Je me suis souvent interrogé sur la véritable signification de ce monument unique : n'est-ce qu'un poème d'amour, le plus fameux du monde, comme le proclament les guides, ou abritait-il le secret d'un enseignement infiniment profond ?

René Grousset m'a fait découvrir les aspects les plus captivants de l'Histoire de la Chine avec ces impératrices autoritaires, perfides et impitoyables, telle cette épouse d'empereur qui, jalouse de la favorite de ce dernier, la nommée Yang Kwai Fay « aux sourcils en ailes de papillon », comme l'a décrite le poète, l'avait fait jeter et dévorer par des cochons. Intéressante cette Wo Tso Tien qui se fit nommer non pas *impératrice* mais *empereur* de Chine. Bien intrigante aussi cette Tsu Shi, l'impératrice douairière, dernière de ces femmes formidables avant la disparition de l'empire. Je l'imagine telle que l'a figurée l'actrice Flora Robson dans ce chef-d'œuvre du cinéma *Les 55 jours de Pékin*, assise immobile sur son trône, engoncée dans ses brocarts, les traits impassibles, l'œil noir fixé sur le malheureux ministre prosterné à ses pieds, se caressant lentement les mains ornées d'ongles interminables en or enchâssés de pierreries. Elle possédait trente-deux pékinois tibétains, les chiens préférés des empereurs de Chine. Lorsque les Européens s'emparèrent de son palais, après la révolte des Boxers, elle craignait que ceux-ci ne les prennent en otage. Elle les fit tous tuer. Deux, cependant, lui échappèrent, un mâle et une femelle. Les Anglais s'en emparèrent comme du reste et en offrirent un à la reine Victoria. Laquelle, avec un sens de l'à-propos extraordinaire, l'appela « Looted », le « pillé ». J'ai connu Moksha, un descendant du couple canin au poil extraordinairement doux, à la forte personnalité, et doté d'un snobisme certain.

Au Moyen Âge, la Chine se vit lentement et sûrement infiltrée par le christianisme. Les hérétiques nestoriens y envoyèrent de nombreuses missions qui se répandirent partout, laissant derrière eux des monuments, des inscriptions, des objets que l'archéologie continue à déterrer. On assure que la mère de Gengis Khan s'y était convertie. Gengis Khan lui-même s'était intéressé au christianisme et avait demandé qu'on lui envoie des prêtres. Ceux-ci, bien entendu, devaient être nestoriens puisque les Mongols ne connaissaient que cet aspect du christianisme. Le Vatican avait refusé. Plutôt païen que chrétien nestorien. Ce qu'on sait moins, c'est qu'un Turco-Mongol, converti au christianisme et devenu moine, Rabban Sauma effectua le voyage en sens inverse : parti de Chine, il alla jusqu'en Occident. Il avait été chargé par l'empereur mongol de conclure une alliance franco-mongole. Il ne réussit pas dans son entreprise mais il visita l'Europe du XIIᵉ siècle. Il dit la messe à Saint-Pierre-de-Rome, il suivit les offices du roi Henri II d'Angleterre, il visita Paris et laissa une œuvre beaucoup plus concrète qu'un traité d'alliance, c'est-à-dire un récit détaillé de son incursion en Occident.

La région de Chine qui m'attire le plus est sans hésiter le désert de Taklamakan, au nord-ouest du céleste empire. La majeure partie de cette région ne pardonne pas aux téméraires et rares visiteurs. Le climat y est mortel, froid ou chaleur excessifs, le vent scie en deux tous ceux qui se dressent contre lui. L'aridité totale empêche de trouver la moindre subsistance. Le sable recouvre tout ce qui ose s'édifier. Le long des rares rivières, dans les quelques oasis, la végétation explose. On y trouve des grottes qui abritent des fresques somptueuses et évocatrices. Dans certaines, des explorateurs des temps anciens trouvèrent des milliers de manuscrits car cette région si inhospitalière abrita des villes, des civilisations brillantes qui furent englouties dans les sables et que parfois ceux-ci recrachent à la stupéfaction des archéologues. Beaucoup de souvenirs chrétiens ont été retrouvés à côté de chefs-d'œuvre du bouddhisme. Mais les plus incroyables furent découverts en 1994 par des archéologues anglo-saxons. Dans le bassin du Tarim, une des rares rivières à couler dans cette région ingrate et pourtant si secrètement généreuse, ils mirent au jour des momies qui les époustouflèrent. C'étaient celles d'hommes blancs, grands et blonds. La sécheresse du climat les avait préservés mieux que toutes les momies du monde. Leurs vêtements étaient intacts, en particulier des étoffes à carreaux semblables aux tartans des Écossais. Ces êtres avaient vécu quatre mille ans avant notre ère, avant tous les proto-chinois qu'on ait pu découvrir. Que faisaient en Chine ces Indo-Européens prédécesseurs des Chinois ? D'où venaient-ils ? Mystère.

Des siècles plus tard, alors que des musulmans ottomans massacraient les chrétiens, les chrétiens massacraient tout autant les Indiens d'Amérique latine. Les envahisseurs espagnols tuaient indistinctement mais aussi idiotement, tel Pizarro, le conquérant espagnol du Pérou. Il avait fait prisonnier le dernier Grand Inca Atahualpa. Il lui avait promis la liberté si celui-ci remplissait d'or une salle du palais de Cajamarca. Un ordre était aussitôt parti de la prison. Des mules commencèrent à acheminer vers Cajamarca des chargements d'objets précieux. Le trésor atteignait plus d'un mètre de la salle lorsque, pour une raison inconnue, Pizarro tua la poule aux œufs d'or en faisant étrangler le Grand Inca. Aussi, les caravanes surchargées d'or en route pour Cajamarca s'évanouirent-elles dans la nature. Le trésor attend toujours les chercheurs.

Les civilisations du Pérou m'intriguent. D'un côté, un raffinement extraordinaire dans les somptueux bijoux en or et les vêtements brodés de plumes multicolores. De l'autre, carence énigmatique, ces hommes qui avaient tout inventé n'ont jamais trouvé la roue et prospèrent pendant des millénaires sans elle. Un détail chez les ancêtres d'Atahualpa me rend rêveur. Le Grand Inca en son palais de Cuzco distant de milliers de kilomètres de la mer dégustait à chaque petit déjeuner des huîtres fraîches amenées de la côte par un relais de courriers qui galopaient avec deux couffins remplis de fruits de mer.

Les Espagnols vinrent détruire cet équilibre raffiné. Les Indiens résistèrent sans succès. Le dernier carré se réfugia à Machu Picchu. Lorsque je le visitai, il me parut unique par ses constructions mais surtout par son paysage de pics montagneux effilés couverts de végétation, cernés par des gouffres effrayants où grondaient des torrents. Machu Picchu n'était pas un endroit sacré, c'était une forteresse, un ouvrage de défense, c'était un refuge. La ville sacrée des Incas, nul ne l'a jamais retrouvée, ainsi que me l'expliquait le directeur du Grand Hôtel de Cuzco où nous étions descendus en 1969. Il s'était poliment présenté en nous accueillant : « Je suis M. Schliemann. » Croyant avoir mal entendu, je lui fais répéter. « Schliemann », me dit-il à nouveau avec un sourire. Il avait bien vu ma surprise. Il m'expliqua qu'il était le petit-fils de l'archéologue qui avait découvert Troie et Mycènes.

Bien curieux est le fait que si peu d'Espagnols purent conquérir des empires immenses et surpeuplés. Comment Cortés, à la tête de quelques centaines de soldats, eut raison du Mexique et de ses millions d'habitants ? Une explication réside peut-être dans le fatalisme du dernier empereur du Mexique, Montezuma.

Il y a quelques années, nous explorions une région écartée au sud d'Oaxaca. Nous avions monté et descendu des montagnes couvertes de forêts et traversé des vallées quasi inconnues pour aboutir à San Miguel

Achiutla. Du haut du col, nous avions découvert une vaste vallée au milieu de laquelle se dressait, bâtie sur une hauteur, un monastère espagnol. Ces lieux avaient été le siège d'une grande capitale des Indiens Mixtèques. Nous traversâmes une rivière avant d'arriver au monastère. De toute évidence, il avait été construit sur une gigantesque pyramide précolombienne qui avait été arasée. Tout autour, nous distinguions sur les hauteurs des ruines à l'âge indéfinissable, embrouillées dans des buissons d'épines. Nous frappons à la porte du monastère. Apparaît, entouré de sa cour, un véritable cacique à la superbe tête indienne. Pas une once de sang espagnol là-dedans. L'Indien noble et buriné nous refuse l'entrée. On parlemente. Il faut beaucoup de temps mais il cède et, du coup, devient urbain. Il nous fait visiter à toute vitesse la cour austère du monastère puis l'immense église repeinte en bleu soutenu. Il y règne une atmosphère dense datant d'avant la construction du sanctuaire, et remontant aux précédents occupants, les Mixtèques.

Dehors, il nous raconte l'histoire des lieux ainsi que le lui a appris le grand-père du grand-père de son grand-père. « Là-bas, dit-il, c'est la grotte de l'oracle. On venait de tout le pays le consulter et même l'empereur Montezuma, lorsque Cortés avançait vers Mexico, envoya demander ce qui allait se passer. L'oracle exigea d'abord les sacrifices réglementaires puis il fit dire à l'empereur que son empire serait détruit... »

On peut pleurer sur Montezuma. On ne peut pas pleurer sur les affreux Aztèques, ses sujets qui, entre

autres crimes, le lapidèrent. Présentés comme victimes du colonialisme espagnol, ils avaient fait autant
sinon pire que ces derniers. Conquérants avant d'être
conquis, colonisateurs avant d'être colonisés, ces
intrus venus du Nord avaient massacré autant
d'Indiens que les Espagnols, ce qui explique la haine
des autres peuples indiens du Mexique et leur
complaisance vis-à-vis des nouveaux venus blancs.
Combien différents sont les Mayas ! Les Aztèques
sacrifiaient aux dieux leurs prisonniers, les Mayas
acceptaient volontairement le sacrifice et même le
recherchaient. Dans cet étrange jeu de ballon qu'ils
avaient inventé, la *pelota*, ancêtre du football, les
deux équipes faisaient tout pour gagner, car les vainqueurs s'offraient au couteau du sacrificateur et parvenaient ainsi au paradis.

Les Mayas ont construit plus qu'on ne peut le
concevoir. Sans cesse, dans la jungle du Yucatan et
du Guatemala, on découvre des villes entières dont
on ignorait jusqu'alors l'existence. Nous avons été
récemment à la frontière mexico-guatémaltèque visiter Calakmul. Des dizaines de kilomètres d'une route
quasi droite à travers la savane, sans une seule habi-
tation, nous menèrent au site, encore épargné du
grand tourisme. Des dindons sauvages se prome-
naient tranquillement à l'entrée. Les billets achetés et
tamponnés, nous pouvions faire ce que nous voulions, comme pique-niquer dans les ruines d'un ravis-
sant temple. À Calakmul, on a repéré deux mille
bâtiments mayas. Seuls quelques-uns ont été dégagés,
dont des pyramides parmi les plus hautes du monde

précolombien. Ce mélange de très grands arbres, de pyramides à degrés, de murs écroulés, de palais envahis par la végétation, est singulièrement romanesque. Toutes ces villes ont été à une certaine époque abandonnées par leurs habitants pour une raison inconnue sur laquelle se penchent tous les historiens. Mais les Mayas, eux, leur empire détruit, leurs cités abandonnées à la jungle, ont survécu et même se sont bruyamment manifestés.

Parcourant le Yucatan, nous arrivons en la petite ville coloniale de Valladolid. Nous entrons dans la cathédrale. Je m'extasie : « Comme cette cathédrale est belle ! » « *Si, pero es la iglesia castigada* » me répond un quidam ; « Oui, mais c'est l'église châtiée ». Je n'avais jamais entendu cet adjectif donné à un sanctuaire. Pourquoi « *castigada* » ? Il ne sait pas. Je demande au directeur de l'hôtel Meson del Marques où nous habitons l'explication de cette curieuse épithète. Il n'en sait pas plus mais il me conseille d'interroger Carlos, un des garçons. Celui-ci s'approche plat en main. « Pouvez-vous m'expliquer, lui demandé-je, pourquoi la cathédrale s'appelle l'église châtiée ? » « Parce qu'il y a eu d'épouvantables massacres de grands propriétaires terriens à l'intérieur de l'église et jusque sur le maître autel. Ils s'étaient réfugiés là et pas un n'a survécu. » « Mais à quelle époque ? » insisté-je. « Au cours de la guerre des castes. » « Jamais entendu parler, qu'est-ce que cette guerre au nom étrange ? » Je lui conseille de poser son plat et de m'expliquer. Il le fait sans hésiter. Ce garçon de restaurant, pur Maya, se révéla un puits de science et une autorité en Histoire. Il m'apprit tout un chapitre dont j'ignorais tout.

En cette seconde partie du XIXe siècle, le Mexique devenu indépendant, les colons n'existaient plus mais les grands propriétaires terriens d'origine espagnole les avaient remplacés et se montraient encore pires qu'eux. Alors, les Indiens se révoltèrent, les Indiens, c'est-à-dire les Mayas vivant dans le Yucatan. Ils massacrèrent un peu partout les colons et leurs familles comme en la cathédrale de Valladolid. Mexico envoya une armée. Elle fut battue à plate couture. Les Mayas gagnaient du terrain chaque jour. La guerre dura plusieurs décennies, avec des hauts et des bas, des victoires des Indiens, des représailles de Mexico, des rebondissements. Elle prit un caractère religieux lorsqu'un Messie apparut. Il venait sauver les Indiens et leur rendre l'indépendance. Les Mayas combattirent au nom de ce Messie. Puis, il disparut. Les Indiens se replièrent, les grandes villes du Nord, Mérida, Valladolid furent reprises par les troupes de Mexico.

Les rebelles s'étaient regroupés dans la petite ville qui, aujourd'hui, porte le nom de Felipe Carillo. S'y manifesta la « Croix qui parle ». Dans le sanctuaire de la petite ville, le crucifix qui se dressait sur le maître autel se mit à s'exprimer chaque jour pour donner aux Indiens des instructions, pour les envoyer combattre, pour leur rendre courage et espoir. Chaque jour, les Indiens remplissaient le sanctuaire et écoutaient la sainte parole. La Croix leur disait qu'il fallait continuer à lutter contre les propriétaires terriens qui les exploitaient, contre Mexico qui les traitait si mal ou plutôt qui les ignorait. Tout le monde se mêla de ce conflit. Les Anglais, de leur colonie voisine de Belize, envoyèrent des corps francs. Des volontaires de toutes les races, surtout asiatiques, coréens et chinois, s'engagèrent. La guerre des castes s'éternisait.

En fait, ce ne fut pas Mexico qui eut raison de la révolte indienne mais le progrès. Lorsqu'on réussit à installer des lignes de chemin de fer dans la région, les Indiens découvrirent que leur connaissance de la jungle et leur capacité à se déplacer partout devenaient inutiles. Le chemin de fer les vainquit beaucoup mieux que les troupes de Mexico et la guerre des castes tomba dans l'oubli des historiens. Cependant, elle ne fut pas oubliée des Indiens.

Les Mayas connaissent tous l'histoire de la guerre des castes. Ils continuent à peupler le Yucatan et l'État voisin du Quintana Roo comme ils le font depuis des millénaires. Ils ont abandonné leurs pyramides dont les sommets dépassent les sommets des arbres les plus élevés mais ils sont toujours présents. Ils sont petits, souriants. De ma vie, je n'ai vu des êtres plus courtois, plus accueillants, plus sophistiqués. Toujours prêts à aider, toujours prêts à engager le dialogue, la plupart se révèlent passionnants sur leur passé, sur leurs coutumes car, malgré le modernisme, malgré le progrès en marche, au fond d'eux-mêmes ils gardent leurs traditions et leurs croyances. Il suffit de manifester de l'intérêt pour qu'ils en parlent librement. Et dans les cimetières où la croix chrétienne domine les tombes, les purs descendants de Mayas ont droit à une petite pyramide placée à côté du symbole du christianisme. Celle-ci rappelle leurs prodigieuses réalisations d'il y a tant de siècles et leurs croyances « païennes ».

LA RENAISSANCE

Le Moyen Âge agonisait quand se produisit en Europe une formidable explosion de créativité. Soudain, l'homme prit une dimension nouvelle. Il se releva de son long agenouillement et se tint debout, fort, puissant, plein d'inventivité face à l'Église, un peu comme l'humain grec s'était dressé contre le surhumain égyptien. L'homme de la Renaissance profita de la décadence de l'Église, empêtrée dans ses schismes, ses anti-papes, ses conciles stériles, ses divisions scandaleuses. L'homme créa dans toutes les directions la peinture, la sculpture, l'architecture, la poésie, la littérature, la science, le théâtre, l'opéra, les arts décoratifs. Il n'y avait pas de domaine qu'il n'abordait pour créer de ses mains et, de son esprit, des chefs-d'œuvre.

L'Italie fut sans conteste le creuset de cette transformation. On a dit qu'elle avait été stimulée par l'arrivée de l'élite intellectuelle byzantine qui fuyait les Turcs. Artistes, penseurs, philosophes, poètes venus de Byzance amenaient en Europe occidentale

182 of Une promenade singulière à travers l'Histoire

un raffinement, une inventivité qui donnèrent un coup de fouet aux créateurs locaux.

L'Italie, à l'époque, était une juxtaposition de petits États. Elle produisit des dynasties qui se rendirent surtout célèbres par leurs commandes artistiques. Les Sforza de Milan, les Este de Ferrare, les Médicis de Florence, les Gonzague de Mantoue, les Montefeltro d'Urbino ne représentaient pas politiquement ni militairement des puissances importantes mais artistiquement et intellectuellement, ils furent tous des géants, avec des républiques comme Venise, Gênes et Pise.

Curieusement, le plus grand État de l'Italie d'alors, le royaume de Naples, où régnait une dynastie fort ancienne, se montra le mécène le moins zélé. Ailleurs, ces princes, ces ducs se montraient des reîtres féroces. On s'assassinait du matin au soir, on se poignardait dans le dos, fratricide, matricide, tout le monde couchait avec tout le monde mais ils le faisaient dans leurs palais magnifiques, dans leurs villas somptueuses, devant des fresques incomparables, des tableaux sublimes, des sculptures extraordinaires. Ces assassins avaient le génie de dénicher des talents et de les faire fructifier. Heureuse époque où l'on faisait la guerre pour un tableau. Sans cesse, on kidnappait les artistes du voisin à coup de pièces d'or. Les artistes, en cette Italie de la Renaissance, étaient le produit le plus demandé, le plus cher payé.

Même la papauté s'en mêla. Cette papauté n'a pas ma sympathie mais j'éprouve pour elle un brin d'indulgence lorsque les papes Léon X, Clément VII, Jules II laissent derrière eux des œuvres d'art incomparables dues à leur mécénat. J'éprouve même un faible pour les papes dont nous descendons et qui, curieusement, sont les pires. Le pape Alexandre VI Borgia est de loin le plus répréhensible, le plus scandaleux, le plus critiqué. Il avait dressé une liste des cardinaux les plus riches et lorsqu'il avait des trous dans son budget, il organisait une petite fête au cours de laquelle on invitait en particulier le cardinal le plus fortuné. On lui offrait un verre de vin quelque peu assaisonné. Le cardinal mourait et l'Église héritait de ses biens.

Un jour, Alexandre VI, regardant sa comptabilité, se rendit compte que son crédit était à plat. Sur sa liste, apparaissait en tête le nom du cardinal Chigi. Alexandre VI organisa une soirée en son honneur en dehors du Vatican. Il quitta le Saint-Siège avec son valet de chambre préféré qui était son complice. C'était lui qui préparait le vin empoisonné et qui l'offrait à la victime désignée. En chemin, le pape s'aperçut qu'il avait oublié au Vatican son talisman qui ne le quittait pas et sans lequel il craignait qu'un malheur lui arrive. Il dépêcha le valet au palais pour le lui ramener le plus vite possible. Il arriva donc à la fête sans le valet. C'est un autre valet qui servit les verres de vin, un valet qui ne connaissait pas la combine. Le pape but le verre de vin destiné au cardinal Chigi et mourut tout de suite après. Détail horrible, le pape étant fort impopulaire, il fallut l'enterrer à la hâte. Seulement, le cercueil était trop étroit et ses serviteurs durent sauter sur le couvercle de la boîte pour faire rentrer le cadavre du gros pape et le sceller.

Alexandre VI est, entre autres, supposé avoir eu des relations incestueuses avec sa fille Lucrèce, ce qui est faux. Parmi ses maris, elle épousa le duc de Ferrare de la Maison d'Este. Cette dynastie s'acheva plus tard par deux filles. L'une d'elles épousa, au XVIIIe siècle, le duc de Penthièvre. Leur fille, Louise Marie Adélaïde, se maria à son tour avec Philippe Égalité, duc d'Orléans, mon ancêtre direct. Je puis donc dire que je descends de Lucrèce Borgia, d'où une tendance à défendre tout à fait partialement cette intéressante famille.

Le fils préféré d'Alexandre VI est César Borgia, le plus terrifiant personnage de la Renaissance italienne. Massacreur, fratricide, débauché, bisexuel, il viola notamment le très bel et jeune évêque de Forli, lui-même un pilleur, un voleur. On peut se demander comment ce monstre redouté de tous a servi de modèle au *Prince* de Machiavel, personnage tout en nuances, en astuces, en diplomatie et en ombres.

On avait enterré à la sauvette Alexandre VI mais on lui édifia un somptueux tombeau couvert de figures allégoriques et, parmi les vertus supposées du défunt sculptées autour de son effigie, on donna à l'une d'elles le beau visage de sa maîtresse Julia Farnèse. Celle-ci avait un frère, Paul Farnèse. On n'avait pas pu mieux faire que de l'élever au cardinalat. Lui-même acheva le chemin si bien commencé et devint à son tour pape sous le nom de Paul III. Le magnifique portrait de Titien le représentant avec ses neveux le figure dans son vieil âge, courbé et portant une barbe blanche. Mais il avait été jeune, il avait lui aussi eu des maîtresses et il avait engendré une nombreuse descendance. Il fallait bien faire quelque chose pour ces chers petits. Aussi, inventa-t-on pour eux un duché de Parme et les Farnèse, descendants du pape, devinrent-ils ducs de Parme. Ils se montrèrent parmi les collectionneurs les plus enragés et les mécènes les plus éblouissants. Déjà leur résidence romaine, le palais de Farnèse, est probablement le plus beau palais de Rome mais non loin de leur mince castel d'origine, petit manoir pierreux et étriqué, ils bâtirent le plus séduisant château d'Italie à Caprarola. Il s'avance sur une pointe rocheuse telle la proue d'un navire avec, étalée à ses pieds, la petite ville qui porte son nom. L'architecture est profondément originale : octogonale à l'extérieur, le palais s'agence autour d'une cour ronde. Quant à la décoration intérieure, elle n'a pas d'égale, avec chaque pièce ornée de fresques extraordinaires vantant la gloire de la famille. Derrière le château, s'étage le parc. Au fond, un mur dissimule un jardin secret tout en haies de buis. Il abrite un pavillon de plaisance, probablement la plus jolie « folie » du pays.

La Renaissance vit se relever non seulement l'homme mais la femme, que jusqu'alors le christianisme avait reléguée dans une condition inférieure. En fait, elle n'avait jamais complètement courbé la tête. Des femmes extraordinaires avaient jalonné le Moyen Âge mais à la Renaissance, la femme conquiert le rang auquel elle a droit. Les sœurs Este se montrèrent des intellectuelles, des mécènes, des collectionneuses de première grandeur. Isabelle, devenue marquise de Mantoue, dont le Louvre abrite le célèbre profil par Léonard de Vinci, s'activa pendant des décennies et domina le monde intellectuel et littéraire de la Renaissance. Malgré l'exiguïté des États de son mari, elle fit de sa capitale le phare de l'Italie. Sa sœur Béatrice avait épousé le duc de Milan, Ludovic Le More, qui devait achever sa vie prisonnier du roi de France à Loches. Elle était si petite qu'elle avait inventé les talons renforcés que l'on distingue parfaitement sur son gisant en marbre dans la chartreuse de Pavie.

Ces souverains de la Renaissance italienne appartenaient à des dynasties plutôt récentes, leurs États comptaient peu politiquement. Ils rivalisaient dans le mécénat. Inauguraient-ils ainsi la frénésie des nouveaux milliardaires d'aujourd'hui à collectionner et fonder des musées pour se créer une sorte de légitimité ?

Mes préférés, les Médicis, avaient pendant des générations gouverné Florence sans titre, leur pouvoir n'étant d'ailleurs pas héréditaire et devant être renouvelé de génération en génération. Les œuvres qu'ils ont commandées à Michel-Ange, à Léonard de Vinci, à Botticelli, à Fra Angelico et à tant d'autres, les rendent bien plus immortels que leur gouvernement sur Florence.

J'erre dans l'ancien couvent de San Domenico. Dans chaque cellule, Fra Angelico a peint une scène de l'Évangile, toute en sérénité, en douceur surhumaine, même la Crucifixion. Dans cette simplicité, il y a une élévation toute naturelle du croyant. Au bout du couloir m'attend la cellule du plus célèbre moine de ce couvent, Savonarole. Certes, sa réaction contre les excès de l'Église était compréhensible mais sa haine de l'Art, sa destruction de tableaux ou de manuscrits sont impardonnables. On ne combat pas l'Église avec une autre intolérance, surtout après le message de Fra Angelico qui est un message de paix. Dans un des plus beaux musées du monde, les Uffizi, se trouve *La Primavera* de Botticelli. La déesse, blonde aux yeux clairs, dans sa robe fleurie, a un léger sourire. De sa démarche gracieuse, elle arrive triomphante, symbole de jeunesse et de joie pour annoncer une nouvelle ère. À l'opposé de *La Primavera*, il y a dans le musée du Bargello un buste de Brutus, inachevé comme tant de sculptures de Michel-Ange, symbole involontaire que peut-être l'homme lui-même n'a jamais été achevé d'être créé. Le visage de cet homme auquel on a donné le nom d'un Romain de l'Histoire est un concentré de puissance, d'énergie, de volonté et, pourtant, il y a en lui le désespoir de savoir qu'il a des limites. Le regard flambant de ses yeux de marbre, la bouche serrée, les narines frémissantes, il veut toujours aller de l'avant mais il sait qu'il devra s'arrêter. Récemment, je parcourais à Milan la Brera pour la première fois depuis des décennies et de nouveau je tombai en arrêt devant le retable Montefeltro. Piero della Francesca est un des artistes les plus étranges de l'Histoire. Sa Vierge est assise avec une expression indéfinissable, les yeux baissés ; sur ses genoux, presque flottant, l'enfant Jésus porte un curieux collier de corail. Des saints entourent la Vierge. Derrière elle, une architecture sophistiquée de la Renaissance. De la voûte pend un œuf. Rarement a-t-on mêlé aussi brillamment, d'une façon aussi convaincante, le mystère et la poésie dans un art arrivé à sa perfection presque mathématique.

Nous avions été découvrir au fond de la campagne vénitienne la Madone de Castel Franco. Giorgione s'y est surpassé. Elle trône avec grâce, humilité et force, sur un très haut piédestal. À côté d'elle, un chevalier et un moine, deux saints dont l'identité n'a pas d'importance. La composition est tellement inhabituelle, tellement originale. C'est moins mathématique que Piero della Francesca mais c'est infiniment plus charnel. Et tellement noble, tellement calme, tellement inventif.

Chaque fois que je passe à Venise, je cours à la Scuola San Rocco. Sur des mètres carrés, Tintoretto a peint dans une immense salle les scènes de la vie du Christ. N'est-ce pas là un simple prétexte pour cette explosion incomparable du baroque, cette force, cette vitalité, ces formes éclatantes d'énergie, de beauté, ces gestes impérieux, ces attitudes qui même dans l'humilité sont un déchaînement de forces positives, inoubliables ?

Une fois éteinte la branche aînée des Médicis, lui succéda une seconde branche, après l'intermède de l'infâme Savonarole qui fit brûler tant de chefs-d'œuvre par fanatisme religieux. Cette seconde branche se laissa gagner par la vanité aristocratique. Ils voulurent des titres, l'empereur les fit grands-ducs de Toscane ; ils voulurent des couronnes, ils instaurèrent la succession héréditaire et, quelque part, malgré le Palais Pitti, malgré les tableaux de Bronzino et autres chefs-d'œuvre qu'ils laissèrent derrière eux, le génie familial qui avait fleuri du temps où ils étaient simples banquiers se tarit. Ils finirent comme tant de dynasties plus anciennes dans la dégénérescence, gros, déformés, blafards, la bouche ouverte et la lèvre pendante, le nez trop important, les yeux vitreux. Homosexuels, débauchés, stériles, ils mettent pourtant dans le scandale un peu de l'inventivité, de la créativité que leurs ancêtres avaient mises dans l'art.

La dernière du nom fut une dame de haute vertu qui rattrapa les péchés de ses frères et oncles. Violante de Médicis épousa un prince allemand, l'Électeur palatin. Elle hérita des fabuleuses collections de ses ancêtres, certainement l'ensemble artistique le plus riche d'Europe. Par fidélité pour leur cité, elle légua ces trésors immenses à Florence. Ainsi, cette cité brille-t-elle encore par la richesse de ces collections qui n'ont jamais quitté les lieux.

À peu près à la même époque, tandis que l'Italie menait le plus grand, le plus profond, le plus riche mouvement d'éclosion artistique qu'ait jamais connu l'Europe, d'autres se lançaient intrépidement sur les océans à l'assaut de l'inconnu.

Tout commence par Christophe Colomb. Cet homme un peu naïf a une idée fixe : joindre l'Inde non pas par l'est comme on le faisait jusqu'alors mais par l'ouest. Il peine à trouver des commanditaires. Finalement, la Cour d'Espagne accepte de lui armer trois navires et le voilà parti sur l'océan Atlantique. Au bout de pénibles semaines de navigation, il aperçoit une terre. « C'est l'Inde », s'écrie-t-il. En fait, c'est l'Amérique. Ainsi fut découvert ce continent.

Il faut être singulièrement naïf pour croire en cette légende. On m'objectera les cartes de l'époque où longtemps l'Amérique n'est pas mentionnée et qui sont d'une imprécision notoire, surchargées de grossières erreurs. Seulement voilà, les cartes de l'époque qui sont parvenues jusqu'à nous étaient destinées au grand public. Les initiés, eux, gardaient au fond de leurs coffres des cartes presque aussi précises que les nôtres. Elles prouvent que l'Amérique avait été découverte bien avant Christophe Colomb. Les Vikings l'avaient précédé qui, par l'Islande et le Groenland, étaient arrivés sur la côte est de l'Amérique du Nord, s'y étaient installés pendant un temps puis, sagement, étaient repartis vers leur Scandinavie. On a retrouvé des monnaies romaines en Amérique du Sud ainsi que des objets phéniciens. Christophe Colomb était loin d'être le premier.

En fait, une théorie affirme que celui-ci était un espion portugais chargé de détourner l'attention de l'Espagne vers l'Amérique afin de laisser libre la voie de l'Asie et de l'Afrique aux Portugais. Est-ce vrai, est-ce faux ? Quoi qu'il en soit, il est un détail curieux. Revenant de son premier voyage en Amérique, après sa soi-disant découverte, Christophe Colomb, avant de courir rendre compte à ses commanditaires les rois catholiques d'Espagne, s'arrêta à Lisbonne et resta plusieurs jours chez le roi de Portugal. Effectivement, à sa suite, les Espagnols se précipitèrent en Amérique, laissant les autres voies aux Portugais qui surent en profiter. Les Espagnols, cependant, découvraient et conquéraient en Amérique empire sur empire au point que les Portugais se reprochèrent de leur avoir laissé ce gâteau inépuisable. Ils se lancèrent à leur tour à la conquête des Amériques mais arrivèrent bons seconds, ce qui ne les empêcha pas de mettre la main sur un énorme morceau, le Brésil.

La rivalité entre Espagnols et Portugais s'aiguisa. On en vint vite aux menaces du conflit armé. Alors le pape, le cher Alexandre VI Borgia, prit les choses en mains, saisit une carte du continent sud-américain et, d'un trait de plume, le divisa en deux. L'est aux Portugais, l'ouest aux Espagnols.

Qu'en est-il cependant des cartes dissimulées comme des secrets d'État, portant les détails des reliefs et des côtes de contrées soi-disant inconnues ? Les ouvrages spécialisés mentionnent la carte de Piri Reis conservée au palais de Topkapi à Istanbul. Piri Reis était le Capitaine Pacha, c'est-à-dire le grand amiral ottoman au XVIe siècle. Sa carte dessine, avec une incroyable précision, toutes les côtes de l'Amérique qui soi-disant venaient à peine d'être découvertes.

Encore plus étrange… Il y a trente ou quarante ans, la Compagnie Scandinave d'Aviation S.A.S. voulut ouvrir une voie aérienne vers New York par la voie du pôle Nord. À l'époque, pour ce faire, il était nécessaire de connaître le tracé des terres sous la glace. Comment connaître ce tracé puisque aucune carte moderne ne le mentionnait ? Quelqu'un rappela l'existence d'un globe terrestre du XVIe siècle conservé chez Hamlet au château de Kronborg à Elseneur, au Danemark. Ce globe avait été dessiné par le plus grand astrologue du temps, Tycho Brahe. Il comportait le relief exact des terres sous des kilomètres de glace, ainsi qu'il fut prouvé plus tard. Personne ne sait comment l'amiral et l'astrologue obtinrent leurs informations.

Les conquêtes de la Renaissance profitèrent surtout à Charles Quint. Celui-ci avait hérité de son père Philippe le Beau grosso modo l'Allemagne, les États héréditaires de la Maison d'Autriche et le nord de l'Italie, de sa grand-mère Marie de Bourgogne. Il possédait les Pays-Bas et des droits potentiels sur la Bourgogne. Sa mère, Jeanne la Folle, lui avait laissé l'Espagne et le Nouveau Monde. Ces possessions en faisaient un homme caméléon. Il était espagnol en Espagne, allemand en Allemagne, flamand à Bruxelles, italien à Milan et il parlait toutes les langues, en particulier, comme il le disait lui-même, « français aux dames et allemand au diable ».

Qui était l'homme derrière ces multiples masques souverains ? Difficile à dire. En tout cas, il fit quelque chose d'unique dans l'Histoire. Maître du plus grand

empire qu'eût jamais vu l'Histoire, il y renonça
volontairement. Un beau jour, il réunit son monde
dans la grande salle de son palais à Bruxelles et
abdiqua solennellement ses innombrables couronnes.
Comme il avait une crise de goutte, il entra dans la
salle appuyé sur un tout jeune homme qui allait devenir le plus grand, le plus tenace ennemi de sa famille,
Guillaume d'Orange, le fondateur de la Hollande.
Ayant abdiqué, Charles Quint se retira dans un couvent battu par les vents à Yuste au fond de la Castille.
Son existence, cependant, était loin d'y être celle des
moines. Son appartement était somptueux et il se faisait cuisiner ses petits plats préférés qu'il saupoudrait
des épices qu'il appréciait tant, ce qui était très mauvais pour sa goutte. La légende affirme qu'il aimait se
coucher dans son cercueil et faire dire autour de lui
des messes de requiem en son honneur. En tout cas,
du fond du couvent, il continuait à donner des directives qui étaient souvent des ordres politiques à ses
successeurs. Il laissa à son fils Philippe II un conseil
aussi court que pertinent :

Ne fais confiance à personne.
Écoute tout le monde.
Décide tout seul.

Du temps où il régnait, une révolte avait éclaté en
Flandres. Il se trouvait en Espagne et le plus court
chemin voulait qu'il passât par la France mais il était
à couteaux tirés avec le roi François Ier. Pressé par les
événements, tablant sur l'esprit chevaleresque de son
adversaire, il lui fit demander la permission de traver-

ser son royaume. François Ier, fort galant, la lui accorda. Il décida même de fêter son ennemi comme le grand souverain qu'il était. Il lui offrit une fête fabuleuse au château de Fontainebleau. Pendant la soirée, devant la Cour de France réunie au grand complet, le nain de François Ier, Triboulet, éclata de rire. Le roi de France lui demanda la raison de son hilarité : « Parce que j'ai devant moi les deux plus grands imbéciles de la terre, l'empereur et vous, Sire. L'un pour s'être aventuré en France et vous pour le lui avoir permis. » François Ier éclata de rire mais Charles Quint fit grise mine. Là-dessus, la maîtresse du roi de France, la belle duchesse d'Étampes, se pencha vers lui et lui glissa quelque chose à l'oreille. De nouveau, François Ier éclata de rire et dit à l'empereur : « Vous savez ce que me dit cette dame, que je serais bien idiot de vous laisser repartir. » Restant impassible, Charles Quint se contenta de répondre : « Si le conseil est bon, il faut le suivre. » Cependant, comme la Cour se levait pour entrer dans la salle du souper, l'empereur, en passant devant la duchesse, laissa tomber une de ses bagues qui portait enchâssée une émeraude sans prix. La maîtresse royale s'empressa de la ramasser et de la lui tendre. L'empereur, galamment, lui demanda de garder le bijou en souvenir de lui… élégante façon d'acheter en quelque sorte son appui.

Comme si ses possessions ne lui suffisaient pas, sa femme, l'incomparablement belle impératrice Isabelle, lui avait amené ses droits sur le trône du Portugal.

Philippe II, leur fils, profita des droits de sa mère et ajouta à ses couronnes celle du Portugal, au grand dam des Portugais qui haïssaient les Espagnols. Finalement, au bout de deux générations, ils réussirent à s'en débarrasser par la force. Le roi d'Espagne de l'époque avait envoyé, pour gouverner le Portugal, sa tante Marguerite d'Autriche. Les rebelles portugais envahirent son palais, parvinrent jusqu'à la salle où elle se tenait et poliment lui dirent « Madame, vous avez le choix entre la porte ou la fenêtre » : ou vous quittez volontairement le Portugal ou nous vous défenestrons. Courageuse mais prudente, la princesse choisit la porte et le Portugal retrouva son indépendance…

La Renaissance a été dominée par le duel à mort entre Charles Quint, dont l'empire était si vaste que le soleil ne s'y couchait jamais, et François Ier, roi malhabile du petit royaume de France. On oublie le troisième larron qui agissait un peu comme l'arbitre entre les deux autres, penchant tantôt vers l'un, tantôt vers l'autre. La postérité est sévère envers Henri VIII roi d'Angleterre. On le présente comme un soudard, un criminel qui passait son temps à se marier et à décapiter ses femmes. Il est vrai que, sur le tard, il était devenu gros, pustuleux, il avait le teint rouge et des petits yeux méchants enfoncés dans ses orbites. Mais il avait été un jeune homme sportif, il se montrait fort cultivé, fort lettré, épris de musique – un personnage aussi raffiné que la Renaissance l'exigeait.

Évidemment, il y avait ses épouses. Sur les six, il en avait décapité deux et avait divorcé de deux autres. Après l'exécution d'Anne Boleyn, il avait envoyé Holbein portraiturer des princesses à marier. Le maître lui ayant rapporté sa moisson, Henri VIII s'était épris sur image de la duchesse de Milan, Christine de Danemark. On le comprend car cinq siècles après, elle reste bien séduisante dans ce portrait en pied conservé aujourd'hui à la National Gallery de Londres. En deuil de son premier mari, les mains croisées, le visage fin sous la coiffe blanche de veuve, elle a le regard méditatif mais on sent qu'elle n'en pense pas moins. Elle est infiniment séduisante, surtout dans l'austérité de sa tenue. Une ambassade avait été dépêchée pour lui demander de bien vouloir épouser Henri VIII. « Dites au roi d'Angleterre que je suis infiniment flattée de son offre mais que, n'ayant malheureusement qu'une tête, je désire la conserver sur mes épaules. » Henri VIII avait été très vexé de cette insolence.

Il reprit son examen des portraits de Holbein et son gros doigt s'arrêta sur celui de la princesse Anne de Clèves, issue d'une petite principauté allemande. Elle semble un peu bovine avec ses gros yeux bleus mais l'habit rouge, la bouche fine, les traits agréables la rendent, si ce n'est séduisante, tout au moins sympathique. Henri VIII dépêcha une autre ambassade. Anne de Clèves ne fit pas de chichis et accepta. Elle débarqua en Angleterre. Holbein, cependant, l'avait considérablement embellie. La réalité était tout autre. Lorsque Henri VIII posa ses yeux sur cette épaisse kraut germanique, aux traits sans caractère, à l'expression placide et aux gros bras, il voulut faire pendre Holbein, d'autant plus qu'il avait déjà épousé la princesse par procuration. Il ne fut pas long à prendre sa décision et à la communiquer à celle qui était désormais sa femme : « Madame, vous avez le choix. Ou vous restez mon épouse et je vous décapite, ou nous divorçons incontinent et je vous octroie un château magnifique, une cour bien étoffée et une pension satisfaisante. » L'Allemande était raisonnable, elle choisit la seconde solution.

Élisabeth Ire, la plus grande reine que l'Angleterre ait jamais eue, fut le troisième enfant d'Henri VIII à lui succéder, les deux autres étant morts sans descendance. Toute l'histoire d'Élisabeth est dominée par le drame de ses relations avec sa cousine Marie Stuart reine d'Écosse. Celle-ci était fille unique du dernier roi de ce pays. Presque enfant, on l'avait mariée au roi de France, François II. Elle avait commencé par se mettre à dos sa redoutable belle-mère Catherine de Médicis en la traitant de « grosse banquière », les Médicis étant richissimes mais d'une famille minuscule comparée aux dynasties royales. L'autre qui était aussi rancunière qu'intelligente lui gardait un chien de sa chienne. Ainsi, lorsque François II mourut à la fleur de l'âge, Catherine de Médicis se dépêcha de réexpédier Marie Stuart dans son royaume d'Écosse. Désespérée de quitter la France, elle dut tout de même partir.

Loin de l'Écosse contemporaine avec ses habitants sympathiques, chaleureux, accueillants, Marie Stuart débarqua dans la sauvagerie pure. Les lords écossais, chefs de clans, étaient des barbares sans foi ni loi qui passaient leur temps à s'entre-tuer de façon atroce. Quant aux ecclésiastiques, c'étaient des fanatiques, intolérants et féroces. Marie Stuart n'était pas de taille. Elle ne réussit pas à s'imposer aux lords qui envahirent jusqu'à son boudoir pour assassiner, devant elle, son musicien David Riccio, un Italien qu'ils accusaient d'avoir trop d'influence sur elle et qui, ensanglanté, mourant, s'accrochait à ses jupes. Quant aux prêcheurs qui réclamaient presque de faire brûler cette catholique, elle ne réussit pas mieux à les faire taire.

Comme il fallait un héritier au royaume d'Écosse, on lui fit épouser un cousin lointain, Lord Henry Darnley. C'était une chiffe molle. Marie Stuart prit un amant, Lord Bothwell. Mais l'amant eut la mauvaise idée de faire sauter le mari dans sa maison de Kirk o' Field où il résidait. Encore moins maligne fut la décision de Marie Stuart de rejoindre l'amant et de vivre pratiquement en concubinage avec lui. Toute l'Écosse accusa la reine d'avoir assassiné son mari alors qu'en fait c'était l'amant qui l'avait tué. Les parents du mari, exploitant leur deuil, firent peindre un tableau représentant le roi consort assassiné, couvert de plaies saignantes et promenèrent la lugubre image à travers tout le pays. C'était le cinéma de l'époque. Ainsi étala-t-on les horreurs faites à ce pauvre garçon sans accuser l'épouse, bien que tout le monde eût compris qu'elle était la meurtrière. Avant qu'il se disloquât dans l'explosion de sa maison, Lord Darnley avait eu le temps de faire un fils à Marie Stuart.

Cette dernière, continuant sur sa lancée, traita Élisabeth Ire de « bâtarde hérétique », hérétique puisque protestante et bâtarde puisque le mariage d'Henri VIII avec la mère d'Élisabeth Anne Boleyn n'avait pas été reconnu par l'Église catholique. Élisabeth avait déjà un problème de conscience du fait que son père avait fait décapiter sa mère. Elle avait de surcroît le problème de son illégitimité, ses sujets catholiques reprenant en chœur le refrain de Marie Stuart l'accusant d'être une bâtarde. Et voilà que sa cousine d'Écosse lui contestait le trône d'Angleterre car elle se trouvait être son unique héritière, au cas où Élisabeth n'aurait pas d'enfant. Or, il était bien improbable qu'elle puisse engendrer. Pourquoi donc Marie Stuart agissait-elle ainsi puisque de toute façon, à la mort d'Élisabeth, ce serait elle ou son fils qui en hériterait ? La religion était le moteur de Marie Stuart. Elle était poussée par les prêtres qui lui affirmaient que, grâce à elle, le catholicisme pourchassé par Henri VIII reviendrait en Angleterre, pourvu qu'on se débarrasse de la bâtarde hérétique. Et Marie Stuart d'entrer allègrement dans tous les complots destinés à assassiner Élisabeth.

Chassée par ses sujets écossais après des aventures sans fin, Marie Stuart, prisonnière des Anglais, fut enfermée pendant des années au château de Fotheringhay, ce qui ne l'empêcha pas de continuer à intriguer contre Élisabeth. Ses espions allaient et venaient. Ce que redoutait Élisabeth, c'était que Marie appelle les Espagnols à la rescousse. Et Élisabeth de craindre une invasion de l'Angleterre par les troupes du roi Philippe II avec pour but officiel de mettre Marie Stuart sur le trône. Celle-ci, évidemment, ne se doutait pas que si ce calcul avait réussi, elle n'aurait été qu'une marionnette dans les mains du roi d'Espagne. Lequel Philippe II, pour compliquer encore plus les choses, avait épousé la demi-sœur aînée d'Élisabeth, la reine Marie Tudor, surnommée Marie la sanglante pour ses féroces répressions des protestants.

Philippe II, le maître du plus grand empire du monde, créa la plus grande flotte de tous les temps. De Vigo et de la Coruña, ses galions partirent pour envahir l'Angleterre. Toute l'Europe était persuadée que les îles Britanniques ne tiendraient pas. Élisabeth, malgré sa vaillance, ne savait plus à quel saint se vouer. Jamais ses maigres troupes ne pourraient résister aux envahisseurs. La flotte ennemie s'approchait chaque jour. Le moral d'Élisabeth baissait proportionnellement. Elle réalisait combien l'Angleterre était petite et pauvre comparé à l'empire mondial de l'Espagne, aux inépuisables ressources en or. La flotte espagnole était déjà en vue de la Grande-Bretagne lorsqu'une terrible tempête se leva qui dispersa les galions et jeta la plupart d'entre eux contre les écueils. Ainsi périrent la flotte espagnole et les ambitions du roi Philippe II.

Encore aujourd'hui en Irlande et dans le sud de l'Angleterre, on rencontre beaucoup d'autochtones bruns aux yeux sombres. C'est l'héritage de l'Invincible Armada de Philippe II, car les marins espagnols qui avaient pu survivre à la noyade avaient fait souche sur place.

Philippe II n'ayant plus les moyens d'envahir
l'Angleterre n'avait d'autre solution que de faire
assassiner Élisabeth. Celle-ci n'était toujours pas
mariée, et n'avait toujours pas d'héritier, ainsi était-
ce Marie Stuart qui deviendrait reine catholique
d'Angleterre. Et les intrigues de reprendre et les
espions de courir encore plus souvent d'un pays à
l'autre. Les missives secrètes sortaient et entraient de
la prison de Marie Stuart. Le danger était tel pour
l'Angleterre que les ministres d'Élisabeth la supplie-
rent de la condamner à mort. Celle-ci s'y refusait.
Non pas qu'elle tenait à garder en vie sa cousine mais
elle ne voulait pas créer un précédent en exécutant
un souverain régnant. C'était à ses yeux de reine un
blasphème inconcevable. Les intrigues et les complots se multipliaient, les ministres se firent de plus
en plus pressants, ils fabriquèrent même des faux
documents incriminant ouvertement Marie Stuart.
Élisabeth fit semblant d'y croire, elle ordonna que fût
jugée sa cousine. Le procès eut lieu à l'intérieur de la
prison. Marie Stuart se défendit de la seule façon
digne d'elle : une reine n'a pas à répondre à des juges
qui n'ont pas le droit de l'être. La sentence ne faisait
aucun doute, les juges condamnèrent la reine
d'Écosse à être décapitée. Le décret fut amené à Élisabeth pour qu'elle le signe, elle le rangea distraite-
ment dans une pile de documents. Les jours suivants,
d'autres documents s'entassèrent sur la pile qui
requéraient sa signature. Un jour, tout en parlant à
ses conseillers, elle prit la pile et commença à signer
sans lire. Lorsque tous les documents furent signés,

sans qu'elle en ait pris connaissance, elle se leva et quitta la séance.

Deux jours après, on lui annonça que, selon ses ordres, Marie Stuart avait été décapitée. Élisabeth entra dans une fureur titanesque. Comment avait-on osé décapiter la reine d'Écosse sans son ordre ? On lui montra le décret signé de sa main. Elle poussa des hurlements, eut des crises de pleurs, s'évanouit, s'arracha les cheveux, cria qu'elle ferait exécuter tous ses ministres. Bref, ce fut une folle furieuse que les ministres et la Cour, épouvantés, durent affronter. Mais la reine d'Écosse avait bel et bien été exécutée. Elle était morte d'ailleurs héroïquement et le danger était écarté.

Quelques années plus tard, Élisabeth mourut. Elle avait refusé de s'aliter. Elle fit installer par terre des coussins sur lesquels elle se coucha. Lorsqu'elle eut rendu le dernier soupir, on retira de son doigt sa bague, une émeraude gravée aux armes d'Angleterre, symbole de son pouvoir, et on la jeta par la fenêtre. Un cavalier qui attendait depuis des jours attrapa le joyau, galopa jusqu'à Édimbourg et la présenta au fils de Marie Stuart, devenu par l'exécution de sa mère le roi Jacques VI d'Écosse et qui, Élisabeth morte, devenait le roi Jacques I\ :sup:`er` d'Angleterre. Le drame était achevé.

Marie Stuart est un personnage tragique, une victime dont l'Histoire raffole. Il y a eu sur elle d'innombrables études, des romans, des films et même des opéras. Schiller, le premier à dramatiser cette histoire, dans sa pièce célèbre sur Élisabeth et Marie Stuart, raconte leur rencontre qui tourna vite à l'affrontement. Or, en réalité, les deux femmes qui ont passé leur vie à être obsédées l'une par l'autre ne se sont jamais rencontrées. D'un côté se dresse la reine d'Angleterre, le visage blafard, passé à la céruse, la perruque rousse flamboyante, laide mais fascinante, couverte d'énormes joyaux, idole scintillante et inabordable. Quel était le physique de Marie Stuart ? Les portraits d'elle diffèrent à ce point qu'il est impossible de répondre. Probablement n'était-elle pas très belle. Comme toutes les grandes séductrices de l'Histoire, elle n'en avait pas besoin car son charme suffisait. En fait, cette héroïne était politiquement très sotte et bornée mais sa fin tragique et théâtrale lui a donné une dimension que lui refusait sa personnalité. Marie Stuart attendrit l'Histoire alors qu'incroyablement sûre d'elle-même, elle ne reculait devant rien. Élisabeth impressionne l'Histoire alors qu'en fait elle était solitaire, malheureuse, en proie à des doutes constants, torturée par le vide de sa vie privée, par l'impossibilité de donner un héritier à l'Angleterre. Elle cachait ses malheurs derrière un masque immuable.

Marie Stuart et Élisabeth s'espionnaient sans cesse. Pas tellement pour percer des secrets diplomatiques ou politiques mais pour tout connaître de l'existence et de l'apparence de l'autre. Chacune brûlait de curiosité de savoir ce que l'autre portait, quelle robe, quels bas, quel maquillage. Elles se faisaient raconter par le menu tout ce que l'autre faisait, surtout dans la vie privée. Chacune s'intéressait beaucoup plus aux hommes de l'autre qu'à la politique internatio-

nale. Marie Stuart se moquait des admirateurs d'Élisabeth qu'elle trouvait grotesques. Élisabeth affectait
de s'indigner des amants de Marie Stuart. Elle levait
les bras au ciel en évoquant l'assassinat de son mari
Lord Darnley.

J'ai visité à la frontière entre l'Écosse et l'Angleterre le château de l'Hermitage qui appartenait à
l'amant de Marie Stuart, Lord Bothwell, où elle courut le retrouver, déclenchant le plus retentissant des
scandales. Bâtiment plutôt modeste de taille, hermétique, il se dresse solitaire au milieu de la lande. Son
apparence comme son atmosphère sont particulièrement sinistres. Dans des temps reculés, le château
avait appartenu à Lord Soulis accusé de magie noire
et d'évocations du diable. Ses sujets se révoltèrent et
cherchèrent à le tuer… mais comment se débarrasser
du diable ? Lui couper la tête, le poignarder ? Il
réapparaîtrait. Selon la croyance de l'époque, la seule
façon d'envoyer en enfer un évocateur du diable,
c'était de le bouillir vivant, ce qu'on fit subir à Lord
Soulis, jeté dans une énorme bouilloire. Quant à
Lord Bothwell, l'amant de Marie Stuart, il échappa
à ses ennemis innombrables, se réfugia en Norvège
où il mourut ayant survécu à tous les drames dont il
avait été un des instigateurs.

La Renaissance en France avait pourtant bien commencé. Trois rois successifs, Charles VIII, Louis XII,
François Iᵉʳ, se targuant d'avoir des droits sur des
États italiens avaient envahi la péninsule. Ils s'étaient
fait battre mais avaient ramené en France la civilisa-

tion italienne qui, alliée au génie français, avait fait éclore d'extraordinaires chefs-d'œuvre architecturaux, surtout sur les bords de la Loire.

Ensuite avaient éclaté les guerres entre catholiques et protestants. La Couronne avait essayé contre vents et marées de maintenir l'équilibre, sans succès. Le fanatisme avait poussé des hommes appartenant à la même foi chrétienne, à s'entredéchirer avec une cruauté, une férocité, une inhumanité inimaginables, tout cela au nom de Dieu.

Un personnage transcende l'époque, c'est Catherine de Médicis. Les Valois, rois de France, avaient comme tous les souverains de toutes les époques besoin d'argent. Ils étaient allés en demander à la banque, c'est-à-dire aux Médicis. Mais n'ayant pas de quoi les rembourser, ils s'étaient unis à la famille Médicis. Une telle mésalliance de la Maison de France était insupportable. Une Médicis reine de France, quelle horreur ! Heureusement, ce n'était pas l'aîné qui épousait la banquière mais le cadet – lequel n'était pas destiné à régner. Déjà, c'était énorme qu'un fils de France s'alliât à une famille de banquiers, une famille qui n'était même pas noble, mais enfin nécessité fait force de loi. La Médicis mariée au cadet, voilà que l'aîné meurt de maladie dans tout l'éclat de sa jeunesse. Le cadet devient roi et avec lui la Médicis.

Cette dernière était laide : gros nez, yeux globuleux, bouche épaisse, teint blafard, joues pendantes. Elle remplaçait le physique par l'intellect, une intelligence et une personnalité hors pair, un esprit brillant, rapide, qui ne reculait devant aucune ruse. Elle était tombée amoureuse de son mari, le roi Henri II, un ours sexy, peu loquace, peu brillant. Celui-ci n'avait pas tardé à tomber lui-même amoureux d'une femme de vingt ans plus âgée, Diane de Poitiers. Catherine de Médicis avait, pendant des décennies, souffert tous les tourments de la jalousie. Elle en avait été réduite à monter au grenier et regarder entre les poutres de la chambre de Diane son mari s'ébattre avec sa maîtresse. Pendant des décennies, elle avait caché ses sentiments. Elle est restée impassible, ne trahissant rien de ses souffrances. Une seule fois, elle n'avait pu se retenir. La maîtresse s'était approchée d'elle et lui avait demandé ce qu'elle lisait. « L'Histoire des rois de France », lui avait répondu la reine. « Et quels enseignements en a tiré Votre Majesté ? » « J'y apprends que de tout temps les putains ont gouverné les rois. » La maîtresse avala l'insulte qui, d'ailleurs, ne l'affecta pas beaucoup.

Le roi Henri II mourut accidentellement dans un tournoi. Catherine de Médicis, d'épouse bafouée devenue en un instant reine mère toute-puissante, n'eut pas la vengeance lourde. Elle se contenta d'exiger de la maîtresse qu'elle rende les bijoux de la Couronne que lui avait donnés Henri II et qu'elle échange son château de Chenonceau, la perle de la Renaissance, contre le sombre château de Chaumont. Catherine de Médicis, désespérée par la mort de son mari, avait sa revanche. Elle régna par fils interposé.

Dans tous les films où apparaît Catherine de Médicis, incarnée par tant d'actrices, Alice Sapritch en

tête, la reine s'exprime avec un violent accent italien.
Or, à moitié française par sa mère, Madeleine de
La Tour d'Auvergne, elle parlait le français mieux
que n'importe qui et surtout l'écrivait à merveille. Ses
lettres politiques sont des merveilles d'intelligence,
de clarté, de style. Beaucoup ont survécu, particulièrement sa correspondance avec sa fille Élisabeth
de Valois, devenue reine d'Espagne en épousant
Philippe II.

Schiller puis Verdi ont fait de cette reine l'héroïne
du drame romantique de *Don Carlos*. Elle serait en
effet tombée amoureuse du fils de son mari, l'héritier
du trône. En fait, Don Carlos était un garçon à la
limite du normal ; atteint probablement d'épilepsie,
il avait des crises terrifiantes de violence. Il avait tué
un ou deux de ses valets et le roi son père ne savait
que faire de lui : comment l'écarter du trône pour
lequel il n'était visiblement pas fait ? Élisabeth, loin
d'être une héroïne romantique, était une tête politique presque aussi forte que sa mère, Catherine de
Médicis. Elle aimait probablement son mari, le terrible Philippe II mais lui était surtout fidèle politiquement. Toutes les pressions de Catherine pour
faire de l'Espagne son alliée rencontrèrent la résistance d'Élisabeth qui, aux arguments de sa mère,
opposa une dialectique brillante.

Le troisième fils de Catherine, Henri, était de loin
son préféré. Celui-ci ayant deux frères aînés, il était
peu probable que la Couronne de France lui échût.
Aussi, sa mère, qui tenait à lui assurer une grande
position, le fit-elle élire roi de Pologne. Henri partit
donc pour son nouveau royaume qu'il se mit à détes-

ter immédiatement. Il prit en grippe les Polonais, trouvant affreux le château de la Wawel à Cracovie qui devint sa résidence et où il s'ennuyait à mourir. Les hivers polonais le faisaient dépérir, les seigneurs polonais l'offusquaient par leur sauvagerie, il se languissait de la France, de la civilisation.

Un jour, un courrier lui amena un billet de deux lignes que lui écrivait de Vienne l'empereur : « Votre frère Charles est mort, vous êtes roi de France. » Henri n'eut qu'un désir, partir immédiatement. Mais les seigneurs polonais veillaient, ils avaient eu vent de quelque chose et ne voulaient le laisser partir à aucun prix, non pas qu'ils eussent de la sympathie pour lui mais son départ et la vacance de la Couronne eussent ouvert une nouvelle ère d'instabilité. Les seigneurs le surveillèrent tellement qu'Henri ne pouvait pratiquement plus bouger. Il se demandait avec angoisse comment leur échapper. L'inspiration lui vint. Il invita tous les grands seigneurs polonais à un souper à la Wawel et, là, il les saoula. Ce n'était pas difficile, les Polonais avaient un goût prononcé pour la boisson. Cependant, ils tenaient fort bien la bouteille, ce qui ne faisait pas l'affaire d'Henri. Cette nuit-là, sur ses instructions, on leur servit double, triple, quadruple dose de spiritueux. Henri attendit que les seigneurs jusqu'au dernier tombent sous la table ivres morts, puis il enfourcha son cheval, et partit au galop vers la frontière. Il avait tout de même pris soin d'emporter les diamants de la Couronne, ce que les Polonais ne lui pardonnèrent pas. Les seigneurs ne tardèrent pas à émerger de leur état comateux. Ils comprirent qu'Henri leur avait faussé compagnie.

Ils enfourchèrent à leur tour leur monture et partirent au galop pour le rattraper et le ramener. Ils étaient sur le point de mettre la main sur lui lorsque, se rendant compte du danger, il éperonna plus que jamais sa monture et franchit à temps la frontière de l'empire. Les Polonais déçus, furieux, ne purent que faire demi-tour.

Henri se sentit à ce point soulagé qu'au lieu de rentrer immédiatement en France, il passa par Venise où la Sérénissime République l'invitait, et resta trois mois à faire la fête. Les bals donnés en son honneur inspirèrent la plus belle série de tapisseries représentant les divertissements d'Henri à Venise et qui rappellent à jamais son bonheur d'avoir échappé aux Polonais.

Arrivé enfin à Paris, celui qui était devenu Henri III roi de France tomba dans les bras de sa mère, Catherine de Médicis, qui l'attendait impatiemment. Il commença à régner. Il était fort mal vu de ses sujets qui, entre autres, le méprisaient pour son homosexualité. Le curieux c'est que ses favoris, surnommés ses mignons, au lieu d'être des petits minets graciles, étaient plutôt des combattants redoutables, des géants musclés entraînés aux arts militaires, des escrimeurs mortellement dangereux qui se battaient du matin au soir en duel. Ces personnages sauvages, ambitieux, sans scrupule, qui ne reculaient pas devant le meurtre n'avaient absolument rien de mignon.

On reprochait aussi à Henri III de se travestir. Son aspect devait être surprenant, en grand décolleté et vertugadin, portant les bijoux de la Couronne, visage poudré de mauve mais ayant gardé moustaches et barbichette. Les bons Français toujours un peu bourgeois trouvaient qu'il dépassait la limite.

Face à ce personnage maigrelet et ambigu, se dressait sa mère, Catherine de Médicis, formidable, massive, impénétrable dans ses voiles noirs de veuve, ses gros yeux voyant tout. Maîtresse femme en intrigues et en ruses, soupçonnée de sorcellerie, elle faisait peur à tout le monde. Et, pourtant, si la France survécut aux guerres de Religion, ce fut bien grâce à elle, et à elle seule. Le duc de Guise, chef du parti catholique, appelait les Espagnols à envahir la France pour le soutenir. L'amiral de Coligny, chef des protestants, en faisait de même avec les Anglais et les Hollandais. La seule qui pensait à la France, c'était cette Italienne. Catherine de Médicis essayait, au milieu de la tempête, de maintenir ce qui pouvait être maintenu.

Néanmoins, l'Histoire, telle qu'elle était enseignée sous la IIIe République, faisait d'elle une empoisonneuse, une criminelle. N'est-ce pas elle qui ordonna l'effrayant massacre des protestants lors de la Saint-Barthélemy ? Il est un tableau pompier du XIXe siècle qui la représente sortant du Louvre après la tuerie. Elle apparaît hautaine, presque souriante, et regarde avec dédain les cadavres ensanglantés des protestants qui encombrent les rues. En fait, si elle conseilla à son fils régnant d'accepter la proposition du duc de Guise de massacrer les protestants, c'est parce qu'elle céda à un moment de panique. Guise, en effet, lui avait assuré que les protestants préparaient un massacre des catholiques, que la famille royale en serait la première victime et que la France sombrerait.

Pendant toute cette nuit chaude de fin août, elle marcha de long en large dans le Jardin des Tuileries en compagnie du duc de Guise et de son fils Henri, en s'interrogeant. Elle hésitait à déclencher un bain de sang. Le duc de Guise accumulait les arguments, Henri, son fils, hésitait également. Finalement elle céda. Le duc de Guise emporta l'ordre fatal et le massacre commença.

Pour la postérité, Catherine de Médicis passe donc pour la responsable de cette horreur, alors que le duc de Guise, Henri le balafré, qui non seulement organisa le massacre mais était presque prêt à vendre la France à l'Espagne, est considéré avec sympathie. Peut-être parce qu'il minait le pouvoir royal…

Non seulement Catherine de Médicis a massacré les protestants mais elle empoisonnait quiconque se dressait contre ses volontés. Elle envoya ainsi une paire de gants empoisonnés à sa rivale protestante, la reine de Navarre, Jeanne d'Albret… légende ou réalité ?

Catherine de Médicis était une femme particulièrement cultivée et curieuse de tout. Elle avait fait venir auprès d'elle le plus grand occultiste de son temps, Michel de Nostradamus et le plus puissant astrologue, Ruggieri. À côté de l'actuel trou des Halles se dresse une colonne dorique, solitaire. C'est tout ce qui reste du palais de Catherine de Médicis. Elle avait fait dresser cette colonne creuse dotée d'un escalier en colimaçon. Toutes les nuits, Ruggieri et elle montaient au faîte de la colonne et, à l'aide d'instruments, observaient les astres. Nostradamus lui prédisait l'avenir. C'est à lui que, dans une scène restée fameuse, elle avait demandé quel serait l'avenir de la dynastie. Ses quatre fils étaient alors vaillants et il n'y avait a priori pas de raison de s'inquiéter. Et pourtant... Nostradamus lui demanda de regarder dans une boule de cristal. Elle vit d'abord apparaître une chambre de son palais. La porte s'en ouvrit, entra son fils aîné, le futur François II, mari de Marie Stuart, qui fit deux tours de la pièce et sortit. « Il régnera deux ans », commenta Nostradamus. Ensuite entra son second fils, Charles, qui fit quatorze fois le tour de la pièce avant de sortir. « Il régnera quatorze ans », assura Nostradamus. Entra enfin le troisième fils, son préféré, Henri. Après quinze tours de la pièce, il ressortit. « Il régnera quinze ans », prédit Nostradamus. Quant au quatrième fils, le duc d'Alençon, il n'apparut pas du tout. Il n'était pas destiné à régner... ni à survivre à ses frères. Désespérée à l'idée que ses fils mourraient jeunes et sans enfant, folle d'angoisse pour l'avenir de la dynastie, Catherine insista pour savoir ce qui se passerait à la mort d'Henri III. De nouveau, elle fixa la boule de cristal. Elle vit la porte s'ouvrir et entrer dans la pièce... Henri de Béarn, le roi de Navarre, un protestant ! Catherine resta horrifiée, d'autant plus qu'elle ne doutait pas du don de Nostradamus et qu'elle savait que ce qu'il lui prédisait s'accomplirait. À partir de ce moment, elle se méfia du roi de Navarre et le détesta. Elle lui fit épouser sa fille Margot dans l'espoir de s'en faire un allié, mais elle ne pouvait s'empêcher de l'humilier et de le menacer.

Bien plus tard, les Valois disparus depuis longtemps, le roi de Navarre devenu le populaire Henri IV roi de France s'en alla visiter le Panthéon royal de Saint-Denis où étaient enterrés ses prédécesseurs. S'arrêtant devant le tombeau de son ancienne belle-mère Catherine de Médicis, il ne put s'empêcher d'éclater de rire. « Comme elle est bien là ! » s'écria-t-il. Ce fut sa seule vengeance contre celle qui, pendant si longtemps, l'avait couvert d'avanies.

Catherine de Médicis avait voulu à tout prix savoir où et quand elle mourrait. « Vous mourrez près de Saint-Germain », lui avait prédit Nostradamus. Forcée par les guerres de Religion à errer de ville en ville, la Cour se trouvait alors au château de Blois. Le roi Henri III venait de faire assassiner dans le château même le duc de Guise, décapitant ainsi le parti catholique qui ne cachait plus son intention de le détrôner. Catherine de Médicis sa mère qui n'approuvait pas ses méthodes tomba malade, au point que son fils lui demanda de recevoir un prêtre. La reine mère se moqua de lui. Il se trompait s'il croyait qu'elle allait mourir à Blois, puisque Nostradamus avait prédit que ce serait « près de Saint-Germain ». Or, comme chacun sait, il y a plusieurs Saint-Germain : il y a le château mais aussi l'abbaye autour de Paris. Cependant, pour faire plaisir à son fils, Catherine de Médicis accepta de recevoir un prêtre. Le chapelain de la Cour étant absent, on fit

venir le curé de la paroisse voisine, un jeune inconnu.
Catherine le reçut aimablement, ils discutèrent abondamment de religion et Catherine, frappée par l'intelligence et la largeur de vue de l'inconnu, lui déclara
qu'elle aimerait bien le revoir. « Comment vous
appelez-vous, mon père ? » « L'abbé Saint-Germain,
Madame. » « Je suis morte ! » s'exclama Catherine.
« Vous mourrez près de Saint-Germain », lui avait
dit Nostradamus. Son mal empira dans les heures qui
suivirent et elle mourut dans les bras de l'abbé Saint-
Germain.

Séparé de celle qui l'avait toujours soutenu et qui
surtout lui donnait d'excellents conseils, Henri III,
resté seul dans la tourmente, ne faiblit pas. Surtout
en ce qui concerne l'affaire de sa succession. N'ayant
pas d'enfant et étant le dernier de sa dynastie, son
plus proche héritier était le chef d'une branche
cadette de la Maison de France, séparée du tronc
principal depuis le Moyen Âge, Henri de Bourbon,
roi de Navarre. Les catholiques poussaient des hurlements à l'idée qu'un protestant montât sur le trône
de France. Les protestants qui, depuis le massacre de
la Saint-Barthélemy, avaient relevé la tête, répon-
daient que protestant ou pas, il était l'héritier légitime du trône. Tout séparait Henri III du roi de
Navarre. Ce dernier était un bon vivant, un homme
à femmes, toujours débraillé, puant l'ail, riant, éruc-
tant, buvant, lutinant, un creuset de vitalité, de
gaieté, d'énergie. En face de lui, le roi évanescent,
couvert de parfum, de perles, de poudre, malingre et
souffreteux, cultivé, raffiné, pessimiste et mélanco-

lique. Et pourtant, ces deux hommes si dissemblables s'entendirent au seul nom de la France, ce qui constitue un bien bel exemple.

Henri III fut poignardé par un moine catholique, Jacques Clément, envoyé par ce qui restait de la Maison de Guise et par l'Église. « Fi le vilain moine qui m'a tué », dit-il en retirant lui-même le couteau enfoncé dans son estomac. Il ne mourut pas tout de suite. Il fit venir le roi de Navarre avec lequel il eut de longs entretiens sur la situation et l'avenir du royaume. L'un représentait un monde qui finissait, l'autre un monde qui commençait. Ils s'accordèrent. Puis, Henri III ayant convoqué les grands officiers du royaume, il leur fit jurer d'abandonner leurs ambitions personnelles et de reconnaître comme seul héritier au trône de France le roi de Navarre – le futur Henri IV.

Ce dernier allait, durant son règne, ramener la paix et refonder l'unité du royaume. Tout cela pour finir sous le poignard de Ravaillac. Cette terrible période des guerres de Religion avait été dominée par trois Henri : Henri le balafré duc de Guise, Henri III roi de France, Henri roi de Navarre. Tous les trois moururent assassinés.

Nostradamus fut enterré à Salon-de-Provence, il laissait derrière lui cet avertissement : « Maudit sera celui qui ouvrira ma tombe. » Il y a une vingtaine d'années, le maire de Salon décida de déplacer le cimetière afin d'ouvrir une autoroute. On transporta donc toutes les tombes dans un nouveau cimetière. Seule restait celle de Nostradamus : les entrepreneurs locaux, connaissant son avertissement, s'étaient récusés l'un après l'autre. Personne ne voulait toucher à la tombe de l'illustre mage. Le maire s'agaça de ces superstitions ridicules. Puisque aucun civil ne consentait à toucher à la tombe de Nostradamus, qu'il fallait pourtant bien déplacer, il fit venir l'armée. Un sergent arriva à la tête d'un détachement. Le maire lui ordonna d'ouvrir le tombeau restant. La télévision était présente, le présentateur connaissait l'avertissement de Nostradamus et le refus des entrepreneurs tremblant à l'idée d'y toucher. Le sergent, lui, ne fait pas d'histoire. On lui a ordonné d'ouvrir la tombe, il l'ouvre. Il s'apprête à sortir le cercueil pour l'emmener dans sa nouvelle demeure. Le présentateur lui met le micro sous le nez. « Savez-vous de qui vous venez d'ouvrir la tombe ? » Le sergent n'en avait pas la moindre idée. « C'est celle de Nostradamus », lui expliqua le présentateur. Ce nom ne disait rien au sergent qui, visiblement, n'était pas très futé. Pour mettre fin à l'interview qui s'annonçait stérile, le présentateur lui demanda son nom. « Sergent Maudit », cria le jeune militaire. « Maudit sera celui qui ouvrira ma tombe », avait prédit Nostradamus.

Le grand mage laissa derrière lui ses quatrains où il prédit l'avenir à travers les siècles dans un langage hermétique. Des centaines d'exégèses en ont été publiées, aucune n'étant convaincante. Il est facile de noter que Nostradamus avait vu juste pour les événements qui se sont déjà déroulés :

Un Empereur naistra près d'Italie,
Qu'à l'Empire sera vendu bien cher,
Diront avec quels gens il se rallie,
Qu'on trouvera moins prince que boucher.

Tout le monde, après coup, vit dans ce quatrain l'annonce de l'entrée dans l'Histoire de Napoléon. En revanche, pour les événements qui ne sont pas encore arrivés, il est presque impossible de savoir de quoi il parle :

Cinq et quarante degrés ciel bruslera	Le ciel brûlera à 45 degrés
Feu approché de la grande cité neufve	Le feu s'approche de la grande nouvelle cité.
Instant grand flame esparse sautera.	Instantanément une grande flamme éparse jaillira.

Ou encore :

Règne d'églifes par mer fucconbera ;	Le règne de l'Église succombera par la mer ;
devers la Perse bi en pres d'un million,	envers la Perse presque un million d'hommes,
Bifance Eguypté ver fer inuadera.	le vrai serpent envahira Byzance et l'Égypte.

Comme pour tous les ouvrages de ce genre, l'Apocalypse en tête, il s'agit d'un langage codé. Tout le
monde peut les lire, bien peu peuvent les comprendre et il est parfaitement inutile pour les non
initiés de tâcher de le faire.

Puisque nous parlons de magie et de magiciens, il
est temps de nous transporter dans la Prague du
XVIe siècle. L'arrière-petit-neveu de Charles Quint
devenu l'empereur Rodolphe II avait, parmi les nombreuses capitales de ses royaumes, élu cette ville pour
résidence. À l'époque, Prague était encore une ville
médiévale. Le célèbre pont Charles-IV qui enjambait
la Moldau hérissé de ses statues conduisait à un
entrelacs de ruelles bordées d'énormes et sombres
palais. Les places biscornues étaient hérissées de clo-
chers d'églises. Le long du fleuve s'étendait un des
plus grands, des plus riches, des plus fertiles ghettos
d'Europe. Autour de la vieille synagogue et du
célèbre cimetière juif s'étendaient les demeures des
fleurons intellectuels du judaïsme. Les plus grands
penseurs se trouvaient réunis en ces lieux. Des penseurs qui, non seulement, étudiaient la tradition mais
se lançaient dans les expériences les plus hardies.
De l'autre côté de ce quartier, des chemins bordés
de vergers menaient en sillonnant vers la haute ville
où se trouvaient la cathédrale de Saint Vitale et
l'immense palais royal, le Hradschin. L'empereur
régnant ressemblait fort peu à son prédécesseur.
Charles Quint s'était occupé des affaires terrestres,

Rodolphe II s'occupait des affaires célestes. Ce mécène éclairé avait commencé par attirer à sa Cour de très grands artistes, les plus célèbres musiciens, des peintres, des sculpteurs, des architectes. Tous les domaines de la création étaient représentés à sa Cour. Il aimait l'étrange, aussi protégeait-il les peintres et les artistes maniéristes, en particulier Arcimboldo dont la particularité était de portraiturer les hommes sous forme de natures mortes. Tantôt des poissons, tantôt des légumes ou des fruits formaient des yeux, des nez, des fronts, des bouches. C'est ainsi que les produits de la terre lui avaient inspiré le visage de l'empereur. Celui-ci avait aussi réuni la plus grande collection du temps d'objets précieux. À partir de pierres semi-précieuses, de marbres rares, d'émail, de pierreries, il commandait des objets qui ne servaient en fait à rien sinon à charmer les yeux. Il collectionnait en particulier les bézoards. C'étaient les calculs du rein des chameaux, des magmas pierreux qui se formaient dans les intestins de ces animaux. Ils avaient la forme et la taille d'œufs d'autruches, mais gris. Ils étaient considérés à l'époque comme le remède souverain contre les poisons. Tous les grands d'Europe possédaient leur bézoard afin de se protéger contre les tentatives d'empoisonnement. Rodolphe II avait fait sertir le sien d'or et d'émeraudes. De même, il collectionnait les manuscrits et les livres, lecteur avide, curieux de tout.

L'empereur avait réuni à Prague les plus importants, les plus avancés des chercheurs dans tous les domaines de la spéculation : astrologues, alchimistes, voyants, magiciens ; mais aussi des mathématiciens comme Johannes Kepler, des hommes de science, des théologiens, tel Giordano Bruno qui, pour avoir voulu penser trop librement, allait finir brûlé vif par l'Église. À sa Cour, c'était une émulation de spéculations qui faisaient constamment reculer les limites de la connaissance. Il avait fait venir du Danemark Tycho Brahe, celui-là même qui avait dessiné le globe portant le relief des terres sous les glaces du pôle. Il avait appelé de Londres John Dee, l'astrologue de la reine Élisabeth. Lui-même, dans une des tours de son palais, ne dédaignait pas se livrer à des expériences chimiques et, notamment à l'alchimie au milieu des alambics et des fumées odoriférantes. Qu'a produit cette réunion des plus grands esprits du temps ? On connaît l'œuvre considérable de chacun, on ignore ce qu'ils concoctèrent ensemble, autour de l'empereur. Leur principal apport fut probablement ce climat d'ouverture, de tolérance, de curiosité, cette conviction que le savoir n'a pas de limites, cette hardiesse de plonger dans l'inconnu, dans l'espace, dans le temps, dans l'univers pour en découvrir les secrets.

Vivait alors à Prague, parmi d'autres, un des phares de la culture judaïque, le rabbi Loew, qui était forcément en contact avec les penseurs goy. On lui attribue la création du célébrissime Golem. Il avait donc fabriqué à l'image de l'homme une statue en terre cuite. Sous la langue de la sculpture, il avait glissé un papier portant des signes cabalistiques. Il lui suffisait de réciter les distiques inscrits sur le papier pour que la statue se mette en mouvement. Il avait ainsi créé un assistant dont il ne redoutait aucune désobéissance, qui le servait à toute heure du jour et de la nuit et qui ne lui coûtait rien. Cependant, le temps passant, la statue se mit à acquérir une vie propre. La nuit, le Golem quittait la maison de rabbi Loew et commença à commettre des méfaits, des larcins, puis des crimes. Le ghetto prit peur. On parlait d'un monstre qu'aucune arme n'entamait, d'une force herculéenne, qui détruisait tous les êtres qu'il rencontrait. Rabbi Loew réalisa qu'il était allé trop loin. Il détruisit lui-même sa création, le robot. Le rabbi Loew est enterré dans le cimetière juif de Prague. Sa tombe est vénérée des pèlerins qui déposent un petit caillou leur permettant de réaliser leurs vœux.

Quant à Rodolphe II, sa curiosité, sa tolérance, l'éventail de ses intérêts n'étaient pas du tout dans les intérêts de sa famille, les Habsbourg, d'autant plus qu'il s'occupait peu de politique. Aussi son frère Mathias le détrôna-t-il pour prendre sa place et le fit-il enfermer jusqu'à sa mort dans un château.

C'est sous le règne de Rodolphe II qu'eut lieu le procès de la comtesse Erzabet Bathory. Cette grande dame hongroise était désespérée à l'idée de perdre sa jeunesse. La sorcellerie lui conseilla le remède souverain pour arrêter le temps. La perversion s'en mêla. Elle fit enlever un nombre considérable de jeunes filles qu'elle ordonnait de tuer de façon abominable. Puis, elle recueillait leur sang et s'y baignait, persuadée qu'ainsi elle garderait l'apparence d'une jeune fille. Ses crimes acquirent une telle notoriété que,

malgré son rang, elle fut arrêtée, jugée et condamnée
à mort. Seulement, ce même rang empêchait qu'on la
touchât. On ne pouvait donc ni la pendre ni la décapiter. Aussi la fit-on emmurer. On obstrua les
fenêtres et la porte de sa chambre, ne laissant qu'un
passe-plat par lequel on lui fournissait sa nourriture
quotidienne. Elle vécut ainsi enfermée dans l'obscurité pendant quatre ans. Lorsque ses geôliers s'aper-
çurent qu'elle n'avait pas touché à sa nourriture, ils
comprirent qu'elle était morte.

J'ai visité en Slovaquie le château de Catice où elle
acheva son existence. Déjà, dans la vallée, le village
est sinistre. On monte à travers les bois dans lesquels
on craint d'apercevoir à chaque instant des fantômes.
Les ruines imposantes du château se dressent sur une
hauteur. Des pans de murs déchiquetés se détachent
sur un ciel d'orage. Personne en vue, nul dans la
région n'osant s'approcher du château maudit. Il s'y
dégage une atmosphère tellement menaçante que je
refusai de m'y attarder. Ces lieux ont été les témoins
de telles horreurs que les murs en sont encore imprégnés.

L'empereur Rodolphe n'avait pas eu de descendance légitime. En revanche, il engendra un bâtard,
Don Julius, qu'il aimait tout particulièrement et qu'il
gâtait outrageusement. Il lui avait offert entre autres
le château de Krumlau, un gigantesque complexe qui
mêlait une forteresse médiévale à un palais de la
Renaissance. Le bâtard tourna mal, il eut des crises
de violence, il assassina, il jeta par la fenêtre la fille
du barbier du village à qui il avait fait un enfant. Son

père dut le faire enfermer et Don Julius mourut en proie à d'épouvantables crises de folie.

Plus tard, le château passa aux princes Schwarzenberg, une des plus illustres familles du Saint-Empire. Au XVIIᵉ siècle, le prince régnant devint le meilleur ami de l'empereur Charles VI, réputé le pire tireur de l'Empire. Un jour, à la chasse, le souverain envoya accidentellement tant de plomb dans le corps de Schwarzenberg que celui-ci en mourut, murmurant : « Je savais bien que cet idiot m'aurait un jour. » L'empereur, outré de douleur, couvrit d'honneurs et de biens la famille de son ami. Sa veuve présentait d'étranges symptômes. Elle était maigre et blafarde, elle devait se nourrir de sang de bœuf pour garder ses forces, la lumière du soleil lui faisait à ce point mal aux yeux qu'elle fuyait le jour. Aussi vivait-elle la nuit et menait-elle une existence de recluse. De plus, elle pratiquait la sorcellerie. Bref, tous étaient persuadés qu'elle était un vampire. Elle avait été séparée de son fils unique qui était élevé à la Cour et qu'elle ne revit jamais. Lorsqu'elle mourut, elle fut enterrée non dans la chapelle du château mais dans l'église du village. La dalle funéraire ne comportait ni ses titres ni ses armoiries mais cette simple inscription : « Éléonore, une humble pécheresse. » La dalle était suffisamment épaisse pour empêcher le vampire de la soulever et de venir torturer les vivants. Après elle, plus personne ne voulut habiter le château qui fut pratiquement abandonné jusqu'au XXᵉ siècle.

Le prince Schwarzenberg, au début du XIXᵉ siècle, devint le général en chef des armées autrichiennes, ce qui lui donna l'occasion d'être battu par Napoléon à Austerlitz. L'empereur des Français, gracieusement, dessina à l'intention de Schwarzenberg le plan de la bataille pour lui expliquer comment, lui, Schwarzenberg, aurait pu la gagner. Ses descendants possèdent toujours ce témoignage de la délicatesse impériale.

Au XXᵉ siècle, les Schwarzenberg possédaient en Tchécoslovaquie tant de terres, tant de châteaux dont Krumlau, que les communistes durent rédiger une loi spéciale pour les en exproprier. J'ai connu un prince Schwarzenberg qui vivait avec ses nombreux enfants dans un modeste appartement de la Vienne d'après-guerre. Bien qu'ils aient tout perdu, malgré les conditions difficiles de leur existence, ils respiraient la bonne humeur et l'optimisme. Leur fils aîné devait hériter de vastes propriétés en Allemagne et en Autriche, dont le splendide palais Schwarzenberg voisin du Belvédère de Vienne. Devenu chef de famille, il ne s'arrêta pas là. Il gardait un souvenir ému de la Tchécoslovaquie de son enfance. Aussi se lança-t-il courageusement dans la résistance anticommuniste. Il transporta des documents, des machines à écrire et autres instruments de la propagande libérale. Il rencontra les chefs de la résistance et se lia avec Vaclav Havel. Il risquait à chaque instant d'être arrêté et envoyé en camp de concentration. Ce courage fut récompensé. Il devint, et je pense est encore, ministre des Affaires étrangères de Tchéquie. Ce descendant des étranges châtelains de Krumlau, ce prince du Saint-Empire, est le seul à joindre un grand nom à d'importantes responsabilités dans la politique contemporaine.

Empereurs et rois de la Renaissance commençaient à s'intéresser à une nouvelle puissance, un empire plutôt inaccessible replié sur lui-même sans pratiquement de rapports avec qui que ce soit, un empire à la réputation de primitivité, de sauvagerie mais que son immensité rendait intéressant : la Russie. Les potentats occidentaux envoyèrent des ambassades à Moscou, accompagnées de somptueux cadeaux – des animaux mythologiques, des tours, des personnages en argent. Ces trésors se trouvent toujours abrités au Kremlin.

Pendant des siècles, la future Russie avait été habitée par des tribus, la plupart slaves ; sans unité, sans lien, elles n'avaient pas fait parler d'elles. Au IXᵉ siècle, les « visiteurs » étaient venus du nord. Les Scandinaves, Danois, Norvégiens, Suédois, s'étaient partagé le monde ouvert à leurs conquêtes de Vikings. Les Norvégiens regardaient vers l'ouest, ils opéraient des raids incessants contre l'Écosse et l'Irlande. Ils poussèrent jusqu'à l'Islande, le Groenland, s'installèrent brièvement en Amérique du Nord pour bientôt revenir chez eux. Les Danois, eux aussi, opéraient des raids en Écosse, en Angleterre, en Irlande, puis se dirigèrent vers le Sud, envahirent l'ouest de la France et devinrent des Normands. Toute une colonie d'entre eux descendit encore plus bas, envahit la Sicile, y régna et poussa même jusqu'au Moyen-Orient où des descendants de Vikings devinrent princes d'Antioche. Quant aux Suédois, plutôt que d'opérer par mer, laissant cela aux deux autres, ils se dirigèrent vers l'Est par la terre et, tout tranquillement, se mirent à descendre sous la conduite de Rurik les plaines sans fin qui formeront la Russie. Ils établirent un semblant d'État autour de la ville de Novgorod, principauté à laquelle Rurik donna le nom de Rouss, son village natal de Suède. Cela donna Roussland, la terre de Rouss, Russie. Ses descendants régnèrent non seulement sur Novgorod mais sur Kiev qui devint la première capitale de ce qu'on pouvait commencer à appeler la Russie (ce qui me fait sourire lorsque je vois l'Ukraine devenue une République indépendante de la Russie alors qu'elle en est le berceau).

À peu près un siècle après Rurik, son descendant, le prince de Kiev, décida d'abandonner le paganisme et de devenir chrétien. Si on voulait être moderne, on ne pouvait pas continuer à adorer le soleil, la lune et les esprits des forêts, il fallait devenir monothéiste comme était le monde civilisé. Mais quelle religion choisir entre le catholicisme, l'orthodoxie, l'islam et le judaïsme ? Vladimir envoya des sbires de confiance en tournée d'information. La religion qui les séduisit le plus fut l'orthodoxie, tout simplement parce que l'empereur byzantin leur avait offert des ponts d'or. Vladimir, convaincu par ses sbires, se fit orthodoxe. Et la Russie de suivre son prince. Celui-ci, cependant, dut abandonner ses mœurs plutôt libres. Jusqu'alors, il en avait tant fait qu'il avait été surnommé « *fornicator maximus* », le « fornicateur suprême ». Il dut jurer d'être fidèle à sa femme. Stimulée par ce pas en avant, la Russie prit de plus en plus forme. Alors, elle attira les convoitises.

Au XIIIᵉ siècle, le descendant de Rurik et de Vladimir était le Grand Prince Alexandre Nevski. Il dut subir, comme ses prédécesseurs, les incursions d'un ordre militaire et religieux des chevaliers teutoniques, des Germains impérialistes qui, sous couvert de religion, colonisaient à tour de bras. Il réussit à les vaincre dans la célèbre bataille où il attira les chevaliers lourdement armés sur un lac de glace qui, sous leur poids, se fendit. Tous moururent dans les eaux gelées.

À peine les chevaliers teutoniques repoussés que les Russes durent subir une nouvelle invasion, cette fois-ci venue de l'Est. Les Mongols arrivaient. Les descendants de Gengis Khan s'emparèrent d'une grande partie de l'Est et du Sud de ce qui constitue aujourd'hui la Russie, créant un empire nommé « La Horde d'Or ». Les grands princes russes furent forcés de rendre hommage de vassalité et de payer tribut, humiliation qui s'enfonça dans leur orgueil comme un fer rouge. La Russie s'organisait, se développait mais l'humiliation restait. Pour combattre celle-ci, on commença par la prétention. Le tsar Ivan III épousa une princesse byzantine, Sophie Paléologue. De Byzance venaient les honneurs, la légitimité, les titres. Même si l'Empire byzantin était moribond, il représentait encore la suprême référence. Ivan III prétendit en être le

successeur. Il adopta l'aigle bicéphale byzantine
qui se trouve, de nos jours encore, sur les armoiries
de la République russe. L'Empire byzantin dispa-
raissant sous les invasions turques, il se crut auto-
risé à transporter dans sa capitale la tête de l'Église
orthodoxe. Ainsi Moscou devint-elle la troisième
Rome, après Constantinople. Ainsi, de nos jours, le
patriarcat orthodoxe russe vise-t-il la suprématie
sur toutes les autres Églises orthodoxes. Mais l'humiliation imposée par « La Horde d'Or » n'avait pas
été effacée malgré ces toutes nouvelles légitima-
tions. Ce fut Ivan IV, surnommé Ivan Le Terrible,
successeur de Ivan III, qui y mit fin en s'emparant
de Kazan, la capitale de « La Horde d'Or ». C'en
était fini des Mongols. Et l'unité de la Russie était
enfin achevée.

Ivan le Terrible, ayant tué de ses propres mains
son fils unique Dimitri, ne laissa pas d'héritier. Alors
commença une période confuse. Boris Godounov, le
héros du très célèbre opéra de Moussorgski, s'empara
du trône, mais surgit alors un prétendant qui affirmait être Dimitri, le fils d'Ivan IV, qui aurait miraculeusement survécu. Il gagna à lui des milliers de
partisans qui n'en pouvaient plus de la dictature de
Boris Godounov. Il se maria à une princesse polonaise, Marina, et avec elle l'influence polonaise tenta
d'ouvrir une brèche dans la forteresse russe. La guerre
civile fit rage, comme toujours en ces cas entachée
d'indicibles horreurs. L'opéra de Moussorgski éclaire
sombrement et magnifiquement cette époque confuse.
Puis, du désordre émergea un nouveau tsar, Mikhail

Feodorovitch et une nouvelle dynastie, les Romanov, qui allait hisser la Russie jusqu'à l'apogée de sa puissance.

LA MONARCHIE EN GLOIRE
XVIIe-XVIIIe SIÈCLES

Louis XIV est un sujet qui me trouble parce que je ne l'aime pas. Après avoir écrit un ouvrage, critique, contre lui, je me suis aperçu que c'était là une mauvaise démarche. Il ne faut pas écrire contre, il faut écrire pour. Les livres destinés à démolir un personnage peuvent être amusants ou instructifs mais, dans le fond, ils ne servent à rien. C'est grâce à Versailles, grâce à Louis XIV que la France commence à être copiée partout. Versailles, ce ne sont pas des dépenses somptuaires et inutiles, c'est une politique. Et même une politique fort intelligente de prestige qui fait que le monde entier se tourne vers la France. On trouve des copies de Versailles partout, dans les principautés allemandes, en Russie, en Suède, en Espagne, en Italie. Il y a même un Versailles près de Pékin édifié par l'empereur Kien Long et un autre à Mekhnès au Maroc inventé par le sultan Moulay Idriss. Louis XV suivra l'exemple de son arrière-grand-père. Ce ne sont pas ses châteaux qu'on copiera partout mais ses tapisseries, ses porcelaines, ses meubles, ses horloges qui parleront de la France à tous les peuples. Cette suprématie artistique et donc pacifique de la France se poursuivra idéologiquement puis militairement grâce à la Révolution et à Napoléon. Positivement ou négativement, la France ainsi dominera l'Europe pendant plus d'un siècle et demi.

On ne peut parler de Louis XIV sans mentionner le célèbre Masque de fer. Pour moi ce mystère n'a pas d'intérêt car ce n'en est presque pas un. Comme la cage du cardinal de La Balue, le Masque de fer est une invention, celle-ci due à Voltaire. Il y avait bien un prisonnier au Fort de Sainte-Marguerite puis à la Bastille. Un prisonnier dont il était impérieux de ne pas révéler l'identité et qui était donc forcé de porter un masque de velours. Voltaire inventa qu'un ministre de Louis XIV lui aurait parlé d'un masque de fer. La légende partit de cette affirmation et ne s'arrêta plus. Qui était le Masque de fer, en fait masque de velours ? Probablement un ministre, un diplomate étranger, stipendié par Louis XIV pour espionner ou pour influencer une politique en faveur de la France et qui le trahissait. Louis XIV aurait organisé son rapt, mais enlever un diplomate ou un ministre étranger, c'était un délit qu'on ne pouvait avouer. On l'aurait donc obligé à porter un masque pour le rendre anonyme. Peut-être était-ce Mattioli, le Premier ministre du duc de Parme, qui, secrètement pensionné par le roi de France, travaillait tant et plus contre lui.

Sous le règne suivant, la fille de Louis XV, Madame Sophie, demanda à son père de lui révéler le secret du prisonnier masqué. Le roi lui répondit qu'il le voulait bien à la condition que sa fille jure sur l'Évangile de ne jamais révéler ce qu'il allait lui dire. Elle ne voulut pas jurer, avouant qu'elle était trop indiscrète et risquait de trahir sa parole. Et Louis XV de la consoler : « Vous ne perdez rien, de toute façon, ce secret n'a plus aucune importance, et d'ailleurs il n'en a jamais eu une bien grande. » Depuis, Alexandre Dumas en tête, on a inventé n'importe quoi, à commencer par l'existence d'un jumeau de Louis XIV. Ce sont des élucubrations à partir de presque rien.

Une de mes ancêtres préférées, la princesse Palatine, épouse de Monsieur frère de Louis XIV, a merveilleusement peint son époque. Cette Allemande haïssait Versailles, elle détestait les courtisans et leurs intrigues, et préférait rester dans ses appartements où elle s'ennuyait. Alors, elle se mit à écrire des volumes à sa parenté restée en Allemagne où elle racontait tout. Membre de la famille royale, elle avait accès à bien des informations. Excellente observatrice, rien ne lui échappait. Ainsi, sans le vouloir, elle devint un écrivain étonnant qui fait vivre Louis XIV et les siens. Elle le fait d'ailleurs avec une crudité extraordinaire qui fait tout le piquant de ses lettres.

La Palatine avait une haine ancrée au cœur, celle de la seconde épouse morganatique de Louis XIV, la Marquise de Maintenon. Elle l'accusait, probablement à raison, de lui avoir volé l'amitié du roi. Elle lui reprochait aussi les calomnies sans fin qu'elle répandait sur son fils le futur Régent. Pour elle, la Maintenon était un venin qui empoisonnait la famille royale, la Cour et la France entière. Aussi, lorsque celle-ci partit au paradis, la Palatine ne put-elle cacher sa satisfaction : « Dieu Tout-Puissant a délivré la France entière d'une méchante bête sauvage car il a emporté la Scarron. (Madame de Maintenon avait épousé en premières noces le poète Scarron.) Je ne peux pas dire qu'il l'ait appelée à lui, la chose me semble trop douteuse. »

Saint-Simon, l'autre chantre du règne de Louis XIV, m'enchante parce qu'il réussit à donner de l'intérêt et de la vie à des choses totalement inintéressantes. Il peut consacrer vingt pages au fait qu'un duc avait osé porter un manteau long à un enterrement de Cour, privilège que le protocole ne lui accordait pas. Ainsi présenté, ce détail est ennuyeux. Raconté par Saint-Simon, il devient un roman palpitant. C'est là tout le talent de l'écrivain. Il était, comme chacun sait, abominablement prétentieux. Une méchante langue l'a décrit comme « un vilain corbeau noir toujours perché sur sa couronne ducale ». Tout jeune, il avait été remarqué par la Palatine parce qu'il parlait allemand. Elle l'avait placé auprès de son fils, le futur Régent, afin qu'il se familiarise avec cette langue. Intime de la Maison d'Orléans, il fut dans ses mémoires moins cruel envers elle qu'il ne le fut vis-à-vis des autres. Ses méchancetés, on les pardonne pour son style inoubliable et incomparable. Il avait un sens sans pareil de la formule, tel le début du portrait de mon arrière-tante la duchesse de Berri : « Haute jusqu'à la folie, basse jusqu'à l'indécence, il se peut dire qu'à l'avarice près, elle fut le modèle de tous les vices. » Tel le début du portrait du cardinal Dubois, alors Premier ministre, que Saint-Simon haïssait : « Tous les vices combattaient en lui à qui s'en rendrait le maître. »

Sans le vouloir, certaines de ses scènes me font toujours rire. Par exemple, l'enterrement de la Grande Mademoiselle, cousine de Louis XIV. Funérailles en l'abbaye de Saint-Denis, catafalque gigantesque éclairé par des milliers de bougies et sommé de la couronne royale, des fleurs de lys partout, la Cour au grand complet ainsi que le clergé. « Au milieu de la journée et toute la cérémonie présente, l'urne qui était sur une crédence et qui contenait les entrailles se fracassa avec un bruit épouvantable et une puanteur subite et intolérable. À l'instant, voilà les dames les unes pâmées d'effroi, les autres en fuite. Les héros d'armes, les feuillants qui psalmodiaient s'étouffaient aux portes avec la foule qui gagnait aux pieds. La confusion fut extrême. La plupart gagnèrent le jardin, les cours. C'étaient les entrailles mal embaumées qui, par leur fermentation, avaient causé ce fracas. Tout fut parfumé et rétabli et cette frayeur servit de risée. »

Un chapitre du règne de Louis XIV qui continue à me fasciner concerne la succession d'Espagne. Nous sommes à Madrid à la fin de l'année 1700. Le roi Charles II se meurt. La dégénérescence due à tant de mariages consanguins en avait fait une sorte

d'avorton à demi demeuré dont même les portrai-
tistes les plus flatteurs n'avaient pu cacher la laideur
outrageante. Ce malheureux connaissait ses faiblesses, ce qui accentuait ses complexes. Il était qua-
siment incapable de gouverner son empire qui restait
le plus grand du monde. Héritier de Charles Quint,
il possédait l'Espagne, le nord de l'Italie, les Pays-
Bas et les trois quarts de l'Amérique latine. Il n'avait
pas de fils ni de frère. Les puissances étaient
convaincues que les disputes autour d'un tel magot
allaient déclencher une guerre générale. Pour l'éviter, elles s'étaient d'avance entendues pour un partage de cet empire. Le roi Charles II en eut vent et
enragea à l'idée qu'on le dépeçait vivant. Il annonça
qu'il rédigerait lui-même son testament et qu'il
laisserait ses couronnes à qui il voudrait. Il y avait
deux candidats possibles descendant de ses deux
demi-sœurs. L'aînée, Marie-Thérèse, avait épousé
Louis XIV et le candidat possible était le petit-fils du
Roi-Soleil, Philippe de France, duc d'Anjou. La
cadette des sœurs de Charles II avait épousé son cousin de la maison d'Autriche, l'empereur Léopold Ier,
leur fils Charles était l'autre candidat. Tout le monde
se demandait donc qui allait être l'heureux bénéfi-
ciaire du testament pendant que les deux puissances
intéressées s'activaient à Madrid. La Maison
d'Autriche s'attaqua au roi lui-même qui faisait partie
de la famille pour profiter de cet avantage. La Maison
de France, en la personne de son ambassadeur, le
marquis d'Harcourt, « s'attaqua » au conseil de la
Couronne, c'est-à-dire les ministres, les cardinaux,
les ducs chargés de conseiller le faible Charles II.

« S'attaqua » est un euphémisme : en réalité, il s'agissait d'« acheter ». Le marquis d'Harcourt y mit, comme on le dit vulgairement, le paquet. Des sommes considérables furent versées aux membres du Conseil et en particulier à leur président, le cardinal Porto Carrero. Celui-ci assura au représentant de Louis XIV que le testament du roi serait rédigé en faveur du candidat français.

Cependant, rien n'était sûr et l'Europe était accrochée à ce suspense lorsque, le 1er novembre, le roi mourut. Le Conseil du trône se réunit au Palais Royal de Madrid. Dans la salle voisine, les représentants de tous les États européens attendaient avec impatience, les ambassadeurs de France et de l'Empereur étant tous les deux sur des charbons ardents. Dehors, la température était glaciale, un maigre jour grisâtre pénétrait par les fenêtres du vieux palais, la salle, comme toutes les autres de cette demeure, était à peu près démeublée. Mais aux murs pendaient des tableaux admirables de Greco, Velázquez, Zurbaran et autres artistes favoris de la Maison Royale. Les Grands du royaume et les ambassadeurs devenaient de plus en plus nerveux. Les heures passaient, le Conseil du trône réuni pour lire le testament secret du roi n'en finissait pas de délibérer. Finalement, la porte s'ouvrit et apparut un des membres du Conseil, le duc d'Albuquerque. Il se précipita sur l'ambassadeur de l'empereur et annonça d'une voix retentissante : « C'est avec une joie profonde, avec un bonheur sans fin... » ; l'ambassadeur allemand crut que l'affaire était dans le sac et que la Maison d'Autriche héritait de Charles II. « Donc, je répète, poursuivit le duc d'Albuquerque, c'est avec un plaisir indicible que je prends à tout jamais congé de la Maison d'Autriche. »

L'ambassadeur allemand se demandait encore ce que signifiait cet exorde, le Français, le marquis d'Harcourt, avait tout de suite compris. L'empereur avait perdu, la France avait gagné. Il courut hors du palais, se précipita à l'ambassade pour envoyer un courrier à Versailles mais, en même temps, agissant déjà en maître, il ordonna de fermer les frontières afin qu'aucune missive, sinon la sienne, ne puisse parvenir dans d'autres pays et surtout pas à l'empereur. Il voulait donner à Louis XIV le temps de réfléchir sur la décision à prendre. Le courrier du marquis d'Harcourt arriva au plus vite à Versailles. Il remit le message de l'ambassadeur au roi qui le lut et resta impassible. Il avertit simplement son épouse morganatique Madame de Maintenon et réunit ses ministres. D'Harcourt avait envoyé une copie du testament par lequel le roi Charles II léguait son empire en entier au duc d'Anjou, petit-fils de Louis XIV. Ce qui ouvrait un dilemme dramatique pour le roi. S'il refusait la succession, la Maison d'Autriche déjà propriétaire de l'Allemagne, de l'Autriche, de la Hongrie, de la Bohême, encerclerait la France en possédant les Pays-Bas, le nord de l'Italie et l'Espagne. Elle constituerait une menace constante comme elle l'avait fait dans les siècles passés. C'était impossible à envisager.

En revanche, accepter la succession et donc faire du candidat français l'unique propriétaire de l'Empire espagnol, c'était déchaîner une guerre européenne contre la France. Ni l'empereur ni les autres puissances, l'Angleterre, les Provinces Unies de Hollande, n'accepteraient jamais cette préférence de la France et encore moins la formidable puissance qu'elle acquerrait avec un prince français régnant sur l'empire de Charles Quint. Donc, il fallait soit refuser, soit provoquer une coalition européenne contre la France.

Louis XIV écouta les avis, débattit profondément, puis il prit sa décision. On ouvrit les portes de la salle du Conseil, les courtisans se précipitèrent. Louis XIV convoqua son petit-fils, le duc d'Anjou, et l'ambassadeur d'Espagne. À ce dernier, il déclara en montrant le duc d'Anjou : « Monsieur, saluez votre roi. » Louis XIV avait accepté le testament. L'ambassadeur s'agenouilla devant le jeune homme qui devenait le successeur des rois catholiques, de Charles Quint et de Philippe II.

Quelques jours plus tard, Philippe V partit pour Madrid. Louis XIV l'accompagna jusqu'à son carrosse et avec son sens du théâtre, il lui déclara : « Je souhaite ne jamais vous revoir », ce qui signifiait : « J'espère que vous réussirez, que vous prendrez votre trône malgré la guerre européenne qui va se déclencher contre vous et moi, et j'espère que vous réussirez, que vous n'aurez pas besoin de revenir ici, chose que vous ne pourriez faire que si vous étiez détrôné et exilé. » Philippe V en larmes salua son grand-père qui lui-même était profondément ému, puis il monta dans le carrosse et Louis XIV d'une voix de stentor cria au cocher : « À Madrid. »

Louis XIV récompensa son ambassadeur : d'Harcourt fut fait duc pour avoir su si efficacement corrompre les ministres espagnols. Comme prévu, la guerre européenne se déchaîna contre Louis XIV qui devait durer quinze ans. Comme celui-ci le redoutait, la France attaquée de tous les côtés par une coalition générale fut vite dépassée, envahie, menacée. Les deux chefs de cette ligue européenne contre la France étaient deux hommes que Louis XIV avait humiliés sans rémission en refusant leurs services. L'un était le prince Eugène de Savoie auquel Louis XIV avait refusé de donner un commandement militaire, et l'autre, Guillaume d'Orange, que Louis XIV avait également repoussé et qui, par son mariage, était devenu roi d'Angleterre. À sa mort, en pleine guerre de succession d'Espagne, le flambeau anti-français fut repris par le général en chef anglais dont Guillaume avait découvert la valeur et qu'il avait mis sur un piédestal : Churchill, duc de Marlborough (ce fut cette guerre et ce général qui donnèrent naissance à la célèbre chanson « Malbrough s'en va-t-en guerre »).

Guillaume d'Orange avait eu pour successeur sur le trône d'Angleterre sa belle-sœur, Anne Stuart, personnage assez falot, sans grand caractère. Bien que son mari, un prince de Danemark, lui eût donné plus de dix enfants précocement morts, elle avait tendance au saphisme. C'est par cette faiblesse que la tenait la femme de Marlborough, la célèbre Sarah, et c'est par ce lien que Marlborough restait le tout-puissant chef des armées anglaises et l'âme de la coalition anti-française.

Sarah Marlborough avait vite découvert que sa souveraine avait des tendances masochistes. Pour garder son emprise, elle avait compris qu'elle devait la maltraiter. Ces dames s'écrivaient quotidiennement des lettres qu'elles signaient Mr Freeman et Mr Morley. Sarah rudoyait, insultait la reine qui gémissait sous son joug. Un jour où la reine avait négligé de porter la parure que lui avait ordonné de mettre Sarah, cette dernière alla même jusqu'à la gifler dans le carrosse qui menait ces deux dames à l'ouverture du Parlement. Ce fut la goutte d'eau qui fit déborder le vase.

Depuis un certain temps, la reine Anne s'épanchait sur une jeune suivante, Abigail Hill, une parente de Sarah que celle-ci avait placée auprès de sa souveraine pour mieux l'espionner. Mais Abigail avait plus d'un tour dans son sac. Petit à petit, elle gagna la confiance d'Anne. Celle-ci prenait l'habitude de se plaindre de Sarah à la jeune suivante et, sans même en avoir tout à fait conscience, elle transféra son affection de la tante à la nièce. Laquelle était soutenue par un puissant lobby politique, adversaire acharné de Marlborough et de la guerre et qui espérait, grâce à Abigail, gagner la faveur de la reine et pourquoi pas le pouvoir.

Abigail, souterrainement encouragée, parvint à résister à Sarah qui ne se rendait compte de rien et qui, lors des petites manifestations d'indépendance de la reine, se faisait encore plus brutale que d'habitude, jusqu'au jour où, brusquement, mais bien encouragée par Abigail, la reine Anne osa l'impensable. Elle chassa Sarah et mit en disgrâce Marlborough. Abigail devint la nouvelle favorite et les partisans de la paix arrivèrent au pouvoir. Ce qu'apprit, parmi les premiers, un Français, l'abbé Gautier, un homme de peu, un quidam, un anonyme qui vivotait dans la plus grande discrétion à Londres où il était resté, malgré la guerre contre la France. C'était tout simplement un espion dormant laissé par l'ambassade de France. Dès la nouvelle de cette révolution de Cour, il enfourcha sa monture, arriva à Douvres, franchit la Manche et galopa jusqu'à Versailles. Il se fit annoncer en pleine nuit au ministre de la Guerre Torcy qui le reçut dans sa chambre à coucher, fort mécontent d'être réveillé. Il changea d'attitude dès que l'espion prononça ces quelques mots : « Voulez-vous la paix ? » Estomaqué, le ministre répondit : « C'est comme demander à un mourant s'il voudrait guérir. » La France était alors à bout. Elle n'avait plus ni troupes ni argent à opposer à l'avance inexorable des ennemis qui, de surcroît, refusaient toute offre de négociation. On parlait d'abandonner Paris ; Louis XIV envisageait la fin du royaume et de sa dynastie. Le ministre bondit de son lit, s'habilla à la hâte, mena l'espion jusqu'à l'appartement du roi, fit réveiller Louis XIV. Alors l'espion put raconter au roi et au ministre ce qui venait de se passer à Londres. Tous les deux comprirent instantanément que la France était sauvée. Effectivement, la disgrâce de Marlborough et de sa femme entraîna un changement de ministère. Les partisans de la paix parvinrent au pouvoir et entreprirent aussitôt des négociations. Philippe V, le petit-fils de Louis XIV, devenu roi d'Espagne, perdait plusieurs des couronnes léguées par Charles II mais il restait roi d'Espagne. C'est ainsi que son descendant direct, Juan Carlos, l'est encore aujourd'hui.

Il faut revenir un peu en arrière dans la guerre de succession d'Espagne pour évoquer un des chefs-d'œuvre de Saint-Simon, l'histoire d'Alberoni. La France, alors, se bat donc contre l'Europe coalisée.

Une armée française assiège la ville de Parme dont le duc est un allié des ennemis de Louis XIV. Ce duc descend en droite ligne du pape Paul III qui, pour avoir cédé sa sœur Julia Farnèse au pape Alexandre VI, avait reçu en cadeau pour sa descendance le duché de Parme inventé pour lui. Cependant, les affaires du duc se portaient fort mal. Le siège de sa capitale devenait de plus en plus cruel et il envisageait la reddition. Mais avant, il préféra négocier. Il désigna l'évêque de Parme auquel le rang et la personnalité donnaient du poids. Il l'envoya prendre langue avec le commandant français. L'évêque se rendit donc jusqu'au quartier général des assiégeants et fut introduit dans la tente du commandant, le duc de Vendôme. Celui-ci était un petit-fils bâtard d'Henri IV. Homosexuel, effronté, débauché et dégoûtant, il savait commander une armée. Pour choquer l'évêque, il le reçut sur sa chaise percée. Le prélat en eut un haut-le-cœur mais n'en commença pas moins son discours. Au milieu de sa harangue, le duc de Vendôme se leva, se retourna et montra à l'évêque son derrière couvert de pustules. L'évêque, outré, déclara qu'il n'était pas digne de lui de discuter avec un tel malotru. Il quitta la tente et revint à Parme, clamant son indignation.

Cela ne faisait pas les affaires du duc de Parme qui, pressé par les assiégeants, voulait entamer les négociations. L'évêque pressenti refusa énergiquement de retourner voir Vendôme. Mais qui donc envoyer à sa place ? Le duc ne voyait aucun ministre, aucun seigneur, aucun prélat. C'est alors qu'il se rappela qu'il avait à sa Cour une sorte d'aigrefin, un petit malin nommé Alberoni qui s'était lui-même fait abbé. Il n'avait jamais été ordonné mais il trouvait que le titre d'« abbé Alberoni » était assez passe-partout. Il se faisait appeler ainsi sans y avoir aucun droit et, à force d'insistance, était parvenu à se faire reconnaître pour tel. Abbé Alberoni il s'était fait, abbé Alberoni il restait. Il servait à toutes les besognes un peu basses, un peu louches de la Cour de Parme. Quand on avait besoin de quelqu'un pour une tâche qu'on n'osait avouer, c'est à lui qu'on s'adressait. Le duc, aux abois, ne trouva pas mieux qu'envoyer l'abbé Alberoni chez les Français.

Celui-ci pénètre donc dans la tente du duc de Vendôme et là, il faut laisser Saint-Simon raconter : « Alberoni qui n'avait point de morgue à garder et qui savait très bien quel était Vendôme, résolut de lui plaire à tout prix, que ce fût pour venir à bout de sa commission au gré de son maître et de s'avancer par là auprès de lui. Il traita donc avec Monsieur de Vendôme sur sa chaise percée, égaya son affaire par des plaisanteries qui firent d'autant mieux rire le général qu'il avait préparé par force louanges et hommages.

Vendôme en usa avec lui comme il l'avait fait avec l'évêque. Il se torcha le cul devant lui. À cette vue, Alberoni s'écrie : *"O culo d'angelo !"* ("oh cul d'ange !") et court le baiser. Rien n'avança plus ses affaires que cette infâme bouffonnerie… »

En effet, le duc de Vendôme qui voulait choquer ne s'attendait pas à cette réaction d'admiration. Il se retourne, dévisage le petit Alberoni. Il ne le trouve pas laid du tout. Du coup, il le retient au quartier général français. Quelles furent les relations du duc généralissime et du faux abbé, on peut facilement le deviner.

Très vite, le duc de Vendôme fut nommé généralissime des armées françaises qui se battaient en Espagne. Il emmena avec lui Alberoni. Là-bas, le faux abbé ne fit qu'un saut du quartier général français à la Cour d'Espagne, où venait d'arriver comme roi le petit-fils de Louis XIV, le duc d'Anjou, devenu Philippe V.

Installé au Palais Royal, Alberoni se sentit comme un poisson dans l'eau au milieu des intrigues. Il se lia avec le personnage le plus puissant des lieux, la princesse des Ursins. Cette aristocrate française avait été envoyée par Louis XIV et Madame de Maintenon, auxquels elle servait d'espionne, pour gouverner littéralement le jeune roi Philippe V. En fait, c'est elle qui régnait sur l'Espagne. Alberoni réussit à s'entendre avec elle, ils devinrent complices et amis.

Le roi Philippe V épousa une princesse de Savoie qui eut le tort de mourir. Drame épouvantable. Ils avaient bien eu un fils héritier, mais le problème était autre : le roi Philippe V ne pouvait pas rester sans faire l'amour, sans quoi il tombait malade. Et pour ce chrétien intransigeant seule son épouse légitime pouvait occuper son lit. Au bout de quelques semaines, la situation devint intenable.

La princesse des Ursins lui cherchait fiévreusement une épouse convenable mais, à son grand dam, n'en trouva aucune. Elle ne savait plus à quel saint se vouer. Le roi, en effet, tombait malade et le besoin d'une femme se faisait de plus en plus urgent. Elle en discutait avec Alberoni lorsque celui-ci, après avoir réfléchi et tâché de trouver des solutions, murmura qu'il y avait bien une possibilité. La princesse des Ursins s'accrocha à cette perche tendue. La possibilité était Élisabeth Farnèse, la nièce et unique héritière du duc de Parme. La princesse des Ursins eut un haut-le-cœur. Un Bourbon roi d'Espagne épouser une Farnèse, une rien du tout, elle accusa Alberoni d'avoir perdu la tête. Celui-ci demanda à la princesse si elle avait une autre solution à proposer. La princesse avoua qu'elle n'en avait aucune. Et Alberoni d'insinuer que la Farnèse serait la meilleure solution car elle était de si petite maison qu'elle serait éternellement reconnaissante à la princesse des Ursins de lui avoir assuré un avenir inespéré et de l'avoir contre tout espoir hissée jusqu'au trône d'Espagne. Le calcul ne parut pas bête. La princesse des Ursins convainquit Louis XIV du bien de cette union quasi inconcevable pour les puristes de l'époque.

Elle expédia à toute vitesse un courrier à Parme pour demander la main d'Élisabeth Farnèse. Cependant, avec l'esprit d'escalier, la princesse se demanda si derrière cette suggestion d'Alberoni il n'y avait pas quelque dessein secret contre elle. Tout semblait trop facile. Aussi, pour éviter tout risque, elle envoya un second courrier pour annuler la demande en mariage. À Parme, le duc oncle d'Élisabeth Farnèse reçut le premier courrier avec la demande en mariage, puis le second avec l'annulation de cette même demande. C'est au second qu'il s'adressa : « Vous avez le choix, lui dit-il, ou vous me remettez maintenant le message qui annule la demande en mariage et vous ne sortirez pas vivant de mon palais, ou vous avouez que vous êtes arrivé trop tard, que la demande en mariage non seulement a été acceptée mais que le mariage a été conclu par procuration et vous recevez beaucoup, mais vraiment beaucoup d'or. » Le second courrier préféra les ducats.

Le duc accepta donc, éperdu de bonheur, la demande en mariage pour sa nièce. Le mariage par procuration fut célébré à la hâte. Le second courrier arriva en retard et Élisabeth Farnèse quitta Parme pour son nouveau royaume. On devine avec quelle impatience Philippe V attendait sa nouvelle épouse. À dire vrai, il n'en pouvait plus. La description de Saint-Simon présente un homme nerveux, accablé de rougeurs, d'étouffements. Bref, sa sexualité insatisfaite le rendait à peu près fou.

La princesse des Ursins avait décidé d'attendre la nouvelle reine au nord de Madrid, à Guadalajara. Alberoni la devança et croisa le cortège d'Élisabeth en chemin. Il monta dans le carrosse de la nouvelle reine qu'il connaissait depuis toujours. On arrive à Guadalajara, c'est l'hiver, il fait un froid glacial qui n'empêche pas la princesse des Ursins d'avoir revêtu le grand costume de Cour, robe de brocarts, profond décolleté, coiffure élaborée, diamants à ne savoir qu'en faire, longue traîne. Elle ne va pas jusqu'à descendre au bas des marches pour recevoir la souveraine, elle s'est arrêtée au milieu de l'escalier et l'attend, telle une déesse, une idole, telle la véritable reine. Élisabeth Farnèse sort du carrosse, pénètre dans le vestibule du palais, voit dressée au milieu de l'escalier la princesse des Ursins : « Qu'on arrête incontinent cette femme. » Le capitaine des gardes croit avoir mal entendu. Il bégaye des protestations à la reine qu'il vient de rencontrer. Celle-ci exhibe un billet manuscrit de son mari le roi Philippe V ordonnant à tous de se mettre aux ordres de la reine. Ce billet, c'était évidemment Alberoni qui l'avait conçu, qui l'avait rédigé, qui le lui avait amené. Le capitaine des gardes ne put qu'obéir. Lentement, il monta les marches avec ses hommes et au nom du roi arrêta la princesse des Ursins. « Qu'on l'envoie sans tarder en exil », ajouta Élisabeth Farnèse. La princesse, encore toute-puissante une minute plus tôt, fut presque jetée dans un carrosse qui partit à brides abattues vers la frontière. Elle n'avait même pas eu le temps d'emporter un vêtement chaud, et voyagea ainsi une semaine en grand décolleté, mourant de froid. Selon Saint-Simon, elle n'eut pour toute nourriture jusqu'à la frontière française que deux œufs durs.

Ainsi tomba, grâce au petit Alberoni, une des femmes les plus puissantes du siècle. Louis XIV et Madame de Maintenon, soulagés à l'idée que Philippe V ait enfin trouvé une solution à ses problèmes sexuels, n'osèrent pas protester. Quant à Alberoni, il se mit allègrement à gouverner avec sa compatriote de Parme, la reine Élisabeth. Il aurait pu se contenter de ce rôle mais l'ambition qui soufflait en lui ne s'arrêta pas en si bon chemin. Saint-Simon affirme en effet qu'il mourut alors qu'il intriguait pour devenir le prochain pape.

Louis XIV semblait, comme deux siècles plus tard la reine Victoria, éternel. Il était né dans la première moitié du XVIIe siècle et en cette seconde décennie du XVIIIe siècle, il était toujours sur le trône et semblait inaccessible à la mort. Il régnait depuis soixante-douze ans et bien peu de Français se rappelaient avoir eu un autre roi. Et, pourtant, il vieillissait, il se détériorait. Il sentait que l'échéance approchait. On annonça l'arrivée d'un ambassadeur de Perse nommé Mehmed Riza Bey. Louis XIV ne voulut pas vérifier l'authenticité de cette ambassade. Il décida de lui donner tout le crédit possible afin d'offrir à sa Cour, à la France et au monde une sorte de représentation d'adieu. Toute sa vie, il avait été sur le théâtre de l'Histoire, aussi en connaissait-il la mise en scène par cœur. Pour le Perse, on hissa le grand pavois et le roi décida de donner à sa réception un lustre inouï dont on parlerait longtemps et partout. On dressa l'immense trône au fond de la galerie des Glaces. La famille royale et la Cour reçurent l'ordre de paraître

avec leurs plus beaux, leurs plus riches atours. Ce fut
un scintillement d'or et de pierreries mais rien n'éga-
lait les feux que lançait le roi. Il s'était vêtu d'un
costume de velours noir sur lequel il avait fait coudre
les plus gros diamants de la Couronne. Il y en avait
pour douze millions cinq cent mille livres, une
somme proprement fabuleuse. Louis XIV tout cassé,
tout édenté, tout amaigri qu'il était, semblait un seul
et énorme diamant. Le Perse n'y comprit rien. C'était
un homme de peu, beaucoup plus aventurier
qu'ambassadeur mais la Cour et la France restèrent
éblouies de ce spectacle. Le roi pouvait à peine bouger sous le poids des pierreries mais il réussit à para-
der suffisamment pour impressionner à jamais.
Quant au Perse, on regarda à peine ses maigres
cadeaux. On signa un traité en bonne et due forme
qu'on lui remit et on le raccompagna au port d'où il
devait s'embarquer pour retourner chez lui. Parmi
ses effets, une grande caisse attira l'attention. Il était
mentionné dessus : « haut » et « bas », « livres fra-
giles ». L'ambassadeur semblait y attacher un prix
tout particulier. Il entourait son transfert de mille
recommandations et fit porter la caisse en sa cabine.
Le navire ayant levé l'ancre, il descendit chez lui,
ouvrit la caisse et en fit sortir une ravissante et jeune
Française, la marquise d'Épinay. Il s'en était épris
lors de son séjour. Elle n'avait pas repoussé ses
avances. Que ce soit par amour ou par ambition, elle
accepta de bon cœur de quitter sa famille et son pays
pour le suivre en Orient. Pour éviter les quelques
problèmes qu'aurait pu provoquer ce rapt, l'ambassadeur et elle-même avaient trouvé cet intelligent

stratagème. Il la ramena jusqu'à Ispahan, où, raconte-t-on, elle lui survécut pendant de longues années, menant une vie heureuse dans la lointaine Perse.

La fin du XVIIIe siècle vit une extraordinaire génération de souverains dans presque toute l'Europe. On les appela « les despotes éclairés ». On peut se demander si le despotisme peut être jamais éclairé mais cela, c'est une autre affaire. Le premier sur la liste est l'Électeur de Saxe, Auguste le Fort. Ce personnage surdimensionné, non content de régner sur la Saxe, s'était fait élire roi de Pologne. Il avait eu, affirmait-on, jusqu'à trois cents bâtards mais, surtout, il fit de Dresde, sa capitale, une des plus belles villes d'Europe. Il la couvrit de constructions baroques dont la plupart ont été détruites par l'absurde, l'inutile et criminel bombardement des Anglais à la toute fin de la Seconde Guerre mondiale. Sa collection de tableaux était fabuleuse mais, surtout, il commanda et réunit un ensemble d'objets précieux comme il ne s'en trouve nulle part ailleurs au monde. Il les abrita dans une cave voûtée de son palais, dont le plafond était peint en vert, d'où son nom de Voûte Verte.

Il avait déniché et appelé à sa Cour un orfèvre appelé Diglinger qui fut le sorcier, le magicien, l'alchimiste de l'orfèvrerie. Il prenait des pierres dures, jaspe, onyx, agate, lapis-lazuli et autres, il les taillait, les mêlait à des statuettes en or recouvertes d'émail, il couvrait le tout de motifs bizarres enchâssés de camées antiques et de pierreries et créait ainsi

des objets parfaitement inutiles, trop précieux pour
être utilisés, mais qui témoignaient d'une richesse,
d'une imagination, d'une poésie inouïes. Aucun ne se
ressemble et chacun est un monde en soi, un monde
scintillant, féerique, tellement extraordinaire qu'on
ne peut s'arrêter de le contempler. Les musées allemands viennent de reconstituer la Voûte Verte car,
en 1945, les Soviétiques avaient tout emporté de
Dresde, tableaux, trésors, porcelaines. Ils ne l'ont
rendu qu'avec parcimonie.

Il y a quelque temps, je dînai à Paris avec le déco-
rateur américain Peter Marino, qui avait été récemment appelé par le gouvernement allemand pour
classer et arranger les porcelaines d'Auguste le Fort.
Celui-ci, entre les porcelaines créées par sa propre
manufacture de Meissen et les porcelaines de Chine
qu'il entassait avec passion, avait réuni un ensemble
inégalé. Ces précieux objets avaient été emportés
puis rendus par les Soviétiques, et depuis dormaient
dans les caves du château de Pillnitz voisin de
Dresde. Les Russes avaient emporté vingt-trois mille
caisses de porcelaine, dix-huit mille seulement attendaient Peter Marino. Les autres s'étaient évanouies
dans la nature soviétique.

Il se mit courageusement à la tâche. Il ouvrit les
caisses une à une. Il trouva des merveilles que tout
le monde avait oubliées dont ces fameux animaux,
plus grands que nature, en porcelaine blanche que
l'Électeur avait commandés pour ses fêtes. Beaucoup
des porcelaines étaient brisées. Entre les trimbalages
de Dresde à Moscou sous les bombardements et le

retour, on ne pouvait s'attendre à mieux. Et Peter Marino de choisir les plus belles pièces pour en faire avec son goût extraordinaire le musée le plus beau dans le cadre non moins extraordinaire du Zwinger, un petit palais de ce même Auguste le Fort créé uniquement pour y donner des fêtes.

Le Dresde que je connus dans les années 90 était sinistre. En arrivant par le Nord, on avait la fugitive impression que tout était intact. La vue de l'autre côté de l'Elbe était à peu près semblable au célèbre tableau de Bellotto. Le palais, les églises, le Zwinger, le pont, la terrasse du comte Brühl se retrouvaient comme dans la peinture du XVIIIᵉ siècle. Puis on tournait le coin, il n'y avait plus rien, tout avait été bombardé, il ne restait que des ruines ou alors des bâtiments staliniens hideux, dans des avenues immensément longues, immensément larges et totalement vides. Plus de palais, plus de place, plus d'église, le palais royal n'était que ruines noirâtres. Depuis, il a été reconstruit. La Frauenkirche, merveille baroque, n'était qu'un tas de pierres. Elle vient d'être reconstituée.

Il y a quelques années, un autochtone se promenait dans le parc du château de Moritzburg, fief de la Maison de Saxe, son détecteur de métaux à la main. Soudain, son appareil se mit à vibrer. L'autochtone creusa et trouva un coffre. Il contenait de l'argenterie et des objets précieux, dont un panier de fleurs en or et pierres précieuses ainsi qu'une tête de nègre en vermeil. C'étaient les beaux restes des trésors de la famille royale saxonne. Les descendants d'Auguste le Fort, ruinés par les communistes, eurent leur part de ce trésor qu'ils vendirent aux enchères.

Auguste le Fort représente, pour moi, ces dynasties qui n'ont pas joué un rôle immense dans l'Histoire mais qui se révèlent des mécènes sans égaux, tels les Wittelsbach, la dynastie souveraine de Bavière, qui, tout en construisant château baroque sur château baroque, accumulaient des ensembles de tableaux uniques en Europe. Elle en est d'ailleurs toujours propriétaire. En effet, les descendants des souverains bavarois ont su rester tellement populaires en Bavière que ni leurs anciens sujets ni la République allemande ne s'opposent au fait qu'ils possèdent encore une grande partie de leurs trésors. Il y eut au XVIIIe siècle une compétition chez tous ces princes allemands. Chacun voulut avoir des palais souvent disproportionnés pour la taille de leurs États. Chacun se mit à entasser des collections extraordinaires et aussi à entretenir des maîtresses coûteuses.

À l'époque, l'Allemagne était constituée de centaines d'États dont certains étaient vraiment minuscules. Un noble français s'était arrêté chez un de ces princes dont les États ne dépassaient pas quelques hectares. Les prétentions de ce souverain étaient inversement proportionnelles à l'étendue de sa principauté. Comme cela se faisait pour les voyageurs titrés, il reçut aussitôt à sa Cour le Français et l'invita à dîner. Le chevalier se montra particulièrement insolent, comme les Français en avaient la réputation. Le prince, outré, tonna au milieu du souper : « Monsieur, vous avez vingt-quatre heures pour quitter mon territoire. » « Monseigneur est trop bon, dix minutes suffiront », répondit le chevalier, faisant une allusion encore plus insolente à la taille des États du prince.

Cette Allemagne du XVIIIe siècle, tolérante, plutôt libérale, cultivée, douce à vivre, aimable, accueillante, semble inconcevable lorsqu'on songe aux régimes des XIXe et XXe siècles, militaristes, autoritaires, puis racistes, tyranniques, atroces.

Comme tant de petits États de l'époque, ceux du duc de Savoie étaient ballottés entre les puissances mais ceux-ci, de par leur situation géographique, avaient une histoire bien spéciale. Saint-Simon affirmait que « Monsieur de Savoie ne finit jamais la guerre dans le camp où il l'a commencée ». En effet, à cheval entre l'hexagone français et le nord de l'Italie, les ducs étaient constamment tiraillés entre la France et ses ennemis. N'étant pas assez puissant pour se défendre, il devait composer, c'est-à-dire s'allier tantôt avec l'un, tantôt avec l'autre. Comme disait cet historien, « la géographie empêchait le duc de Savoie d'être honnête ». Ce dernier, en effet, était condamné à trahir constamment sa parole sous peine d'être éliminé. Cependant, au XVIIIe siècle les Savoie se lancèrent dans un programme de constructions extraordinaires. Outre le Palais Royal de Turin, ils créèrent une quantité de châteaux plus somptueux et originaux les uns que les autres, en particulier le Versailles local, la Veneria Reale, splendeur du baroque. Comme les autres, ils se constituèrent une collection de tableaux d'une très grande richesse qui les mit au rang des plus grands mécènes européens.

Au nord de l'Europe, un autre souverain construit sans discontinuer. Le roi Gustav III règne sur la Suède qui n'a plus fait beaucoup parler d'elle depuis la reine Christine, un siècle plus tôt. Bien qu'elle précède d'un siècle cette galerie de portraits, on ne peut la mentionner sans s'arrêter quelques minutes sur cet extravagant personnage. Fille du grand Gustav Adolf, le vainqueur de la guerre de Trente Ans, elle monta sur le trône à six ans à la mort de son père. À l'âge où les petites filles jouent encore à la poupée, elle correspondait avec Descartes, le plus grand philosophe de son temps. À peine majeure, elle envoya promener ses régents pour régner toute seule. Un beau jour, elle en eut assez d'exercer le pouvoir. Elle annonça sa décision d'abdiquer et de quitter la Suède pour voyager. Ses sujets tentèrent désespérément de la retenir. Rien n'y fit. Elle quitta le cœur léger les Suédois en larmes.

Elle se fit inviter par Louis XIV. Trop encombrante pour Versailles, on la logea somptueusement à Paris. Elle aimait la musique. Elle fit venir des chanteurs italiens dont on lui disait grand bien. Ceux-ci furent introduits dans une chambre meublée d'un grand lit à colonnes aux rideaux tirés. Aucun bruit, aucune parole. Ils accordèrent leur guitare et entamèrent une sérénade. Ils y mirent tout leur talent jusqu'à ce que, brusquement, les rideaux du lit soient tirés et qu'apparaisse une tête de gorgone. En effet, la reine Christine était d'une laideur expressive n'ayant rien à voir avec celle qui l'incarna à l'écran, Greta Garbo. Fort indifférente à son aspect et plutôt sale, sa tête était surmontée d'une espèce de madras qui tentait de serrer ses cheveux mal coiffés. « Mort du Diable, que ces castrats chantent bien ! » hurla-t-elle d'une voix de rogomme. Devant cette apparition de cauchemar, les Italiens qui ne brillaient pas par le courage sautèrent en l'air, puis, poussant des hurlements, s'enfuirent. La reine Christine ne comprit rien à leur réaction.

Louis XIV mit à sa disposition le château de Fontainebleau. Elle en profita pour faire assassiner sous ses yeux son amant italien, Monaldeschi, qui l'avait trompée. Le scandale fut retentissant car il y avait tout de même des règles à respecter, même pour les monarques. Elle fut priée de quitter la France. Elle se remit en route et passa en Italie. Avec désinvolture, cette protestante se fit catholique pour voir plus commodément les collections du pape, expliqua-t-elle. Reçue à bras ouverts à Rome, cette néophyte s'y installa, acheta à son tour des tableaux, fut à tu et à toi avec les cardinaux. Elle fit si bien qu'après sa mort elle fut une des deux seules femmes à être enterrées dans la basilique Saint-Pierre.

Bien différente d'elle fut son successeur Gustav III, personnage énigmatique, ambigu, un charmeur très beau avec des opinions politiques arrêtées. Un mécène extraordinaire aussi. Il laissa derrière lui plusieurs palais et surtout un style tout de grâce appelé « gustaviche ». Il avait voyagé, visité la France comme d'autres souverains de l'époque, le roi de Danemark ou le tsar Pierre le Grand. Une grande évolution avait eu lieu. Les rois ne restaient plus à l'intérieur de leurs royaumes, ils allaient étendre leurs connaissances à l'étranger.

Un roi qui ne voyageait qu'à la tête de ses armées et ne se rendait dans les royaumes étrangers que pour les conquérir fut Frédéric II de Prusse. Il passe en Allemagne pour le plus grand général de son temps et l'incarnation même des vertus militaires germaniques. En fait, ce personnage avait de nombreuses facettes. Il fut un jeune homme délicat, torturé par son abominable soudard de père qui l'avait obligé à assister à la décapitation de son amant. Il flirtait intellectuellement avec Voltaire. Il recevait des grands esprits. Il était un musicien consommé qui laissa plusieurs concertos de violon de grande qualité. Lui aussi construisit des merveilles, comme le plus beau palais baroque d'Europe, le Neues Palais à Potsdam. En même temps, la ruse, le calcul et l'hypocrisie en personne. Il haïssait la France sa grande rivale et en particulier la favorite du roi, Madame de Pompadour. Comme il taquinait la plume, il composa un poème où il ironisait sur la liaison de cette dernière avec Louis XV. Il répandit son pamphlet à travers l'Europe et un exemplaire aboutit bien sûr sur le bureau de l'intéressée. Madame de Pompadour, folle de rage, se précipita chez le Premier ministre, le duc de Choiseul, pour demander réparation. Le duc de Choiseul, qui n'avait aucune envie de faire la guerre à la Prusse pour un pamphlet contre la favorite, se contenta de prendre la plume et d'écrire à son tour un quatrain faisant allusion à l'homosexualité de l'illustre souverain :

Pourquoi de l'amour
condamner la tendresse,
toi qui n'as connu l'ivresse
que dans les bras de tes tambours ?

Il donna à ce chef-d'œuvre toute la publicité nécessaire et réussit à faire enrager à son tour Frédéric II. Imagine-t-on aujourd'hui un Premier ministre à son bureau en train d'écrire des poèmes grivois contre la chancelière Merkel ? Cela faisait partie des mœurs aimables de l'époque.

Le mécène de l'époque qui a construit les plus grands palais est sans aucun doute Catherine II de Russie. Disposant de ressources illimitées, elle pouvait se permettre de bâtir des demeures colossales plus grandes que tous les autres palais d'Europe. En fait, elle ne faisait là qu'imiter son prédécesseur, l'impératrice Élisabeth Petrovna, fille de Pierre le Grand. Cette dernière se montrait fantasque. Elle collectionnait les robes et en laissa à sa mort plusieurs milliers. Elle avait aussi des lubies. Alors qu'elle signait un traité important entre la Russie et une puissance étrangère, ayant déjà commencé à rédiger le « Eli », une mouche se posa sur le document. Elle leva la plume et ne compléta son prénom que six mois plus tard. Elle ne se maria jamais, ce qui ne l'empêcha pas de connaître l'amour. Un jour, voyageant dans son empire, elle s'arrêta dans une église de campagne pour entendre la messe. Pendant l'office, elle fut frappée par une voix angélique qui s'élevait d'un invisible chœur pour chanter les psaumes. À la fin de l'office, elle voulut connaître le possesseur de cette voix. On lui amena un tout jeune homme, un paysan fils de paysan qui, non seulement chantait à merveille, mais était très beau. Résultat : la tsarine emporta le jeune homme qui s'appelait Cyril Razoumovski. Il devint vite le favori, fut nommé ministre et reçut des titres de noblesse. Tout le monde l'appréciait pour son absence de prétention, sa gentillesse, sa douceur, sa discrétion. On raconte qu'un mariage secret finit par l'unir à l'impératrice. Entre-temps, il s'était souvenu qu'il avait laissé une mère dans son village. Aussi, un jour, les villageois virent-ils arriver un cortège somptueux. Un carrosse de conte de fées s'arrêta devant l'humble izba de la mère Razoumovska. Des officiers couverts de dorures et de galons s'inclinèrent bien bas devant elle et la prièrent de les suivre. Affolée, comprenant à peine ce qui lui arrivait, la Razoumovska fut hissée dans le carrosse qui repartit à grande allure et roula jusqu'au palais impérial de Saint-Pétersbourg. Les dames d'honneur qui la reçurent trouvèrent qu'elle était en l'état imprésentable et décidèrent de la relooker. Elles déshabillèrent et lavèrent la vieille paysanne, la vêtirent de soie et de satin, la couvrirent de plumes, de bijoux, de dentelles. La pauvre Razoumovska était à la fois éblouie et terrorisée, se demandant ce que tout cela signifiait. Là-dessus, on lui annonça qu'on allait la mener à la tsarine qui l'attendait. La Razoumovska se mit à trembler. Il fallut presque la porter à travers les galeries interminables du palais. Soudain, elle aperçut qui s'avançait vers elle : une dame couverte de dentelles, de brocarts, de bijoux, de plumes ; à coup sûr la tsarine. La Razoumovska se prosterna. En fait, c'était elle-même qu'elle avait vue dans un très haut miroir. Dans sa tenue de cour, elle ne s'était pas reconnue.

Le destin de Catherine II reste phénoménal. Petite princesse obscure d'une minuscule principauté allemande dont on connaissait à peine le nom, elle parvint à être la toute-puissante souveraine du plus grand empire du monde. Elle présentait un divertissant mélange de ruse, de mécénat, de débauche, de grande politicienne, de femme généreuse. Sous ses sourires et son amabilité proverbiale, c'était une géante de l'Histoire.

Elle avait entre autres compris l'importance des intellectuels. Les autres souverains avaient tendance à les ignorer. Catherine réalisa que c'étaient eux qui faisaient l'opinion publique. À l'époque, celle-ci restait embryonnaire mais Catherine mesura son importance. Elle avait besoin qu'on l'approuvât, qu'on la soutînt. Aussi, écrivait-elle familièrement aux grands penseurs français et leur permettait d'en faire autant. Elle savait aussi se manifester de façon plus tangible. Elle paya une fortune la bibliothèque de Voltaire. Du coup, pour celui-ci, il n'y eut plus que Cato par-ci, Cato par-là, ainsi qu'il avait familièrement surnommé sa grande chérie. Lorsqu'on lui objecta que Catherine était soupçonnée d'avoir fait assassiner son mari le tsar Pierre III, il répondit que ce n'était qu'une peccadille et que de toute façon le mari ne valait rien. Les gens convenables s'indignèrent de cette désinvolture.

De même, Catherine acheta pour une fortune la bibliothèque de Diderot. Elle n'eut pas de défenseurs plus passionnés que ces libéraux pour qui elle était presque une démocrate. Tant pis si elle réprimait des révoltes de façon impitoyable, tant pis si les prisons de sa capitale regorgeaient de prisonniers dont on ne savait pas très bien ce qu'ils y faisaient, elle aimait, elle entretenait les intellectuels, elle avait donc un certificat de bonne conduite signé en blanc.

Pierre le Grand, son prédécesseur, avait voulu une Russie internationale ouverte vers l'Occident. Il avait bâti Saint-Pétersbourg afin de dé-russifier la monarchie. La dynastie s'éteignit avec sa fille Élisabeth. Ensuite, tous les souverains russes jusqu'à la révolution furent allemands, avec des épouses exclusivement allemandes, hormis une seule, danoise. Catherine II, malgré toutes ses qualités, va inaugurer fort inconsciemment un mouvement qui, petit à petit, aboutira à un divorce entre le peuple russe et ses souverains.

Catherine II considérait la Pologne comme sa chasse gardée. Elle avait fait détrôner le roi Stanislas Leczinski qu'elle ne trouvait pas assez souple. Elle avait fait élire comme souverain le charmant Stanislas Auguste Poniatowski. Celui-ci montait sur le trône avec tous les appuis nécessaires. Il était l'amant et de l'impératrice de Russie et de l'ambassadeur d'Angleterre. Cela ne l'empêcha pas d'être détrôné par cette même Catherine et d'être ainsi le

dernier roi de la Pologne indépendante. Il laissait
derrière lui un seul édifice, mais le plus exquis de
toute la Pologne, le palais néoclassique de Lazienki à
la porte de Varsovie.

Entre-temps, il avait bien fallu recaser le roi
détrôné Stanislas Leczinski. Celui-ci, en effet, se trouvait être le beau-père de Louis XV. On ne peut pas
laisser croupir en exil le père de la reine de France.
Aussi en avait-on fait un duc de Lorraine, plutôt
honoraire. Et la France avait annexé de cette façon
indirecte le duché. On laissait à Stanislas le soin de
s'occuper des Beaux Arts. C'est ainsi qu'il laissa l'une
des plus grandes merveilles de toute la France, la place
Stanislas à Nancy, cette harmonie sublime de grilles
rococo et de petits palais. Stanislas répétait à l'envi
que les deux reines les plus ennuyeuses de l'Europe
étaient sa femme, la reine de Pologne, et sa fille, la
reine de France. Il n'avait pu s'empêcher de prendre
une maîtresse, la délicieuse et spirituelle marquise de
Bouffler, laquelle rédigea de son vivant sa propre épitaphe :

Ci-gît dans une paix profonde
Cette dame de grande volupté
Qui, pour plus de sûreté,
Prit son paradis en ce monde.

Au sud de l'Europe, Naples était la destination
préférée des voyageurs. Les Anglais avaient inventé

The Grand Tour. Des jeunes gens de l'*establishment*, généralement riches et titrés, faisaient du tourisme en Europe avant de se marier et de se sédentariser. Parfois, c'était des familles entières qui partaient. Ils visitaient Paris bien sûr, l'Allemagne, la Suisse mais c'était surtout l'Italie qui les attirait : Venise, Florence, Gênes, Turin, Rome. Ils en profitaient pour acheter à très grande échelle. Les châteaux anglais regorgent, encore aujourd'hui, de ces souvenirs de voyages, non pas des brimborions mais des statues antiques, des tableaux des maîtres de la Renaissance, des objets précieux. Pour tous, Naples avait en Italie et en Europe leur préférence. Cette ville étalée au bord de la mer, où il n'y avait jamais d'hiver, où les opulents vergers de citronniers et d'orangers entouraient des villas de plaisance, où les palais baroques s'étageaient sur les collines, où l'opéra de San Carlo était un des meilleurs d'Europe et où la création artistique s'en donnait à cœur joie, où la population aimable était accueillante, comblait les désirs des plus difficiles.

Sur ce paradis régnait un ménage intéressant. Le roi Ferdinand de Naples était totalement inculte. Ses parents n'avaient pas voulu l'éduquer car il n'était à l'époque qu'un cadet, donc non destiné au trône. Il ne fallait surtout pas que les frères du souverain aient de l'éducation, sous peine de concevoir des idées déplorables. Aussi le roi Ferdinand ne parlait-il pas l'italien mais le dialecte napolitain. Il chassait, il pêchait toute la journée ; son plus grand plaisir était d'aller vendre sur le marché les produits de sa pêche et de sa chasse dont il était particulièrement fier. Il se disputait avec les lazzaroni, les filous du port, les insultait en dialecte et il était infiniment populaire. Il avait un nez si long qu'on l'avait surnommé le « *re nasone* », le « roi nez ».

Ferdinand avait épousé la sœur de Marie-Antoinette, Marie-Caroline d'Autriche. C'était une très forte tête politique, mais aussi une femme cultivée, sophistiquée, au goût raffiné. Elle méprisait son mari qu'elle considérait comme un rustre, sans soupçonner qu'il était loin d'être bête et fort rusé. Le roi s'ennuyait avec une épouse lettrée, il préférait les femmes du peuple qui, au moins, ne lui parlaient pas littérature. Il avait des maîtresses. Il avait aussi un conseiller, le cardinal Ruffo, issu de la même famille que l'actuelle reine Paola de Belgique. Le cardinal, trouvant que le roi exagérait vraiment dans l'adultère, était allé le trouver pour le gronder. Le roi ne devait pas avoir des maîtresses, il devait rester fidèle à son épouse et montrer l'exemple. Ferdinand hocha la tête comme le font encore ses descendants lorsqu'ils sont agacés. Il grommela une réponse incompréhensible. « Plus de maîtresses, Majesté », lui intima le cardinal.

Peu de temps après, Ferdinand invite le cardinal Ruffo pour plusieurs jours de chasse dans ce merveilleux pavillon qu'il a fait édifier au milieu du lac d'Averne. Le cardinal Ruffo s'empresse de se rendre à l'invitation. Le premier jour, au petit déjeuner, on lui sert du faisan. Fort bien. Au déjeuner, encore du faisan. Pourquoi pas. Au dîner, toujours du faisan. Tant pis. Le lendemain, même menu. Au bout du troisième jour, le cardinal n'en peut plus et proteste. « Comment, Majesté, toujours du faisan ! » « Toujours Caroline, Éminence », lui répond l'autre patelin : « *Sempre Carolina, Eminenza* » ! Le cardinal en resta bouche bée.

Marie-Caroline, de son côté, avait un amant de son calibre, c'est-à-dire un homme éduqué et fort intelligent. Elle l'avait même fait Premier ministre. C'était un Irlandais du nom d'Acton. Bientôt apparut dans le tableau l'ambassadeur d'Angleterre à Naples, Sir William Hamilton, collectionneur des plus averti qui réunit un des plus grands ensembles d'antiquités au monde aujourd'hui au British Museum. Il amenait aussi sa femme, dont la beauté incomparable attirait tous les hommes et dont la réputation scandaleuse n'était plus à faire. Elle avait commencé par être une courtisane de haut vol qui avait servi de modèle à plusieurs grands peintres britanniques de l'époque dont elle avait souvent égayé la couche. Sa beauté était telle que, nonobstant son passé, elle devint Lady Hamilton, ambassadrice d'Angleterre à Naples.

Sur ces entrefaites arrive à Naples, à la tête de sa flotte, l'amiral anglais Nelson. La révolution de 1789 étant commencée en France, les Anglais craignaient une entreprise des Français contre Naples qu'ils considéraient stratégiquement d'une importance capitale. Aussi envoyaient-ils leurs marins protéger le royaume. Nelson rencontre bien sûr son ambassadeur, Sir William Hamilton, et tombe amoureux fou de l'ambassadrice. Là-dessus, la reine Marie-Caroline s'éprend elle aussi de Lady Hamilton. Commence alors un ménage à trois, entre la reine, l'amiral et la courtisane, aventure merveilleusement décrite dans le livre de Susan Sontag, *The Volcano Lover*.

Cette même Susan Sontag rapporte une habitude plutôt étrange du roi Ferdinand. Comme tous les souverains, il donnait audience aux ambassadeurs des puissances. Seulement, il avait choisi de les recevoir assis sur sa chaise percée, et là, il leur faisait connaître les orientations de sa politique étrangère. Accueillait-il l'ambassadeur d'une puissance qu'il considérait amie ou vers laquelle il voulait se rapprocher, il produisait des petites flatulences qui ressemblaient à des charmantes tambourinades, laissant tomber des petites crottes comme celles des chèvres. À l'inverse, était-il forcé d'affronter l'ambassadeur d'une puissance ennemie ou que du moins il exécrait, ces flatulences et leur odeur devenaient tout simplement épouvantables et, accompagnées de bruits innommables, faisaient fuir tout le monde à commencer par l'ambassadeur détesté.

Dans cette Europe plutôt pacifique, chacun se livrait à ses plaisirs. Les souverains édifiaient des châteaux, les personnages illustres avaient des liaisons illustres, les riches collectionnaient, les touristes circulaient librement d'un pays à l'autre. Tout allait pour le mieux dans le meilleur des mondes lorsque la révolution française éclata et mit fin à cette période idyllique.

LA RÉVOLUTION

Longtemps, la Révolution est restée un sujet intouchable. Les bons, c'étaient les révolutionnaires, purs, vertueux, courageux qui s'en étaient pris à la forteresse de la tyrannie et avaient réussi, à la force de leurs seules mains, à la renverser pour ouvrir une ère de liberté et de bonheur. Les méchants, c'étaient les rois, les aristocrates qui suçaient le sang du peuple, ne pensant qu'à leurs plaisirs et laissant les pauvres mourir de faim.

Cette légende a été entamée par les descendants de ceux-là même qui l'avaient créée. Pour le bicentenaire de la Révolution, sous le règne de François Mitterrand, on décida, parmi les festivités consacrées à cet anniversaire, d'évoquer avec une certaine rigueur historique ce passé. Il en sortit que le roi Louis XVI était un brave homme, animé des meilleures intentions, que la France de l'Ancien Régime vivait plutôt bien et que la Révolution, par bien des aspects, se révéla négative.

La Révolution française de 1789 était inévitable.

Selon tous ceux qui lui ont survécu, l'existence dans l'Ancien Régime était douce et paisible. Il y avait dans les rapports entre les êtres des différentes classes une harmonie qui disparut ensuite, mais la machine était complètement encrassée. La monarchie, avec des rois bien intentionnés mais faibles, était impuissante. Les nobles, tels les politiciens et les fonctionnaires d'aujourd'hui, accaparaient tous les privilèges. Les parlementaires, en principe libéraux et donc ouverts, se montraient bornés, aveugles, imbus d'eux-mêmes et bloquaient toutes tentatives de réformes. Le choc devait naturellement se produire.

Ce choc, cependant, fut incontestablement provoqué. Il y eut, dans les dernières années de la monarchie, une propagande intense pour décrier la famille royale, pour salir le trône. « L'affaire du collier » en fut un des prétextes. Les plus fameux joailliers de France avaient façonné le plus riche collier de diamants. Ils avaient proposé à la reine Marie-Antoinette de l'acheter qui l'avait refusé. « La France a bien plus besoin d'un navire de guerre que d'un collier », avait-elle répondu, ce qui est tout à son honneur.

Une intrigue s'est nouée autour de ce collier. Une aventurière, la comtesse de La Motte, a décidé de s'en emparer. Elle a persuadé le cardinal de Rohan, alors en disgrâce, que s'il l'achetait et l'offrait à la reine, il retrouverait sa faveur auprès des souverains. Comme preuve, la comtesse de La Motte a proposé au naïf cardinal de rencontrer de nuit la reine dans le parc de Versailles. Il s'y rend ; une femme s'approche de lui en laquelle il reconnaît la reine. Elle lui tend une rose puis s'éloigne silencieusement. Cela a suffi à convaincre le cardinal. Il a donné à Madame de La Motte la somme, celle-ci s'est fait remettre le collier par les joailliers et, bien entendu, a disparu avec l'argent du cardinal et les diamants. Les joailliers se sont inquiétés, ils ont fait sonder la reine qui a répondu n'avoir jamais eu ce collier entre les mains. Là-dessus, le rôle du cardinal est dévoilé par la police. Il est grand aumônier de France et un dimanche, au sortir de la messe dans la chapelle de Versailles, il est convoqué dans le cabinet du roi et confronté aux souverains. Son rôle est établi et, au sortir du cabinet royal, devant toute la Cour, le cardinal, toujours en habits pontificaux, est arrêté sur ordre du roi et enfermé à la Bastille. La comtesse de La Motte, elle, a déjà été retrouvée, arrêtée et emprisonnée.

Le scandale fut immense. Le cardinal, et avec lui les historiens, a toujours clamé son innocence : il avait cru la comtesse de La Motte, qui lui avait d'ailleurs remis des billets de la reine Marie-Antoinette, il avait cru au personnage de la reine qu'il avait rencontrée dans le parc de Versailles, en vérité une petite actrice engagée par la Comtesse. C'était un innocent abusé.

À mon avis c'est totalement impossible. Le billet soi-disant de la reine que La Motte avait remis au cardinal était signé « Marie-Antoinette de France ». Or, quiconque connaît le protocole de la Cour sait parfaitement que, jamais au monde, la souveraine ne signerait « de France », elle signerait tout simplement par son prénom. Signer « Marie-Antoinette de France » signalait automatiquement un faux que n'importe quel familier de la Cour aurait identifié comme tel. Par ailleurs, comment le cardinal qui connaissait la reine, qui avait détaillé sa silhouette, sa démarche, avait pu croire qu'une actrice, la dénommée Oliva, était la souveraine ? Marie-Antoinette était connue pour sa démarche décrite comme « aérienne », il était impossible que l'actrice ait pu la simuler. On peut donc soupçonner le cardinal d'avoir été beaucoup plus sciemment mêlé au scandale pour salir la reine et avoir joué la naïveté pour s'en sortir. En tout cas, le mystère sur son véritable rôle reste entier.

Quant à la comtesse de La Motte, elle fut condamnée, traînée en place des Grèves, dénudée et marquée à l'épaule d'un fer rouge figurant une fleur de lys. Elle parvint à s'enfuir, vécut à Londres et se jeta un jour par la fenêtre. Fin de l'aventurière.

Vers 1812, vivait à Saint-Pétersbourg une Française, Madame de Gachet, très discrète, qui évitait soigneusement ses compatriotes réfugiés comme elle en Russie. Un jour, par hasard, le tsar Alexandre Ier apprit sa présence : « Quoi, Madame de Gachet vit ici, amenez-la-moi incontinent. » L'ordre fut exécuté et Madame de Gachet fut conduite au Palais impérial. Le tsar et elle restèrent longtemps enfermés, seul à seule, et ni l'un ni l'autre ne fit jamais la moindre allusion à ce qui s'était dit lors de ce mystérieux entretien. Le lendemain, Madame de Gachet partit très loin au sud de l'Empire, à Odessa, ayant reçu assez d'argent de la Cour pour vivre confortablement. Un garde l'accompagnait qui ne la quitta jamais, chargé de la protéger... et de la surveiller.

Madame de Gachet devenue très vieille avait pris pour protégée une enfant, la fille d'une voisine. Chaque jour, elle s'amusait à sortir de sa poche d'énormes cailloux brillants qu'elle faisait scintiller à la lumière du soleil pour la petite fille éblouie qui raconta l'histoire cinquante ans plus tard. Comment cette Française mystérieuse possédait-elle des diamants d'une telle taille, d'une telle valeur ? Lorsqu'elle mourut, elle ordonna qu'on ne la déshabillât pas et qu'on l'enterrât dans les vêtements qu'elle portait. Son souhait ne fut pas exaucé. Elle fut déshabillée pour que son corps fût lavé et on découvrit sur son épaule une marque au fer rouge en forme de fleur de lys. Madame de La Motte était morte pour la seconde fois.

Qui, cependant, avait transformé un scandale où la reine était innocente en instrument de guerre contre elle ? Qui était derrière les ordures publiées matin et soir contre elle, contre le roi ? Certains membres de la famille royale, par ambition, par bêtise, participaient à la propagande contre les souverains. En premier, le comte de Provence, frère de Louis XVI, qui était jaloux de son frère, jaloux de son pouvoir, jaloux de sa place. Il se piquait d'être poète et pondait ou faisait pondre des pamphlets contre son propre frère et sa belle-sœur.

Il y avait aussi son cousin, le duc d'Orléans, un homme faible et immensément riche. Cela convenait parfaitement à son secrétaire, Choderlos de Laclos, l'auteur des célèbres *Liaisons dangereuses*. Celui-ci vit tout le potentiel que le caractère et la fortune de son maître lui offraient. Mettrait-il son maître au pouvoir et pourquoi pas sur le trône, ce serait lui, Choderlos de Laclos, qui gouvernerait.

Le 14 juillet est la date sacrée en France. C'est la fête nationale qui rappelle la glorieuse prise de la Bastille. Le peuple sans armes se soulève contre l'arbitraire de la monarchie et s'empare de son symbole, la sinistre prison de la Bastille. Mais qui donc a suggéré au peuple de s'attaquer à ce monument ? Peut-être y eut-il une certaine propagande, peut-être a-t-on orienté ce bon peuple. Le fait est que la Bastille tomba et l'on courut délivrer les victimes du féroce absolutisme royal. Et que trouva-t-on dans les cachots ? Six fous, dont, dit-on, le marquis de Sade qu'on avait enfermé avec eux car on jugeait que ses déviations sexuelles ne pouvaient relever que de la folie. Les prisonniers parurent, à juste titre, terrorisés par leurs libérateurs. Impossible de les produire à la foule qui trépignait en dehors de la forteresse. La légende affirme que Choderlos de Laclos, présent et peut-être instigateur de la prise de la Bastille, courut au théâtre le plus proche, trouva des acteurs, les grima en prisonniers décharnés et les fit promener dans tout Paris en les présentant comme les victimes de la tyrannie libérées par le bon peuple. Le fait est qu'en cette glorieuse journée, le buste du duc d'Orléans, le patron de Choderlos de Laclos, fut promené dans la capitale et applaudi à tout rompre…

Le 5 octobre 1789, le bon peuple de Paris se met en marche pour Versailles pour réclamer du pain car, dans la capitale, la famine règne. De nouveau, qui a inspiré ce mouvement spontané ? Qui a organisé cette marche ? Et, surtout, qui a ouvert les grilles du château permettant à la populace de l'envahir, de mettre la main sur la famille royale et de la ramener pratiquement prisonnière à Paris ?

On sent dans tous ces événements des mains qui agissent occultement. Peut-être y a-t-il derrière tout cela une puissance étrangère, acharnée à détruire la France. Se pourrait-il que ce soit l'Angleterre ?

Le célébrissime épisode de la fuite à Varenne qui semble d'une totale limpidité historique présente en réalité bien des mystères.

Le roi Louis XVI et sa famille sont pratiquement prisonniers au Palais des Tuileries à Paris. On leur refuse même de prendre des vacances à Saint-Cloud. Le beau Suédois Axel de Fersen organise leur fuite. Après le coucher protocolaire du roi, celui-ci se rhabilla, rejoignit la reine et ses enfants ainsi que sa sœur Madame Élisabeth. Ils parvinrent à se glisser hors des Tuileries et à rejoindre la berline de voyage qui les attendait. Trois voitures quittèrent Paris clandestinement cette nuit-là. L'une contenait le roi et sa famille, l'autre le frère du roi le comte de Provence et sa femme, la troisième contenait les bijoux privés de la reine. Elle n'avait bien entendu pas touché aux bijoux de la Couronne considérés comme biens d'État. Le comte de Provence parvint sans encombre à l'étranger, échappa ainsi à la Révolution et proba-

blement à la guillotine. Les bijoux sortirent de France
sans difficultés et furent recueillis par la famille de
Marie-Antoinette, les Habsbourg à Vienne. Quant à
Louis XVI, l'Histoire dit qu'il perdit du temps en
pique-niquant longuement. En tout cas, à un relais,
alors qu'on changeait les chevaux, le maître de poste
remarqua à la fenêtre le profil de ce voyageur
inconnu. Il le compara avec celui d'une monnaie qu'il
avait en poche, c'était le même. Drouet, car c'était
son nom, comprit que le roi s'enfuyait mais il ne pouvait l'arrêter seul. Il sauta sur son cheval et partit
pour la ville voisine de Varenne afin d'y alerter les
autorités. Lorsque la berline atteignit l'entrée de la
ville, elle fut arrêtée par la foule. L'entreprise avait
échoué. Alors qu'à quelques kilomètres de là attendait un régiment de fidèles prêts à défendre leur roi,
régiment qui ne bougea pas. Le roi et sa famille
furent ramenés à Paris et durent subir des humiliations sans fin. Ils étaient de ce fait condamnés.

L'histoire de Drouet reconnaissant le roi sur une
monnaie est un conte de fées. Ça, c'est l'histoire qu'on
enseigne aux enfants. Le régiment qui ne bouge pas
est plus inquiétant. Le fait que la ville entière de
Varenne fut sur le pied de guerre lorsque la berline
arriva est pour le moins curieux. Tout cela pue la
trahison. Quelqu'un avait prévenu les habitants
de Varenne. Qui donc avait intérêt, sinon le comte
de Provence qui lorgnait toujours le trône ? Son frère
et les siens repris par la Révolution risquaient fort de
ne pas en sortir vivants. Or qui donc était le prochain
héritier ? Sinon, justement le comte de Provence…

Il y eut dans la Révolution un début incontestablement authentique, sincère et généreux. La Déclaration des droits de l'homme en est la preuve. La Révolution suscita en France comme en Europe un élan incontestable, sans arrière-pensée, un élan humain. Elle apporta aussi l'enthousiasme, l'espoir à des millions d'êtres qui en étaient sevrés. Sans aucun doute, la Révolution créa un mouvement irréversible, un mouvement positif, et fit faire à l'Histoire, à l'humanité, un pas de géant. Cependant, elle tourna mal.

Quoi qu'aient tenté de dissimuler les historiens de la IIIe République, la Terreur vers laquelle glissa la Révolution est une abomination impardonnable. Je ne peux lire quoi que ce soit sur le procès et la mort de Marie-Antoinette tant je trouve cet épisode insoutenable. Cette femme avait bien des défauts mais elle n'était ni méchante ni nocive. Tout le monde l'avait poussée dans la voie de la frivolité et pourtant elle était innocente des fautes ou des faiblesses dont on l'accusait. Elle avait essayé de son mieux, elle n'avait pas réussi. Était-ce suffisant pour qu'à son procès on amène son fils âgé de onze ans qui, bien stimulé par ses gardiens, accusa sa mère d'outrage sexuel sur lui. Est-ce seulement concevable, ce degré d'horreur et de perversité, d'inhumanité ? Toujours dans les moments troubles, surgissent des égouts des êtres immondes qui prennent brièvement le pouvoir et donnent libre cours à leurs complexes, à leurs rancœurs de médiocres. Ils s'en sont pris à tout ce qui était innocent, pur, beau, noble, honnête et ils l'ont saccagé. Le pire, peut-être, c'est qu'ils donnaient un semblant de légalité à leurs infamies. Il y avait toute une paperasserie pour juger, pour condamner à mort, pour convoquer le bourreau, pour disposer des corps décapités.

La Terreur ne s'en prit pas qu'aux vivants mais aussi aux morts. C'est la seule révolution qui ait déterré les rois pour jeter leurs restes dans la fosse commune. Sacrilège sans exemple ailleurs. De même, elle fit fondre les somptueux et vénérables bijoux de la Couronne, merveilles d'orfèvrerie médiévale. De même, elle vendit à l'encan pour des prix dérisoires les fabuleuses collections de meubles et d'objets de Versailles et autres palais royaux. Grâce à quoi, Buckingham Palace et nombre de châteaux anglais sont bourrés de dépouilles royales, rachetées pour rien par des collectionneurs avisés, tels le prince régent d'Angleterre et les ducs, ses sujets.

Dans ma famille maternelle, nous comptons un prince du sang qui non seulement embrassa la Révolution mais encore siégea à la Convention parmi la Montagne, c'est-à-dire l'extrême gauche et qui en arriva à voter la mort de Louis XVI. Louis Philippe Joseph duc d'Orléans qui, croyant flatter les révolutionnaires, s'intitula Philippe Égalité, fut l'opprobre, la honte de la famille. L'aristocratie française nous le reproche encore de nos jours et nous crache son nom à la figure. Je ne le défends pas mais je ne lui jette pas non plus des pierres. Trop d'êtres s'en sont chargés avant moi. Mes cousins se font photographier aux messes anniversaires de la mort de Louis XVI pour l'âme duquel ils prient. Il vaudrait mieux prier pour l'âme de Philippe Égalité qui attend de se faire pardonner.

Le conservateur du château d'Amboise, propriété de ma famille, est un homme charmant, aimable, cultivé, la courtoisie même. Il aimait beaucoup mon oncle le comte de Paris, et travaillant depuis des années pour la famille, il y est très attaché. Il reçoit un jour une lettre d'une association de nobles vendéens qui souhaiteraient faire une visite privée du château d'Amboise. Le conservateur accepte. Débarquent les Vendéens, messieurs aux cheveux courts en blazers et cravates à raies, les dames en jupes à carreaux, cachemire, colliers de petites perles. Avec eux, une marée de gamins, de gamines, entre quatre et sept ans.

Le conservateur n'ignore pas que ces familles sortent du terroir le plus intransigeant, pour qui la Maison d'Orléans représente pour bien des raisons l'anathème. On commence la visite. Le conservateur explique : « Ici, c'est le portrait du roi Louis XV. » Aussitôt, les bambins de hurler : « Vive le roi, vive le roi ! » « Ici le portrait de la reine Marie-Antoinette. » « Vive la reine, vive la reine ! » Devant chaque portrait, mêmes glapissements. On arrive devant l'effigie d'un homme en pied dans un élégant costume de la fin du XVIIIe siècle, portant le grand cordon bleu de l'Ordre du Saint-Esprit : « Et voici le portrait de Louis Philippe Joseph duc d'Orléans, dit Philippe

Égalité. » « Assassin, assassin ! » piaillent les insupportables bambins, à l'horreur du conservateur.

La Révolution française, comme toutes les autres, dévorait ses fils. Philippe Égalité, après avoir contribué à envoyer Louis XVI à la guillotine, y fut lui-même condamné. Il mourut avec dignité et courage. Sa femme, elle, lui survécut…

En pleine Terreur, à l'époque où les Parisiens se faisaient tout petits et tremblaient d'être les victimes des révolutionnaires, à l'époque où une atmosphère lourde et angoissée pesait sur la ville et où nul n'osait s'amuser, où la pénurie devenait chaque jour plus dramatique, il existait à Charenton un havre qui gardait intacts les modes d'existence et les mœurs délicates de l'Ancien Régime. Dans un bel hôtel particulier entouré d'un vaste parc, des nobles pensionnaires faisaient de la musique, la lecture, du théâtre, servis par une nombreuse domesticité. Ils dégustaient les mets d'un grand chef et logeaient dans le confort le plus raffiné. C'était la clinique du docteur Belhomme. Un aristocrate était-il menacé de guillotine, avait-il de l'argent qu'il se faisait « soigner » chez le docteur Belhomme. Celui-ci partageait la recette avec son ami Fouquier-Tinville, l'ignoble président du tribunal révolutionnaire ainsi qu'avec les autres grands de la Terreur. Aussi les autorités judiciaires et policières dûment arrosées d'or fermaient-elles les yeux. Par contre, si les « malades » n'avaient plus de quoi payer, ils étaient livrés au tribunal révolutionnaire et partaient pour la guillotine. Souvent, au petit déjeuner, des places restaient vides. Personne ne demandait ce qui était arrivé aux absents, chacun savait.

Finalement, Robespierre tomba, la Terreur s'arrêta et les prisons s'ouvrirent. Les membres du tribunal révolutionnaire furent à leur tour arrêtés et exécutés. On mit dans le lot le docteur Belhomme qui mourut ainsi avec son complice Fouquier-Tinville. À l'époque, il ne restait plus dans sa clinique qu'une seule cliente, la seule assez riche pour avoir réussi à payer jusqu'au bout. C'était la femme de Philippe Égalité, la duchesse d'Orléans, la plus riche héritière de France.

Pendant son séjour chez Belhomme, elle avait rencontré un gendarme du nom de Rouzet. Il était tombé amoureux d'elle et la triste veuve d'Égalité s'était éprise de lui. Ils vécurent une sorte de passion alors qu'autour d'eux les têtes tombaient. La duchesse d'Orléans sortie de la pension Belhomme se vit bientôt expulsée de France avec les derniers membres de la famille royale non encore guillotinés. La duchesse d'Orléans loua une berline et partit pour l'Espagne avec le cher Rouzet. Jusqu'à la frontière espagnole, c'était le gendarme qui dirigeait les opérations et se mettait en avant. N'était-il pas un représentant de la République ! La duchesse d'Orléans, elle, se faisait toute petite. Passée la frontière, l'inverse se produisit. La duchesse d'Orléans, cousine du roi d'Espagne, reprit le dessus et l'ancien révolutionnaire se fit tout petit. Ils s'installèrent en Catalogne et vécurent là, paisiblement, dans un bonheur sans tache jusqu'à la fin de l'Empire.

À la chute de Napoléon, la monarchie des Bourbon fut rétablie et la duchesse d'Orléans retrouva son pays et son immense fortune. Rouzet ne l'avait pas quittée. Elle demanda au roi Louis XVIII son cousin de lui donner un titre et le roi, fort obligeant, le fit comte de Folmont. Là-dessus, Rouzet mourut et la duchesse d'Orléans le fit enterrer magnifiquement dans le panthéon qu'elle venait de construire à Dreux pour sa famille. Elle mourut à son tour et son fils Louis-Philippe hérita d'elle. La première chose qu'il fit fut de sortir Rouzet de son somptueux tombeau sur lequel étaient inscrits ses titres et ses qualités et le fit enterrer sous une dalle anonyme.

Chaque année, le 2 novembre, jour des morts, mené par mon oncle le comte de Paris, nous allions à la chapelle royale de Dreux pour un service à la mémoire des défunts de la famille. Et chaque année, mon oncle nous montrait la pierre sous laquelle était enterré l'amant de notre ancêtre.

Une autre femme, entre autres, survécut à la Terreur. Le sanglant régime vivait ses derniers mois. Chaque jour la guillotine réclamait plus de victimes. On ne prenait même plus la peine de faire leur procès. Après un court interrogatoire, on les envoyait à la mort. Tant pis si on se trompait de nom et de personnage, tant pis si l'âge ne correspondait pas, on ne s'arrêtait pas à ces détails. Tant de sang avait été répandu sur ce qui est aujourd'hui la place de la Concorde que le sol ne pouvait plus l'absorber et que les flaques rouges ne disparaissaient plus. Les « tricoteuses », ces femmes du peuple qui venaient tous les jours assister aux exécutions et applaudissaient aux décapitations, elles non plus, n'absorbaient plus le spectacle. Trop, c'est trop. La guillotine ne faisait plus recette. Cependant, les prisons regorgeaient de morts en sursis. Pour ces aristocrates habitués au confort et au luxe, c'était une proximité ignoble dans la saleté, l'obscurité, avec cette angoisse qui saisissait le cœur de tous.

Parmi ces promis à la guillotine, il y avait une jeune fille ravissante, bien entendu innocente, Aimée de Coigny. Elle tremblait comme les autres mais elle était si jeune qu'elle ne pouvait pas croire que sa vie allait s'arrêter incessamment. Dans la même salle était enfermé le poète André Chénier. Si elle ne l'avait pas remarqué, lui, en revanche, ne la quittait pas des yeux. Il était tombé amoureux d'elle. Il n'osa jamais lui adresser la parole, il se contenta d'écrire un poème immortel « La jeune captive ». Il partit pour la guillotine. À un jour près, il eût été sauvé car, le lendemain de sa mort, Robespierre tombait et les prisons s'ouvraient. La douce et frêle Aimée de Coigny, elle, sortit avec les autres prisonniers de l'abominable geôle. On l'imagine continuant à vivre avec cette douceur, cette sensibilité, cette fragilité, gardant pour toujours la mélancolie de ce qu'elle avait vécu. Elle se maria, se sépara, elle écrivit ses mémoires. Ils ne sont pas longs mais ils suffisent pour révéler sa véritable personnalité. La jeune captive était un monstre à la fois de méchanceté et de lucidité. Son livre, c'est du vitriol qui anéantit tous et tout avec une véracité, une intelligence, une perspicacité et un style étourdis-

sants. Ma famille, les Orléans, et en particulier Philippe Égalité, sont hachés menu mais avec tant
d'esprit que je ne peux m'empêcher d'en sourire. Elle
a des mots inoubliables comme : « Monsieur de Talleyrand fit sa fortune en vendant tous ceux qui
l'avaient acheté », ce qui, en une phrase, comporte
trois énormes perfidies. Et cette flèche qu'elle envoie
à Barras, le maître tout-puissant de la France après la
Terreur : « Barras fut le mari de beaucoup d'épouses
et aussi la femme de quelques maris. » Elle a la conci-
sion d'une femme qui domine tout et en particulier
son style. Il lui suffit d'une demi-page pour peindre
entièrement et détruire jusqu'au fondement un personnage. Et pourtant, Madame de Coigny sait être
impartiale : « Maximilien de Robespierre devrait
m'inspirer la plus grande horreur car, enfin, c'est
sous sa domination que j'ai connu la prison, manqué
de peu de perdre la tête et vu partir à l'échafaud
beaucoup de mes amis et parents des deux sexes. Si
je suis peu rancunière envers sa mémoire, c'est qu'il
me semble qu'on a rassemblé sur son nom toutes les
horreurs de ceux qui l'ont précédé, entouré, trahi et
abattu… » Cette femme, à l'intelligence étonnante,
dans la confusion de l'époque où elle a vécu, déploya
pourtant des trésors d'analyse, notamment sur la
révolution :

« C'est alors qu'on a tué le roi et beaucoup de
nobles sans détruire la tyrannie parce qu'elle n'est
pas seulement l'abus de la puissance royale mais bien
de toute espèce de puissance. Aussi le peuple qui
craignait un maître en eut bientôt autant qu'il se

trouva de fanatiques anti-royaux et surtout d'intrigants...

Après avoir voté des lois qui condamnaient à mort au nom du salut public une partie de la société et le reste à une vie misérable et agitée, ils placèrent les citoyens entre la terreur du retour à l'ancien gouvernement et l'incertitude sur celui qui devait les régir. Qu'on était loin alors du but raisonnable auquel tendaient peut-être quelques bons esprits et combien de fâcheuses métamorphoses l'État devait-il encore subir. »

Qu'on lise aussi ce raccourci étonnant sur vingt ans d'Histoire de France :

« Robespierre dont la force était les échafauds a péri par l'échafaud. Bonaparte, homme de guerre, a péri par la guerre. Il était un conquérant plus qu'un guerrier. Se replier était avouer sa défaite. Il ne l'a jamais fait à temps. Il ne le pouvait pas. Lorsque les Alliés l'eurent renversé, la France le laissa tomber. »

L'Histoire a longtemps présenté les héros de la Révolution comme des personnages sans tache, vertueux, sans ombre, uniquement préoccupés du bien public. Rien n'est moins vrai. Mirabeau qui, d'une certaine façon, inaugura la Révolution par son discours incendiaire aux députés des États Généraux était secrètement stipendié par la Cour. Danton, le plus fameux orateur de la révolution qui avait déclenché les massacres de septembre, était lui aussi soupçonné de s'entendre avec la Cour. Quant à Robespierre, qui fut par excellence le révolutionnaire pur et dur, et qui devint le maître absolu de la France sous la Terreur, il avait écrit plusieurs années auparavant au roi Louis XVI pour lui demander un titre alors qu'il était un petit avocat d'Arras. Il voulait devenir aristocrate, avant de les guillotiner à tour de bras. De curieux indices font soupçonner que, peu avant sa chute, il aurait songé à rétablir la monarchie en la personne de l'enfant-roi Louis XVII, prisonnier au Temple. Extravagante supposition lorsqu'on pense à son parcours. Est-ce vrai ? Est-ce faux ? En tout cas, ces aspects inattendus des grandes figures de la Révolution, que l'on pourrait d'ailleurs multiplier, n'enlèvent rien à leur stature, ils les rendent simplement plus complexes comme, en fait, sont tous les êtres humains, plus mystérieux aussi lorsqu'on considère le contraste entre leur rôle public et leurs activités occultes.

Barras, qui succéda à Robespierre à la tête de la France, décrit dans ses remarquables mémoires une visite qu'il fait avec son ami Tallien à « l'Incorruptible ». Ce dernier détestait les deux hommes. Il les reçoit le plus mal possible. Il ne les regarde pas une seule fois pendant qu'ils lui parlent, il ne les salue pas, il crache par terre juste sur les pieds de Barras, il reste pendant la courte entrevue absolument glacial. Barras a crayonné un Robespierre criant de vérité. Au sortir de l'entrevue, Barras et Tallien se dirent qu'ils n'en avaient plus pour longtemps avant d'être arrêtés et guillotinés.

Là-dessus, lors d'une séance de la Convention, Robespierre monta à la tribune et, dans un discours particulièrement dur, dénonça les ennemis de la nation qui se trouvaient partout, et qu'il fallait châtier, c'est-à-dire envoyer à la guillotine. Comme il ne donna pas de noms, les trois cents membres de la Convention se sentirent visés et crurent que leur fin approchait.

Là-dessus, intervention de Tallien, l'ami de Barras, qui sortait avec ce dernier de l'entrevue menaçante avec Robespierre. Il avait une maîtresse, Thérésa Cabarrus, marquise de Fontenay. Cette fille de banquier espagnol, divorcée d'un aristocrate français, avait des mœurs un peu faciles. Son titre l'avait fait enfermer à la prison des Carmes avec sa grande amie Joséphine de Beauharnais. Toutes les deux s'attendaient à passer incessamment au tribunal révolutionnaire et à être envoyées à la guillotine. Joséphine pleurait, Thérésa enrageait. Elle réussit de sa geôle à faire parvenir un billet à son amant Tallien : « Je vais demain au tribunal révolutionnaire, je meurs avec le désespoir d'être avec un lâche comme vous. » Alors, Tallien bondit à la tribune de la Convention et fit contre Robespierre un discours tellement flambant, tellement violent que l'assemblée déjà terrorisée par le discours menaçant du tyran vota incontinent sa chute. C'était le 9 Thermidor ainsi que les révolutionnaires nommaient le mois de juillet. Madame Tallien fut surnommée « notre dame de Thermidor » et elle épousa Tallien. La révolution s'acheva et Tallien sombra dans l'oubli. La belle Thérésa n'avait aucune envie de passer le reste de ses jours avec un survivant d'un régime qu'on préférait oublier. Elle le quitta et dénicha le prince de Chimay qui l'épousa. Princesse

et châtelaine, elle finit paisiblement sa vie tumul-
tueuse, ayant su, comme la prudence l'exige, se
récompenser elle-même.

À lire attentivement entre les lignes l'Histoire de
la Révolution, on peut s'interroger sur le rôle de
l'Angleterre. Elle ne pardonnait pas à la France
de l'ancienne monarchie trois choses : l'indépendance
de l'Amérique, sa colonie, indépendance acquise
grâce à l'aide de la France, la suprématie de la France
sur les mers, la monarchie possédant la première
flotte au monde et, surtout, sa suprématie coloniale
– la France possédait entre autres une partie de
l'Inde, une grande partie du Canada et la Louisiane,
alors immense province des futurs États-Unis.
L'Angleterre n'a évidemment pas déclenché seule la
Révolution mais il est probable qu'elle encouragea
de son or les courants, les mouvements qui minaient
la monarchie. Pendant la Terreur, la France fut gou-
vernée par le Comité de salut public composé de
neuf membres, dont on sait aujourd'hui que l'un
d'entre eux était un espion des Anglais puisque,
vingt-quatre heures après ses délibérations, le Premier ministre anglais, William Pitt, en avait le procès-
verbal sur son bureau à Londres.

Napoléon fut le successeur de la Révolution bien
que sa trajectoire fût nettement différente. Cependant, aux yeux de l'Angleterre, il représentait le
même danger, la même concurrence à éliminer à tout
prix. Il existe le proverbe latin « *Hic fecit qui pro-
dest* », « celui qui l'a fait, c'est celui qui en profite ».

Si on fait le bilan à la fin de la période révolutionnaire et napoléonienne, que voit-on ? La France a perdu la suprématie des mers au profit de l'Angleterre, qui possède désormais la première flotte au monde, elle a aussi perdu sa suprématie coloniale contre l'Angleterre partie sur sa lancée de conquêtes qui en feront le plus grand empire du monde. Donc, malgré les acquis humains de la révolution, malgré les gloires de Napoléon, qui gagne ? C'est l'Angleterre. Était-elle donc innocente dans tous ces bouleversements ? On peut sérieusement en douter.

NAPOLÉON ET LA SUITE

Lorsque j'étais à l'école en France, Napoléon était présenté comme l'être parfait qui, par ses conquêtes, avait conduit la France plus haut qu'elle n'avait jamais été et plus haut qu'elle ne serait jamais. Notre professeur, Monsieur Lemercier, nous faisait inlassablement réciter des vers de Victor Hugo à la gloire du héros.

À la maison, le mari de ma tante Ita, sœur de ma mère chez qui nous habitions, était un prince Murat, descendant du beau-frère de Napoléon. Aussi n'y en avait-il que pour l'Empereur et me faisait-on réciter inlassablement les noms des douze maréchaux de l'Empire.

Même ma grand-mère, princesse de France et veuve du chef de la Maison de France, affichait son admiration incongrue pour celui qui avait pris la place de ses ancêtres. Elle s'entourait de bustes du grand homme et en parlait avec des trémolos dans sa voix.

Cette vision commença à se gâter lorsque je visitai

l'Espagne. Dans chaque église où il manquait un tableau, le curé ou le guide éructait « *Los franceses !* Ce sont eux qui l'ont volé, ils ont tout pris ! » En particulier à Saint-Jacques-de-Compostelle, le plus grand encensoir au monde suspendu à la voûte du sanctuaire, qu'on balançait d'un bout à l'autre de l'église pour enlever les puanteurs laissées par les pèlerins, avait disparu. C'était la faute de « *los franceses* ». Napoléon avait en effet envoyé son frère Joseph conquérir l'Espagne dont il le fit roi. Je commençai à comprendre que le roi Joseph Ier n'était pas très populaire dans l'esprit des Espagnols lorsque nous visitâmes le Panthéon des rois d'Espagne à l'Escorial. Je demandais au guide si le roi José Ier y était enterré. Le guide tonna un simple mot « *Fuera* », « dehors », et me mit proprement à la porte en insultant « *Pepe botella* », « Joseph la bouteille » car, paraît-il, celui-ci aimait se pocharder. Il était aussi accusé de vénalité.

Lorsque la situation eut empiré pour lui et qu'il fut en danger, non seulement de perdre sa couronne mais aussi sa liberté, il s'enfuit de Madrid avec, roulés dans sa voiture, une soixantaine de tableaux qu'il avait enlevés de leurs cadres et volés au palais royal, selon le mot célèbre : « Puisqu'il n'avait pu mettre la couronne sur sa tête, il l'a mise dans sa poche. » Les armées anglaises envoyées libérer l'Espagne et qui couraient après Joseph le rattrapèrent au nord du pays à Vittoria. Là eut lieu une bataille où Wellington, le généralissime anglais, fit des prouesses contre les troupes démoralisées de Joseph Ier. Voyant que les choses tournaient mal, celui-ci, selon son habitude,

s'enfuit du champ de bataille. Il était si pressé
d'échapper aux soldats anglais qu'il abandonna sa
voiture, emprunta un cheval et disparut au galop.
Wellington trouva la voiture abandonnée et dedans
les soixante tableaux du palais royal.

Plus tard, lorsque le roi légitime d'Espagne, Ferdinand VII, fut revenu à Madrid et eut récupéré son
trône, Wellington lui écrivit d'un ton fort peu
enthousiaste, lui proposant du bout des lèvres de lui
rendre ses tableaux. La réponse du roi d'Espagne
combla le généralissime anglais : « Surtout, gardez-
les. » Ainsi, les chefs-d'œuvre volés par Joseph Bonaparte à Madrid et volés de nouveau par Wellington
ornent toujours sa demeure londonienne d'Apsley
House.

Si Ferdinand VII lui avait dit de garder ses toiles,
ce n'était pas tellement par générosité mais parce
qu'il n'aimait pas l'art. Pour cette raison, il fonda le
Musée du Prado, aujourd'hui probablement le plus
beau musée de peinture au monde, afin de se débarrasser de ses tableaux et de ne pas avoir à contempler
ceux qui étaient accrochés au palais royal.

Wellington passe pour le vainqueur des Français
en Espagne. C'était un excellent général et un homme
d'une bravoure exceptionnelle. Mais ce sont surtout
les maquisards espagnols qui ont réussi à chasser les
Français de leur patrie.

Quelques années plus tard, eut lieu la bataille de
Waterloo dont Wellington est universellement considéré comme le vainqueur. En fait, il avait pratique-

ment perdu la bataille contre Napoléon et la Grande
Armée, au point que la nouvelle de sa défaite était
parvenue à Londres, ce qui avait fait chuter la
bourse. Puis, à l'horizon, apparut une armée. Napoléon crut que c'était celle du maréchal Grouchy,
venu à sa rescousse au bon moment. En fait, c'était
l'armée prussienne alliée de l'Angleterre commandée
par le maréchal Blücher. Cet apport de dernière
heure fit basculer le sort des armes et Napoléon fut
une fois pour toutes vaincu. Le gouvernement anglais
n'en proclama pas moins que Wellington avait été le
seul vainqueur des Français. Lui-même fut le premier
à le croire qui racontait inlassablement son triomphe,
meilleure façon pour en convaincre son auditoire.
Wellington est parmi les premiers de ces héros que
les politiciens anglais ont le génie de fabriquer pour
les offrir à l'admiration de leur opinion publique et
pour lui rendre son optimisme ébréché par les revers.

Avant la campagne d'Espagne, Napoléon avait
conquis la Prusse, il était entré triomphalement à
Berlin. Depuis Frédéric II qui en avait fait une puissance hautement militarisée, ce pays s'était considérablement affaibli.

Berlin, qui reste dans la mémoire collective la capitale d'Adolf Hitler, était sous les rois de Prusse une
ville ravissante, hérissée de palais rococo. Centre un
tout petit peu provincial, il faisait cependant fort bon
y vivre. On y rencontrait bien des personnages intéressants, en particulier des intellectuels réunis autour

de personnalités juives qui constituaient l'élite pensante, à l'instar de l'écrivaine Rahel Varnhagen, intime de Goethe, du philosophe Hegel, du poète Henri Heine ou des frères Humbolt. Cette dernière réunissait dans son salon littéraire tous ceux qui comptaient dans le monde intellectuel. Il est curieux d'imaginer le haut du pavé de Berlin, future capitale de l'antisémitisme, tenu par une grande intellectuelle juive.

Depuis, à cause des deux guerres mondiales, Berlin a acquis une connotation inquiétante et un peu sinistre. Sans doute est-ce la raison pour laquelle, dans l'Histoire qu'on enseignait à l'école française, on se montrait plutôt ravi qu'un Français, Napoléon, ait conquis la ville d'où tous les malheurs devaient venir.

Un beau jour, je tombai sur le journal de la princesse Louise de Prusse, contemporaine de Napoléon. Elle était cousine du roi et avait épousé un grand seigneur polonais, le prince Antoine Radziwill. C'était une jeune femme charmante, éduquée, délicate, sensible. Elle fut déchirée par la mort de son frère, Louis Ferdinand de Prusse. Ce beau jeune homme, courageux et héroïque, ne se contentait pas, comme les princes, de rester à l'état-major. Il combattait à la tête de son régiment comme un lion. Il fut tué à la bataille d'Iéna par les Français et devint l'idole de sa génération.

La princesse Louise épanche son chagrin causé par cette perte irréparable. Elle mentionne le désespoir des Prussiens et le deuil national occasionné par cette perte. Puis, page après page, elle décrit l'approche des Français redoutés, leur entrée à Berlin qui signifie pour elle la destruction de tout ce qu'elle aime, la panique de ses compatriotes, la fuite de la Cour, puis l'occupation française avec ses contraintes, ses violences, ses humiliations. Du coup, sans qu'elle les insulte ou leur en veuille, les Français de Napoléon n'apparaissent plus sous leur jour le plus sympathique.

La princesse Louise est l'amie intime de sa cousine, la jeune, belle, séduisante et infiniment populaire reine Louise. La princesse Louise décrit longuement les épreuves de la reine lors de l'invasion des troupes de Napoléon. Elle a dû fuir Berlin. Mais les Français ne se sont pas arrêtés là. Ils ont poursuivi leur conquête de la Prusse vers l'est. Au milieu de tempêtes épouvantables, la reine Louise fuit avec ses enfants et un minuscule entourage de ville en ville, de village en village. Pas le temps de s'arrêter, ni de se reposer, ni de se soigner car la reine se sent malade à mourir. Il faut avancer à tout prix dans des conditions déplorables. Elle a finalement atteint la ville de Memel sur la Baltique à la frontière de son royaume. Les tempêtes croissent en violence. Devant la mer déchaînée secouée par un vent renversant, la reine Louise arpente les quais de Memel en tenant ses enfants en bas âge par la main. Il y en a trois, deux petits garçons et une petite fille. Elle ne peut s'arrêter de pleurer en pensant aux malheurs de la Prusse. Les enfants voient leur mère en larmes, ils comprennent qu'elle est désespérée. Ils regardent les vagues menaçantes chaque fois plus hautes, les arbres que courbe le vent avant de les déraciner. Le froid, les soucis, le désespoir font tomber encore plus malade la reine Louise. Elle doit néanmoins se lever et repartir en voyage. On annonce en effet une entrevue entre Napoléon et le tsar Alexandre à Tilsitt pour régler entre autres le sort de la Prusse. La reine Louise tient à être présente pour tâcher de plaider la cause de son pays. Elle se vêt de ses plus belles toilettes, se maquille pour cacher sa pâleur et, faible à mourir, en grand décolleté, plus radieuse et souriante que jamais, elle aborde Napoléon. Elle le supplie de ne pas se montrer trop sévère envers la Prusse. Napoléon ne veut rien entendre. Il dépèce le royaume de la reine Louise. Sa visite a été inutile.

Au retour de Tilsitt, sa maladie empire et bientôt elle meurt. Elle n'a pas trente ans. L'Allemagne entière la pleure. Sans le vouloir, elle est devenue une héroïne nationale et le reste jusqu'à ce jour.

Son fils cadet, Guillaume, n'oublia jamais qu'à l'âge de quatre ou cinq ans, il avait vu sa mère pleurer sur les quais de Memel puis s'affaiblir avant de mourir victime des épreuves. Soixante ans plus tard, Guillaume Ier, roi de Prusse, vieillard magnifique avec ses rouflaquettes blanches, très grand, très droit, dans son uniforme couvert de décorations était proclamé dans la galerie des Glaces du château de Versailles empereur allemand. Son ministre Bismarck avait concocté la guerre franco-prussienne, les Prussiens n'avaient fait qu'une bouchée des armées françaises, ils étaient arrivés jusqu'aux portes de Paris. Guillaume Ier, en souvenir de sa mère, n'avait voulu montrer aucune indulgence envers les Français. Il prenait sa revanche. Une grande partie de la France occupée par ses troupes, il se faisait proclamer empereur de l'Allemagne unie dans le palais même des rois de France. Sa mère était vengée.

Comme tous les souverains contemporains, la reine Louise avait connu l'existence exquise de la fin du XVIIIe siècle. Nul n'imaginait qu'un ordre millénaire pouvait être contesté. Or la Révolution, puis Napoléon, avaient tout bouleversé, tout renversé, tout détruit. Cependant, pour les Français, Napoléon apparaissait comme le sauveur qui avait mis fin à la Révolution et avait rétabli l'ordre, c'est-à-dire l'empire, pour lui-même. Au contraire, pour les étrangers, il était le successeur de la Révolution, tout aussi dangereux et destructeur qu'elle. On ne faisait pas la différence entre Napoléon et la Révolution qui tous deux constituaient une menace permanente.

En Suède, le roi Gustav III avait dû arrêter de construire ses châteaux et de commander ses meubles ravissants. Il s'était occupé à la création d'un réseau international d'espionnage contre-révolutionnaire. Pour cela, il s'était appuyé sur son ami intime, le comte Armfelt. Cet aventurier romantique courait d'un bout à l'autre de l'Europe pour sonder d'éventuels alliés, pour trouver des agents, pour établir des liens. Il avait des contacts avec toute l'Europe anti-révolutionnaire. Gustav III utilisait aussi les services d'un autre ami très intime, Axel de Fersen. C'est le roi qui l'avait envoyé tâcher de sauver Louis XVI et sa famille. Fersen avait organisé la tentative de fuite de la famille royale, qui s'était arrêtée à Varenne.

Gustav III n'en continua pas moins de mener une vigoureuse politique anti-révolutionnaire. Un soir, on donnait un bal masqué à l'opéra de Stockholm. Le roi s'y rendit, il endossa un domino, mit un masque sur son visage et entra dans la salle où toute la société suédoise dansait. Un homme masqué s'approcha de lui : « Bonsoir beau masque », lui lança-t-il. Aussitôt, un autre homme lui tira plusieurs coups de revolver dans le dos. Le roi s'effondra en sang. Il mit quelques jours à mourir dans des douleurs épouvantables. L'assassin et son complice furent arrêtés. C'étaient des nobles Suédois qui, ayant adopté les idées de la Révolution, s'étaient dressés contre l'absolutisme royal. La Révolution française voyait ainsi un de ses adversaires les plus tenaces éliminé.

Fersen, que Gustav III avait nommé grand-maître de la Cour, resta à son poste. Une dizaine d'années plus tard, le prince héritier de Suède mourut dans des circonstances étranges. L'opinion populaire accusa Fersen de l'avoir empoisonné. Celui-ci parut comme sa fonction l'exigeait à l'enterrement de l'héritier. Lorsque la foule aperçut son carrosse de gala tiré par six chevaux, elle se jeta sur la voiture, en tira Fersen et le lyncha dans la rue. Il mourut le jour anniversaire de l'exécution de Marie-Antoinette qu'il avait tant aimée.

Catherine II, la tsarine de Russie, avait participé elle aussi au mouvement contre-révolutionnaire. Elle avait reçu, envoyé par Gustav III, le comte Armfelt. Lorsqu'elle mourut en plein dans la Révolution, son fils et successeur, l'empereur Paul Ier qui se fit une règle de prendre en tout le contre-pied de sa mère, ne l'imita que dans le seul domaine de ses convictions anti-révolutionnaires. Il pourchassa dans tout son empire ce qui pouvait avoir la moindre connotation révolutionnaire. En cela, il était soutenu et encouragé par l'Angleterre en la personne de son ambassadeur qui avait son oreille.

Puis, Bonaparte, qui n'était pas encore empereur, réussit grâce à ses ambassadeurs à retourner l'empereur de Russie qui devint partisan de la France. Un partisan aussi enragé qu'il en avait été l'adversaire. L'idée d'une alliance franco-russe fit alors trembler l'Angleterre.

L'empereur Paul apprit l'existence d'un complot qui se formait contre lui. Il fut même informé qu'un de ses meilleurs amis, le comte Pahlen, en faisait partie. Il le convoqua pour le lui reprocher. Pahlen ne perdit pas son sang-froid. Il expliqua au souverain que, bien sûr, il était entré dans le complot pour mieux en connaître les membres et pour mieux en deviner les plans qu'il projetait de révéler à l'empereur dès que ces informations auraient été complétées. Paul Ier, qui toujours avait eu peur des complots, venait d'achever la construction d'un palais forteresse au milieu de Saint-Pétersbourg. Il s'enferma donc dans ce qu'on appelle « le vieux château Michel » et là, il fut assassiné par Pahlen et ses complices d'une façon atroce. Lorsque, il y a plusieurs années, dans le hall d'un hôtel de Saint-Pétersbourg, on me présenta

l'actuel comte Pahlen, je ne pus m'empêcher de dire
« ah, l'assassin ». Spirituellement, il me répondit :
« Aujourd'hui, nous n'assassinons plus, nous sommes
assassinés », faisant allusion aux pertes humaines et
matérielles que sa famille avait subies durant la Révolution. Cependant, apprenant la mort tragique du
tsar, Bonaparte, lui, ne s'y trompa pas. Pahlen et ses
complices n'avaient été que des instruments :
« Encore un coup de l'Angleterre », s'écria-t-il.

À côté des campagnes officielles de Napoléon,
dont le récit comme, en général, celui de toutes les
guerres m'ennuie, il y a toute une guerre secrète, souterraine, à peu près inconnue et passionnante. Napoléon et ses adversaires avaient de multiples espions
partout. C'étaient des dénonciations, des enlève-
ments, des disparitions, des assassinats incessants.
Lord Bathurst, ministre d'Angleterre à Dresde,
alors plaque tournante des Services Secrets, était un
des grands chefs de l'espionnage britannique. Il fut
rappelé à Londres. Il partit en emmenant ses informations et des documents d'une importance considérable. En chemin, il s'arrêta à un relais pour changer
de chevaux, et dîna à l'auberge. Son cocher vint
l'avertir que les chevaux avaient été changés et que
sa voiture l'attendait. L'aubergiste et ses assistants le
suivirent jusqu'au pas de leur porte. Ils virent
l'ambassadeur tourner autour de la voiture pour ins-
pecter son état et ne plus réapparaître. Lord Bathurst
avait disparu. Au cours des années suivantes, on
chercha dans les geôles secrètes de tous les pays, dans
les centres de renseignements de toutes les puis-

sances. Nulle trace, nulle information. Lord Bathurst s'était évanoui dans la nature avec ses précieux papiers, sans que l'on sache, encore aujourd'hui, ce qui lui était arrivé.

Bien des années plus tard, Lady Bathurst reçut un message d'un homme qui souhaitait la voir, assurant lui apporter des informations sur le sort de son mari. Cet homme, c'était le comte d'Antraigues. Ce Français, lui aussi un espion international, avait épousé une ancienne gloire de la scène, Madame de Saint Hubert, et, à eux deux, intriguaient, espionnaient, complotaient à qui mieux mieux. Il était réputé connaître les secrets de toutes les chancelleries. Lady Bathurst prit rendez-vous avec lui. La veille de l'entrevue, le comte d'Antraigues fut assassiné avec sa femme par son valet de chambre qui se suicida sur leurs cadavres.

Une des plus ardentes adversaires de la France, révolution et Napoléon confondus, fut la reine Marie-Caroline de Naples. Fini le Naples élégant et insouciant, destination préférée des touristes de haut vol. L'Europe entière était à feu et à sang. Marie-Caroline haïssait les révolutionnaires, par conviction d'abord, mais surtout parce qu'ils avaient décapité sa sœur Marie-Antoinette. Ces mêmes révolutionnaires commencèrent à envoyer une armée commandée par le général Championnet. Celui-ci s'empara de Naples. La famille royale, sous la protection de la flotte anglaise de Nelson, se réfugia en Sicile. Les Français furent détestés du peuple et accueillis à bras ouverts par l'aristocratie napolitaine. Probablement le seul exemple où peuple et monarque communiaient dans des convictions d'extrême droite contre une aristocratie gauchiste.

Championnet occupe donc Naples lorsque tombe la Saint-Janvier. Ce patron de la ville est révéré par tous les Napolitains. Le jour de sa fête, toute la population se rend à la cathédrale où doit avoir lieu le miracle annuel. On extrait d'un reliquaire deux ampoules en verre contenant le sang du saint martyr. Ces ampoules sont présentées à la foule. Le sang, et c'est là le miracle, solidifié depuis plus d'un millénaire, doit se liquéfier lentement. Si saint Janvier tarde à faire le miracle, la foule commence à l'insulter, et devient au fur et à mesure de plus en plus agressive. Mais si le sang ne se liquéfie pas du tout et reste solide, c'est signe d'un malheur imminent, éruption du Vésuve ou tremblement de terre. Le général Championnet, entouré de son état-major, préside la cérémonie au côté de l'archevêque de Naples. On présente les ampoules, rien ne se passe. La foule injurie saint Janvier. En vain. Le sang ne se liquéfie pas. Alors la foule se met à gronder : tout cela c'est la faute des Français, ce sont eux qui attirent le malheur sur Naples. Championnet comprend ce qui se passe. Il s'approche du cardinal archevêque et lui murmure à l'oreille : « Si le sang de saint Janvier ne se liquéfie pas dans deux minutes, je ferai fusiller votre Éminence. » Et le miracle se fait, le sang se liquéfie avant que les deux minutes ne soient écoulées.

Cependant, les forces contre-révolutionnaires aidées par l'Angleterre finirent par chasser les Français de Naples. La famille royale réintégra la capitale. Alors commença une répression effroyable. Aux applaudissements de la foule, nombre d'aristocrates furent arrêtés, sommairement jugés et exécutés, en particulier des femmes condamnées pour simplement avoir affiché des opinions libérales. Des femmes souvent remarquables qui s'étaient révélées de grands esprits comme Eléonore de Pimentel ou la comtesse San Felice. La plus émouvante victime fut le très jeune fils du duc Serra. Dans le palais Serra avait eu lieu une réunion d'aristocrates. Tous voulaient la fin de la monarchie des Bourbon, le jeune Serra en tête. Son père, le duc, les avait prévenus que les Bourbon reviendraient à Naples et se vengeraient de façon impitoyable. Personne ne voulut l'écouter. Le jeune Serra fut arrêté dans le palais de son père. La charrette qui l'emmenait vers le lieu de son exécution passa le grand portail du palais Serra. Le duc en fit fermer les portes avec défense de jamais les ouvrir. Désormais, on entre dans le palais Serra par des portes latérales. Quant à la salle où s'étaient réunis les aristocrates libéraux destinés à mourir sur le gibet, elle servit de salle de danse pour le fameux bal des Jeux olympiques de 1960 qui réunit toute l'aristocratie européenne.

Le premier à avoir payé son opposition au roi Ferdinand fut l'amiral Caracciolo, appartenant à l'une des plus grandes familles du royaume. Nelson qui le détestait eut l'inélégance de le faire pendre sur son navire amiral, puis le cadavre de Caracciolo fut jeté à la mer.

Le roi Ferdinand, revenu à Naples, avait mis du temps à débarquer. Il voulait s'assurer que sa capitale ne recelait plus de révolutionnaires. Il logeait donc sur un navire anglais. Un après-midi, il était accoudé à la fenêtre de sa cabine. Soudain, il vit apparaître entre les vagues le cadavre de Caracciolo qu'il reconnut parfaitement. Un mouvement de l'eau fit que le bras du mort se leva comme dans un geste de malédiction. Le roi qui ne brillait pas par le courage s'enfuit en poussant des cris stridents.

Napoléon arrivé au pouvoir envoya une autre armée reprendre Naples. Cette fois-ci, il abolit la monarchie des Bourbon, puis installa d'abord son frère, ensuite son beau-frère Murat sur le trône de Naples. Une fois de plus, la famille royale s'était réfugiée en Sicile. La reine en profita pour construire la plus ravissante folie, la *Palazzina Cinese*, le petit palais chinois à la porte de Palerme, tout de grâce et de poésie qui invente dans son décor une Chine d'opéra.

Pendant ce temps, le ministre du roi, le cardinal Ruffo, celui qui lui reprochait ses maîtresses, dirigeait les maquis dans la péninsule. Retroussant sa robe rouge de prince de l'Église, il courait les montagnes et organisait des bandes de partisans, aidé en cela par un moine illettré, Fra Diavolo dont les aventures défrayaient la chronique. Les maquis napolitains aidèrent considérablement au départ des Français qui, une fois de plus, durent abandonner le royaume de Naples.

Entre-temps, la reine Marie-Caroline avait été expulsée de Sicile. Les Anglais qui, en fait, gouvernaient à la place du roi la trouvaient trop encombrante. Seulement, où aller ? À Vienne, bien sûr, le lieu de sa naissance où régnait toujours sa famille, les Habsbourg. Mais la belle affaire que de rejoindre Vienne à partir de la Sicile alors que l'Europe entière est en guerre. La reine dut voguer jusqu'à Constantinople pour revenir par les Balkans afin de rejoindre la capitale de ses ancêtres. Pendant ce temps, la fille de sa fille, Marie-Louise, avait épousé… Napoléon qui devenait ainsi le petit-fils par alliance de Marie-Caroline et celle-ci de s'intituler elle-même « la grand-mère du diable ». Elle voulut cependant rencontrer son arrière-petit-fils, l'Aiglon, lorsque sa mère et lui se réfugièrent à Vienne. Elle mourut la veille du rendez-vous. Intéressant eût été le tête-à-tête de la sœur de Marie-Antoinette et du fils de Napoléon.

Les Français chassés de Naples, le roi Ferdinand, en plus débarrassé de sa femme, revint tout joyeux à Naples. Il put installer tranquillement dans ses meubles sa maîtresse, la belle Lucia, qu'il avait titrée duchesse de Floridia et pour laquelle il avait fait construire la ravissante villa La Floridiana. Il reprit ses habitudes, notamment celle de paraître régulièrement dans la grande loge royale de l'opéra de San Carlo. Non pas qu'il aimât particulièrement la musique mais, pendant l'entracte, il se faisait apporter un énorme plat de pasta, des macaronis, qu'il plaçait sur le rebord de sa loge et qu'il mangeait avec une dextérité de la fourchette telle que le public entier tourné vers la loge royale applaudissait à tout rompre. Parfois, à son grand dam, il était empêché de se livrer à cette occupation, comme en témoigne ce billet plein d'amour qu'il envoya à sa maîtresse. « Cara Lucia, je n'ai pas pu aller ce soir à l'opéra car j'avais la colique. Ferdinand. »

La campagne de Russie constitue l'action la plus audacieuse de Napoléon. Le tsar Alexandre, fils du Paul Ier assassiné entre autres pour francophilie, menait une guerre souterraine contre lui. Qu'à cela ne tienne, on conquerrait son empire. Napoléon réunit donc la plus grande armée jamais vue puis il traversa le Niémen qui servait de frontière et l'invasion commença. Les villes russes tombèrent l'une après l'autre. Napoléon fonçait sur Moscou. L'armée russe tenta de l'empêcher de s'emparer de la capitale. Il y eut aux portes de Moscou une bataille féroce, celle de Borodino. Napoléon la considéra comme une victoire, les Russes aussi qui, en 1912, fêtèrent avec éclat le centenaire de cette victoire. J'ai hérité de ma grand-mère russe, Olga Constantinovna, un des souvenirs populaires créés à cette occasion, un foulard de soie représentant un épisode de la bataille. Victoire ou pas pour les Russes, cela n'empêcha pas Napoléon d'entrer dans Moscou. Cette prodigieuse épopée frappa la postérité. Ce conquérant accomplissait ce que nul n'avait fait avant lui.

Adolescent, je me plongeais dans *Guerre et Paix*, le chef-d'œuvre de Tolstoï, et je m'enthousiasmais tellement pour cet ouvrage que non seulement je le relus plusieurs fois mais que, insidieusement, je me laissai gagner par ses vues. On sait que *Guerre et Paix* a pour sujet l'invasion de la Russie par Napoléon décrite d'une façon bien différente des Français. Sur le chemin de Moscou, ceux-ci virent une vaste maison de campagne qui achevait de brûler. Elle appartenait au comte Rostopchine gouverneur de Moscou. Il avait laissé un grand écriteau en français pour l'instruction des soldats de Napoléon : « J'ai moi-même mis le feu à ma maison pour que les Français ne s'en emparent pas. » Ce détail était un avant-goût de ce qui les attendait à Moscou.

Devant la ville, Napoléon avait ordonné qu'on lui amène les boyards. Mais point de boyards. La ville était quasi déserte. Napoléon pénètre dans la cité et s'installe au Kremlin dans le palais des tsars. Son valet de chambre arabe, Roustan, dormait dans la chambre voisine de la sienne. Dans ses mémoires, il raconte qu'il fut tiré de son sommeil par du bruit. Regardant par la fenêtre, il constata qu'il faisait plein jour. Il se reprocha d'avoir dormi beaucoup plus tard que d'habitude. Il regarda sa montre, il était deux heures du matin. Quelque chose de vraiment inhabituel se passait. Roustan se précipita à sa fenêtre, Moscou était en flammes. Il avait pris les lueurs de l'incendie pour la lumière du jour. Le comte Rostopchine, gouverneur de la ville, avait pris cette initiative de brûler la capitale pour que Napoléon n'en profite pas. Il avait vidé les prisons et donné aux condamnés des torches. Ceux-ci s'en étaient donné à cœur joie.

À Saint-Pétersbourg, cependant, le tsar Alexandre Ier n'en menait pas large. Les défaites de ses armées l'avaient rendu impopulaire. Lorsqu'il était allé à la cathédrale de Kazan pour une cérémonie solennelle, il avait dû traverser des rues et des places noires de monde qui l'avaient accueilli dans un silence glacial. Pas un seul vivat. De plus, la plupart de ses généraux avaient été tués ou s'étaient montrés incapables de contenir Napoléon.

L'opinion populaire souhaitait que le tsar appelle Koutouzov. C'était un vétéran qui s'était illustré au XVIIIe siècle dans pas mal de guerres. Il était énorme, borgne, se déplaçait avec difficulté. Le tsar ne l'aimait pas, peut-être pour son franc-parler, mais le peuple voyait en lui le seul capable de sauver la Russie. Le tsar le nomma donc généralissime. La première décision de Koutouzov après la bataille de Borodino fut d'abandonner Moscou. Le tsar bondit de fureur à cette idée. Il lui promit qu'il serait condamné pour un tel crime. Mais Koutouzov avait une idée derrière la tête, un plan aussi audacieux que courageux, qui allait à l'encontre de toutes les stratégies, lesquelles d'ailleurs s'étaient révélées totalement inefficaces.

Moscou fut donc abandonnée et l'armée russe se retira à quelques dizaines de kilomètres de la capitale. De nouveau, le tsar enragea à l'idée que Moscou avait été détruite par le feu. Il craignit que jamais les Russes ne le lui pardonnent. Koutouzov, lui, dans son quartier général, attendait. Il ne faisait même que cela. Il calculait que Napoléon s'enliserait à Moscou et qu'avec un peu de chance, il serait rattrapé par le général hiver, c'est-à-dire que les conditions climatiques feraient de sa retraite, s'il se décidait à l'ordonner, une catastrophe. Peut-être, aussi, Napoléon choisirait-il, comme il l'avait envisagé, de foncer sur Saint-Pétersbourg. Là, c'eût été la catastrophe pour Koutouzov.

Les semaines s'écoulent, Koutouzov attend et rien ne se passe. La Russie entière, le tsar en tête, s'impatiente. Koutouzov tient bon, il ne bouge pas. Une nuit d'octobre, il s'est endormi sur son lit inconfortable dans son izba. Son aide de camp le réveille, un courrier vient d'arriver. Tolstoï décrit la scène d'une façon inoubliable. Koutouzov clignant de son œil valide s'assied sur le bord du lit, ses grosses jambes pendantes. On fait entrer le courrier, il vient de la part des observateurs laissés autour de Moscou. Une seule phrase : « Les Français sont repartis. » Le généralissime reste d'abord silencieux, tout son état-major qui l'a rejoint dans la chambre exiguë le dévisage. Il descend péniblement de son lit et se dirige en traînant la jambe dans le coin où sont accrochées les icônes, ainsi que dans toutes maisons russes. Il s'agenouille lourdement devant les images saintes et, soudain, éclate en sanglots. Il a gagné son pari. La Russie est sauvée. En effet, Napoléon ne pouvait que rebrousser chemin. L'hiver était de plus en plus rude et il allait perdre la plus grande partie de son armée ainsi que les innombrables trésors volés par ses troupes à Moscou. L'envahisseur était chassé du pays. Le tsar, cependant, voulait pourchasser Napoléon jusqu'en France. Koutouzov, qui jugeait que la Russie avait déjà assez souffert de cette guerre, voulait en rester là. Le tsar passa outre. « Pardonnez-moi, Mihail Illarionovitch », s'excusa-t-il gracieusement auprès de Koutouzov qui lui rétorqua : « Je vous pardonne, Sire, mais la Russie ne vous pardonnera pas. »

À lire *Guerre et Paix*, on est tellement emporté par le récit qu'évidemment on prend fait et cause pour la Russie et les Russes en détestant le cruel envahisseur. L'inventeur de cette incomparable chronique d'une époque dramatique, Léon Tolstoï, était sans conteste un immense génie mais il représentait aussi la gauche caviar de l'époque. Il appartenait à l'aristocratie, il était riche mais il affectait d'être un démocrate ouvrant sa porte à tous et préférant l'existence d'un simple paysan à celle d'un noble propriétaire terrien.

Au début du XXᵉ siècle, il avait acquis le statut de monument national dans son pays. De partout, on venait le voir dans sa propriété de campagne à Iasnaïa Poliana, il était devenu l'objet de véritables pèlerinages. Tous les matins, habillé comme n'importe quel nanti de Russie et d'Europe, il s'asseyait à son bureau pour écrire. Cependant, il avait des vigiles postés à la gare du village et à l'entrée de son domaine. Ceux-ci venaient presque tous les jours lui annoncer qu'un groupe de fervents admirateurs se dirigeaient vers son château. Aussitôt, il donnait ses ordres. Il passait dans sa chambre, enlevait sa redingote, sa cravate et sa chemise empesée, il enfonçait son pantalon dans ses bottes et revêtait une blouse grossière comme tout paysan. Puis, son valet de chambre entrait et annonçait fièrement : « La charrue de monsieur le comte est avancée. » Il descendait le perron, allait jusqu'au champ voisin, s'emparait de la charrue et jouait les laboureurs devant les pèlerins extasiés.

Napoléon, entre autres traits de génie, inventa la propagande. À l'époque cependant, il n'y avait pas la télévision ni internet. Comment faisait-on pour répandre chez les peuples les gloires et les bienfaits de son règne ? Par les journaux, et par les fascicules qu'on répandait à des milliers d'exemplaires. Napoléon commandait à des peintres excellents des grandes toiles représentant ses hauts faits mais intervenait sur la façon de les décrire. Par exemple, il força le peintre David à rajouter sur l'immense toile de son couronnement sa mère, Madame Mère, qui en fait était absente, ayant refusé d'assister à la cérémonie. Ces grandes toiles le représentant sous son jour le plus glorieux, il les faisait graver. On tirait ces gravures à des dizaines de milliers d'exemplaires et on les répandait dans l'Europe entière. Napoléon savait aussi utiliser le « bouche-à-oreille ». Par exemple, on répétait partout qu'il connaissait ses grognards, c'est-à-dire les vétérans de ses armées, personnellement un par un. À chaque revue, lorsqu'il les voyait, il se rappelait les batailles auxquelles ils avaient pris part et leur pinçait l'oreille familièrement. Les grognards fous de bonheur étaient prêts à donner leur vie plutôt deux fois qu'une pour lui et l'opinion publique était

séduite par cet homme si simple, si généreux, si
reconnaissant.

En fait, passant sa revue accompagné de chroniqueurs plume en main, il avait à côté de lui des aides
de camp qui, devant chaque grognard, lui glissaient
à l'oreille : Austerlitz, Iéna, Eylau. Napoléon s'arrêtait devant l'homme : « Je me rappelle, tu étais avec
moi à Eylau et à Austerlitz aussi. Tu t'es bien battu à
Iéna. » « Comment, Sire, vous vous rappelez ? »
« Bien sûr que je me rappelle. » Les chroniqueurs
racontaient l'anecdote, répandue un peu partout,
ajoutant les couleurs les plus sympathiques au portrait de Napoléon.

Lorsque ce dernier était à Sainte-Hélène, il dicta à
son fidèle Las Cases *Le Mémorial de Sainte-Hélène*,
ouvrage de propagande pure car il savait, comme tant
d'autres avant et après lui, que le meilleur moyen
pour qu'on parle de votre gloire, c'est d'en parler soi-
même. Souvent, alors qu'il prenait en dictée Napoléon, Las Cases s'interrompait pour objecter que ce
que lui disait l'Empereur, soit n'était pas exact, soit
ne s'était pas passé de la même façon. Napoléon écar-
tait toute objection et lui ordonnait d'écrire exactement ce qu'il lui dictait, même si c'était faux.

Comme la propagande, il inventa ce qui allait lui
susciter d'innombrables émules, c'est-à-dire le vol
organisé. Autrefois, les conquérants arrivant dans
un pays pillaient n'importe quoi et n'importe comment dans le plus grand désordre et ils emmenaient
ce qu'ils pouvaient. Grâce à Napoléon, ses armées
étaient suivies d'une commission qui visitait les palais

des conquis avec une liste complète des tableaux et d'objets à emporter. Une liste dressée sur inventaires avait été dressée d'avance par Vivant Denon, le grand-maître de ces pillages. C'est ainsi que ce dernier arriva chez l'Électeur de Hesse-Cassel qui avait pris les armes contre Napoléon et qui, à juste titre, tremblait pour ses collections. Vivant Denon les inspecta en détail puis leva les bras au ciel en disant à l'Électeur : « Ah, monseigneur, tout est si beau chez vous que je ne sais pas quoi prendre. » Bref, il prit tout et partit en laissant les châteaux de l'Électeur vides.

Après la chute de Napoléon, il y eut à Paris, dès le retour de la monarchie des Bourbon, une réunion des conservateurs des palais et musées d'Europe. Chacun amenait la liste de ce que les Français lui avaient volé. Ceux qui avaient été déposés au Louvre, destiné par Napoléon à devenir le plus grand musée du monde, étaient faciles à récupérer. Ceux qu'il avait offerts en cadeaux à ses parents et à ses maréchaux étaient beaucoup plus difficiles à retrouver et la plus grande partie de ce butin disparut. Le malheureux Électeur de Hesse-Cassel récupéra à peu près toute sa collection, sauf une pièce maîtresse, un Rembrandt de toute beauté. Des rumeurs apprirent à son conservateur que la toile avait été déposée au musée de Caen. L'Allemand s'en va à Caen, se fait recevoir par le directeur du musée. Manquant de subtilité, il s'adresse rudement au Français et exige que celui-ci lui rende le Rembrandt de l'Électeur. Le conservateur lui répond qu'il ne l'a pas mais que l'autre est libre de fouiller dans tout le musée. L'Allemand commence à regarder partout. Le directeur du musée le laisse faire et s'assoit derrière son bureau recouvert d'un très beau tapis de table. L'Allemand, après avoir fouillé pendant des heures, se tient pour battu. Pas de Rembrandt, il repart. Le conservateur n'a plus alors qu'à enlever le tapis de son bureau sous lequel il avait dissimulé le fameux Rembrandt.

Cette réputation de voleur qu'avaient Napoléon et ses maréchaux faisait trembler tous les collectionneurs couronnés d'Europe. Les Français annonçaient-ils leur visite que ces châtelains se voyaient déjà dépouillés.

Napoléon, un beau jour, se rend chez les souverains du Württemberg. La reine panique, elle voit déjà ses palais vidés de la cave au grenier. Pourtant, le roi de Württemberg est l'allié de Napoléon et l'Empereur se faisait un devoir de ne piller que ses ennemis et non pas ses alliés. Cela n'empêche pas la reine du Württemberg de chercher un moyen d'éviter le pillage de ses châteaux. Elle se tient sur le perron, blafarde, tremblante, tâchant de sourire lorsque Napoléon arrive à Ludwigsburg, perle de la couronne de Württemberg. Ce palais était et reste encore renommé pour contenir des collections sensationnelles dans tous les domaines de l'art. Napoléon, aimablement, demande justement à visiter ces chefs-d'œuvre. La reine s'incline. Mais elle a tout de même mis un stratagème au point et, dans son affolement, espère échapper au pire. Napoléon, lui, ne cherche qu'à être aimable envers son allié et donc s'extasie devant tout : « Madame, quelle merveilleuse collection de tableaux ! » « Oh, Sire, ce ne sont que des copies faites par nos ateliers. » Ce sont en vérité des originaux italiens et flamands d'un prix inestimable. Napoléon poursuit ses amabilités : « Quel mobilier, Madame, quelle splendeur ! » La reine, qui n'a toujours pas compris que Napoléon cherche à la séduire plus qu'à la voler, répond sans hésiter : « Ce sont nos modestes ateliers locaux qui viennent de les fabriquer. » On poursuit et Napoléon s'arrête devant une des gloires de la Maison des Württemberg, un ensemble de tapisseries fabuleuses datant de la Renaissance : « De ma vie, Madame, je n'ai vu de tapisseries aussi belles. » « Oh, Sire, votre majesté est trop bonne. Ce sont mes filles qui les ont tissées. »

Napoléon non seulement mettait la main sur les trésors royaux et princiers des vaincus, mais il s'emparait aussi de bon nombre de princes et de princesses à marier. Pour renforcer ses alliances avec les souverains, il envoyait demander la main d'un de leurs fils ou d'une de leurs filles pour un des nombreux membres de sa parenté. Les souverains tremblant devant lui se voyaient forcés d'accepter… bien malgré eux, car ces anciennes dynasties suffoquaient à l'idée de s'allier à des aventuriers corses.

C'est ainsi que Napoléon avait marié son frère Jérôme à la sœur du roi de Württemberg, son allié. Elle s'appelait Catherine. À la chute de Napoléon, alors que tout le monde fuyait les Bonaparte et que ceux-ci étaient traités en parias, le roi du Württemberg proposa à sa sœur Catherine d'abandonner son mari. Non seulement, c'était un Bonaparte mais ce

coureur, frivole, l'avait abondamment trompée.
Catherine n'avait qu'à divorcer pour retrouver son
statut de princesse de Württemberg et sa place parmi
les royautés si malmenées par Napoléon. Or, à la surprise générale, Catherine refusa. Elle déclara qu'elle
était mariée à Jérôme Bonaparte pour le meilleur et
pour le pire et qu'elle resterait avec lui. Bel exemple
de fidélité en une époque qui en voyait fort peu, surtout de ce genre.

Les efforts de sa propagande pour le présenter
comme un souverain généreux et clément ne parviennent pas à cacher que Napoléon était cruel. Ses
prisons étant tellement pleines, il inventa des camps
de prisonniers, ancêtres des camps de concentration.
Rien à voir cependant avec les stalags ou les goulags.
La plupart des prisonniers y survécurent. Mais, peu
avant sa chute, il y avait tout de même en Europe
cinq cent mille prisonniers arrêtés pour le bon plaisir
de l'Empereur.

Il est cependant un homme que je ne regrette pas
d'avoir su enfermé dans un de ces camps : Lord
Elgin. C'était l'ambassadeur d'Angleterre à Istanbul
auprès du sultan. Une gravissime crise politique
ayant éclaté dans l'Empire ottoman, il tint à ne pas y
être mêlé et préféra s'éloigner provisoirement de la
capitale. Il choisit le prétexte du tourisme, et
demanda au sultan un firman lui permettant de voyager en Grèce et d'y copier des inscriptions antiques.
Il arrive donc à Athènes et, ni une ni deux, il commence à déménager les plus beaux bas-reliefs de
marbre du monde, ceux de l'Acropole. Le crime était
moins le vol que la destruction volontaire. Avec des

bâtons de fer, ses ouvriers décrochaient les bas-reliefs. L'imbécile trouva superflu de mettre de la paille par terre, et les marbres, en tombant d'une telle hauteur, se brisèrent. Il n'en avait cure, il les faisait mettre en caisse et les embarquait.

Le pacha d'Athènes, un bon fonctionnaire ottoman sans imagination, se demanda tout de même ce que l'ambassadeur fabriquait chaque nuit sur l'Acropole. Il le fit espionner et bientôt envoya un rapport au sultan son maître, déclarant qu'Elgin était en train de détacher les bas-reliefs pour les emporter. Il demandait des instructions. En réponse, le sultan affirma que l'ambassadeur n'avait absolument aucun droit de toucher aux marbres et donna l'ordre péremptoire de l'arrêter.

Entre-temps, Elgin était déjà parti. Il avait affrété trois navires pour transporter le produit de ses pillages. Deux arrivèrent en Angleterre. Le troisième coula en chemin et se trouve toujours avec son trésor au fond de la mer. Elgin, lui-même, préféra la route de terre. Il traversait donc la France lorsque, provoquée par Napoléon qui n'était encore que Bonaparte, la rupture fut consommée entre l'Angleterre et la France. Aussitôt, le maître de la France fit arrêter tous les sujets anglais se trouvant sur son territoire. Elgin fut expédié dans un camp où il resta prisonnier pendant quatre ans.

Bien des chefs-d'œuvre de l'art grec ont abouti dans des musées étrangers mais ils furent soit achetés, comme la *Vénus* de Milo – y compris pour une poignée de dollars –, soit exportés légalement avec

l'autorisation des autorités locales, même si ces autorisations sont aujourd'hui hautement contestées,
comme celle qui a permis à *La Victoire de Samothrace*
de quitter le territoire. Les marbres de l'Acropole
furent tout simplement volés. À tel point que le parlement britannique, pourtant assez coulant sur ce
sujet, s'interrogea sur la légalité de cette prise. Et
lorsque Elgin voulut vendre son butin à l'État, le parlement commença par refuser car son origine était
par trop louche. Cependant, un arrangement fut
trouvé, les marbres furent vendus pour un prix
dérisoire et sont aujourd'hui l'orgueil du British
Museum.

Il y a quelques années, ma femme et moi, nous
nous rendîmes dans le très beau château situé à la
porte d'Édimbourg appartenant à l'actuel Lord
Elgin. Lui et sa femme forment un couple charmant
et hospitalier. Ils nous accueillirent on ne peut plus
aimablement et nous firent longuement visiter leur
demeure pleine de très beaux objets. Il y avait bien
quelques bouts de marbre grec ainsi que de belles
sculptures romaines mais rien qui rappelât les
marbres de l'Acropole, alors qu'on murmurait qu'ils
en avaient gardé plusieurs. Ma femme demanda à
Lady Elgin si elle avait visité notre pays. Celle-ci, avec
toute sa douceur, eut un sourire mélancolique. « Oh,
non, nous ne pourrions pas aller en Grèce car on
nous jetterait des pierres. »

Peu après, nous nous rendîmes dans le château
voisin, lui aussi fort intéressant. Nous avouâmes à la
châtelaine que nous n'avions vu chez les Elgin aucun

marbre grec d'importance. Elle éclata de rire. « Comment, vous ne savez pas ! Dès que les Elgin sentent un Grec à des kilomètres, ils poussent tous leurs marbres grecs derrière les rideaux. »

L'important, ce n'est pas que les marbres de l'Acropole ne se trouvent plus *in situ*. De toute façon, s'ils étaient rendus à la Grèce, ils ne pourraient reprendre leur place sur le Parthénon car la pollution les déflorerait rapidement. Ils seraient aussitôt remis dans le tout nouveau musée de l'Acropole. Le plus grave dans cette affaire, c'est que ces marbres, dès le départ, sont devenus un emblème national. Quelques objets, dans l'Histoire, ont connu le même honneur. Tels les quatre chevaux de bronze qui ornent le portail de la basilique Saint-Marc à Venise. Ils avaient fait partie d'un monument de la Delphes antique. Les Byzantins les avaient transportés à Constantinople pour les placer sur le Grand Hippodrome. Les Vénitiens, lors de la croisade de 1204 qu'ils avaient commanditée et où Constantinople était tombée aux mains des croisés, les avaient volés pour en orner Saint-Marc, leur basilique. Napoléon en fit autant. Il les vola pour en orner l'arc de triomphe du Carrousel qu'il avait fait bâtir pour les recevoir. Le départ de ces objets emblématiques fut un deuil national pour Venise. À la chute de Napoléon, en revanche, leur retour, abondamment illustré par des peintures de l'époque, provoqua la joie du peuple entier réuni pour les accueillir.

Autre emblème de ce type, la couronne de Saint-Étienne pour les Hongrois. Un empereur byzantin avait envoyé ce joyau d'or, d'émaux et de pierreries

au Saint Roi qui venait de christianiser la Hongrie.
Depuis, la couronne est devenue le symbole de ce
pays. À tel point qu'elle est le seul objet au monde
à avoir le statut d'un être vivant, avec sa propre
fortune, ses gardes, son existence juridique. À la fin
de la Seconde Guerre mondiale, les Américains, de
crainte qu'elle ne tombe aux mains des Soviétiques,
l'avaient emportée. Abritée quelque temps en Autriche
dans un château appartenant à une grande famille
hongroise, les Américains l'avaient finalement enfermée au Fort Knox où est déposé l'or de la nation.
Dans les dernières années du régime communiste
hongrois, les Américains, dans un geste de bonne
volonté, l'avaient rendue et les bons communistes
avaient reçu l'emblème de la monarchie hongroise
comme un héros national, avec des honneurs militaires et le gouvernement au complet à l'aéroport
pour l'accueillir.

Concentrons-nous maintenant sur l'objet qui porte
le beau nom de « pierre de destinée ». C'est une
pierre assez grande, gris sombre, taillée en rectangle,
sans aucun ornement ni inscription. Elle avait servi
depuis des temps immémoriaux aux couronnements
des anciens rois d'Écosse en l'abbaye de Scone.
Ceux-ci, pour pouvoir gouverner, devaient être assis
sur cette pierre. La légende affirmait qu'elle avait
servi d'oreiller au prophète Jacob de la Bible. Le roi
Édouard Ier d'Angleterre, lorsqu'il envahit l'Écosse,
vint à Scone, s'empara de la pierre et la ramena à
Londres. Il la fit enchâsser dans un trône de bois
spécialement conçu pour la recevoir et, depuis, tous
les rois d'Angleterre jusqu'à Élisabeth II ont été cou-

ronnés assis sur ce trône, assis en fait sur « la pierre de destinée ». Tous ceux qui ont suivi à la télévision en 1953 le couronnement d'Élisabeth II et depuis des millions de touristes ont pu contempler cet objet révéré conservé en l'abbaye de Westminster.

Récemment, dans un geste destiné à plaire aux Écossais, la reine Élisabeth décida de renvoyer à Édimbourg cette pierre qui symbolisait leur indépendance. Elle ne serait ramenée à Londres que lors du prochain couronnement d'un roi d'Angleterre.

Cependant, depuis des décennies, un bruit insidieux courait. On n'y faisait pas trop attention mais un article dans une publication spécialisée, une réflexion d'un historien, le réactualisait. Scone, où s'était dressée l'abbaye du couronnement des rois d'Angleterre, est aujourd'hui un vaste domaine surplombé par un magnifique château appartenant aux comtes de Mansfield. À la fin du XIXe siècle, le comte de l'époque avait reçu un paysan qui lui avait demandé à le voir de toute urgence. Celui-ci raconta qu'en gardant ses moutons, ou plutôt les moutons du comte de Mansfield, le sol de la prairie s'était écroulé sous ses pas et il était tombé dans un trou profond. S'étant relevé et s'étant mis à explorer, il avait découvert un entrelacs de pièces souterraines. Il avait abouti dans une sorte de chapelle où était exposée sur un autel une pierre qui ressemblait étrangement par la taille à la pierre du couronnement. Sommé par Lord Mansfield de retrouver cet endroit, le paysan, malgré d'intensives recherches, en avait été incapable. Depuis, la légende circulait *sotto voce* que « la pierre de destinée » cédée par les Écossais au roi

Édouard était un faux, les Écossais ayant caché la vraie et que, depuis, tous les rois d'Angleterre avaient été couronnés sur ce faux. Une preuve est troublante. Il existe nombre de monnaies d'or des anciens rois d'Écosse. Ceux-ci, couronne en tête, sceptre à la main, sont assis sur « la pierre de destinée ». Or, sur plusieurs monnaies, on distingue sur un des côtés de la pierre des bas-reliefs qui ressemblent bien à des hiéroglyphes. La « pierre de destinée » telle qu'on la connaît ne porte aucun ornement. C'est aussi la preuve que la véritable « pierre de destinée » devait provenir d'un temple égyptien pillé depuis la plus haute antiquité. En tout cas, la « pierre de destinée », la vraie, n'a toujours pas été retrouvée.

Pour en revenir à Napoléon et conclure sur lui, celui-ci fut sans contestation possible un génie, voire un des plus grands génies de l'Histoire, mais en rien il ne fut un héros, malgré ce que lui-même et d'autres ont voulu nous faire croire. Lors de sa chute, ses féaux perdirent leur position, une grande partie de leur fortune, et devinrent des parias, des fugitifs, des exilés. Tous, sauf un. Bernadotte avait fait ses preuves pendant la Révolution. C'était un si bon général que Napoléon s'en montrait jaloux. De plus, Bernadotte lui avait pris sa fiancée. Désirée Clary était la fille d'un riche négociant de Marseille. Lorsque Napoléon lui avait demandé la main de sa fille, il avait refusé, affirmant que ce jeune général n'avait aucun avenir. Peu après, il permettait à celle-ci d'épouser Bernadotte pour lequel il prévoyait une belle carrière. Finalement, il ne s'était pas tellement trompé.

Pendant le règne de Napoléon, la Suède se trouve dans une situation délicate. Son roi est âgé et il n'a pas d'enfant pour lui succéder. Bernadotte l'apprenant se précipite chez les Suédois et leur affirme que Napoléon veut à tout prix qu'il devienne l'héritier du roi de Suède. Napoléon avait si souvent mis ses frères et sœurs sur des trônes que personne ne s'en étonna. Les Suédois, qui avaient peur de l'Empereur, comme toute l'Europe, acceptèrent donc la candidature de Bernadotte. Celui-ci revint à tire-d'aile à Paris et déclara à Napoléon que les Suédois unanimes lui avaient demandé de devenir leur futur roi. Napoléon qui tenait à garder l'alliance de la Suède et qui, peut-être, n'était pas mécontent de se débarrasser de Bernadotte, accepta. Ce fut donc grâce à cette double entourloupe que Bernadotte devint prince héritier puis roi de Suède. Lorsque les choses tournèrent mal pour Napoléon, il eut l'habileté de changer de camp et de se ranger parmi ses ennemis. Ce Français fut donc un des vainqueurs de la France. Grâce à quoi ses descendants règnent toujours sur la Suède.

Bernadotte offrit une généreuse hospitalité à certaines de ses connaissances du bon vieux temps de la Révolution qui subissaient ce qu'on appelle pieusement « des revers de fortune ». Et pour cause. En particulier, il offrit l'asile à Joseph Fouché. Ce prêtre défroqué s'était illustré pendant la Terreur en massacrant des milliers de Lyonnais révoltés. Il les faisait

ficeler par dix ou par vingt, puis canonner. Son effi-
cacité le sauva des épurations post-révolutionnaires.
Il fut le véritable fondateur de la police moderne, en
tout cas il organisa si bien celle de Napoléon qu'il fut
créé duc d'Otrante par ce dernier. Les Bourbon revenus sur le trône ne pouvaient supporter longtemps ce
régicide qui avait voté la mort de Louis XVI, ce massacreur des Lyonnais. Le tout-puissant et richissime
duc d'Otrante fut alors chassé de partout. Bernadotte
l'invita en Suède et c'est ainsi que, de nos jours, il
existe en ce royaume un grand seigneur tout à fait
suédois d'aspect, un duc d'Otrante, descendant d'un
révolutionnaire massacreur.

Lorsque Bernadotte mourut, il exigea qu'on ne le
déshabillât pas, comme c'était l'usage, et qu'on
l'enterre dans sa chemise de nuit. Cette volonté ne
fut pas respectée. On déshabilla son cadavre pour le
laver et on trouva, non pas une fleur de lys tatouée
comme sur le cadavre de Madame de La Motte, mais
ces mots tatoués : « Mort aux rois », souvenir de son
passé révolutionnaire qui ne convenait pas tout à fait
à un souverain.

Dès la première abdication de Napoléon en 1814,
les chefs des armées coalisées s'étaient retrouvés à
Paris, l'empereur de Russie, le roi de Prusse, le généralissime autrichien le prince Schwarzenberg et
l'indispensable Wellington, généralissime anglais.
Tout de suite la pressante et angoissante question se
posa : quel régime donner à la France ? La république, il n'en était pas question, ce serait donner un
bien mauvais exemple. Le duc d'Orléans, qui passait

pour intelligent et habile ? Il n'était pas le chef de la Maison de France, donc il ne pouvait prétendre au trône. Le fils de Napoléon ? Tout le monde semblait se rallier à cette idée. Bien sûr, son père était le conquérant que l'Europe venait de battre mais sa mère était la fille de l'empereur d'Autriche. Bien dirigé, il saurait plaire à l'opinion française, tout en faisant ce que les puissances coalisées voudraient. C'était l'empereur de Russie qui menait le jeu par sa présence mais aussi parce qu'il était le plus puissant de tous les coalisés. Or, il penchait pour Napoléon II.

Au temps de l'Empire, il s'était fait un ami du plus grand diplomate français. Talleyrand, comme lui excédé par Napoléon, était devenu son complice et avait contribué à la chute de son « patron ». Lorsque l'empereur Alexandre parla à Talleyrand de mettre sur le trône Napoléon II, celui-ci se récria. Pour succéder à la Révolution et à Napoléon, il n'y avait pas deux régimes possibles mais un seul, la monarchie légitime qui avait régné pendant mille ans sur la France. Ce fut au tour du tsar de se récrier. Peut-être s'agissait-il de la monarchie légitime mais celui qui incarnait l'héritier des Capétiens, des Valois et des Bourbon, était proprement insortable. Celui qui pour les royalistes français était Louis XVIII n'était autre que l'ancien comte de Provence, frère cadet de Louis XVI.

Pendant l'Empire, il s'était présenté comme le fils de Saint Louis, l'héritier des quarante rois qui avaient fait la France même s'il végétait sans argent et sans avenir. Cette belle image de pureté et de vertu n'avait pas toujours été celle du prétendant. En effet, son passé recelait pas mal d'ombres. Du temps où il n'était que le cadet du roi régnant Louis XVI, sous le nom de comte de Provence, il avait acquis une mauvaise réputation. Il avait beaucoup participé à la campagne contre Marie-Antoinette ; plus tard, au début de la Révolution, il avait carrément conspiré contre son frère Louis XVI pour le renverser et prendre sa place. Son complice, le marquis de Favras, s'était fait décapiter sans dire un mot contre le frère du roi.

La Révolution avait transformé le comte de Provence en exilé impécunieux, chassé de partout, négligé, oublié. De plus, il était gros et la goutte le rendait podagre. À le voir, on croyait contempler une relique de cet Ancien Régime enterré une bonne fois pour toutes. Talleyrand insista et le tsar finit du bout des lèvres par accepter. On rappela le comte de Provence transformé en roi de France. Il ne fut pas du tout gêné de succéder au conquérant de l'Europe. Il s'installa dans les meubles de Napoléon, après qu'on eut remplacé les abeilles impériales symbole de l'Empire par les fleurs de lys retrouvées.

Pour succéder à Napoléon, il fallait à ce vieillard impotent, relique d'un autre âge, un toupet d'enfer ou alors une assurance à toute épreuve. Cette assurance lui venait de la conviction de sa position. Il était l'héritier des rois de France, il était le roi légitime de France et rien ni personne ne pouvait changer ce fait.

L'empereur de Russie dut payer les conséquences de cette attitude. Il était le vainqueur de la France, il régnait sur la plus grande puissance du monde et venait de remettre personnellement Louis XVIII sur son trône. Il s'attendait à être reçu par ce dernier avec une reconnaissance éperdue sinon avec déférence. En entrant dans le salon, le tsar vit le roi installé sur son fauteuil doré et à côté, une simple chaise. C'est ainsi que l'héritier des Bourbon considérait l'héritier des Romanov, dynastie jugée plus que secondaire par le chef de la Maison de France. Une chaise lui suffisait. Ce qui protocolairement représentait une insulte sans pareil vis-à-vis du souverain à qui il devait tout. Il y avait le roi de France et le reste n'existait pas.

Louis XVIII avait le sens de la France à quelque régime qu'elle appartînt. Témoin cette anecdote. Dans le Paris occupé par les coalisés, des noms de places, d'avenues et de ponts rappelaient constamment à ceux-ci leurs défaites, l'avenue d'Austerlitz, l'avenue de Wagram, et surtout le pont d'Iéna qui évoquait pour les armées prussiennes présentes à Paris leur plus terrible revers. Aussi, leur commandant en chef, le maréchal Blücher, décida-t-il de se venger de Napoléon en faisant sauter le pont d'Iéna. Ses soldats avaient commencé à entasser les barils de poudre sous les arches du pont lorsqu'on prévint Louis XVIII. Celui-ci aurait dû être enchanté de voir détruire ce souvenir d'une gloire de Napoléon, mais c'était aussi une gloire française. Il fit atteler son carrosse de gala à six chevaux, sortit du palais des Tuileries encadré d'un régiment de garde à cheval sabre au clair. Le cortège partit au grand galop, fonçant dans les rues, puis le roi fit avancer son carrosse sur le pont d'Iéna et le fit arrêter au milieu. Il renvoya ses gardes et ses cochers. « Si le pont doit sauter, je sauterai avec », déclara-t-il. Des émissaires vinrent prévenir le maréchal Blücher de surseoir. Il ne voulut rien entendre. L'empereur de Russie en personne dut intervenir pour lui expliquer qu'on ne faisait pas sauter les rois de France. De mauvaise grâce, le Prussien s'inclina. Louis XVIII put rentrer tranquillement en son palais et les Parisiens d'aujourd'hui peuvent toujours emprunter le pont d'Iéna.

Pendant que Louis XVIII consolidait son trône, les potentats de l'Europe se retrouvèrent en Congrès à Vienne pour discuter de la reconstruction du continent et du sort de la France vaincue. Dans la capitale autrichienne, on était donc censé travailler mais, en fait, tout le monde songeait plutôt à s'amuser. Après vingt-cinq ans éprouvants et terribles de révolutions et de guerres ininterrompues, c'était la paix, c'était le soulagement. On pouvait enfin se détendre, rire et prendre du bon temps. Personne ne s'en priva, d'autant plus qu'à côté des diplomates et des chefs d'État s'étaient retrouvées à Vienne nombre de personnalités dont la principale occupation était de se divertir. Les grandes vedettes du Congrès de Vienne étaient le tsar Alexandre, beau, charmant, affable, énigmatique. En face de lui le chancelier autrichien, le prince de Metternich. C'est lui qui avait coalisé l'Europe contre Napoléon. Ce dernier, au retour de la campagne de Russie, l'avait convoqué à Dresde alors que son empire croulait déjà. Il avait tenté de rallier Metternich et lui avait demandé des troupes, de l'argent. Metternich s'était récusé. Napoléon avait enragé, allant jusqu'à l'insulter. Metternich, en prenant congé, avait eu cette phrase : « Vous êtes perdu, Sire. Je le pressentais en venant ici, j'en suis désormais convaincu. » Depuis, il avait mis sous cloche la femme de Napoléon – façon de parler –, l'impératrice Marie-Louise, sa compatriote, retournée chez ses parents, l'empereur et l'impératrice d'Autriche, et surtout le fils qu'elle avait eu de Napoléon, le mélancolique Aiglon que son grand-père avait autrichiennement titré duc de Reichstadt. Les visiteurs venaient contempler le rejeton blond et charmant de l'homme qui, pendant tant d'années, les avait fait trembler.

Pour tenir tête à Metternich, il y avait le représentant de la France vaincue, Talleyrand, le plus illustre diplomate de son siècle qui avait servi et trahi tous les régimes. Le roi de Prusse Frédéric Guillaume III, veuf de l'inoubliable reine Louise, paraissait plutôt comme une victime, tandis que le roi de Danemark, lui, passait totalement inaperçu. Tout le monde se moquait du roi du Württemberg, tellement énorme qu'il fallait découper les tables de salle à manger où il prenait place pour qu'il puisse y glisser son énorme bedon. Le représentant du Vatican, le cardinal Consalvi, lui, était tout en nuances et en subtilités ecclésiastiques, le contraire de Gentz, l'ennemi le plus acharné de Napoléon et le pamphlétaire le plus vitriolique de l'époque, qui servait de secrétaire au Congrès.

L'hôte du Congrès, l'empereur d'Autriche François, renommé pour sa gentillesse, payait pour tout le monde, comme ironisaient ses sujets. Son épouse, la belle impératrice Maria Ludovica, présidait les fêtes qui se succédaient car il y avait beaucoup de dames à ce Congrès, depuis les princesses jusqu'aux cocottes, la frontière entre les deux n'étant pas toujours très distincte. La princesse Bagration avait été surnommée « la Vénus de marbre chaud », ce qui en dit long sur sa vie privée. Elle chipait ses amants à la princesse de Sagan dont la sœur, Dorothée de Courlande, mariée à un neveu de Talleyrand, servait d'hôtesse à l'ambassade de France. La magnifique princesse Esterhazy, la femme la plus riche de l'empire, éblouissait par le nombre et la beauté de ses bijoux. Des danseuses, des chanteuses les plus célèbres de l'époque égayaient les soirées des membres du Congrès et très souvent leurs couches. Les artistes ne manquaient pas non plus. Le peintre Isabey portraiturait en miniature les beautés du Congrès et le plus célèbre cuisinier du siècle, ledit Carême au service de Talleyrand, leur mitonnait des petits plats sublimes.

La palme intellectuelle qui relevait le niveau de cette société internationale et bigarrée revenait à Fanny von Arnstein, épouse d'un richissime banquier juif, et qui tenait le plus important salon littéraire du Congrès. Elle y recevait des diplomates comme Talleyrand, des héros comme Wellington, des représentants des puissances comme le prince Hardenberg, envoyé du roi Frédéric Guillaume III de Prusse mais aussi des écrivains, des poètes et une survivante de l'époque de Napoléon, Rahel Varnhagen, qui avait tenu autrefois le salon le plus important de Berlin. Rahel et Fanny étaient complices dans l'intelligence, dans la créativité littéraire et dans la suprématie de leur esprit.

Les journées se remplissaient des courses, des excursions, des visites, des promenades à cheval dans le bois du Prater. Les après-midi étaient surtout l'heure des rendez-vous galants. Tous les soirs, il y avait banquet, bal masqué ou pas, opéra et autres distractions. Ces messieurs finissaient la soirée chez telle ou telle grande dame particulièrement accueillante. Aussi arrivaient-ils l'œil battu aux séances de travail du lendemain matin. Toutes les classes étaient confondues. Dans le soulagement qui prévalait après tant d'années d'épreuves, on ne s'embarrassait pas de protocole. Les souverains, comme les bourgeois viennois, empruntaient les fiacres mis à disposition par la Cour autrichienne. Au milieu de ces mondanités et de ces galanteries incessantes, il y avait des distractions de choix. Beethoven en personne dirigeait l'exécution de sa dernière symphonie. Le prince de Ligne, l'homme le plus spirituel de son temps, chéri de ces dames et apprécié par tous les hommes, organisait ses propres funérailles, celles d'un feldmaréchal de l'empire, comme un spectacle inédit. L'ambassadeur de Russie, le prince Razoumovski, descendant du favori de la tsarine Élisabeth dont il a été parlé plus tôt dans ces pages, offrait bien malgré lui un autre inédit, l'incendie de son splendide palais lors d'un bal.

On aurait pu s'attendre à ce que, après que la France eut cassé les pieds de l'Europe pendant vingt-cinq ans, les puissances se montrent plutôt sévères à son égard. Au contraire, elles se montrèrent fort généreuses, se contentant de la réduire à ses frontières d'avant la Révolution.

Le Congrès continuait à valser, à boire, à manger, à faire l'amour lorsqu'un coup de tonnerre retentit dans son ciel serein. Napoléon s'était échappé de sa prison dorée, il avait débarqué en France, bientôt il était à Paris. La guerre reprenait. Il fut vite vaincu à Waterloo. De nouveau, les puissances se montrèrent généreuses, pardonnant ce nouvel attentat et se contentant d'exiger une compensation financière.

Louis XVIII avait été remis sur le trône. Pour se gagner les sympathies du bon peuple, il n'avait d'autre moyen que de faire pleurer les chaumières sur le triste sort de sa famille pendant la Révolution. Il ne s'en priva pas. Il brandit les décapités Louis XVI, Marie-Antoinette, pleurant sur leur sort alors que lui-même avait contribué à leur perte. Mais justement, pour ce faire, il fallait des cadavres. On retrouva miraculeusement dans la chaux vive les restes du roi et de la reine martyrs et on les fit ré-enterrer dans le panthéon royal de Saint-Denis.

À ce propos, il existe, dans les *Mémoires* de Barras, une anecdote qui donne à rêver. Nous sommes sous la Restauration, Napoléon a succédé à la révolution puis, lui-même, est tombé et la monarchie légitime des Bourbon est revenue sur le trône. C'est au tour de Barras d'être un ringard. Cependant la monarchie le ménage car il connaît bien trop de secrets. Il assiste, comme tous les Français, aux hommages posthumes rendus à Louis XVI et à Marie-Antoinette guillotinés pendant la révolution. On ouvrit la fosse commune où ils avaient été jetés et on ne trouva que des squelettes entassés qui, cependant, gardaient des débris d'habillement. Sur le dessus de la pile, un squelette d'homme portait encore des chaussures à boucles d'argent. Qui d'autre, dans cette période de la révolution, aurait pu porter de semblables chaussures, sinon le roi ? Il fut sorti de la fosse commune et ré-enterré dans l'abbaye de Saint-Denis au panthéon des rois avec toute la pompe de la monarchie.

Barras, cependant, est absolument certain que le squelette n'est pas celui du roi guillotiné. Dans la fosse commune, on avait jeté un autre guillotiné portant des chaussures à boucles d'argent. C'était Robespierre. Il était même au-dessus de la pile puisqu'il était le dernier à avoir été exécuté. Barras le savait mieux que tout autre puisqu'à l'époque il était le maître absolu de la France. On peut donc, avec lui, imaginer que la tombe de Louis XVI à Saint-Denis abrite en fait les restes de Robespierre qui le fit exécuter avant de l'être lui-même.

L'habile Louis XVIII était désormais solidement installé sur son trône mais l'occupait-il légitimement ? En effet, la révolution avait légué le plus grand mystère de l'Histoire de France concernant le sort du fils de Louis XVI et de Marie-Antoinette.

Il avait huit ans, il était enfermé avec sa famille au Temple lorsque son père avait été guillotiné. Entendant du fond de leur prison le coup de canon annonçant l'événement, la reine Marie-Antoinette s'agenouilla devant son fils devenu Louis XVII et lui rendit hommage comme roi légitime de France. Peu après, les révolutionnaires, dans leur ignominie, eurent la cruauté d'arracher cet enfant à sa mère et de l'enfermer, seul, à un autre étage du Temple. Totalement isolé, sans aucun contact, il resta ainsi presque un an.

Puis Robespierre tomba, les prisons s'ouvrirent, le régime s'assouplit et Barras, le nouveau maître de la France, se rendit au Temple pour constater l'état du jeune Louis XVII. Il le trouva fort malade, lui envoya des médecins, rien n'y fit, l'enfant mourut. Seulement voilà, de l'avis général, cet enfant n'était pas Louis XVII. Nul de ceux qui avaient connu le fils de Louis XVI ne le reconnut dans l'enfant mourant. Il était plus grand, plus âgé que Louis XVII, sa couleur de cheveux n'était pas la même, il était atteint de maladies que le jeune roi n'avait jamais eues. Le mystère naquit. Si cet enfant était un imposteur, qu'était devenu le vrai Louis XVII ? Était-il mort au Temple plus tôt, avait-il été remplacé par un enfant anonyme afin de cacher cette mort ? Avait-on réussi à le faire sortir du Temple afin de garder la carte politique cruciale qu'il personnifiait ? D'innombrables ouvrages, plus d'une centaine, des milliers peut-être, ont été écrits sur le sujet. De nombreux faux Louis XVII sont apparus sans que ni les études ni les candidats ne soient convaincants et ne donnent la solution du mystère.

Il y a quelques années, on fit la lumière sur un objet apparemment fascinant. C'était le cœur de l'enfant mort au Temple, celui que Barras avait visité peu avant son décès. Le test ADN prouva que le cœur appartenait à un enfant de la même famille que Louis XVI et Marie-Antoinette. L'enfant mort au Temple était donc le véritable Louis XVII. Il n'y avait plus de mystère.

Tout cela est d'une rare absurdité et d'une mauvaise foi caractérisée. Tous les historiens avaient conclu que le seul élément certain dans cette énigme était que l'enfant mort au Temple et visité par Barras ne pouvait pas avoir été Louis XVII. À partir de là, comment ce cœur a-t-il été préservé ? Après la mort de l'enfant, sur l'ordre de Barras, sept praticiens l'avaient autopsié. L'un d'eux, le docteur Pelletan, qui abritait secrètement des sentiments royalistes, avait réussi à subtiliser le cœur sans que les autres ne le voient. Il l'avait caché dans sa poche, conservé pendant le Directoire, puis sous l'Empire dans l'intention de l'offrir à la famille de Louis XVI au cas où la monarchie aurait été rétablie. Est-il vraisemblable qu'en pleine Révolution, dans la confusion totale qui suivit la chute de Robespierre, un médecin ait pensé à sauver le cœur de l'enfant dans la perspective que la monarchie serait rétablie et qu'il pourrait en faire don à la famille de l'enfant ?

Plus tard, le cœur, mis dans un étui de cristal, sera déposé à l'archevêché de Paris. Lors de la révolution de 1848, l'archevêché fut pillé par les manifestants et son contenu brisé ou jeté à la Seine. Il n'en resta rien, sauf « le cœur de Louis XVII ». L'étui en cristal avait été cassé mais la relique était intacte. Il y a cependant un hic dans cette belle histoire. Le docteur Pelletan qui avait soi-disant sauvé le cœur du roi Louis XVII lorsque les Bourbon furent remontés sur le trône, se présenta tout fiérot pour leur offrir cette relique. La monarchie refusa de l'accepter, elle n'en voulait pas, ce qui prouve bien qu'elle doutait fortement de son authenticité.

Un autre détail est frappant. Les Bourbon revenus sur le trône utilisaient comme des talismans les guillotinés de la famille, Louis XVI, Marie-Antoinette et la sainte Madame Élisabeth sœur du roi. C'était sans fin, des monuments, des anniversaires, des messes, des célébrations. Or, jamais Louis XVII n'y fut mentionné. Cependant, si cet enfant était mort dans les sinistres prisons de la révolution, il ne pouvait pas y avoir de meilleure propagande que le brandir, lui surtout. Regardez ce qu'ont fait les révolutionnaires qui ont tué à force de mauvais traitements un enfant malheureux et innocent ? Or, nulle part Louis XVII n'est mentionné ni n'a été l'objet d'une quelconque cérémonie funèbre. Les Bourbon avouaient ainsi leur profond embarras. En fait, ils laissaient entendre indirectement qu'ils ignoraient le sort de Louis XVII, préférant de ce fait ne pas le mentionner du tout. S'il n'y avait pas eu de mystère ni de doute, ils auraient eu intérêt à le faire.

Bien que le faux cœur de Louis XVII avec la bénédiction de la République actuelle eût été placé dans la basilique Saint-Denis lors d'une grande pompe, l'énigme demeure entière. Il est inutile d'en chercher la clef. Le dernier roi légitime de France, qu'il soit mort au Temple ou qu'il ait été enlevé, qu'il ait fait souche ou pas dans un exil inconnu, a disparu sans qu'on sache ce qu'il est devenu. En conséquence, les monarques de la Maison de France qui ont suivi, Bourbon et Orléans, ont vu leur légitimité entachée d'un doute. Ce fait n'est pas fortuit, tout comme la disparition de Louis XVII. Il y a dans cette énigme un aspect sacré qu'il faut respecter sans y toucher.

Si l'enfant avait survécu, Louis XVIII n'aurait du reste eu aucun droit au trône. A-t-il entrepris des recherches pour retrouver son neveu ? En tout cas, son ministre de la Police, le beau Decazes, le fit. Ce dernier, toutefois, en plus d'être son bien-aimé, était aussi son complice. Conduisit-il ses recherches avec tout le zèle voulu ? On ne le sait. Le plus étrange est l'attitude de la fille de Louis XVI et donc de la sœur de Louis XVII, Marie-Thérèse-Charlotte de France, duchesse d'Angoulême, dite Madame Royale. Le dernier souvenir que les Parisiens avaient d'elle avant la Révolution était celui d'une jeune fille mince, gracieuse, émouvante, charmante. Entrée dans la prison du Temple avec les siens, elle avait été la seule à survivre, échangée après la chute de Robespierre contre des prisonniers français détenus par les Autrichiens, et, entre autres, le fameux Drouet, celui qui aurait reconnu et fait arrêter Louis XVI pendant la fuite de Varenne.

Lorsque Madame Royale revint à Paris avec Louis XVIII à la chute de Napoléon, les Français découvrirent une grande femme épaisse, hommasse, à la voix rauque, dotée d'un soupçon de moustache, désagréable, brusque, sans aucun charme. Tout le monde attribua cette transformation radicale aux épreuves qu'elle avait subies…

On peut s'étonner cependant qu'elle ne cherchât pas ardemment à retrouver la trace de son frère Louis XVII ou, tout au moins, à percer le mystère de sa disparition. On a des témoignages peu fiables sur les recherches qu'elle aurait entreprises et qui, en tout cas, demeurèrent infructueuses. Certains supposèrent que Louis XVIII, pour décourager le zèle de sa nièce à retrouver son frère Louis XVII, lui aurait confié que ce dernier était en fait un bâtard de Marie-Antoinette et de Fersen. Madame Royale avait une vénération pour son père Louis XVI auquel elle ressemblait étonnamment et détestait sa mère Marie-Antoinette. Lorsque Madame de La Bédoyère dont le mari venait d'être condamné à mort pour soutien à Napoléon se jeta aux pieds de Madame Royale pour lui demander d'intervenir afin que son mari soit gracié, elle s'accrocha à la jupe de la princesse en lui disant : « Grâce, Madame, grâce, souvenez-vous de votre mère. » Aussitôt, d'un geste brutal, Madame Royale arracha sa jupe des mains de Madame de La Bédoyère, lui tourna le dos et s'éloigna d'un air furieux. La Bédoyère fut fusillée.

Une femme a merveilleusement décrit Louis XVIII, Madame Royale et les autres membres de la famille royale. Elle nous fait pénétrer dans les coulisses de la Cour de ces Bourbon miraculeusement restaurés. Madame de Boigne appartenait à une famille de la grande aristocratie française. Elle avait épousé un gentilhomme savoyard, Monsieur de Boigne. Elle devait tout de même être une enquiquineuse de premier ordre, car, pour lui échapper, son mari alla jusqu'en Inde, où il s'engagea au service du maharadjah de Gwalior dont il devint le général en chef. Madame de Boigne, elle, écrivit ses mémoires. Elle a ce style merveilleusement simple et clair, élégant et piquant de la fin du XVIIIe siècle. Cette observatrice spirituelle et quelque peu perfide n'en manque pas une. Elle a connu les six régimes qui se sont succédé en France pendant vingt-cinq ans. Elle a vécu à la Cour de Versailles dont sa naissance lui ouvrait les portes et qui brillait de ses derniers feux. Elle avait échappé à la Révolution en émigrant. Elle revint dans son pays peu après la chute de Robespierre. Elle abordait la France post-révolutionnaire et pour elle encore révolutionnaire avec appréhension. Elle s'imaginait des hommes grossiers, des brutes, l'injure aux lèvres, prêts à l'agonir d'insultes et peut-être à lui faire subir un mauvais sort, elle la représentante de l'Ancien Régime écrasé dans le sang. Or, elle trouva des hommes charmants, polis et galants, surtout chez les douaniers. Elle crut retrouver la France qu'elle avait quittée. Son ironie se déchaîne sur la Cour de Napoléon. Pour cette grande dame d'ancien lignage, cette Cour était un ramassis de nouveaux riches et de rustres qui n'avaient aucune idée de l'éducation ni des bonnes manières.

Dans les splendeurs restaurées à grands frais des Tuileries, c'étaient des fêtes pesantes, ennuyeuses, inélégantes, que dominait de tout son poids l'Empereur. Madame de Boigne est alignée avec d'autres dames qui vont lui être présentées. Il s'arrête non loin d'elle : « Qui êtes-vous ? » « La fille à Foacié. »

Il fait quelques pas, s'arrête devant la dame suivante :
« Et vous, qui êtes-vous ? » « La fille à Foacié. »
« Encore ! » s'exclame l'Empereur. Par contre il fut
tout amabilité pour Madame de Boigne dont il
connaissait le curriculum.

Puis Napoléon tomba et Madame de Boigne se
retrouva aux premières loges de la Cour des Bourbon. Alors que Louis XVIII avec sa profonde intelligence s'était adapté à la France nouvelle, sa parenté
et ses courtisans, sortis d'un autre âge, voulaient restaurer la monarchie et la Cour d'avant la Révolution.
Ces fantômes poussiéreux et décatis croyaient que
rien n'avait changé. Au palais, s'installa alors l'ennui
le plus pesant. On ressortait des prétentions depuis
longtemps oubliées, on parlait du passé comme si
c'eût été le présent. Madame Royale voulut établir un
protocole tellement rigide que même les reliquats de
l'Ancien Régime protestèrent. C'étaient des cancans,
des petites intrigues, des disputes dans un monde
totalement clos. Évidemment, on y vomissait la Révolution et tout autant l'empire. Il fallait pourtant en
recevoir les illustrations.

Un soir, un maréchal de Napoléon, un soldat qui,
parti de rien, avait atteint le plus haut rang par son
courage, son talent militaire et ses innombrables victoires – il avait même été fait duc pour cela – se
retrouva dans un cercle de ces aristocrates du vieux
temps. Connaissant tous son origine, ceux-ci inten-
tionnellement ne discutèrent que de leurs ancêtres
pour finir par demander au maréchal : « Et vous, qui

sont vos ancêtres ? » sachant qu'il n'en avait aucun.
« Je n'ai pas d'ancêtres, je suis un ancêtre. » Ces aristocrates n'avaient que leurs aïeux comme illustration,
eux-mêmes n'ayant acquis aucun galon ni illustration,
tandis que le maréchal, lui, laissait son nom à l'Histoire. Cette réplique percutante m'a inspiré depuis
l'adolescence. J'ai des ancêtres à en revendre mais je
veux aussi être un ancêtre.

Madame de Boigne était une amie du duc
d'Orléans et de sa famille. Elle rendait souvent visite
au Palais Royal au futur Louis-Philippe. Celui-ci ne
faisait pas d'opposition ouverte et se gardait bien de
critiquer le régime des Bourbon mais son attitude
même était une critique. Il recevait chez lui toute
l'élite intellectuelle, artistique, journalistique et politique de la France, c'est-à-dire beaucoup d'adversaires de ce régime dépassé, beaucoup de libéraux
qui détestaient la droite intransigeante représentée
par la Cour et la Chambre des Pairs. Madame de
Boigne, perspicace, décelait parfaitement les manœuvres
du futur Louis-Philippe qui faisait du populisme
facile, voire de la démagogie. Elle s'inquiétait de ses
ambitions car, si elle aimait les Orléans, elle ne supportait pas l'idée que ceux-ci veuillent sans aucune
légitimité supplanter les Bourbon sur le trône. Qu'on
ne les aime pas, qu'on les trouve inadaptés, ils étaient
les légitimes héritiers du trône et rien ne pouvait
changer cette situation.

Louis XVIII mort, son frère Charles X qui lui succédait accumula les erreurs politiques. La situation

devint vite intenable et la tension monta fortement à
Paris. Là-dessus arrivèrent en visite officielle le roi et
la reine de Naples. La fille du roi avait épousé le fils
de Charles X et la sœur du roi, Marie-Amélie, avait
épousé le duc d'Orléans. Ils furent donc fêtés avec
éclat et Louis-Philippe donna pour eux un bal somptueux au Palais Royal. Madame de Boigne se trouvait
bien entendu parmi les invités. Elle décrit les regards
haineux de la foule dense qui regarde les carrosses
des riches aristocrates défiler au pas l'un derrière
l'autre vers le Palais Royal. Arrivée enfin à bon port,
elle constate que les jardins dont Louis-Philippe a fait
ouvrir les grilles sont noirs de monde. Tous les
visages sont tournés vers la colonnade sur laquelle se
promènent les invités en grande tenue.

Charles X est reconnaissable à sa haute taille et au
bicorne immense orné de plumes qu'il est le seul à
porter. Il s'approche de la balustrade et lève les bras
vers la foule. « Bonjour mon peuple », s'écria-t-il.
Personne ne lui répondit. Le silence fut total, un
silence que Madame de Boigne trouva inquiétant et
même menaçant. Au son de plusieurs orchestres, les
invités évoluaient, se restauraient aux nombreux
buffets pendant que, dans les jardins, le peuple
contemplait ce déploiement avec des sentiments que
Madame de Boigne devinait facilement. Elle critiqua
en son for intérieur Louis-Philippe de se montrer là
où Charles X n'avait obtenu aucun vivat et de se faire
acclamer au son de « vive le duc d'Orléans ! ». Là-
dessus, un petit malin se pencha vers son voisin et fit
cette réflexion inspirée par le Vésuve : « Ce soir, c'est
une vraie fête napolitaine, nous dansons sur un vol-

can. » Il n'avait pas tort. Trois jours plus tard, Charles X était renversé et les Bourbon, une fois pour toutes, chassés de France.

ROMANTIQUES ET ANTI-ROMANTIQUES

Charles X est accusé d'avoir provoqué la Révolution de 1830 par sa bêtise, par des mesures catastrophiques, par son aveuglement réactionnaire. Il faut aussi le comprendre. Il était obnubilé par l'exemple de son frère Louis XVI dont la faiblesse avait provoqué la Révolution et sa propre mort. Aussi était-il décidé à se montrer ferme. Mais il confondit fermeté et entêtement. Le peuple se souleva. Paris entra en insurrection. La majorité voulait la république ou alors le fils de Napoléon, mais surtout pas de Bourbon.

Cela n'arrangeait pas un très important et immensément riche groupe de pression qui comprenait, entre autres, un banquier, le fameux Laffitte, ainsi que des vieux routiers de la politique comme Talleyrand. Leur intérêt exigeait sur le trône, à la place de Charles X, son cousin le duc d'Orléans Louis-Philippe. Ils inventèrent donc ce roi et l'imposèrent aux révolutionnaires dénués de direction. Charles X abdiqua en faveur de son petit-fils le duc de Bor-

deaux et nomma Louis-Philippe lieutenant général
du royaume. Après avoir hésité, celui-ci finit par
accepter la couronne que lui offraient « les Français ». Seulement il n'était ni assez connu ni assez
populaire pour que ces Français l'acceptent.

Alors, il eut une idée fort piquante. Il existait
encore en France un vieux reliquat de la Révolution,
fort populaire : l'illustre La Fayette. On l'extirpa de
sa retraite, plutôt décati mais toujours actif, pour
l'amener dare-dare à l'Hôtel de Ville, devenu depuis
1789 le centre des révolutions. Louis-Philippe s'y
rendit de son côté. Les deux hommes parurent sur le
balcon, on produisit un drapeau tricolore jusqu'alors
interdit, les Bourbon ayant rétabli l'oriflamme fleur-
delisée. Louis-Philippe se drapa avec La Fayette dans
les plis du drapeau et embrassa le grand homme. Le
grand homme ne put qu'embrasser Louis-Philippe,
lui donnant ainsi l'onction de la popularité. Le
peuple applaudit. On renvoya La Fayette à ses foyers
et Louis-Philippe régna.

Cependant, Louis-Philippe était un usurpateur en
ce sens que la monarchie héréditaire étant fondée sur
un ordre inviolable de succession, il passait après le
petit garçon pour qui Charles X avait abdiqué. Il s'en
défendit. Le choix était simple : c'était lui ou la république. Ne valait-il pas mieux une monarchie, même
conduite par un usurpateur, que pas de monarchie
du tout ? D'ailleurs, ajoutait-il, cette usurpation lui
avait été en quelque sorte imposée.

Louis-Philippe assurait que, dans la confusion qui
suivit le départ de Charles X, il avait essayé de récu-

pérer le petit-fils du roi abdiqué, le duc de Bordeaux, afin d'en faire un roi légitime avec lui, Louis-Philippe, comme régent. Solution, il faut le dire, idéale. À preuve, il avait envoyé plusieurs émissaires, dont un membre de l'ambassade britannique à Paris, rattraper le cortège du roi partant pour l'exil afin de ramener à Paris l'enfant-roi. Seulement, cet enfant-roi ne pouvait revenir à Paris que sans sa famille. Il n'était pas question que son grand-père Charles X l'accompagnât, ni sa mère la duchesse de Berry particulièrement impopulaire. Or, cette même duchesse de Berry, selon Louis-Philippe, refusa énergiquement de donner l'enfant à ses émissaires. Elle soutint publiquement que Louis-Philippe, une fois l'enfant entre ses mains, l'aurait empoisonné. En effet, le petit duc de Bordeaux était le seul obstacle entre lui et la Couronne légitime. Il aurait donc récupéré l'enfant qui serait mort de maladie « bienvenue » et Louis-Philippe serait monté le plus légitimement, sans contestation possible, sur le trône. Accusation absurde, répondait ce dernier. Effectivement, il n'était pas un assassin.

À l'entendre, il avait donc tout tenté pour éviter d'être un roi illégitime. C'était la famille du duc de Bordeaux qui l'avait forcé à l'être. Mais les émissaires qu'il avait envoyés auprès de la duchesse de Berry et de Charles X étaient-ils vraiment convaincants ? Avaient-ils été dépêchés de bonne foi ou y avait-il eu dans cette démarche une ruse ? Cette tentative n'avait-elle pas été vouée, dès le départ, à l'échec ? Nul ne peut répondre à cette question cruciale et je ne saurai jamais si l'illégitimité de mon ancêtre préféré fut volontaire ou involontaire.

En tout cas, usurpateur ou pas, il donna dix-huit ans de paix et de prospérité à la France. La paix d'abord : il refusa toutes les occasions pour son pays d'entrer en guerre malgré les pressions de ses gouvernements, particulièrement ceux de gauche. La prospérité ensuite : aimant lui-même l'argent, il le fit aimer à ses sujets et leur permit de s'enrichir. N'était-ce pas le programme de son Premier ministre Guizot : « Enrichissez-vous. » Il lança ainsi l'essor économique sans précédent de la France qui allait durer pendant des décennies, et même après sa chute. Enfin, ce fut un roi, par conviction et par habileté, profondément libéral. Après la Révolution, Napoléon et même le conservatisme rigide de la Restauration, la France connut une liberté dont elle avait été totalement sevrée.

Cependant, le fait qu'il soit un usurpateur valut à Louis-Philippe une opposition virulente de l'aristocratie et de la droite. Ainsi encouragés, les anarchistes attentèrent trente-deux fois à sa vie. « Ce sont les risques du métier », disait-il en haussant les épaules, après qu'on eut tiré sur lui une énième fois.

Par bien des côtés qu'il cachait soigneusement, Louis-Philippe était un prince de la vieille école. Il avait connu la Cour de Versailles avant la Révolution. D'un autre côté, les bouleversements inimaginables qu'il avait vécus lui avaient enlevé la foi. Très en avance sur son temps, il était seul parmi les princes et les aristocrates ouvertement athée. Les couronnes royales de tous les souverains d'Europe comportent des arches qui se réunissent pour soutenir le globe terrestre sur lequel est plantée la croix du chrétien. Louis-Philippe est le seul souverain européen à avoir fait supprimer cette croix. Sa couronne se termine simplement par le globe, comme on peut le constater dans les nombreux bâtiments qu'il a restaurés sur sa cassette et qu'il a marqués de son monogramme, le palais de Versailles entre autres. Ce n'est qu'à l'article de la mort, lorsque sa femme la reine Marie-Amélie lui demanda de recevoir un prêtre, qu'il accepta par politesse, pourrait-on dire, pour respecter l'adage de son grand complice Talleyrand : « Il n'y a pas de sentiment plus anti-aristocratique que l'impiété. »

Le libéralisme du règne de Louis-Philippe fit que la France attira les intellectuels, les artistes de toute l'Europe, surtout des pays où cette tolérance ne brillait pas. Écrivains, musiciens, poètes accouraient en France où ils étaient sûrs de trouver un asile. Louis-Philippe les recevait à sa Cour et traitait avec générosité ces créateurs chassés par des régimes autoritaires. Les étrangers s'appelaient Rossini, Bellini, Liszt, Chopin, grâce à qui la France devint un phare intellectuel et artistique de l'Europe.

Rossini s'était installé à Paris parce qu'il trouvait la ville particulièrement agréable. Considéré comme le plus grand compositeur d'opéras de son temps, il préférait en fait à la composition la cuisine. Il écrivait des opéras afin de devenir assez riche pour pouvoir se retirer, ne plus écrire de musique et se consacrer à sa passion culinaire. Le tournedos Rossini est un exemple des chefs-d'œuvre qui sortaient de ses fourneaux.

Tout autre était Vincenzo Bellini. Ce Sicilien était beau, jeune, timide. Ses éditeurs lui expliquèrent que pour connaître le succès, il lui fallait, malgré ses appréhensions, se rendre à Paris. L'idée d'affronter cette capitale dont il parlait à peine la langue l'affolait. Mais seule sa présence pouvait mettre en balance le succès exclusif de Rossini. Il se décida à partir. Son séjour à Paris le rendit horriblement malheureux. Il se sentait isolé. À part ses éditeurs, il ne connaissait personne, il ne se liait pas facilement et il voyait surtout Rossini briller partout. Personne ne faisait attention à lui. On lui conseilla d'aller au palais rendre ses hommages à la reine. Il protesta. Jamais il n'aurait le courage de faire cette démarche, il ne savait pas comment s'habiller, comment se tenir. On le pomponna, on le vêtit pour la circonstance, on le mena comme un condamné jusqu'à l'entrée du palais. Il entre en tremblant dans le vestibule des Tuileries. On lui fait traverser des salons immenses, on le propulse dans une pièce somptueuse. En face de cette femme grande et majestueuse qui l'attend, il se sent vaciller. Elle sourit et s'adresse à lui en dialecte sicilien, son dialecte. Alors, d'émotion et de soulagement, il éclate en sanglots. Depuis son arrivée en France, c'était le premier moment où il se sentait à l'aise avec quelqu'un qui parlait sa langue. Cette femme, c'était la reine des Français, Marie-Amélie, c'était mon

ancêtre chérie qui, à cause de Napoléon, avait passé
son enfance en Sicile. Grâce à elle, Bellini eut son
heure de joie pendant ce séjour qu'il détesta. Il revint
à Palerme bénissant la reine Marie-Amélie. Il mourut
à trente-trois ans.

Chopin, lui, arriva à Paris en fuyant sa Pologne
natale. Il avait joué sa « Polonaise révolutionnaire »
en présence du symbole de l'oppression, le vice-roi
de Pologne, le grand-duc Constantin. À Paris, beaucoup plus dangereuse pour lui fut la passion qu'il
suscita chez George Sand. Les puissantes étreintes de
cette maîtresse exigeante menèrent ce phtisique rapidement au tombeau.

Le cher Liszt se trouvait aussi à Paris à cette
époque-là. Il était né dans la maison d'un garde-
chasse du prince Esterhazy, dans son immense propriété d'Eisenstadt près de Vienne. Deux ans plus
tard, dans le château du prince, auréolé d'une gloire
mondiale, mourait Haydn, protégé du prince. C'était
l'époque où les Français occupaient Vienne. Napoléon, pour se faire bien voir des Autrichiens, organisa
des funérailles nationales pour Haydn. Les Autrichiens boudèrent cette manifestation de l'occupant.
La famille du défunt vendit ses biens et la plus grosse
enchère fut obtenue par son perroquet qui répétait
sans cesse « *Guten Morgen, gute Papa Haydn* »,
« Bonjour bon papa Haydn ».

Avec Haydn c'était le XVIIIe siècle qui s'éteignait,
avec Liszt c'était le XIXe et presque le XXe siècle musi-

cal qui commençait. Généreux, charmeur, talentueux, Liszt était à la fois un compositeur de premier ordre, un pianiste incomparable et un fougueux amant. À Paris, il avait une liaison tapageuse avec la comtesse d'Agoult. À l'époque se produisait Talberg, un autre pianiste qui avait la faveur des foules. Madame d'Agoult ne résista pas à l'écouter. Liszt ronchonnant déclara qu'il préférait rester à la maison et travailler. Marie d'Agoult revint du concert enthousiaste. Elle ne tarissait pas d'éloges sur le virtuose : « C'est bien simple, mon cher Franz, c'est le premier pianiste du monde. » Cette gaffeuse ne se rendait pas compte qu'elle blessait la sensibilité de son amant. « Et moi ? » demanda celui-ci. Madame d'Agoult le regarda avec les yeux de l'amour et lui répondit : « Vous, vous êtes le seul. » Elle lui donna deux filles. L'une, Cosima, épousa le chef d'orchestre von Bülow. Celui-ci dirigeait les œuvres de Wagner si bien que sa femme s'enfuit avec le compositeur. Elle contribua avec sa main de fer à la carrière de son mari et trôna à l'Opéra de Bayreuth construit pour celui-ci. Elle avait su en effet flatter le roi Louis II, leur mécène, mais, surtout, elle avait un talent incomparable pour lui extraire des capitaux. Son journal infiniment révélateur montre une femme sèche et âpre. Leurs enfants surent cultiver un des plus grands admirateurs de Wagner, Adolf Hitler. Ils avaient hérité de l'antisémitisme de leurs parents.

Quant à Liszt, il vécut avec sa dernière maîtresse, une princesse russe, Carolina de Sayn Wittgenstein, qui avait tout quitté pour le suivre jusqu'à Rome.

Comme tant de « pécheurs », il plongea dans la religion et finit par entrer dans les ordres, devenant l'abbé Liszt.

Louis-Philippe comptait parmi ses employés au Palais Royal un petit fonctionnaire des services de la comptabilité. Soi-disant chargé d'additionner les dépenses du mois, en fait, il écrivait des vers en secret, dont il rêvait de faire une pièce de théâtre. Un jour, au lieu d'être à son bureau, il se promenait dans les greniers du Palais Royal et tomba par hasard sur un bas-relief du XIXe siècle, en plâtre, qui représentait une dame en costume XVIIe pointant du doigt des spadassins qui perçaient de leurs épées un monsieur allongé par terre. Sur le pied de la sculpture, il y avait un simple prénom inscrit en grandes lettres, « Christine ». L'employé alla trouver le bibliothécaire du Palais Royal qui lui témoignait de l'amitié et lui prêtait souvent des livres. Il lui demanda la signification de ce bas-relief. Il lui répondit que c'était l'histoire de la reine Christine de Suède. Le comptable ignorait tout de cette souveraine. Et le bibliothécaire de raconter que lorsque la reine Christine de Suède, après son abdication, avait séjourné au château de Fontainebleau, elle avait appris que son amant Monaldeschi la trompait. Elle l'avait fait assassiner par ses sbires dans la galerie du château.

Un sculpteur, romantique mais peu doué, s'était inspiré de cet événement tragique pour composer la sculpture qui avait attiré l'attention du comptable. Celui-ci demanda au bibliothécaire s'il n'existait pas des ouvrages sur la reine Christine. Le bibliothécaire lui prêta, comme il en avait l'habitude, une biographie de cette dernière. Le comptable la dévora. La nuit même, il écrivit d'un trait une pièce en vers qu'il intitula sobrement *Christine*. C'était l'histoire des dramatiques amours de la souveraine. En cachette, il alla présenter cette pièce aux principaux théâtres qui la refusèrent. Finalement, un minuscule théâtre de banlieue accepta de la monter.

Arriva le jour de la première. Le comptable se dit qu'il n'avait qu'une seule chance de voir son œuvre remarquée. Il demanda audience à son maître. Louis-Philippe le reçut avec l'amabilité qui le caractérisait. Le comptable avoua tout, qu'au lieu de faire les comptes du roi, il avait composé une pièce. Le roi avait donc le choix : chasser son comptable qui ne faisait pas son travail, ou accepter d'assister à la première de sa pièce et lui assurer ainsi le succès et lui mettre le pied à l'étrier. Louis-Philippe éclata de rire devant le toupet du comptable ; il aimait l'audace. Il accepta son invitation non seulement pour lui-même mais aussi pour la reine, les princes et les princesses. La nouvelle se répandit, les mondains, les journalistes, les critiques, tout le monde se trouva pour la première fois dans un théâtre de banlieue et assista ainsi à la première de la pièce *Christine*. Ce fut un triomphe absolu qui lança ainsi la carrière d'Alexandre Dumas.

Lors de la Révolution de 1848 qui le chassa du trône et de la France, Louis-Philippe abdiqua pour son petit-fils le comte de Paris. Ce dernier et son frère, le duc de Chartres, appartenant à une famille détrônée, exilée et, de plus, petits-fils d'un usurpateur, ne trouvèrent pas de grands partis à épouser. Aussi se marièrent-ils dans la famille, c'est-à-dire à deux de leurs cousines germaines, l'Infante Isabelle d'Orléans et la princesse Françoise d'Orléans. Leurs enfants en firent de même. Une fille du comte de Paris, Isabelle, épousa son cousin germain Jean d'Orléans, fils du duc de Chartres. Ce sont mes grands-parents, grâce à quoi je descends quatre fois de Louis-Philippe... à ma profonde satisfaction.

Louis-Philippe avait donc attiré à Paris de grands romantiques, musiciens, artistes, poètes. Mais lui-même, malgré une vie d'aventures extraordinaires, n'avait rien de romantique. Il avait voulu, contrairement à sa vraie nature, incarner la bourgeoisie qui arrivait enfin au pouvoir, après l'avoir attendu si longtemps. Or la bourgeoisie n'est pas romantique. Il représentait aussi l'argent, qui n'a rien de romantique. Dans le fond, il illustrait son époque qui était terre à terre. Le monde ouvrier apparaissait, les usines se construisaient partout. Pour s'échapper, s'évader et rêver, les gens laissaient courir leur imagination.

Par réaction à des règnes peu romantiques comme ceux de Louis XVIII, de Charles X et de Louis-Philippe, on inventa donc le super héros romantique, c'est-à-dire Napoléon. Que son empire se soit soldé par la plus grande hécatombe qu'ait jamais subie la France, que la France ait été réduite à ses frontières d'avant la Révolution sous son règne, n'évitant le démembrement que grâce à la monarchie des Bourbon, cela ne faisait rien. Napoléon avait été un grand conquérant. Un génie militaire, Napoléon l'avait été aussi, mais il n'avait rien du romantisme d'un Alexandre le Grand. Et, pourtant, on fit de lui ce héros que rien n'arrête, qui, emporté par son imagination, va jusqu'aux limites du possible.

Ce Napoléon fantasmé, l'opposition l'avait imaginé sous la Restauration contre les rois Bourbon. Ceux-ci avaient essayé de produire leur propre héros. On avait donc fabriqué un Saint Louis assez loin de la réalité, devenu le roi sage, juste et généreux qui rendait la justice sous son chêne, ouvert à tous, accueillant, compréhensif, tolérant. Tant pis s'il avait massacré à tour de bras les hérétiques ou les musulmans dans ses croisades. Saint Louis était irréprochable mais pas forcément très exaltant.

La Restauration fabriqua donc un autre héros en la personne d'Henri IV. On oublia le roi rusé, cruel, intrigant, un génie politique, trop occupé par des problèmes sans fin pour donner à son imagination toute sa place. On en fit le chevalier des temps modernes, un peu coquin mais généreux, courageux jusqu'à la hardiesse, partant de rien pour combattre au nom de la France, le héros toujours souriant, toujours gai, sympathique aux gens du peuple auxquels il se mêlait et qu'il allait visiter.

À côté des héros de fiction, l'époque recelait en particulier deux souverains qui, sans avoir besoin d'être travestis, allaient loin dans le romantisme. Napoléon, pour en revenir à lui, avait envoyé une de ses armées sous le commandement du maréchal

Junot envahir le Portugal. La famille royale était à l'époque un peu spéciale. La reine régnante, Maria I ^{re}, était folle. Elle se voyait sans cesse entourée des flammes de l'enfer et courait dans les immenses galeries des monastères où elle résidait en hurlant « Ay Jésus, ay Jésus ! ». Le prince héritier déclaré régent, futur roi Jean VI, était un gros bonhomme placide. Sa femme, en revanche, était une créature maigre, nerveuse, indomptable, d'un conservatisme féroce, remuante, intrigante, ne reculant devant rien. La princesse Carlotta Joaquina, de plus, avait des aventures sans nombre avec des hommes pas forcément très distingués, en particulier avec son jardinier d'origine africaine. Lorsqu'on lui reprochait ses débauches, elle répondait que sa mère, la reine d'Espagne Maria Louisa, le modèle de Goya, avait un seul amant, le fameux Godoy. C'était une catastrophe puisqu'il gouvernait l'Espagne à la place des souverains. Elle qui avait tellement d'amants ne courait aucun risque : pas un de ses amants n'aurait d'ambitions politiques. Carlotta Joaquina avait eu deux fils : l'aîné, Don Pedro, ressemblait physiquement plutôt à son père. Carlotta Joaquina préférait de loin le cadet, son chéri, son héros, Don Miguel qui était beau, bête, agité comme elle, irrésistible aux femmes. Un dangereux trublion.

On en était là lorsque l'avance des troupes françaises força la famille royale à s'enfuir de Lisbonne sous la protection de la flotte anglaise pour rejoindre la colonie portugaise du Brésil. Je ne peux m'empêcher de citer la pittoresque description de Lisbonne à cette époque par un grand ami, hélas décédé, Philippe Jullian, dans son ouvrage *Les Reines mortes du Portugal* : « L'affolement règne à Lisbonne. D'heure en heure, des estafettes annoncent l'approche des envahisseurs. L'ambassadeur d'Angleterre supplie le Régent Don Juan de s'embarquer sur une petite flotte ancrée devant Belem. Don Juan hésite, que faire de sa mère, des infants, faudra-t-il laisser à l'ennemi tous ses trésors et abandonner ses palais, livrer ses serviteurs à la violence. Les mêmes questions se posent dans toutes les grandes familles. Certains décident de rester et de collaborer avec le gouvernement qu'apporteront les Français… D'autres réunissent leurs bijoux, leur argenterie et supplient les capitaines de leur accorder une place sur un des bateaux. Leurs équipages encombrent les quais. Tout Lisbonne, sous une pluie ininterrompue, descend sur la place saluer les Bragance une dernière fois. Mais partiront-ils ? Des rumeurs contradictoires circulent. Dona Carlotta aurait l'intention d'armer le peuple, le Régent serait parti en cachette. Sur le vaisseau amiral ancré aussi près que possible de la place, l'ambassadeur, Lord Strangford, est tout près de perdre son sang-froid. Dans quelques heures, il sera trop tard. Déjà, les charrettes des paysans fuyant devant l'envahisseur encombrent les rues. À Queluz (résidence royale) près de Lisbonne, au milieu du désordre des bagages commencés puis abandonnés, un courtisan brandit un numéro du *Moniteur impérial* paru le 13 octobre déclarant que la Maison de Bragance a fini de régner. "C'est trop fort", dit le Régent qui, aussitôt, signe une convention le plaçant sous la protection de l'Angleterre jusqu'à son arrivée au Brésil.

» C'est l'affolement. Les dames d'honneur, les aumôniers, les pages se jettent aux pieds du Régent, qu'on les emmène n'importe où, dans la cale ou sur le pont, mais qu'on les sauve de ces suppôts de Satan, tout cela au milieu des "Ay Jesus, Ay Jesus" de dona Maria la reine, les ordres contradictoires de dona Carlotta et des trépignements des petits infants qui jamais ne se sont tant amusés. Au patriarcat, on sort des coffres l'écharpe d'or brodée de perles, les crosses de pierreries, les nobles empilent dans des caisses leurs vaisselles d'or et leurs parchemins. Les chapelles des couvents bruissent des rosaires qu'égrènent les nonnes terrifiées à l'idée de subir un sort pire que la mort. Dans les églises, les curés cachent leurs plus fameuses reliques, le crâne de saint Chrysante de Bâle, le fémur de saint Procope et des tibias de quelques-unes des onze mille Vierges. Dans la boue, exposés à la pluie sur des chars traînés par des bœufs, les trésors de Queluz avancent lentement vers Lisbonne. Les Français ne sont plus qu'à deux jours de la capitale. Le 26 novembre au matin, les carrosses de la Cour arrivent à leur tour débordant d'infantes, de négresses et de boîtes à bijoux. "N'allons pas si vite, dit Dona Maria, on pourrait croire que nous fuyons." Dona Carlotta se penche à la portière et jure de revenir bien vite exterminer les Français. Elle montre ses sept enfants d'un geste dramatique, de longs gémissements s'élèvent de la populace. Quand le cortège arrive au pied de la statue de bronze du roi Don José, les soldats ne peuvent retenir ceux qui se traînent aux pieds des princes pour obtenir une place sur les navires. On verse pêle-mêle livres, tapisseries, argenteries dans les canots. Les matelots anglais doivent, sous la menace du fusil, empêcher les embarcations d'encercler leurs frégates. Folles de terreur, des femmes se jettent dans le Tage couvert de leurs bijoux. Enfin, tant bien que mal, la Cour s'empile sur le vaisseau amiral dans une promiscuité abominable. Dans quinze navires, quinze ou vingt mille personnes s'entassent pour gagner le Brésil. Mais réussira-t-on seulement à partir ? La pluie régulière alourdit les voiles que ne gonfle pas le moindre vent. Déjà, on entend le canon, Junot s'est emparé d'Abrantès. La Cour, le patriarche, les généraux, les ambassadeurs, les ministres et tous les grands du royaume, victimes de l'inertie des éléments, vont-ils tomber entre les mains des Français avec leurs trésors ? Le soir du 28 novembre, ils aperçoivent un drapeau tricolore à un clocher des faubourgs. Enfin, le matin du 29, le vent se lève et la flotte britannique, saluant Lisbonne d'un adieu de vingt-quatre coups de canon, passe la Tour de Belem. Dans la soirée, Junot entre au palais d'Ajouda. »

Les Français achèvent de conquérir le Portugal et l'occupent. Puis vient la reconquête, la seconde *reconquista* – la première au Moyen Âge ayant abouti à chasser les Maures de la péninsule. Cette fois-ci, ce sont les Français qui sont chassés de cette même péninsule et le terrain est libre pour que la famille royale revienne de son exil brésilien.

Entre-temps la reine Maria, la folle, est morte. Son fils, le gros Joao, est devenu roi et Carlotta Joaquina est désormais reine de Portugal. La famille royale

revient donc sur place mais laisse le prince héritier,
Don Pedro, avec une sorte de régence au Brésil. Le
roi et la reine mettent enfin le pied dans leur royaume
dont les Français les avaient chassés. Entre-temps,
grâce à cette occupation française, un mouvement
libéral s'était déclaré contre l'absolutisme royal. Une
constitution avait été votée par un parlement et les
députés vinrent présenter ce document à leurs souverains. Cette constitution limitait les pouvoirs du roi,
elle établissait un régime vaguement parlementaire
et libéral, tout ce que détestait la reine qui accusait
les parlementaires d'être des suppôts des Français et
de leur Napoléon.

Le roi reçoit les parlementaires avec sa gentillesse
habituelle. Il leur prend des mains la constitution, ne
la regarde pas ; il a l'air plutôt endormi et ne réagit
pas. Puis, les parlementaires présentent le document
à la reine assise sur son trône qui la déchire et la jette
au vent en hurlant « Hors d'ici, mignons de l'Antéchrist » – l'Antéchrist étant évidemment Napoléon.
Commença alors un règne on ne peut plus tumul-
tueux.

Pendant ce temps, le fils aîné du couple royal, Don
Pedro, gouvernait le Brésil, toujours colonie portugaise. Mais « la gangrène libérale », comme l'appelait
la reine Carlotta Joaquina, s'était répandue jusqu'en
Amérique latine, dans les colonies portugaises et
espagnoles. Un vent d'indépendance soufflait. Don
Pedro le sentit. Au lieu d'épouser le conservatisme
outrancier de sa mère, il était lui-même libéral. Alors,
il sauta le pas. Il a vingt-quatre ans, il est beau, il est

courageux, il a du panache, il proclame à Rio de Janeiro l'indépendance du Brésil, c'est-à-dire que par ce geste, il se coupe et de sa famille, son père étant le maître du Brésil, et de son pays, le Portugal.

Ce même jour qui le fait entrer dans l'Histoire, il galope à cheval vers une caserne dont la garnison s'est soulevée. Passant à gué une rivière, il voit une berline de voyage à demi renversée dans les eaux grondantes. Il s'arrête pour aider les voyageurs et, dans la voiture, il découvre une beauté merveilleuse, Domitila de Castro Canto e Melho, dont il tombe instantanément amoureux et qu'il titrera plus tard marquise Dos Santos. Ainsi, la même nuit, le Brésil devient indépendant, avec Don Pedro comme empereur, et lui-même découvre l'amour. Amour bien illégitime car il était marié à une archiduchesse d'Autriche, pas très amusante, il faut bien l'avouer, sœur de Marie-Louise, la femme de Napoléon. Ainsi, comble-t-il simultanément les rêves des Brésiliens et les siens propres.

Les Brésiliens sont ivres de joie et les Portugais, ainsi que la famille royale, ivres de rage devant ce qu'ils considèrent comme une abominable trahison de Don Pedro. Chacun campe sur ses positions. Un beau jour, le roi de Portugal, Jean VI, meurt. Son successeur naturel est son fils aîné, c'est-à-dire Don Pedro, mais celui-ci n'a aucune envie d'abandonner son Brésil bien-aimé. Il désigne donc pour régner sur le Portugal son aînée, une fille, Maria da Gloria. C'est encore une enfant, il l'entoure de régents fort capables et l'expédie se faire couronner à Lisbonne.

C'est sans compter sur son cadet, Don Miguel, le bel-
lâtre intrigant et remuant, le chouchou déclaré de sa
mère la reine Carlotta Joaquina. Bien stylé par celle-
ci, il conteste le droit de sa nièce Maria da Gloria
à devenir reine de Portugal. C'est lui, Don Miguel,
le roi légitime de Portugal. Il lève des troupes, les
régents de la reine-enfant en font autant et commence une longue et cruelle guerre civile entre les
partisans de l'oncle et ceux de la nièce.

L'oncle semble avoir l'avantage, il est reconnu roi
de Portugal par les puissances conservatrices de
l'Europe lorsque Don Pedro, de son lointain Brésil,
déclare qu'il ne peut laisser sa fille se faire battre par
son frère. Il abdique donc pour son second enfant,
un garçon, qui devient l'empereur Pedro II du Brésil.
Lui-même s'embarque pour le Portugal et devient le
général de sa propre fille. Il a du talent, son frère
Don Miguel aucun, ce n'est qu'un intrigant, un comploteur. Les troupes de Maria da Gloria, sous le
commandement de son père, regagnent l'avantage.
Une bataille décisive se dispute aux portes de Lisbonne. Don Pedro est le vainqueur, sa fille est désormais la reine incontestée du Portugal. Il meurt en
quelques jours d'une fièvre. Il avait à peine trente-
trois ans.

Son fils, laissé au Brésil, deviendra un des souverains les plus éclairés du XIXᵉ siècle, infiniment
cultivé, libéral au point d'être presque un intellectuel
dirait-on de gauche, ami de Victor Hugo et de
Darwin avec qui il correspondait. L'empereur Pedro II
ne pouvait supporter l'idée que ses innombrables

sujets d'origine africaine soient des esclaves. Aussi abolit-il l'esclavage. L'Europe libérale applaudit à tout rompre ce geste mais les grands propriétaires terriens du Brésil, qui voyaient leur fortune s'effondrer faute de main-d'œuvre gratuite, grincèrent des dents. Ils grincèrent si fort qu'ils concoctèrent une petite révolution, renversèrent la monarchie de Pedro II et la remplacèrent par la république. C'est le seul exemple où une monarchie de gauche ait été renversée par une révolution de droite.

L'empereur Pedro II n'avait eu que deux filles. L'aînée, la princesse héritière Isabelle, avait épousé un de mes oncles lointains, Gaston d'Orléans comte d'Eu. C'était elle qui, assumant la régence pendant un voyage à l'étranger de son père, avait signé, sur instructions de Pedro II, l'acte d'abolition de l'esclavage. C'est pourquoi elle est, à l'instar de son père, considérée comme la grande héroïne des Brésiliens d'origine africaine. Chaque année, au carnaval, ceux-ci tiennent à représenter leurs idoles. L'empereur, l'impératrice, sa femme, la princesse Isabelle, sa fille et son gendre l'oncle Gaston, sont donc figurés comme les imaginent les habitants des favelas, c'est-à-dire vêtus dans les couleurs les plus vives, couverts de paillettes et couronnés d'immenses plumes d'autruche. Heureusement, leurs admirateurs n'ont pas vu la réalité, c'est-à-dire les photos de la famille impériale. L'empereur et les siens qui se voulaient modestes arborent les tenues les plus ternes et les plus sombres qu'on puisse imaginer. Une famille de la bonne bourgeoisie n'aurait jamais osé s'habiller aussi inélégamment, aussi humblement que la famille impériale du Brésil.

Le fondateur de la dynastie, Don Pedro Ier, quant à lui, avait beaucoup plus de panache. Lorsqu'il s'était proclamé souverain du Brésil, il avait décidé d'être couronné. Il s'était fait fabriquer une couronne enchâssée des diamants pour lesquels le Brésil est célèbre – c'était en effet à l'époque le premier producteur mondial de ces pierres précieuses. À l'instar des souverains européens, il aurait aussi dû endosser un long manteau de velours brodé d'hermine mais impossible de porter un vêtement aussi épais et chaud alors que les températures tropicales avoisinaient les quarante degrés. Aussi son imagination lui suggéra-t-elle une solution bien poétique, il fit broder l'étoffe légère de son manteau de milliers de plumes multicolores des oiseaux de son nouvel empire. Ce chef-d'œuvre est toujours conservé en la ville de Petrópolis qu'il fonda dans les plateaux au nord de Rio de Janeiro et à laquelle il donna son nom.

L'autre souverain du XIXe siècle qui incarne pour moi le romantisme est plus tragique. Nous sommes en 1856. Dans le château onirique de Miramare, près de Trieste qu'il s'est fait construire, habite un jeune et bel archiduc d'Autriche, frère cadet de l'empereur François-Joseph. Il est grand, il est blond, il a du charme. Il a épousé la princesse Charlotte de Belgique une belle brune. Au contraire de son mari, elle est douée d'énormément de personnalité, de caractère et d'ambition. Le couple végète. Du fait qu'il est un cadet, on ne leur donne rien à faire.

Là-dessus, une délégation vient leur offrir la couronne du Mexique. Cette ancienne colonie espagnole est devenue indépendante et depuis n'a connu que des soubresauts politiques. Il y eut déjà un empereur mais il a mal fini. Maximilien et Charlotte ne se demandent pas si cette offre est réaliste. Ils ne savent rien du Mexique. Ils croient ce que leur disent les Mexicains qu'ils reçoivent, à savoir que le Mexique entier les attend.

Ils sont romantiques, ils acceptent cette couronne du lointain Mexique, ils partent pleins de bonnes intentions pour rendre le peuple heureux et le faire accéder au progrès. Leur irréalisme est total. Ils essayent de faire de leur mieux, elle, avec beaucoup plus d'intelligence que lui.

J'ai écrit une biographie de l'impératrice Charlotte, qui se trouvait être la cousine germaine de mes arrière-grands-parents, le comte de Paris et le duc de Chartres. Ce que je n'ai osé dire dans ce livre, c'est que les États-Unis, dès le début de l'aventure de Maximilien et de Charlotte, se montrèrent leur adversaire le plus acharné. Pas du tout parce que cette monarchie heurtait leur sentiment républicain mais parce qu'avec des souverains européens, c'étaient les investissements européens qui arrivaient au Mexique. Or, les États-Unis considéraient déjà le Mexique comme leur chasse gardée. Il fallait donc à tout prix renverser Maximilien. Ce sont les États-Unis qui ont, par leurs espions et leurs agents, propulsé Benito Juarez, le « héros » de la révolte contre

Maximilien. Le gouvernement américain, au début, ne voulait pas de lui, il est allé sonder tous les possibles candidats à la révolte, il a même été demander au général Santa Anna, un vieux retraité, lequel s'était battu contre les États-Unis qui avaient gagné sur lui le Texas. Il répondit aux Américains qu'il était trop âgé pour prendre la tête d'un soulèvement contre Maximilien. Benito Juarez était le dernier candidat de leur liste. En désespoir de cause, ils lui demandèrent de mener cette révolte en lui promettant de l'appuyer de toute leur puissance d'argent et d'armes. Tout ça secrètement. On sait que Juarez gagna et que Maximilien tomba entre ses mains. L'empereur, contre toute justice, contre tous les accords passés secrètement avec des émissaires de Juarez, fut fusillé. Je n'en ai pas la preuve mais je suis certain que jamais Juarez n'aurait osé faire une chose pareille sans l'accord tacite des États-Unis.

Cependant, les États-Unis, en encourageant Juarez, ne s'étaient pas doutés de son envergure. Ils voulaient un homme à leur botte, ils avaient mis en selle un bâtisseur d'empire. Cet Indien zapotèque se révéla un sombre et formidable génie. Il « libéra » le Mexique de Maximilien et de l'influence européenne mais aussi des États-Unis. Jusqu'à aujourd'hui, il reste à juste titre l'incarnation de son pays. Il suscita beaucoup d'admiration dans le monde entier, en particulier chez un couple de très modestes Italiens de la province de l'Émilie-Romagne. En l'honneur du fondateur du Mexique moderne, ils nommèrent leur fils Benito. Celui-ci allait se creuser un chemin lui aussi, mais bien différent. C'était Mussolini.

Avec Maximilien, on créa un manichéisme dans l'Histoire. Il y eut des bons et des mauvais. Maximilien, dans le Panthéon mexicain, est l'archi-vilain tandis que Juarez est le saint libérateur du pays. Pendant des décennies, il en fut ainsi. Maximilien resta en enfer. Lorsque je faisais mes recherches pour ma biographie sur Charlotte, je visitai Queretaro où il fut fusillé. J'explorai le couvent où il avait été enfermé. Il y avait avec moi des touristes mexicains très modestes, des gens venus de leur village. « Comment considérez-vous Maximilien ? » leur demandai-je. « Oh, lui était bon, il voulait le bien du peuple mais sa femme était très autoritaire, elle n'était pas bonne du tout. »

Tous les hivers, nous allions à Oaxaca au Mexique chez des amis artistes. Un de leurs enfants, Cosmas, un gamin de dix ans, est mon filleul. Un matin, à l'heure du départ pour l'école, je le trouve déguisé avec une grande barbe et un long manteau. Devant ma surprise, il m'explique : « Tous les ans, on fête Juarez, et moi je suis l'empereur Maximilien. » C'était le seul de l'école blond aux yeux bleus. Revenu de la fête pour déjeuner avec nous, je lui demande comment s'est passée la fête. « C'était très bien et en particulier la poche de faux sang qu'on m'a donnée. » « La poche de faux sang, qu'est-ce que c'est que ça ? » « Parce que j'ai été fusillé. » Donc, dans les écoles mexicaines, pour des bambins de dix ans, on reproduit l'exécution de Maximilien. C'est la grande fête locale, la réjouissance nationale.

Maximilien et Charlotte ont laissé plus de traces qu'on ne le croit. Charlotte fut la première à s'intéresser à l'archéologie mexicaine, la première à visiter le Yucatan, elle escalada (en crinoline) les pyramides mayas et elle fit promulguer la première loi au monde de protection des sites archéologiques.

D'autres souverains incarnèrent à leur façon le romantisme, très conscients de leur personnage qu'ils cultivèrent sciemment. Leur apparence, leur style, leurs névroses, leur extravagance, leur égocentrisme obéissaient aux canons du romantisme. Dans le genre, un trio de proches parents reste encore les idoles de millions d'admirateurs.

Le premier, le roi Louis II de Bavière, passe pour le summum du romantisme : son amitié passionnée pour Wagner, ses châteaux extravagants où il s'enfermait avec ses fantômes, ses promenades la nuit au clair de lune en traîneau surdoré glissant silencieusement sur la neige… Il était torturé par son homosexualité. Les délires de son journal en témoignent. En fait, il ne s'occupait que de lui-même. Bien sûr, ses châteaux qui ont presque ruiné son royaume sont devenus l'attraction numéro un de la Bavière. Bien sûr, il reste les opéras de Wagner que sa généreuse protection a permis au maître de composer. Si l'on imagine Louis II perdu dans les brumes de la poésie et de la musique, on ignore généralement que c'était un politique fort intelligent. Je le soupçonnais et j'en ai eu confirmation par son arrière-arrière-neveu, l'actuel duc de Bavière, descendant du régent qui

détrôna Louis II. Ce roi était le seul à avoir compris
que l'Allemagne était en grand danger si la Prusse
l'unissait sous son sceptre. Ce fut donc l'adversaire le
plus tenace et le plus pertinent de Bismarck. À tel
point que mon arrière-grand-père français, le comte
de Paris, finança en partie le déficit de Louis II dû à
la construction de ses châteaux pour l'encourager
dans son attitude anti-prussienne. Bismarck le savait
si bien qu'il avait entouré Louis II d'espions, lesquels, fringants militaires ou domestiques hardis de
la prunelle, étaient ses amants, en particulier son
valet de chambre préféré Horning.

Cependant, face à la ténacité, au machiavélisme, au
génie politique de Bismarck, Louis II n'avait pas
assez de volonté ni de force pour l'empêcher de
mettre la main sur l'Allemagne au nom de son souverain, le roi de Prusse. Lorsque le Chancelier de Fer
créa le nouvel empire germanique à Versailles,
Louis II fut le seul à refuser son invitation de partici-
per à la cérémonie.

La mort de Louis II est entourée d'un profond
mystère. Le gouvernement bavarois avait décidé de le
détrôner à cause de ses folles dépenses qui menaient
le pays à la ruine. Son oncle, le prince Luitpold de
Bavière, avait accepté de devenir régent à sa place.
On avait dépêché une délégation qui arriva sous une
pluie torrentielle en son féerique château de Neu-
schwanstein. Après pas mal de péripéties, Louis II
fut arrêté, emmené, enfermé dans le petit château de
Berg et confié à des aliénistes menés par le docteur
Gudden. Quelques jours plus tard, le roi demanda à
faire une promenade après son dîner. Le docteur

Gudden non seulement accepta mais empêcha les gardes qui ne quittaient pas le souverain détrôné de le suivre. Les deux hommes partirent dans la nuit pluvieuse. On les vit disparaître au détour d'une allée et on ne les revit plus vivants. Plusieurs heures après, en pleine nuit, les recherches ayant été ordonnées, on découvrit les cadavres du roi et de l'aliéniste flottant dans les eaux basses du lac voisin. Ce qui s'était passé, nul ne l'a jamais su jusqu'à ce jour. Cependant, des marques de strangulation sur le cou du médecin firent supposer que le roi, musculairement très fort, l'aurait étranglé pour pouvoir s'échapper à la nage mais qu'un arrêt de cœur l'avait surpris. Ma grand-mère française me répétait que c'était son roi préféré. Je m'en étonnais parce que Louis II n'était pas du tout son genre. « Je l'aime parce qu'il a tué son médecin », m'expliqua-t-elle. Quant à moi, j'avoue ne l'avoir jamais trouvé très intéressant.

Louis II avait une amitié amoureuse, une sorte de complicité avec sa cousine germaine, semblable à lui par tant d'aspects, l'impératrice d'Autriche, Élisabeth de Bavière, dite Sissi. De nouveau un personnage éminemment romantique. Elle était belle, merveilleusement belle. Élégante, soignant sa ligne, elle inventa la diète et la gymnastique. Elle avait fait installer dans un salon du palais impérial des anneaux sur lesquels elle s'exerçait. C'était une femme solitaire, mélancolique, triste parce que incomprise. Elle errait sans cesse d'un pays à l'autre à la recherche d'un rêve qu'elle n'arrivait pas à réaliser. Dans mon adolescence, c'était mon idole : elle était anticonformiste, se moquait du protocole, des règles de la Cour, des poncifs. Elle était poétique, originale, elle fascinait ses contemporains et continua de le faire pour la postérité.

Bien des années plus tard, je me suis posé des questions à son sujet. Elle négligeait son mari. Si ce bureaucrate tatillon et quasi inhumain était loin d'être inspirant, en tout cas lui l'aimait. Elle négligeait ses enfants, elle négligeait ses sujets autrichiens chez qui elle n'était pas très populaire. Son romantisme avait pourtant séduit ses sujets hongrois qui l'avaient mise sur un piédestal. Enfin, sa fin tragique la grandit encore. Alors qu'elle allait s'embarquer sur le ferry du lac Léman, elle fut poignardée par un anarchiste. La lame du couteau était si fine qu'elle ne sentit rien et qu'elle continua à marcher sur quelques mètres avant de s'effondrer. L'assassin l'avait choisie au hasard. En fait, elle était comme son bien-aimé cousin Louis II, uniquement occupée d'elle-même. Elle légua ses névroses à son unique fils, l'archiduc Rodolphe. C'était un homme à femmes, un drogué, un paresseux. La légende le présente en opposition à son père l'empereur François-Joseph obtus et conservateur, comme un jeune héritier libéral, ouvert qui représentait un avenir d'espoir et d'humanité. En vérité l'empereur maintenait solidement l'Empire et surtout était extrêmement populaire. Quant aux idées de Rodolphe, elles étaient plutôt fumeuses. En tout cas, les deux hommes, père et fils, s'entendaient beaucoup mieux qu'on n'a voulu le croire. Quant aux rêves imprécis de l'archiduc, ils étaient imprégnés d'un profond irréalisme.

Puis vint la tragédie. Il était tombé amoureux d'une jeunette, Maria Vetsera. L'aventure fit scandale, au point qu'il fut sommé par l'empereur de rompre. Une dernière fois, il emmena sa maîtresse avec lui et se rendit dans le pavillon de chasse de Mayerling. Ils furent trouvés morts le lendemain matin tués à coups de revolver. Double suicide. Trois amis de l'archiduc se trouvaient au pavillon dont le comte Hoyos, maréchal de la Cour. Lorsqu'on eut fait la macabre découverte, il courut à la petite gare de Mayerling et obligea le chef de gare à arrêter l'express Trieste-Vienne, prétextant une raison d'État. Il sauta dans le train, arriva à Vienne, se précipita au palais et, toutes portes fermées, annonça la nouvelle à l'empereur. La version officielle fut publiée peu après. On ne mentionnait même pas Maria Vetsera. On disait que l'archiduc, en proie à des troubles psychiques, avait mis fin à ses jours. L'empereur fit venir tous ceux qui avaient été présents au pavillon de Mayerling et leur fit jurer sur l'Évangile de ne jamais révéler à quiconque ce qu'ils savaient. Quant à l'encombrant cadavre de la maîtresse, on le confia à ses oncles. Ils n'eurent pas le droit d'avouer sa mort, on hissa son cadavre dans un fiacre, on la coinça entre les deux oncles, et fouette cocher vers un cimetière du voisinage. Toute la nuit, les oncles voyagèrent dans la tempête de neige avec, entre eux, leur nièce morte. Aucun des témoins ne parla jamais, tous respectèrent la parole donnée à l'empereur.

La version officielle s'en tient à un double suicide par amour. Bientôt, des rumeurs contradictoires coururent. Ce ne serait pas un suicide mais un assassinat. L'archiduc aurait été supprimé pour des raisons politiques et Maria Vetsera aurait été tuée dans la foulée pour supprimer un témoin gênant. Des livres, des études, des romans, des films innombrables ont retracé la tragédie. Quoi de plus romantique que cet héritier d'un trône prestigieux qui se tue et tue sa jeune maîtresse parce qu'on leur interdit l'amour… En fait, l'archiduc Rodolphe avait terminé sa liaison avec Maria Vetsera avant le séjour à Mayerling. Des maîtresses comme elle, il en avait eu des dizaines. Aucune ne l'avait retenu, et elle pas plus qu'une autre. S'il l'avait emmenée à Mayerling, c'était probablement pour un dernier week-end galant, Maria étant toujours follement éprise de lui. Le reste n'est que suppositions. S'il s'agissait d'un suicide, comme l'avait déclaré la première version officielle, et que l'archiduc était donc mort en état de péché mortel, était-ce pensable que le Vatican permette de solennelles funérailles religieuses ?

Louis II, l'impératrice Élisabeth et Rodolphe sont trois personnages dont le romantisme a été puissamment mis en lumière par le cinéma. En fait, ils ont eux-mêmes fait leur propre cinéma. Ne restent que trois personnages, certes très beaux, très séduisants, très attirants mais éminemment égocentriques et névrosés et, peut-être, quelque peu surfaits.

En revanche, une femme fut l'incarnation même du romantisme dans cette époque où tant d'hommes, tant de femmes se voulaient romantiques. Elle ne fut pas une reine bien qu'elle régnât sur le désert. Jane Digby naquit dans l'aristocratie anglaise. Son père était un lord et possédait un vaste château. Elle fut élevée comme toutes les jeunes nobles anglaises par des nannies, puis elle fit ses débuts dans la société à Londres. Elle courut de bal en bal. On lui trouva un mari, un lord tout aussi titré, tout aussi riche que son père. Elle l'épousa et ne tarda pas à s'ennuyer. Elle était belle, séduisante, et n'avait pas froid aux yeux. Les hommes étaient loin de la laisser indifférente. Elle devint l'ornement de toutes les fêtes à Londres. Tout en s'ennuyant ferme avec son mari, elle flirtait à droite à gauche jusqu'à ce qu'elle rencontre un attaché de l'ambassade autrichienne à Londres, le prince Félix Schwarzenberg. Il lui fit la cour, elle tomba amoureuse. Non seulement, elle eut une liaison avec lui, ce dont personne ne s'étonna, car c'était chose courante dans la haute société anglaise de l'époque, mais elle se laissa enlever par lui, ce qui était inhabituel. Le scandale fut immense. Qu'elle ait des amants, personne ne s'en serait offusqué mais qu'elle abandonne son mari pour partir à l'étranger avec un autre homme, un étranger de surcroît, c'était inacceptable pour l'aristocratie britannique. Jane n'en conçut aucun souci. Son amant l'emmena à Paris, elle devint rapidement l'ornement des fêtes parisiennes comme elle avait été celui des bals londoniens. Bien des messieurs lui firent la cour. Schwarzenberg, peut-être un peu las d'une maîtresse si remuante, l'abandonna. Restée seule, elle lui trouva rapidement un remplaçant, sinon des remplaçants, le plus fameux d'entre eux n'étant rien de moins que le Premier ministre de Louis-Philippe, Guizot. Elle continua à mener joyeuse vie, puis la Révolution de 1848 lui fit comprendre qu'il valait mieux quitter Paris.

Elle se rendit à Munich. Elle devint la maîtresse puis l'épouse d'un comte bavarois dont elle eut un fils, lequel, encore enfant, se tua en tombant d'un balcon. Ce drame déchira Jane mais elle ne tarda pas à trouver un nouvel amant, le roi Louis Iᵉʳ de Bavière. C'était un personnage éminemment sympathique et haut en couleur. Helléniste distingué, homme à femmes, sa vie avait été une succession d'aventures extravagantes. Jane et lui s'entendirent à merveille mais la reine Thérèse de Bavière, pourtant tolérante pour les écarts de son mari, trouva cette situation beaucoup moins merveilleuse. Elle fit comprendre à Jane qu'il valait mieux déguerpir. Jane, obligeante, obtempéra. Mais où aller ?

Lorsque le roi Louis Iᵉʳ avait vu son fils Othon choisi pour régner sur la Grèce, nouvellement indépendante, cet helléniste convaincu avait frémi de joie. Il avait vite déchanté. Les Grecs qui sortaient à peine de quatre siècles de joug turc se moquaient pas mal de leur passé antique. À preuve : le port de Nauplie dans le Péloponnèse, où avait débarqué Othon, était la ville la plus importante du tout petit royaume – elle serait donc sa capitale. À Munich, Louis Iᵉʳ avait poussé des cris d'indignation. Quoi ! Était-ce possible que les Grecs songent à une autre

capitale qu'Athènes ? On objecta au Bavarois qu'Athènes n'était qu'une bourgade somnolente. La réponse
de Louis Ier ne se fit pas attendre. Athènes et aucune
autre capitale. Sans discussion. Ainsi fut fait et la
mégapole d'aujourd'hui doit son importance à un roi
cultivé et farfelu. Après la capitale, vint la question
du palais. Mais où ? Tout simplement sur l'Acropole,
décident Othon et ses conseillers. Et on demande au
plus grand architecte allemand de l'époque, Schinkel,
de dessiner les plans. Celui-ci s'exécute et conçoit des
bâtiments qui incorporent les ruines des monuments
antiques, Parthénon et autres. Le roi Louis Ier vit
ces plans, comme moi-même je les ai vus, et pensa
défaillir d'horreur. Quoi ! Toucher aux plus augustes
témoignages de la civilisation grecque antique, seul
un barbare oserait ce blasphème. Seulement le barbare était son propre fils. De Munich le roi tonna.
Pas question d'effleurer seulement l'Acropole et,
pour consoler Othon, son père lui paya l'immense
palais qui domine la place de la Constitution,
aujourd'hui Parlement, où habita mon grand-père
après Othon et dont ma famille paternelle avait
horreur.

Lorsque Jane Digby surgit à Athènes, Louis Ier
avait pardonné ses incongruités culturelles à son fils
et la lui recommanda. Elle arriva donc avec les
meilleures introductions. Elle devint la maîtresse
d'un héros de la révolution grecque, le général Hadji
Petros. Puis elle épousa le comte Theotoki qui possédait une merveilleuse villa à Corfou, toujours aux
mains de ses descendants.

Comme si cela ne suffisait pas, la belle Jane attira l'œil du roi Othon et devint tout naturellement sa maîtresse. Après avoir eu le père, Louis Ier, elle eut le fils, Othon. L'épouse de ce dernier, la reine Amélie, réagit de la même façon que sa belle-mère, la reine de Bavière. Elle fit comprendre à Jane que sa place n'était pas en Grèce. Jane, toujours décidée à éviter les drames, partit le cœur léger, abandonnant amants et mari. Où aller ? Toujours plus à l'est.

Elle débarqua ainsi à Beyrouth alors propriété, comme tout le Moyen-Orient, de l'Empire ottoman. À peu d'exceptions près, aucune femme ne voyageait seule dans ces régions. Aussi, Jane, par sa beauté, par son panache, attira-t-elle l'attention de tous. Elle déclara qu'elle voulait explorer le désert. Les gens sérieux lui répondirent qu'il n'en était pas question. Les dunes étaient truffées de bédouins qui attaquaient les caravanes et enlevaient les riches voyageurs pour demander rançon et, pire encore en ce qui concernait les femmes. Cela n'arrêta pas la belle Jane qui loua des chameliers et s'élança dans le désert. Elle fut enlevée par des bédouins qui la menèrent à leur chef. Celui-ci tomba instantanément amoureux de Jane, qui ne fut pas insensible de son côté à son charme. À tel point qu'ils se marièrent. Le bédouin, loin d'être un sauvage, était un personnage éduqué, raffiné, qui possédait un splendide palais à Damas, un grand seigneur dans toute l'acception du terme. Jane et lui formèrent un couple parfaitement heureux. Jane avait séduit les sujets de son mari, les hommes du désert, par sa façon étonnante de dompter les chevaux sauvages, souvenir de son éducation britannique. Cette cavalière émérite régna donc sur les sables comme elle avait régné sur les salons de Londres, de Paris, de Munich et d'Athènes.

Une révolte anti-chrétienne éclata à Damas. Partout, les chrétiens furent pourchassés et massacrés. Deux personnages eurent le courage de les abriter. Tout d'abord, Abdel Kader, l'ancien chef de la révolte anti-française d'Algérie, le héros de l'indépendantisme algérien, d'abord exilé en France puis envoyé en Syrie. Malgré le traitement que lui avaient fait subir les chrétiens, cet homme d'honneur les abrita. De même le mari de Jane Digby. Par hasard se trouvaient à ce moment à Damas, en touristes, mes deux arrière-grands-pères alors jeunes gens, le comte de Paris et le duc de Chartres. Ils trouvèrent refuge chez le cheik de Jane. Entre-temps, celle-ci était morte, épouse honorée d'un chef de tribu arabe.

De la famille de Jane devait sortir au XXe siècle une autre femme, belle et étonnante, une aventurière de haut vol, Pamela Digby. Cette aristocrate commença par épouser le fils de Churchill, puis le ministre américain Averell Harriman. Elle accéda ainsi aux hautes sphères politiques internationales. On lui prêta un certain nombre d'aventures avec des messieurs célèbres. Toujours belle, toujours séduisante, elle fut envoyée par Clinton comme son ambassadeur à Paris et y mourut dans l'exercice de ses fonctions alors qu'elle nageait dans la piscine du Ritz. Chaque fois que je la rencontrai, nous parlions de son ancêtre Jane pour laquelle elle éprouvait la même passion que moi et nous admirions son très beau portrait en bédouine, peint par le peintre allemand Haas, que j'avais déniché dans le musée de Koweït.

Jane Digby n'avait pas cherché à être romantique, elle avait tout simplement vécu sa vie comme elle le voulait, ce qui est le comble du romantisme. Elle avait traversé les plus extravagantes aventures avec le plus grand naturel comme seules ses compatriotes réussissent à le faire et devint, sans le vouloir et sans le savoir, un roman ambulant. Elle appartient à cette race d'Anglaises unique au monde dont j'ai connu deux exemples.

Je me trouvais, il y a une trentaine d'années, à l'hôtel Baron d'Alep lorsque j'y fis la connaissance de Freya Stark. C'était une de ces exploratrices du début du XX\ :math:`^e` siècle que rien n'arrêtait. La première Européenne, elle avait voyagé de long en large dans la péninsule arabique. Il n'y avait pas de lieu au Moyen-Orient où elle n'avait réussi à aller, peut-être aussi ramenait-elle de ses voyages quelques informations pour le Foreign Office. Lorsque je la rencontrai, elle avait quatre-vingts ans. Incroyablement jeune d'esprit et d'allure, elle apparut pimpante, coquettement habillée et coiffée d'un élégant chapeau de paille mauve. Elle partait descendre l'Euphrate en radeau, enchantée à la perspective de cette aventure. Seules les Anglaises comme elle pouvaient vivre pendant des mois sous des tentes putrides, dégoûtantes, en parlant des dialectes incompréhensibles et en mangeant dieu sait quoi, supportant comme si de rien n'était des circonstances épouvantables. Puis, revenues à la civilisation, elles devenaient à nouveau des femmes raffinées, séduisantes, bien habillées, parfumées, embijoutées, des aristocrates distinguées, à l'accent caractéristique.

Telle était aussi Lady X... Dans les années 60, elle apparaissait dans les bals, beauté sublime, grande, mince, les yeux verts, le teint pâle que seules les Anglaises possèdent, un tout petit nez, une ossature magnifique, des cheveux auburn couronnés d'un haut diadème de fleurs de pierreries « en trembleuses », de longues girandoles de diamants scintillant à ses oreilles, la grâce même, l'élégance suprême, brillant de tous ses feux dans les salons dorés. Puis, elle disparaissait pendant des mois. On disait qu'elle voyageait en Afghanistan ou sur quelques frontières de l'Asie du Sud-Est. Elle se déplaçait à dos de chameau, dormait à même le sol... Et rapportait une ample moisson d'informations pour l'Intelligence Service.

EMPIRES COLONISATEURS
ET EMPIRES COLONISÉS

Les femmes anglaises avaient beau être romantiques, la *real politic* anglaise, elle, ne l'était en rien. Comme elle l'avait escompté, l'Angleterre, au bout du compte de la Révolution française et de l'empire de Napoléon, se retrouvait la première puissance mondiale. Tout d'abord, la plus riche. Elle s'était lancée fiévreusement dans l'industrialisation et ses produits, par la qualité, étaient les meilleurs du monde. Elle se jeta dans un colonialisme féroce.

Elle avait déjà débuté au siècle précédent mais en gardant une certaine mesure, à cause de la concurrence française. Dans la seconde moitié du XIXᵉ siècle, l'Angleterre s'est emparée de continents entiers, sans scrupules, sans mesure, sans l'once de considération ou d'humanité. Elle faisait coiffer cet impérialisme impitoyable par la personnalité éminemment respectable et respectée de la reine Victoria.

Cette dernière s'était voulue irréprochable par opposition à ses oncles qui s'étaient concurrencés l'un l'autre dans le scandale, le premier prix revenant certainement à l'aîné d'entre eux, le roi George IV. Dépensier, toujours endetté, il avait pourtant un goût remarquable, accumula des collections de premier ordre. Il était bigame, ayant épousé secrètement sa maîtresse, Mrs Fitzherbert, lorsqu'on le força à se marier selon son rang avec une cousine éloignée, Caroline de Brunswick. Lorsqu'il porta le premier regard sur celle-ci, il s'évanouit de dégoût. Pour assumer ses devoirs pendant la nuit de noce, il dut d'ailleurs avaler toute une bouteille de cognac. Plus tard, un divorce retentissant qui jeta l'opprobre sur lui et la famille royale le sépara enfin de cette épouse non désirée. Un jour de 1821, alors qu'il se trouvait dans son bureau du château de Windsor, son aide de camp apparut : « Sire, je viens de vous annoncer la mort de votre pire ennemi. » « Ma femme ! » s'écria George IV, plein d'espoir. « Non, Sire, l'empereur Napoléon. »

Un beau jour, George IV s'aperçut qu'il n'avait pas d'héritier, ses frères non plus, encombrés de leurs liaisons. Alors, il convoqua ces derniers et leur donna ses instructions. Les frères renvoyèrent *manu militari* maîtresses et bâtards, puis cherchèrent des épouses à toute vitesse. Ils les trouvèrent évidemment en Allemagne. Hélas, ils n'étaient plus très jeunes, et un seul d'entre eux put produire un enfant, une fille, la seule héritière du trône d'Angleterre. Ce fut la reine Victoria.

Mais était-elle vraiment la légitime détentrice de la couronne ? Pendant son règne, un curieux incident survint.

Le duc de Buccleuch était le plus grand, le plus riche des seigneurs du royaume. Son descendant, l'actuel duc de Buccleugh, reste le plus grand propriétaire terrien d'Europe. Donc, le duc, du temps de la reine Victoria, fit effectuer quelques travaux dans un de ses innombrables châteaux. Soudain, une partie du mur s'effondra et révéla une cachette. Dans cette cachette, une cassette, dans la cassette un document.

Ici, il faut remonter au XVIIe siècle. Les ducs de Beuccleugh sont les descendants par les hommes du beau et tragique duc de Monmouth du XVIIe siècle. Celui-ci était un bâtard du roi Charles II et de sa maîtresse d'alors, Lucy Walters. Qui dit bâtard dit impossible succession au trône. Cependant, Monmouth se rebella contre son oncle, le roi régnant Jacques II, affirmant que la Couronne lui revenait. S'ensuivit une petite guerre civile qui finit par l'écrasement des troupes de Monmouth. Ce dernier, fait prisonnier, fut décapité sur ordre de son oncle. Fin de l'histoire.

Donc, le duc de Buccleuch déroule le parchemin trouvé dans la cassette et, avec effarement, découvre qu'il s'agit d'un acte de mariage secret entre le roi Charles II et Lucy Walters. Dès lors, le duc de Monmouth n'était plus un bâtard mais le fils légitime du roi, ce qui explique sa rébellion contre son oncle et sa prétention à la Couronne. Du coup, son descendant par les hommes, le duc de Buccleuch, se trouvait sans conteste être le légitime roi d'Angleterre. Que faire ? se dit le duc. Il réfléchit puis il brûla le document mais fit savoir indirectement toute l'histoire à la reine Victoria. Depuis, la Couronne protège tout particulièrement ses descendants.

Malgré cet avatar, la reine Victoria pouvait dormir sur ses deux oreilles, personne ne lui contesterait sa couronne. Elle se voulait au contraire de ses oncles et de son père un modèle de respectabilité. Elle incarna à la perfection la bourgeoisie triomphante dans ses vertus domestiques. Certains accuseront le victorianisme d'être le symbole même de l'hypocrisie. Prude, elle l'était à tel point que lorsqu'on lui présenta, pour sa signature, la loi réprimant durement l'homosexualité, elle lut les paragraphes consacrés aux châtiments contre l'homosexualité masculine et les approuva grandement. Mais en lisant les articles consacrés à l'homosexualité féminine, elle barra la page d'un trait de plume en écrivant dans la marge : « *Such things don't exist.* » Tant pis pour les gays, les lesbiennes, elles, furent sauvées par l'ignorance de la reine Victoria.

Sous son règne, on affichait donc de bien beaux sentiments. Quant à les appliquer, c'était une autre affaire. Elle-même qui se voulait charitable et compréhensive était un tyran pour sa famille. Les riches multipliaient les soupes populaires mais les industriels laissaient mourir de faim leurs ouvriers et n'hésitaient pas à faire travailler des enfants très jeunes. Les bâtisseurs d'empires amenaient le christianisme et le progrès aux « sauvages », grâce à quoi ils opprimaient des millions d'Asiatiques ou d'Africains. La bonne conscience victorienne permettait tous les excès.

Sait-on par exemple que le Raj, c'est-à-dire l'empire britannique des Indes, fut financé par le commerce de la drogue organisé par le gouvernement britannique ? Les Anglais forçaient les Chinois à acheter de l'opium et ainsi alimentaient financièrement leur colonialisme. L'historien qui m'avait raconté ce trait m'avait aussi régalé avec l'anecdote suivante. C'était dans les années 1860, pendant la guerre de Crimée. Les Anglais, alliés des Turcs ottomans, avaient débarqué dans cette lointaine péninsule pour contrer les armées russes. Or un jour arriva l'impensable, une partie de l'armée anglaise de Crimée se mutina, chose dont on n'a jamais parlé, car une telle honte ne pouvait être rapportée. Et pourquoi donc les soldats anglais, pourtant réputés pour leur discipline, s'étaient-ils soulevés contre leurs officiers ? Parce qu'ils n'en pouvaient plus d'avoir tous les jours à leur menu ce qu'ils appelaient le « fish marmelade », la confiture de poisson. Et qu'était le fish marmelade ? Sinon le caviar qui était alors, dans ces régions, la nourriture des pauvres. On mettait donc tous les jours du caviar au menu des soldats anglais, lesquels trouvaient cette nourriture infecte.

Puisque l'on parle de caviar ! À la fin du XVIIIᵉ siècle, il y avait en mer Égée un Grec appelé Yannis Varvakis. Il venait de la petite île de Psara près de Chio et il se livrait à l'un des sports préférés des Grecs. Il prenait un innocent petit bateau de pêche, faisait semblant de pêcher et, tout en ramant, s'approchait d'un énorme bateau de guerre turc. Il se rangeait à côté, puis il plongeait. Auparavant, il avait allumé la mèche car la petite barque innocente était bourrée de barils de poudre, et tout sautait, la barque, le navire de guerre turc et les marins turcs. Cependant, il avait un peu trop de bateaux de guerre turcs à son tableau de chasse, les autorités le cherchaient partout et il se dit qu'il vaudrait mieux mettre un peu de distance entre eux et lui. Il se rendit donc à Saint-Pétersbourg où il devint l'amant éphémère de l'impératrice Catherine. En récompense de leur brève liaison, elle lui offrit d'immenses territoires en Astrakan. Il partit là-bas, décidé à s'enrichir. Il y réussit, acquit une fortune immense et devint le millionnaire de la province. Comme il venait de la petite île de Psara où les pêcheurs, comme lui, étaient très pauvres, il se montrait extrêmement généreux avec les pêcheurs locaux. Il était le grand benefactor de l'Astrakan et pour le remercier de sa générosité, les pêcheurs lui offraient le seul produit dont ils disposaient, considéré alors comme la nourriture des pauvres : le caviar. Varvakis qui avait le génie des affaires comprit l'importance et l'avenir de ce produit. Il engrangea le caviar, l'expédia dans les capitales, contrôla son commerce et transforma le brouet quotidien des pauvres pêcheurs de l'Astrakan dans la nourriture la plus chère, la plus recherchée du monde.

Le joyau de l'empire britannique, c'était évidemment l'Inde. Pendant des millénaires, l'Inde avait été divisée en royaumes et sultanats. Les premiers à en unir une grande partie furent les Grands Moghols. Les Anglais achevèrent le travail en conquérant toute l'Inde. Ils avaient commencé sournoisement avec la Compagnie des Indes Orientales qui, à partir de Calcutta, s'était répandue un peu dans tout le pays. Se présentant comme une compagnie privée exclusivement dédiée au commerce, elle avait ses armées qu'elle envoyait réduire les maharadjahs réticents. Elle étendait donc, petit à petit, son pouvoir, étape par étape, État par État.

Il restait cependant les Grands Moghols. Depuis mon héros Akbar du XVIIᵉ siècle la dynastie s'était considérablement affaiblie. Les Grands Moghols étaient tombés en dégénérescence. Ils avaient même perdu leur immense trésor d'or et de pierreries, le plus grand de l'Histoire, que le shah de Perse leur avait pris en s'emparant de leur capitale Delhi. Presque réduits à l'état de fantômes, ils ne demeuraient pas moins le légitime pouvoir en Inde. Aussi les Anglais commencèrent-ils à leur susciter un rival en créant le Royaume d'Oudh. Les rois d'Oudh étaient des extravagants, à demi occidentalisés, qui attirèrent les étrangers dans leur capitale. Lucknow devint une ville internationale, elle se couvrit de monuments hétéroclites. Les Européens se bâtirent des grandes villas de style composite dans une sorte de rococo exacerbé, telle La Martinière aux terrasses peuplées de statues de divinités de l'Olympe. Les commerçants, les nouveaux riches se multiplièrent et rivalisèrent d'extravagance architecturale. Cependant, ils n'arrivaient pas à la cheville des rois d'Oudh. Ceux-ci se construisirent d'immenses palais très ornementés, très décorés dans une sorte de baroque indien, très spécial, peints dans les couleurs les plus délicates, rose, mauve pâle, vert amande, jaune pâle. C'était une Cour cultivée, comme celle des Grands Moghols décadents. La musique, la poésie y brillaient d'un éclat merveilleux. Un roi d'Oudh était arrivé à une grosseur prodigieuse. Il était aussi un modèle de propreté, il se lavait chaque jour plusieurs fois dans sa piscine. Or, un jour, son corps se mit à exhaler une puanteur inédite. Tout le monde s'étonna, à commencer par le roi. Il se lava avec encore plus d'énergie – sans effet. Le lendemain, la puanteur avait encore augmenté. On fit venir les devins, les médecins, le roi se lava trois fois, rien n'y fit. Au bout du quatrième jour, la puanteur était devenue insoutenable. Il se fit examiner sous toutes les coutures et l'on découvrit, entre deux replis de son énorme ventre, un petit poisson rouge qui était mort et qui s'était décomposé, d'où l'indiscrète puanteur.

Ce roi, toujours en veine de nouveautés, inventa aussi des délices culinaires inédits. On connaissait déjà des gâteaux de perles, des sucreries recouvertes d'or toujours en vogue en Inde car excellentes pour l'organisme ; ce roi, lui, saupoudrait ses tartes avec des émeraudes pilées.

La docilité des rois d'Oudh envers les Anglais ne leur suffit pas. Pour une raison quelconque, ils détrônèrent le dernier d'entre eux, Walid Ali Shah et annexèrent son royaume. Ils ne s'attendaient pas à la réaction qu'ils avaient involontairement déclenchée.

Cela commença par une rumeur qui se répandit parmi les soldats indiens, les Cipayes qui formaient la majorité des armées anglaises en Inde. Ceux-ci murmuraient qu'on leur faisait manger de la graisse de porc interdite par leur religion et qu'ainsi ils étaient souillés à tout jamais. Effectivement, on leur avait distribué de nouvelles cartouches recouvertes de graisse de porc qu'ils étaient forcés de mordre avant de les placer dans leur fusil. Leurs lèvres touchaient donc bien cette substance interdite. Qui leur avait fait remarquer ce blasphème ? On l'ignore mais la troupe grondait.

Puis se répandit en Inde un curieux phénomène. Un messager arrivait dans un village porteur d'un chappatti, le pain indien. Il le coupait en quatre, le distribuait à quatre villageois et les chargeait de partir aux points cardinaux vers le village suivant. Ces villageois partaient ainsi avec leur morceau de pain, chargés de ce message laconique : « Le vent souffle du nord au sud, de l'est à l'ouest. » On n'a jamais su qui avait lancé ce mouvement ni quelle était la signification de l'étrange message. Le fait est que la mutinerie éclata dans plusieurs garnisons anglaises. Elle se répandit rapidement. Delhi, Lucknow et d'autres villes tombèrent aux mains des rebelles qui massacrèrent tous les Anglais sur lesquels ils pouvaient mettre la main. Les mutins de Delhi allèrent dénicher dans son palais poussiéreux et couvert de toiles d'araignées le dernier Grand Moghol, Shah Bahadur II. C'était un vieillard, c'était surtout un poète de première importance qui, tenu en lisière par les Anglais, gardait la suprématie de sa dynastie sur la culture. En particulier, lorsqu'il avait appris la grogne des Cipayes contre les cartouches imprégnées de graisse de porc, il avait écrit ce quatrain, preuve de son talent et de sa lucidité :

L'Anglais puissant
qui se vante
d'avoir vaincu la Russie et la Perse
de l'Inde a été chassé par une simple cartouche.

La poésie et la musique brillèrent à sa Cour misérable d'un éclat incomparable avant la tragédie finale. Les mutins, bien malgré lui, en firent leur souverain, leur drapeau, leur totem. Ils ne songeaient rien moins qu'à restaurer l'empire du Grand Moghol dans toute sa splendeur.

À Lucknow, la révolte était menée par la Bégum Hazrat Mahal, épouse du roi détrôné Walid Ali Shah. Alors que son mari se contentait de son sort, elle enrageait de ne plus avoir le pouvoir, aussi la rébellion lui offrait-elle l'opportunité de le reprendre. C'était cependant dans la ville de Cawpore que se trouvait le chef déclaré de la mutinerie, Nana Sahib, un ancien souverain lui aussi détrôné par les Anglais. Cawpore vit un épouvantable massacre d'Anglais, ordonné dit-on par la maîtresse de Nana Sahib, Bibi Hanum.

Les mutins disposaient d'un excellent général en la personne de Tantia Tope et, pendant plusieurs mois, tout le nord du pays fut à feu et à sang. Les Anglais pourchassés, assiégés, tués, les Indiens avaient une écrasante majorité, ils étaient deux cent quarante millions d'Indiens dans tout le pays contre seulement quarante mille Anglais. Cependant, ceux-ci reprirent l'avantage. Les Indiens étaient désorganisés et tous n'étaient pas en faveur de la mutinerie. Les Anglais obéissaient à une discipline parfaite, possédaient les armes les plus modernes, la tactique la plus éprouvée, une ténacité et un courage que rien n'entamait. Ils regagnèrent, une à une, les villes gagnées à la mutinerie, ils écrasèrent l'une après l'autre les armées rebelles et ils déchaînèrent une répression incroyable. Pour trois cents Anglais massacrés à Cawpore, ils exécutèrent dix mille Indiens. Tel était l'ordre de grandeur. De même, ils exercèrent une vengeance impitoyable contre l'innocent et cultivé Grand Moghol Shahabadur Zafar II. Ils exécutèrent dix-neuf de ses fils et lui présentèrent leurs têtes décapitées, puis ils le mirent dans une cage où ils le photographièrent et l'envoyèrent en exil à Rangoon où il mourut dans un semi-abandon. Suprême raffinement de cruauté, ses geôliers britanniques avaient confisqué à ce poète papier et plume et ce fut avec un bâton qu'il inscrivit d'une écriture tremblante, sur les murs de sa cellule, son épitaphe :

*Mon cœur n'a pas de repos dans cette
terre dévastée.*

Qui ne s'est jamais senti comblé dans ce
monde futile ?

Le rossignol ne se plaint
ni de la sentinelle ni du chasseur.
Le destin a décrété l'emprisonnement
pendant la moisson de printemps.

Dites à ces désirs d'aller s'étendre
ailleurs.
Quelle place y a-t-il pour eux dans
ce cœur terni ?

Assis sur une branche de fleurs,
le rossignol se réjouit.
Il a parsemé d'épines le jardin
de mon cœur.

Les jours de la vie sont passés,
le soir est tombé.
Je dormirai mes jambes étendues
dans ma tombe.

Combien infortuné est Zafar !
Pour son inhumation
même pas deux mètres de terre
ont été trouvés, dans le pays de sa bien-aimée.

Cependant, la plus merveilleuse héroïne de la révolte des Cipayes leur échappa. Je me suis intéressé à celle qu'on appelle la Rani de Jansi, Lakshmi Bay.

Elle était jeune et belle, courageuse et malheureuse. Quel mélange plus attirant ! Elle était une mahratta, une des races de l'Inde qui traditionnellement accorde beaucoup de droits aux femmes. Très jeune, Lakshmi Bay avait non seulement appris à monter à cheval mais, du haut de sa monture, à tirer avec un revolver dans chaque main tout en tenant les rênes dans sa bouche. On l'avait mariée au rajah de Jansi, petite ville au sud d'Agra et de Gwalior. Il était mort, les Anglais avaient détrôné sa veuve et son fils adoptif. Elle vivait dans une semi-retraite lorsque la mutinerie avait éclaté. Ses anciens sujets avaient massacré pas mal d'Anglais, crime pour lequel elle n'était en rien responsable. C'est alors que les Anglais ourdirent un plan diabolique. Presque toutes les archives concernant la mutinerie du côté indien ont été détruites par les Anglais. Les documents les compromettaient par trop. Cependant, j'ai pu démonter le mécanisme qu'ils avaient préparé contre la rani de Jansi. De cette femme innocente qu'ils avaient fort maltraitée, ils firent le bouc émissaire de la mutinerie. C'était elle le monstre cruel et sanglant qui tuait l'innocent anglais, c'était elle qu'il fallait détruire en priorité. Elle tâcha de prouver son innocence, rien n'y fit. Alors, perdu pour perdu, elle décida de se battre. Les Anglais en faisaient une criminelle, elle serait un général. Elle s'opposa à la tête de ses maigres troupes aux formidables forces britanniques qui convergeaient sur Jansi. Elle se battit comme un homme, à la tête de ses troupes. Elle fut blessée mortellement dans une bataille qui eut lieu à la porte de Gwalior. Les Anglais n'avaient pu l'avoir vivante, ils la voulaient morte afin de désacraliser son cadavre. Les partisans de la rani voulaient à tout prix empêcher ce sacrilège. Ils emmenèrent son cadavre dans un petit couvent à la porte de la ville. Ils voulaient avoir le temps de le brûler afin qu'il soit purifié. Les Anglais se précipitèrent vers le couvent, ils allaient y donner l'assaut lorsque les moines utilisèrent une ruse. C'est l'abbé actuel du couvent qui me raconta l'histoire. Son couvent était bien modeste, quelques bâtiments en pierre gris pâle se dressaient au milieu d'abondants buissons fleuris. Tout autour, c'était la campagne tranquille, paisible, avec cette sérénité du paysage indien. Non loin de là se dressaient les murs des palais de Gwalior. L'abbé était gros, mal rasé, il portait un marcel taché, mâchouillait son bétel étendu sur un banc de bois. Il racontait avec une telle ferveur que l'interprète réussissait à donner vie aux événements. Je voyais les troupes anglaises surexcitées assiéger le couvent, amener les canons, tirer dans un nuage de poussière et de poudre. Les moines poussèrent les buffles sortis des étables, ils ouvrirent soudain les portes du couvent qui étaient prêtes à céder aux Anglais et, aiguillonnant les bestiaux, les poussèrent vers les lignes anglaises. Les bêtes déjà surexcitées, affolées par le bruit, par les détonations, partirent dans un galop emballé et se jetèrent sur les assaillants. Elles renversèrent les soldats, les encornèrent, les piétinèrent. Elles créèrent un désordre inouï dans les lignes anglaises, ce qui donna le temps aux partisans de la rani de réduire en cendres son corps. Ainsi, les Anglais ne purent pas l'avoir morte. Elle avait vingt-cinq ans lorsqu'elle fut tuée. Depuis, elle est devenue la Jeanne d'Arc de l'Inde.

Les Anglais ne parvinrent pas non plus à s'emparer de la bégum de Lucknow, Hazrat Mahal, l'âme de la mutinerie. Ils reprirent la ville et mirent au pillage le fabuleux trésor des rois d'Oudh. Il y en avait tellement que quelques jours après on trouvait dans les rues des émeraudes non montées. Les Anglais, repus, n'y touchaient plus. L'un d'entre eux avait été chargé d'explorer les caves du palais. Muni d'une bougie, il avait découvert des dédales de salles immenses. Elles étaient tapissées d'un sable épais. Le sous-officier anglais, une bougie à la main, s'avançait dans ces souterrains mystérieux et silencieux. Il s'enfonçait de plus en plus dans le sable jusqu'à en avoir jusqu'aux genoux. Il baissa par hasard les yeux, le sable était de la poudre à canon. Si sa bougie était tombée, la ville entière de Lucknow aurait sauté.

Les Anglais cherchaient partout la bégum, mais de bégum, il n'y en avait point. Nul ne sut ce qu'elle était devenue. De même pour Nana Sahib, le chef officiel de la révolte. Lui aussi disparut sans trace. Les Anglais mirent tout de même la main sur le général des rebelles Tantia Tope et le pendirent haut et court pour apprendre peu après qu'il s'agissait d'un de ses sosies sacrifié volontairement.

Il y a quelques années, on vendit à Londres, aux enchères, un merveilleux diamant rose. C'était une rareté sans prix. Il avait été donné par la bégum

Hazrat Mahal au maharadjah du Népal… venu à la rescousse des Anglais pour reprendre Lucknow. De là à imaginer que la bégum avait payé ainsi sa survie, il est facile de concevoir que le maharadjah du Népal, tout en aidant les Anglais, avait extrafilé la bégum et assuré son existence dans quelque abri inconnu du Népal.

La rébellion écrasée, les Anglais supprimèrent la fiction de la Compagnie des Indes Orientales qui leur avait permis de gouverner indirectement le continent indien et décidèrent de l'administrer directement. Cependant, ils voulurent faire un cadeau aux Indiens : ils rétablirent l'empire de l'Inde et placèrent à sa tête la reine Victoria… Cette veuve, toute petite, toute grosse, la mine toujours renfrognée, éternelle-ment vêtue de noir, trouva tout naturel de succéder sur le trône de l'Inde à des souverains de contes de fées, magnifiques, couverts d'or et de pierreries.

Les Anglais décidèrent aussi de trouver des appuis locaux pour éviter d'autres aventures tragiques. Ils choisirent donc de se créer une clientèle chez les maharadjahs. Ils les gorgèrent d'or et d'honneurs, ils leur laissèrent faire tous leurs caprices et reçurent ainsi un appui important. Les maharadjahs, n'ayant en fait aucun pouvoir, celui-ci étant détenu exclusi-vement par les Anglais, s'en donnèrent à cœur joie dans l'extravagance.

La conversation préférée des Indiens tourne sou-vent autour des maharadjahs – et il y a de quoi. Le cadre, d'abord, ces palais démesurés, bourrés de bric-à-brac de la plus belle des merveilles à des horreurs au comble du mauvais goût, ces palais dont à peu près tous appartiennent toujours aux anciennes familles régnantes. Quant aux bijoux ! Plastrons en énormes diamants, diadèmes nommés Sartesch en pierres multicolores, épais bracelets aux bras, à l'avant-bras, aux chevilles, bagues énormes, écharpes en perles, boucles d'oreilles si lourdes qu'elles doivent être soutenues... Aucune autre civilisation n'a cultivé à ce point la possession des joyaux. Mais en Inde, ces derniers sont surtout portés par les hommes, ce qui ne dessert en rien leur virilité. C'était couverts de rubis, d'émeraudes et de diamants que les princes Rajputs se jetaient, l'épée à la main, contre l'ennemi et se faisaient hacher sur place plutôt que de reculer. Maharadjahs et maharanis étaient aussi des hommes, des femmes dont les passions, les amours rempliraient des volumes.

Enfin, il y avait, pour faire sourire les Indiens, leur originalité, leurs caprices servis par des fortunes sans limite. Tel ce maharadjah de Gwalior de la fin du XIXᵉ siècle. Il s'était fait construire le plus grand palais de l'Inde, le Lakshmi Vilas. Il avait commandé pour le grand salon le plus vaste, le plus lourd des lustres au monde. Ses conseillers assurèrent que jamais le plafond ne pourrait soutenir ce lustre, qu'à peine accroché il s'effondrerait vu son poids. Le maharadjah s'entêta et, pour prouver à ses conseillers qu'ils avaient tort, il fit amener dans la salle au premier étage de son nouveau palais son éléphant préféré. Il fit passer d'épaisses lanières de cuir sous le bedon du pachyderme et le fit tout simplement accrocher au plafond à la place du futur lustre. L'éléphant fut suspendu, le plafond ne s'effondra pas et le maharadjah, triomphant, put amener sans encombre ni critiques son lustre. De même, il s'était fait fabriquer pour la table de sa salle à manger un petit train en argent massif qui circulait sur des rails d'argent entre les convives. Les wagons portaient la nourriture. Le maharadjah, de sa place, contrôlait ses arrêts et sa vitesse. Ainsi, les invités qu'il appréciait avaient-ils tout le temps de se servir tandis que ceux qu'il voulait taquiner ou auxquels il voulait témoigner son déplaisir voyaient les wagons passer à toute vitesse devant eux et leur assiette rester vide. Le maharadjah reçut le roi George V et la reine Mary de Grande-Bretagne, après leur couronnement à Delhi comme empereur et impératrice des Indes. Ne se tenant plus de fierté, il était enchanté de leur montrer son invention. Seulement, au cours du banquet, enivré par son propre snobisme, il perdit la tête et son train avec lui. Appuya-t-il sur la mauvaise manette ou pas, ne savait-il plus contrôler la vitesse de sa locomotive d'argent, celle-ci s'emballa, les wagons la suivirent à une vitesse grandissante et les nourritures contenues sur les wagons partirent en volant en tous sens. Ainsi, reine et ladies anglaises, autres maharadjahs invités reçurent-ils des morceaux de poulet, du riz, des sauces et autres éléments de la gastronomie indienne sur leurs visages et leurs plastrons.

Le maharadjah d'Alwar fut un des seuls à avoir été détrônés par les Anglais au XXe siècle. Il avait commis à leurs yeux le plus grand crime. Il avait fait arroser de pétrole et brûler vif son cheval préféré sur lequel il avait parié gros et qui n'avait pas gagné la course.

À côté de ces excentriques, il y eut chez les maharadjahs des érudits de premier ordre, des penseurs remarquables, des politiciens de poids. Malgré le purdah, la version indienne du harem, auquel étaient censées être condamnées les maharanis, celles-ci étalèrent souvent des personnalités détonantes. Telle cette belle maharani de la fin du XIXᵉ siècle, qui, fiancée à un maharadjah très riche, se laissa enlever par un autre maharadjah beaucoup moins prestigieux. Le scandale fut immense, mais la désinvolture de la maharani l'éteignit assez vite. Ce fut la même qui fit reconnaître comme enfant de son mari un bébé né douze ans après la mort de ce dernier.

Il y eut aussi, parmi les maharanis, des femmes d'immense valeur, telle la reine Aylia, la veuve d'un maharadjah de Indore qui, au début du XIXᵉ siècle, gouverna d'une main de fer les États que lui avait laissés son mari. Elle édifia à travers l'Inde quatre-vingt-douze temples, dont le fameux temple d'or de Bénarès. Elle voyagea à travers tout le continent pour visiter ses fondations pieuses. Sa personnalité extraordinaire imprègne encore les murs de son délicieux petit château de Maheshwar appartenant aujourd'hui à son descendant. Il se dresse au milieu d'un fort imposant, dominant le fleuve sacré de l'Armada, à côté du splendide temple de Shiva en pierre rose qu'elle fit édifier.

Il y eut aussi trois générations de maharanis qui œuvrèrent sans fin pour la libération et les droits de la femme. Elles opérèrent depuis la fin du XIXᵉ siècle jusqu'aux années 70. Ce furent la maharani de Baroda, sa fille la maharani de Cooch Behar et sa petite-fille, la belle et célèbre Ayesha maharani de Jaipur. Cette dernière, comme beaucoup de maharadjahs et quelques maharanis, était entrée en politique. Ayesha se faisait chaque fois élire à une majorité triomphale. Elle se fit remarquer par la virulence de son opposition à l'autoritarisme féroce d'Indira Gandhi. Cette dernière, Premier ministre de l'Inde, fit jeter en prison la maharani. Elle y retrouva une autre maharani aussi dans l'opposition, la maharani douairière de Gwalior. Indira Gandhi les avait fait enfermer dans la prison la plus sordide de Delhi avec les putains. Elles y restèrent des mois. Lorsqu'elles en sortirent, les putains en larmes se jetèrent à genoux devant elles réclamant leur bénédiction. Ces souveraines, loin d'avoir été humiliées par cette promiscuité, étaient devenues les meilleures amies de leurs collègues d'infortune. C'était une formidable femme que la Gwalior. Jamais un bijou, toujours vêtue d'un sari blanc, elle se levait à quatre heures du matin pour exécuter son puja, son exercice de prières et méditations matinales, puis, à quatre-vingts ans passés, elle partait sur les routes prêcher la bonne parole (d'extrême droite) contre le gouvernement.

Indira Gandhi ne s'était pas contentée d'enlever aux maharadjahs tous les pouvoirs que leur avait garantis la constitution, elle saisit âprement leurs fortunes. Aussi, tous ceux qui avaient encore des bijoux les firent-ils disparaître. Leurs palais contenaient assez de cachettes millénaires pour que ce fût possible.

Un jour, je demandai à une jeune et belle maharani où étaient passés les célèbres joyaux de sa famille. Elle me mena dans une galerie du palais où s'alignaient au mur dix-sept portraits de ses ancêtres, des maharadjahs peints en pied, chacun couvert de fabuleux joyaux, en diamants, en perles, en émeraudes, en rubis. Elle me désigna ces portraits de sa main gracieuse, puis, d'une petite voix, me murmura : « Tout est là », c'est-à-dire que tous les joyaux représentés sur les portraits étaient encore aux mains de la famille mais soigneusement abrités de la rapacité du fisc.

Lors d'un de mes voyages en Inde, je rencontrai une maharani assez spéciale. Son mari possédait la plus belle bibliothèque de l'Inde de manuscrits anciens consacrés à la médecine et à la botanique. Elle-même était toute petite, toute ronde. En guise de collier, elle enroulait autour de son cou des guirlandes d'arbres de Noël, des vraies. Par contre, sur chacun de ses petits doigts boudinés, brillait un énorme solitaire. Peu de temps avant ma venue, elle avait reçu une équipe de la BBC venue l'interviewer. « Combien de fenêtres comporte votre palais (gigantesque) ? » avait demandé le journaliste. Petit geste négligeant de la main couverte de diamants de la maharani : « En Inde, nous ne comptons pas nos fenêtres, nous comptons nos palais. » L'interview ainsi mal commencée se poursuivit encore plus mal. Les jeunes gens gauchistes de la BBC s'énervaient de plus en plus devant la bonne conscience de la maharani. L'un d'eux ne put s'empêcher de lui dire : « Mais enfin, votre altesse, vous n'avez aucun contact avec votre peuple ! » « Moi, aucun contact avec mon peuple ! répliqua-t-elle indignée, alors que chaque nuit, j'ai six femmes de chambre qui dorment sur le sol de ma chambre à coucher… » On murmurait que cette dame avait naguère pris comme amant un jardinier français qu'elle avait fait venir pour cultiver ses roses. Il l'avait si bien fait qu'il avait fini dans son lit. Puis il était tombé en disgrâce et ni une ni deux, elle l'avait fait châtrer.

La vanité nobiliaire que je cache soigneusement au point d'en nier l'existence refait pourtant surface chaque fois que je visite les maharadjahs. Ceux-ci sont, comme toutes les familles royales et aristocratiques, éminemment fiers de leur arbre généalogique. Les dynasties européennes ont été loin dans l'affabulation généalogique, faisant remonter leur origine à des temps et à des personnages fabuleux. Pourtant, les Indiens, dans ce domaine, nous battent tous. Je trouve généralement vulgaire d'afficher mes ancêtres, mais en Inde, confronté aux prétentions des maharadjahs, j'ai la faiblesse de mentionner les rois les plus célèbres dont j'ai l'honneur de descendre. C'est ainsi que, lors d'un entretien avec un maharadjah particulièrement imbu de lui-même et de plus en plus agacé par ses prétentions, je lui lâchai : « Savez-vous, votre

Altesse, que je descends du Roi-Soleil. » « Et moi, je descends du soleil. »

L'autre joyau de la Couronne britannique, c'était l'Égypte. Depuis le XVe siècle, l'Égypte appartenait à l'Empire ottoman. Pendant des siècles, celui-ci avait opprimé la moitié de l'Europe et terrorisé l'autre moitié. Depuis, sa puissance était émoussée. Il n'était plus l'épouvantail qui faisait trembler, au point qu'au lieu d'envahir il était désormais envahi. En 1796, les Français de Bonaparte débarquèrent en Égypte. Des volontaires, sujets ottomans, coururent s'engager dans l'armée impériale pour défendre le pays. Parmi eux, un aventurier albanais venu de Cavalla, au nord de la Grèce actuelle où ses descendants possèdent toujours des propriétés. Mohamed Ali, car tel était son nom, commença comme simple soldat. Il monta en grade. Son habileté et ses talents furent reconnus, il devint général. Finalement, les Français chassés d'Égypte, le sultan le nomma pacha, c'est-à-dire gouverneur d'Égypte. Mohamed Ali n'eut de cesse que ce pachalik devienne héréditaire dans sa famille. Le sultan céda.

En Égypte, Mohamed Ali avait trouvé une sorte de toute-puissante garde prétorienne locale appelée les mamelouks, semblables un peu aux janissaires d'Istanbul. Il voulut s'en débarrasser mais longtemps, il n'en eut pas la possibilité. Un jour, cependant, il invita tous leurs officiers à un banquet dans la citadelle du Caire. Pendant la fête, il les fit massacrer. Un seul réussit à bondir sur son cheval et s'échappa en sautant un fossé très large avant de disparaître. Les victimes furent enterrées dans un monument que leur dressa le même Mohamed Ali appelé Hoch Bacha dans la Cité des Morts du Caire. À l'intérieur de salles voûtées s'entassent des tombes bariolées truffées d'inscriptions surmontées de turbans en marbres de toutes les couleurs. Ces tombes, de guingois à cause des ans, présentent un spectacle des plus gais et presque surréaliste. Lorsque je le visitai, le guide qui ne parlait que l'arabe m'expliqua : « Mohamed Ali, mamelouks, couic » en faisant un geste d'égorgement sur son cou « couic, couic, mamelouks » et il riait aux éclats.

Mohamed Ali, ayant obtenu le pouvoir absolu sur l'Égypte, se rendit pratiquement indépendant du sultan, même s'il gardait vis-à-vis de celui-ci une sorte de vassalité honoraire.

Il mourut très vieux, toujours magnifique, très droit, une longue barbe blanche étalée sur son caftan. Lui succéda, comme il l'avait voulu, son fils Ismael qui fut le premier à porter le titre héréditaire de khédive. Ce fut lui qui ouvrit le Canal de Suez. Pour la cérémonie, il invita toute l'Europe couronnée, à commencer par l'impératrice Eugénie qu'il reçut fastueusement. Lors d'une fête, il offrit à la belle souveraine une rose. « Encore une fleur », pensa l'impératrice qui en recevait sans cesse de tout le monde. Cependant, au cœur de la rose, il y avait un énorme diamant qui, plus tard, prit le nom de son donateur, « le khédive », et qui se trouve aujourd'hui entre des mains privées. Pour loger Eugénie, il avait construit un palais magnifique, l'actuel hôtel Marriott du Caire, qui a défiguré cette merveille dont il reste cependant quelques splendides épaves.

Les Anglais étaient venus en Égypte pour défendre le pays contre les entreprises de Bonaparte. Depuis, ils y étaient restés. Ils s'infiltraient régulièrement et sûrement. Grâce à l'ouverture du Canal de Suez, l'Égypte prit à leurs yeux une valeur immense. C'était la route des Indes. Il leur fallait l'Égypte à tout prix. Le khédive Ismail sympathisait avec eux mais pas suffisamment. Alors éclata, au bon moment, une révolte dirigée par un chef nationaliste, Arabi Pacha. Curieusement, elle arrivait à point nommé. Les Anglais en profitèrent pour envoyer une flotte bombarder Alexandrie puis ils débarquèrent, marchèrent sur Le Caire, mirent fin à la révolte et imposèrent leurs volontés au khédive Ismail.

Cela ne leur suffisait cependant pas. Le pauvre khédive, victime de ses dépenses somptuaires, se trouva ruiné. Il n'eut d'autre solution que de vendre ses actions majoritaires du Canal de Suez. Bien que cela représentât une somme colossale, le gouvernement anglais sauta sur l'occasion. Le Premier ministre Disraeli se précipita chez son vieux copain Rothschild. Celui-ci le reçut dans son bureau sans se lever, tout en continuant à grignoter une grappe de raisin. Disraeli n'y alla pas par quatre chemins : « Je voudrais acheter le Canal de Suez. » « Combien vous faut-il ? » demanda Rothschild. « Quatre millions or. » Rothschild continua à gober ses raisins. « Quelle est votre garantie ? » « La nation britannique. » « Vous les aurez demain. » Ainsi, l'Angleterre acheta les actions du Canal de Suez mettant définitivement la main sur l'Égypte, et cela jusqu'en 1956.

Ruiné, son pouvoir laminé, le khédive Ismail continuait à tenir une Cour brillante. En particulier, il offrit à ses épouses les plus grands bijoux que j'aie jamais vus. Diadèmes, colliers, broches, ceintures en diamants sont, sur les photos de l'époque, d'une taille qu'on ne peut concevoir. Parmi ses épouses, il y en avait une particulièrement ambitieuse. Elle voulait que son fils succédât au trône d'Égypte mais il y avait avant elle d'autres épouses et surtout d'autres fils que le sien. À cette époque, on venait d'inaugurer la première ligne de chemin de fer en Égypte qui, partant du Caire, traversait le désert sans aller très loin vers le nord. Pour l'inauguration, la famille du khédive fut invitée et prit place dans un wagon spécial, somptueusement décoré. Toutes les épouses étaient là, sauf l'ambitieuse, tous les enfants étaient là, sauf le fils de l'ambitieuse. Le train, alors qu'il traversait le Nil sur un pont nouvellement ouvert, tomba dans le fleuve. Affreux accident ! Épouvantable malheur ! Malédiction du destin ! En fait, les pilotis du pont avaient été sciés sur ordre de l'ambitieuse épouse. Toute la famille du khédive périt ainsi noyée et le fils de l'épouse ambitieuse put tranquillement lui succéder. Quant au khédive Ismail, les Anglais le forcèrent à abdiquer. Il mourut en exil à Portici dans une villa baroque construite par la reine Marie-Caroline, la femme du Re Nasone, celle de Lady Hamilton et de Nelson, la mère de Marie-Amélie reine des Français. Curieux rapprochements de l'Histoire.

L'Angleterre, dans sa course aux colonies, rencontrait peu d'obstacles, sauf en Asie du Sud-Est, où elle tomba sur un os. Elle tentait de s'infiltrer en Afghanistan, dans les sultanats du Turkestan et de l'autre côté de l'Himalaya au Tibet et dans le désert de Gobi. Les Tibétains étaient bien différents de l'image qu'ils présentent aujourd'hui ; à l'époque, ils tuaient tous les étrangers considérés comme des intrus. De même, alors que le dalaï-lama est aujourd'hui l'image de la tolérance et de la bienveillance, son prédécesseur de l'époque édictait les règles xénophobes les plus féroces et faisait tuer qui osait pénétrer sur son territoire. Impossible d'envoyer d'emblée une armée. Les Anglais se contentaient d'abord d'y dépêcher des espions qui, en fait, étaient des surhommes. Ils devaient affronter des populations hostiles qui n'avaient jamais vu un Européen, des souverains qui décapitaient tout inconnu passant à leur portée, en particulier le sultan de Kiva et le sultan de Boukhara qui, drapés dans leurs caftans de soies multicolores, coiffés de leurs turbans endiamantés, faisaient jeter tout étranger dans des terribles geôles avant de les exécuter. Ils devaient également affronter des conditions climatiques effroyables, des reliefs et une nature rébarbatifs. Ils parvenaient à adopter tous les déguisements pour passer inaperçus. Rien ne les arrêtait, surtout pas le danger. Ces merveilleux aventuriers menaient avec brio une guerre souterraine car, face à eux, il y avait les agents de la Russie. Les Russes, aussi, dépêchaient dans ces contrées des aventuriers aussi extraordinaires que les Anglais. C'était une concurrence à mort dont rien ne transparaissait dans les actualités de l'époque, une saga de l'ombre peuplée de héros anonymes et inoubliables. L'historien Peter Hopkins a merveilleusement rapporté ces récits d'aventures tellement inouïs qu'aucun romancier n'oserait en inventer de tels.

Le seul pays que ni les Anglais ni les Russes ne purent jamais conquérir demeure l'Afghanistan. Si les ignorants d'aujourd'hui s'étaient donné la peine de lire l'Histoire, ils se seraient aperçus que toutes les tentatives de conquête de ce pays ont échoué. Ni les Perses, ni les Russes ni les Anglais du XIXe siècle n'y sont parvenus.

L'incompréhensible, c'est que les Russes, au XXe siècle, aient refait la même erreur qu'au siècle précédent. Entre-temps les Anglais, après avoir eu une armée entière massacrée à Kaboul, réussirent à faire de l'émir d'Afghanistan un allié pas trop sûr. C'est tout ce qu'ils obtinrent. La Russie, en revanche, avait fait un pas de géant dans les Hauts Plateaux du Turkestan et s'en était emparée avant que l'Angleterre n'y réussisse.

Aussi, lorsque les deux souverains des deux plus grands empires coloniaux du monde, l'Angleterre et la Russie, se rencontrèrent, c'est-à-dire lorsque le tsar Nicolas II rendit visite à la grand-mère de sa femme la reine Victoria à Balmoral, le chroniqueur put-il écrire : « Ils discutèrent des affaires du monde dont à eux deux, ils possèdent plus de la moitié. »

En Asie centrale, l'Angleterre fut devancée par la Russie et ne trouva plus rien à se mettre sous la dent. La Russie était, en effet, la seule rivale capable de lui couper l'herbe des colonies sous le pied. Les deux gouvernements se détestaient, les deux opinions publiques se détestaient et les deux familles régnantes se détestaient. La reine Victoria haïssait la famille impériale russe, la famille impériale russe haïssait la reine Victoria, jusqu'à ce que l'héritier du trône, futur empereur Nicolas II, selon Victoria « un jeune homme animé des meilleures intentions, doux et prévenant », épouse sa petite-fille Alexandra de Hesse, dite Alix. Cela ne supprima cependant pas la méfiance de Victoria envers les Russes.

Chez ces Romanov qui n'étaient pas Romanov, le tsar Alexandre, contemporain de Napoléon, fut un personnage bien étrange. L'empereur des Français le surnommait d'ailleurs le « Grec de bas empire » car il n'arrivait pas à en faire ce qu'il voulait. Nous l'avons déjà croisé au Congrès de Vienne. Il était très beau, très charmant, très séducteur, très faux, très hypocrite et mystérieux.

En 1825, tout était paisible en son empire. Il était auréolé de la gloire d'avoir vaincu Napoléon. Il n'y avait aucune d'opposition sérieuse à son pouvoir et il s'était réconcilié avec sa femme, la tsarine Élisabeth, dont il était séparé depuis des années. Pour une raison que personne n'a jamais expliquée, il décida d'aller passer l'hiver en Crimée dans la petite ville inconnue de Taganrog. Il s'y rendit d'ailleurs avec l'impératrice et une minuscule suite. Ils s'installèrent dans des conditions presque précaires, bien différentes de celles auxquelles ils étaient habitués. Bientôt on apprit à Saint-Pétersbourg que le tsar était très malade. Il est très malade, il va de plus en plus mal, il est mourant, il est mort – on n'a pas eu le temps de réagir : le tsar Alexandre n'est plus. On transporta son cercueil vers le nord. À Moscou, la famille impériale l'attendait, dont sa mère. Le cercueil fut déposé ouvert sur une très haute estrade, d'où le public ne pouvait voir le cadavre. L'impératrice mère en escalada les marches, déclara que c'était bien son fils et contrairement à la tradition orthodoxe, on ferma aussitôt le cercueil, puis on le transporta à Saint-Pétersbourg où il fut enterré avec ses ancêtres dans la crypte de la forteresse Pierre-et-Paul.

Quelques années plus tard, commença à circuler une étrange rumeur concernant un pauvre ermite qui vivait au fin fond de la Sibérie et qui se nommait Feodor Kouzmitch. On murmurait que Feodor Kouzmitch et l'empereur Alexandre Ier n'étaient qu'une seule et même personne. Des explications furent même fournies. L'empereur aurait mis en scène sa propre mort pour expier dans la pauvreté, l'isolement et surtout l'anonymat. Expier quoi ? Sa participation, bien involontaire, à l'assassinat de son père. Le tsar Paul Ier avait, en effet, été brutalement tué par les gentilshommes les plus proches de lui – ceux en qui il croyait pouvoir avoir confiance. Ceux-ci déclarèrent agir pour mettre fin à la tyrannie du tsar. En fait, comme nous l'avons raconté, Bonaparte soupçonnait la main de l'Angleterre. Quoi qu'il en soit, les assassins avaient attiré dans le complot le fils héritier du tsar, Alexandre, ils lui avaient affirmé que son père projetait de l'emprisonner, lui et sa mère, pour pouvoir épouser sa maîtresse. De même, ils promirent qu'ils ne toucheraient pas au tsar Paul, ils voulaient simplement obtenir son abdication, ensuite, il serait enfermé avec tous les honneurs dus à son rang dans un de ses palais. Alexandre acquiesça mais les conjurés avaient d'autres plans. Ils massacrèrent Paul Ier d'une façon atroce. Alexandre, dont l'appartement se trouvait à l'étage en dessous de celui de son père, entendit tout, les meubles renversés, les insultes des assassins, les appels à l'aide de son père puis ses cris d'agonie. Il ne l'avait jamais oublié, il se sentait en quelque sorte responsable. Aussi aurait-il décidé un jour d'abandonner le trône de cette façon dramatique. Déguisé en miséreux, il aurait voyagé dans des conditions très dures, il se serait même fait fouetter comme vagabond. Arrivé en Sibérie, il aurait édifié une cabane dans laquelle il vivait misérablement.

Plusieurs années plus tard, son frère Nicolas Ier qui régnait à sa place monta dans le train impérial et se fit conduire au fin fond de la Sibérie pour rencontrer Feodor Kouzmitch. Les deux hommes restèrent enfermés dans la cabane de l'ermite pendant des heures, puis Nicolas Ier en ressortit, les larmes aux yeux, et, sans dire un mot, repartit pour la capitale. Jamais on n'a su ce qui s'était passé entre les deux hommes.

Le grand-duc Georges Mikhailovitch, l'historien de la famille au début du XXe siècle, écrivit une biographie d'Alexandre Ier où il affirma que les théories concernant Feodor Kouzmitch étaient totalement fausses et que son arrière-grand-oncle était bel et bien mort à Taganrog. Maurice Paléologue, l'ambassadeur de France, un historien comme lui qui était de ses amis, lui demanda s'il était sûr de ce qu'il avançait. Le grand-duc avoua qu'on l'avait forcé à écrire cette version mais que, personnellement, il n'y croyait pas.

Un personnage passionnant que j'ai connu était le prince Georges Vassiltchikov, appartenant à l'une des plus grandes familles de l'aristocratie russe. Polyglotte, il était un des meilleurs interprètes de l'ONU, en russe, en français, en anglais. Il me raconta que son grand-père, qui était un contemporain de Feodor Kouzmitch, envoyait tous les ans son valet de chambre en Sibérie pour apporter à l'ermite des provisions mais surtout des bas de soie. Or, le tsar Alexandre Ier avait une maladie de peau sur les jambes qui ne pouvait être apaisée que par le port de la soie. Un ermite sibérien portant des bas de soie, ce n'était franchement pas courant ! Lénine lui-même avait entendu les rumeurs sur la survie d'Alexandre Ier. Voulant en avoir le cœur net, il fit ouvrir son tombeau dans la forteresse Pierre-et-Paul. En place de cadavre, il n'y avait que des pierres.

À la disparition d'Alexandre Ier, une succession plus que houleuse mit finalement sur le trône son cadet, Nicolas Ier. Ce dernier, maître de l'empire le plus étendu, le plus riche, le plus puissant du monde, se sentit envahi d'un orgueil à la mesure de son empire, c'est-à-dire démesuré, orgueil qui se répandit dans toute sa famille. Si, de nos jours, la Cour d'Angleterre passe pour la plus snob d'Europe, au

XIXᵉ siècle, la Cour de Russie la dépassa dans ce domaine de loin, au point qu'un membre de la famille impériale pouvait affirmer : « Il y a Dieu, il y a nous et il y a le reste. » J'ai connu deux rejetons de ce style et de cette mentalité, deux tantes, aussi belles et hautaines que l'avait été leur mère, une grande-duchesse de Russie. Minces, se tenant très droites, elles apparaissaient dégoulinantes de bijoux et surmontées d'immenses diadèmes scintillants. « Glaciales et bienveillantes », comme Ferdinand Bach avait décrit une de leurs ancêtres, elles s'avançaient en fendant la foule, tendant de temps à autre leurs mains à baiser et adressant un sourire gercé à ceux qui se penchaient (très bas) sur leurs doigts. Toujours ensemble à chuchoter, rien ni personne ne trouvait grâce à leurs yeux. Elles dardaient le regard perçant de leurs magnifiques yeux bleus et aussitôt chacun rentrait sous terre. Elles considéraient en général les autres royautés comme des moins que rien et le leur faisaient sentir. Le renversement tragique de la monarchie impériale russe n'avait en rien entamé la certitude de leur infinie supériorité.

L'histoire des tsars de Russie jusqu'au dernier peut se résumer en deux mots : sang et sexe. Ce ne sont que drames, assassinats, disparitions, passions féroces, révolutions de palais. Le dernier tsar Nicolas II et l'impératrice Alexandra sont des personnages immensément grandis par la tragédie de leur assassinat, par le courage et même l'héroïsme qu'eux et leurs enfants montrèrent. Mais politiquement, ils furent un désastre. Ils étaient beaux, ils étaient jeunes, ils s'aimaient à la folie, ils étaient animés des meilleures intentions, ils voulaient sincèrement le bien du peuple russe et ils n'ont jamais rien compris.

Nicolas II, avec son sentiment d'infériorité, Alexandra, avec ses névroses, étaient des reclus volontaires dans leur palais, se coupant ainsi de la réalité qu'ils ne voyaient qu'à travers les dires des flatteurs. Le seul à l'avoir compris, dans leur entourage, était Raspoutine, ce moine sibérien grossier et primitif, devenu le favori de l'impératrice parce qu'il était seul capable de guérir son fils de l'hémophilie.

La baronne Buxhoeveden, aristocrate russe d'origine balte, était une dame d'honneur de la dernière impératrice. Elle détestait évidemment Raspoutine. Comme toute la société de Saint-Pétersbourg, elle ne faisait que parler des soi-disant pouvoirs de guérisseur de Raspoutine qui arrêtait les hémorragies du grand-duc héritier et qui, grâce à ce don, était devenu tout-puissant auprès des parents de l'infortuné enfant. La baronne Buxhoeveden se rappelait un souvenir d'enfance. Elle se trouvait à la campagne chez son grand-père sur les rives de la Volga : « Quand j'avais huit ou neuf ans survint un incident dont je me suis toujours souvenue comme si c'était hier. Alors qu'un matin, je me rendais dans les écuries de grand-père, nous trouvâmes les grooms grandement excités s'agitant autour de Michka, un étalon de grande valeur qui était la perle de mon grand-père. Lorsqu'on l'avait sorti des écuries, les ouvriers revenaient à ce moment-là des champs après avoir labouré. L'étalon, alarmé par le scintillement des lames de la charrue, s'est dressé soudainement, a rué et après des mouvements désordonnés frappa la charrue si violemment qu'il se blessa la jambe et s'ouvrit jusqu'à l'os une veine motrice. Le sang jaillit par torrents. Personne ne pouvait l'arrêter. Le vétérinaire vivait à deux heures de notre village, cela prendrait au moins quatre heures avant que les aides d'urgence n'arrivent sur les lieux et le cheval préféré de grand-père, entre-temps, aurait saigné à mort. "Je suppose que c'est sa fin", dit grand-père tristement au cocher désolé. L'homme secoua sa tête dans un geste de désespoir. "Je crains que vous n'ayez raison, votre Excellence, dit-il, on ne peut rien pour le cheval" et il sourit timidement. "Les gens dans le village disent qu'Alexandre surnommé *la sangsue* connaît un mot mystérieux qui arrête n'importe quelle sorte d'hémorragie. Bien sûr, tout cela c'est des bêtises", ajouta-t-il rapidement voyant les sourcils de mon grand-père se lever et se froncer, "mais peut-être pourrions-nous l'essayer. C'est tellement triste pour le cheval", acheva-t-il lugubrement avec un regard anxieux vers l'étalon. Grand-père haussa les épaules : "Ce sont des bêtises, ces histoires, mais peut-être Alexandre a-t-il une grande habitude des animaux malades. Peut-être trouvera-t-il un moyen d'arrêter l'hémorragie jusqu'à ce que le vétérinaire arrive. Je ne pense pas que cela gardera Michka vivant jusqu'alors, mais, en tout cas, envoie chercher Alexandre." Le groom fut envoyé chercher Alexandre qui habitait non loin de là et apparut quelques minutes plus tard. Un homme de taille moyenne avec les cheveux dépeignés, plutôt laid, difficile à décrire mais ses yeux me frappèrent immédiatement par leur expression sinistre et désagréable. Ses yeux avaient un regard qui semblait percer tous et toutes. Il y avait quelque chose de bizarre dans ce regard. Il souleva sa casquette devant grand-père d'une façon nonchalante, jeta un coup d'œil au cheval et, tout de suite, releva les manches de sa chemise. "Aucun de tes trucs, dit grand-père en grondant, je ne veux pas de vos toiles d'araignées, de vos poudres d'escargot mises sur mon cheval, simplement regarde si tu peux changer le bandage et diminuer l'hémorragie." "Très bien, Piotr Gavrilovitch, répondit Alexandre abruptement, je vais faire le nécessaire, l'hémorragie s'arrêtera. Reculez-vous, s'il vous plaît." Très sûr de lui, il ne semblait pas du tout impressionné par grand-père. "Tenez sa tête", dit-il, en se tournant vers le cocher. Il caressa le cou du cheval et soigneusement défit le bandage. Un torrent de sang coula de la large plaie sur le sol. L'étalon trembla et poussa des hennissements de souffrance alors que les doigts d'Alexandre s'approchaient de la plaie. L'animal était trop faible pour se dresser ou ruer. Sifflant doucement, Alexandre caressa de nouveau le cou du cheval avec une main et glissa doucement l'autre lentement le long de la jambe. Il se pencha sur la jambe. Maintenant, ses deux mains caressaient doucement le membre blessé de l'animal. Puis, il s'agenouilla et pencha son visage jusqu'à être contre la jambe de l'étalon. Il le caressait en murmurant entre ses dents. Ce qu'il dit, personne ne l'entendit. Le cheval se tenait parfaitement immobile, comme enraciné au sol. Les grooms se tenaient autour, regardant, à la fois pleins de curiosité et fortement impressionnés. Dans le calme ambiant,

j'entendais seulement les murmures bas et mono-
tones d'Alexandre et ses expressions d'encoura-
gement au cheval. "C'est en train de s'arrêter",
murmura un gamin aux joues rouges. Le cocher se
tourna furieusement vers lui et lui ordonna de faire
silence. Finalement, le guérisseur de chevaux leva la
tête et regarda mon grand-père : "C'est arrêté, Excellence, dit-il tranquillement, je voudrais de nouveaux
bandages pour serrer la jambe de façon à ce que
l'hémorragie ne recommence pas." Grand-père s'approcha, fixant avec incrédulité la blessure. L'hémorragie
avait cessé. Ce que l'homme avait fait, comment il
l'avait fait, personne ne put le dire… Ce don d'arrêter les hémorragies était une pratique courante parmi
les guérisseurs de chevaux dans la campagne. Je n'ai
jamais entendu aucune explication scientifique… Le
secret était toujours jalousement gardé et passait
de père en fils car ceux qui possédaient ce secret
avaient, disait-on, des pouvoirs surnaturels… J'ai
toujours soupçonné que le fameux Raspoutine, un
ancien marchand de chevaux, avait ce don, ce qui
expliquerait sa facilité à guérir le tzarevitch lorsque
celui-ci était atteint d'hémorragie hémophilique. »

Il est difficile d'imaginer le starets, le « saint
homme », très grand, hirsute, les yeux flambants, la
barbe au vent, vêtu en paysan, en train de parler brutalement au souverain absolu de dizaines de millions
de Russes, qui plus est dans le cadre délicat de leurs
salons anglais. Raspoutine est un personnage incompréhensible pour la mentalité occidentale. Pour
tâcher de le cerner, il faut chercher dans la tradition

orientale et dans la tradition orthodoxe. C'était un débauché, il courait après toutes les filles, il les violait à l'occasion, il buvait et s'enivrait presque chaque soir. Mais c'était un authentique mystique, sa foi n'était pas une comédie. De plus, il avait incontestablement un don de voyance et un don de guérisseur. Si Nicolas II avait suivi ses avis, il serait probablement resté sur le trône. Raspoutine était résolument contre l'entrée de la Russie dans la Première Guerre mondiale, seulement, au moment où cette guerre éclata, il se trouvait immobilisé, loin de la capitale. Une nonne lui avait tiré dans le ventre et il était alité dans son lointain village. Ainsi s'accomplit le noir destin de la Russie sans qu'il puisse intervenir. Il l'avait prédit : « Je serai assassiné par les boyards (les grands seigneurs), ce sera la fin de la dynastie et de l'empire, et des rivières de sang couleront. » Exactement ce qui devait arriver. Personne n'a jamais su la vérité exacte sur sa mort. Un complot de grands seigneurs russes s'était formé pour l'assassiner. Ils considéraient que par son influence sur l'empereur, il conduisait l'empire à sa perte. Le chef du complot, le très beau, très jeune et immensément riche prince Youssoupov, invita Raspoutine une nuit en son palais. Youssoupov lui servit du vin bourré de cyanure, il ne mourut pas. Youssoupov tira une fois, deux fois sur lui ; il tomba, son assassin le crut mort. Il remonta annoncer son succès à ses complices puis il redescendit et, à ce moment, Raspoutine se releva et s'accrocha à lui. Le prince devint hystérique. Il réussit à se décrocher de sa victime et, de nouveau, remonta dans un état voisin de la crise nerveuse. Ses complices descendirent à toute vitesse au rez-de-chaussée. La pièce était vide, plus de Raspoutine. Ils trouvèrent cependant une petite porte ouverte qui donnait sur une cour du palais. Ils suivirent Raspoutine aux traces de sang qu'il laissait derrière lui. Ils le virent qui s'avançait vers le canal. Ils tirèrent sur lui, l'atteignirent plusieurs fois. Finalement, ils le rejoignirent et le poussèrent dans le canal. Raspoutine était toujours vivant puisque, selon l'autopsie, il mourut de noyade et non pas par balles.

On possède sur son assassinat uniquement la version du prince Youssoupov. Les autres conjurés avaient juré de ne jamais rien en dire. Ils reprochèrent fortement à Youssoupov d'avoir trahi sa parole tandis qu'eux-mêmes gardèrent le silence. Une récente théorie prouverait que s'était trouvé dans le palais Youssoupov, pendant la nuit fatale, un agent britannique. En effet, Raspoutine qui, déjà, avait été opposé à l'entrée en guerre, réclamait à cor et à cri une paix séparée de la Russie, ce que les Alliés voyaient d'un fort mauvais œil. L'Angleterre avait trempé dans l'assassinat du tsar Paul Ier et pour les mêmes raisons aurait trempé dans celui de Raspoutine.

La question qui m'a toujours semblé primordiale, c'est de savoir la raison pour laquelle Raspoutine se rendit cette nuit-là à l'invitation du prince Youssoupov. La version du prince est qu'il avait promis à Raspoutine de lui faire rencontrer sa femme, la très belle princesse Irina, laquelle se trouvait à ce moment-là en Crimée, détail que Raspoutine, admirablement renseigné par la police secrète, ne pouvait ignorer. La version familiale est que Raspoutine, comme tant d'autres hommes, même les plus hétéros, s'était laissé séduire par Youssoupov.

Je demandai l'explication de ce mystère au dernier « ami » du prince Youssoupov, un sculpteur mexicain que je rencontrai à Taos. Comment était-il possible que Raspoutine, avec son extraordinaire pouvoir de voyance, n'ait pas prévu le piège qui l'attendait au palais Youssoupov ? Tout simplement, me répondit le Mexicain, parce que Youssoupov possédait comme le starets une immense puissance psychique et que la relation entre les deux hommes était une guerre de leurs pouvoirs. Celui de Youssoupov fut plus fort et Raspoutine se rendit aveuglément à son rendez-vous avec la mort.

Le Mexicain me révéla aussi un secret que Youssoupov avait gardé pour lui. Longtemps après la publication de ses mémoires et du récit de l'assassinat de Raspoutine, le médecin qui lui avait fourni le cyanure lui avait écrit pour lui avouer qu'en fait, au dernier moment, il s'était rappelé le serment d'Hippocrate qu'il avait prononcé en tant que médecin et qu'il n'avait pu se résoudre à provoquer la mort. Aussi avait-il fourni à Youssoupov un liquide innocent. Donc, pas de cyanure. Cela n'expliquait toujours pas comment Raspoutine n'était pas mort de ses blessures…

Un dernier détail sur cette affaire. Ce soir-là, au palais Youssoupov, se trouvaient deux complices de Raspoutine, tous deux connus comme tels. Peut-être y en avait-il plus qui sont restés dans l'anonymat.

Outre le député Pourikiavitch, il y avait le grand-duc Dimitri Pavlovitch, membre de la famille impériale… et mon cousin germain. Une grande différence d'âge me sépare de lui. Cependant, il était le fils de la sœur de mon père. Le tsar, outré de la participation de son parent au meurtre, l'exila sur la frontière persane, ce qui permit au Grand-Duc d'être un des seuls membres de la famille impériale à échapper à la Révolution. Selon ma mère, il était le plus bel homme qu'elle ait jamais vu. Beaucoup de dames devaient partager cet avis, en particulier Coco Chanel qui fut longtemps sa maîtresse. Elle s'inspira des joyaux héréditaires du Grand-Duc pour créer sa collection de bijoux enchâssés à la russe de gros cabochons. Dimitri Pavlovitch se maria à une splendide Américaine, leur fils fut pendant des décennies maire de Palm Beach en Floride…

La baronne Buxhoeveden que nous avons rencontrée précédemment raconte, toujours dans ses passionnants mémoires, une extravagante anecdote. Elle est encore enfant, toujours chez son grand-père à la campagne près de la Volga. « Je montais souvent le petit poney que grand-père m'avait offert. Il allait incroyablement vite… Un jour d'automne, alors que j'avais six ans, je le montai le long de la grand-route. Il y avait eu des fortes pluies et les profonds fossés étaient pleins de boue brune. Le groom suggéra que nous devrions couper à travers un jardin qui se trouvait là et rejoindre ainsi la grand-route plus loin. J'acceptai sa proposition et nous avançâmes lentement dans le jardin, choisissant soigneusement notre chemin sur l'épais tapis de feuilles mortes, de peur des trous de taupes. Nous étions forcés d'avancer en file indienne, les branches des buissons sauvages fouettant nos montures. Soudainement, de l'épaisseur de la végétation, une silhouette apparut, un garçon aux cheveux sombres avec un visage très pâle, portant une casquette d'écolier et une chemise rouge au col brodé. Il saisit ma bride. "Vous violez ma propriété, cria-t-il d'une voix curieusement haut perchée, ceci est une propriété privée. Sortez de mon jardin, vous, avec votre tignasse." J'avais peur, personne ne m'avait jamais parlé aussi durement et je sentis l'insulte à propos de mes boucles en tire-bouchon dont j'étais assez fière avant qu'elles ne deviennent un problème. Le groom s'écria, indigné : "Mais c'est la jeune baronne, la petite-fille de Piotr Gavrilovitch, elle est très jeune, très petite et elle ne peut pas monter son poney dans toute cette boue. Nous avons dû prendre le raccourci. De toute façon, le portail était ouvert." "Petite ou pas, dehors", dit le garçon avec férocité, puis, tournant la tête de mon cheval vers le portail, il me poussa dehors. Le groom fut forcé de suivre, profondément heurté. À notre retour, maman gronda le groom pour m'avoir menée sur les terres d'autrui. "Jamais n'approchez ces gens." Et pourtant, ces gens, la petite baronne les avait déjà approchés : "À trois verstes de notre maison, il y avait un petit village misérable, Kokoush-kino. Les chaumières paraissaient misérables, les paysans extrêmement pauvres. Au milieu du village, il y avait une de ces petites gentilhommières que Tourgueniev aimait décrire. Elle possédait une véranda et un portique supporté par des piliers blancs mais la peinture s'écaillait partout. Plusieurs fenêtres étaient cassées et l'herbe poussait entre les planches de la véranda. Un petit veau attaché à un poteau dans la cour abandonnée était le seul signe que cette demeure dégradée était habitée. Je passais souvent par là. Une ou deux fois dans ma première enfance, j'y avais vu une vieille dame à cheveux blancs vêtue d'une mauvaise robe noire, y errant comme un fantôme. Le groom, un garçon de village à la face ronde, m'avait dit que c'était "La vieille Barina Oulianov". Le nom ne me disait rien... ["Barina" en russe signifie "femme de seigneur"]. Le nom, cependant, devait être bien plus tard très connu. Les Oulianov faisaient partie de la petite aristocratie de notre province. Le père était mort et sa veuve, avec son plus jeune fils, habitait là dans les premières années de la dernière décennie du XIXᵉ siècle. Un fils aîné avait été pendu pour avoir pris part dans un complot pour assassiner l'empereur Alexandre III. »

Le jeune fils de la veuve appauvrie, le jeune garçon qui avait chassé de ses terres la petite Buxhoeveden, Vladimir Oulianov, dans son adolescence défenseur farouche de la propriété privée, devait se faire un nom avec son surnom de Lénine...

Les révolutionnaires russes massacrèrent à l'envi et cruellement la famille impériale mais conservèrent diligemment tout ce qui leur avait appartenu. S'ils vendirent des trésors impériaux, ce fut pour remplir leurs caisses vides. Une nuit, au plus fort de la Révolution, Agathon Fabergé, le fils du grand orfèvre, fournisseur de la Cour impériale, l'image même du régime détesté qui avait été renversé et dont les personnages étaient partout pourchassés, fut réveillé par la police secrète. Certain que sa dernière heure était venue, il fut mis en présence de Trotski qui lui demanda, aimablement d'ailleurs, d'évaluer les bijoux de la Couronne. « Car, ajouta Trotski, nous avons besoin d'argent et nous sommes obligés de tout vendre, sinon nous serons ruinés. » Au bout d'une semaine, Fabergé revint avec les estimations mais Trotski avait changé d'avis. « Nous vendrons uniquement les bijoux privés mais tant pis pour nos finances, nous garderons à tout prix les pièces historiques », c'est-à-dire les couronnes, les sceptres et autres instruments quasi sacrés des couronnements des tsars. Étrange respect envers le régime impérial de la part de ceux qui l'avaient abattu. Si seulement les révolutionnaires français qui fondirent les joyaux de la Couronne avaient pu avoir le même sens de l'Histoire.

Une des premières fois où je me rendis en Russie, c'était encore du temps des Soviets, pour réaliser un livre sur les palais impériaux. Nous nous étions munis, mon équipe et moi, de toutes les autorisations nécessaires pour visiter et photographier. J'avais bien sermonné mes coéquipiers pour qu'ils ne révèlent surtout pas mon identité et encore moins ma parenté avec la famille impériale. Si le secret était révélé, je me voyais déjà expulsé du pays – au mieux. Chaque fois que nous arrivions dans un palais impérial

devenu musée, nos guides russes présentaient les
autorisations dont les responsables se moquaient. Ce
n'était jamais le moment, le préposé n'était pas là, il
fallait revenir plus tard ou le lendemain, les pièces
que nous voulions voir étaient fermées et ainsi de
suite. En désespoir de cause, nos cornacs révélaient
que j'étais le petit-fils de la grande-duchesse Olga
Constantinovna. Alors, les visages souriaient et les
difficultés s'aplanissaient comme par miracle. Ma
parenté avec les Romanov fut le sésame qui ouvrit
toutes les portes dans tous les musées russes. Au
point que, lorsque nous visitâmes le palais de
Pavlovsk ayant appartenu à mon arrière-grand-père,
la conservatrice communiste me déclara : « J'ai honte
d'être ici devant vous. » Tous me bombardaient de
questions sur ma grand-mère, sur ma famille. Ils voulaient toujours en savoir plus, ces bons fonctionnaires
soviétiques. Tout ce qui touchait la dynastie impériale jusqu'au moindre détail les fascinait. Je m'aperçus que s'ils m'entouraient de tant d'amabilité, c'est
parce qu'ils me considéraient un peu comme une
relique.

Aucun guide complet des palais russes n'existant à
l'époque, j'étais parti à leur recherche muni d'un
guide Baedeker de 1913. Excepté les grands palais
impériaux ouverts au public, tout le monde avait
oublié l'existence des autres demeures de la famille
impériale. Je demandais par exemple au conservateur
de l'Hermitage si le château de Ropsha existait toujours. C'était là où le mari de Catherine II, Pierre III,
avait été assassiné, c'était là où la cousine de mon
père, la grande-duchesse Xenia, sœur de Nicolas II,

avait passé son voyage de noces. Les conservateurs m'assurèrent qu'il avait été bombardé pendant la Seconde Guerre mondiale par les Allemands et qu'il n'en restait rien. Or nous avons retrouvé Ropsha toujours debout, entouré de palissades et nous avons parfaitement reconnu le dessin à la française de son parc. Mon livre sur les palais impériaux se révéla ainsi une chasse au trésor des plus inattendues.

Mon arrière-grand-père, le grand-duc Constantin Nicolaevitch, disposait d'un autre palais voisin de Saint-Pétersbourg appelé Strelna. Nous le trouvâmes, qui menaçait la ruine. L'intérieur avait brûlé. Mais le dessin du parc à la française se lisait parfaitement depuis les terrasses jusqu'à la Baltique. Un groupe d'étudiants qui tâchaient de conserver ce qui pouvait être conservé m'annonça que le palais allait être vendu à la mafia turque qui projetait d'en faire un casino. Et pourquoi pas aussi un bordel ! Au dernier moment, ce fut Poutine en personne qui intervint pour sauver Strelna. Il le fit restaurer et, rendu à sa gloire, c'est aujourd'hui le palais des hôtes officiels de la république russe.

Depuis le XVIIe siècle, la Russie jetait des regards concupiscents vers les Ottomans. Un empire montait, l'autre dégringolait. À coups de guerres, de complots, de révoltes, les Russes s'infiltraient et grignotaient l'Empire turc. Les flottes de l'impératrice Catherine avaient gagné sur les Turcs une immense victoire navale dans la baie de Chesmé, en face de l'île de Chios. Pour perpétuer ce glorieux événement, elle fit construire à la Porte de Saint-Pétersbourg un palais fort peu connu et qui tient toujours debout, auquel elle donna le nom de Chesmé et auquel elle ajouta une chapelle extraordinaire, réussite architecturale étonnante puisque triangulaire.

Dans les décennies suivantes, la décadence ottomane s'accéléra. Cependant, le sultan Selim III, pendant les toutes dernières années du XVIIIᵉ siècle, tenta d'arrêter le mouvement. Il se constitua une armée moderne et appela les officiers étrangers à s'y enrôler. Son cabinet reçut de nombreuses demandes d'admission, surtout des militaires français. C'est ainsi que les fonctionnaires ottomans purent lire une requête d'enrôlement signée d'un étrange nom. Comme ils le faisaient pour tous ces genres de demandes, ils firent une enquête. Leur recommandation au ministre de la Guerre fut de refuser cette requête. Le candidat avait un lourd passé révolutionnaire et ses opinions étaient certainement restées celles d'un gauchiste extrémiste, donc peu recommandable pour l'armée impériale ottomane. La demande d'admission était signée « Napoleone Buonaparte ».

Les efforts de Selim III ne purent cependant enrayer la gourmandise russe. L'est, on pouvait le conquérir tranquillement, la Crimée et autres territoires se trouvaient loin et personne ne regardait trop ce qui s'y passait. À l'ouest, dans les Balkans, c'était plus difficile. C'était l'Europe, et les autres puissances regardaient d'un fort mauvais œil l'impérialisme russe. Aussi les tsars se contentèrent-ils d'encourager les mouvements nationalistes. C'était alors la mode qui détachait l'une après l'autre les provinces balkaniques de l'Empire ottoman. Ces provinces libérées grâce à l'aimable concours des puissances, surtout de la russe, il fallait leur donner un régime. Pas de républiques, car c'eût été créer un inquiétant précédent. Des monarchies, donc. En Serbie, on laissa s'installer une dynastie locale. Ce fut une erreur. Aussitôt, une dynastie rivale apparut et, pendant des décennies, avec coups d'État et meurtres sanglants, Obrenovitch et Karageorgevitch se disputèrent le trône de Serbie.

Au début du XXe siècle, un complot militaire assassina le roi Alexandre Obrenovitch et sa femme la reine Draga. Les conjurés lancèrent leurs cadavres ensanglantés par les croisées du Palais. « On ne jette pas les rois par la fenêtre », commenta, indigné, le roi d'Angleterre Édouard VII qui refusa longtemps de recevoir celui que toute l'Europe accusait d'être le chef de la conjuration, le prince Arsène de Serbie, qui appartenait à l'autre dynastie des Karageorgevitch. Le fils de ce cruel comploteur, aux méthodes fortes, fut mon oncle, le prince régent Paul de Yougoslavie. On ne pouvait imaginer un prince plus courtois, plus cultivé, plus délicat, plus grand seigneur.

Pour éviter les mêmes désagréments avec les autres nouveaux États indépendants des Balkans, les puissances décidèrent d'y dépêcher des princes d'Europe occidentale. Ainsi, on éviterait les querelles entre prétendants indigènes. Pour la Roumanie, on trouva le prince Charles de Hohenzollern, issu d'une branche aînée et catholique de la Maison Royale de Prusse. Cet homme inflexible, austère, travailleur acharné, bâtisseur infatigable, façonna la Roumanie moderne. Il supportait impatiemment les excentricités de sa femme, la reine Élisabeth. Sous le nom de plume de Carmen Sylva, elle publiait des poèmes qu'elle déclamait au mégaphone sur la terrasse de sa propriété en bord de la mer Noire à l'intention des navires qui passaient au large. À celui qui était devenu le roi Carol Ier succéda moins son neveu Ferdinand que la femme de ce dernier, la reine Marie de Roumanie. Cette Anglaise, superbe et séduisante, ne rencontrait de résistance chez personne même chez les plus farouches. Grâce à son charme qu'elle exerça sans limite avec ministres et présidents, elle doubla presque l'étendue de son royaume à la fin de la Première Guerre mondiale. Elle avait un génie instinctif pour les jardins mais aussi pour la mode et la décoration. Elle apparaissait dans des tenues extravagantes qui évoquaient une Byzance d'opéra. Sa vie privée fut le sujet préféré des ragots de l'Europe royale. Grâce à elle, ses descendants étaient tous très beaux, très séduisants et fort peu sages, plutôt enclins au scandale.

Pour la Bulgarie, les puissances n'eurent pas à trouver un roi, celui-ci se trouva lui-même. La Russie, dès l'indépendance de ce pays, avait imposé un de ses féaux, le prince Alexandre de Battenberg, apparenté à l'impératrice mais celui-ci se piqua d'une politique indépendante et le tsar, outré, l'envoya en exil d'une façon plutôt expéditive. Qui mettre à la place ? Les puissances n'arrivaient pas à s'entendre sur le sujet. C'est alors qu'un jeune homme, inconnu, saisit l'occasion de sa vie, puissamment aidé par sa mère. Clémentine d'Orléans était la plus jeune fille du roi Louis-Philippe. Avec son cadet, le duc de Montpensier, elle avait hérité du génie familial pour l'intrigue et l'ambition. Elle avait épousé un prince plutôt obscur mais immensément riche, Auguste de Saxe Cobourg. Parmi ses enfants, il y en avait un qu'elle chérissait particulièrement, son fils Ferdinand, jeune homme alors plutôt affecté, invraisemblablement cultivé et fourbe comme peu. Les puissances n'arrivant pas à se mettre d'accord, eux deux y réussiraient en imposant Ferdinand. On suscita une délégation bulgare qui vint demander à ce dernier de régner sur la Bulgarie. Les puissances poussèrent les hauts cris, Ferdinand n'en demanda pas plus. Poussé par sa mère, il voyagea secrètement dans l'Orient-Express, débarqua à Sofia et se fit acclamer comme souverain de la Bulgarie. Les puissances, outrées, refusèrent de le reconnaître. Ferdinand commença par asseoir son pouvoir et entreprit un formidable travail de modernisation de la Bulgarie, aidé par sa mère Clémentine, accourue pour soutenir son chouchou. Bientôt, il put entreprendre une tournée européenne en vue de briser l'ostracisme dont il était l'objet. Arrivé à Paris, il rendit visite à Chantilly à son oncle le duc d'Aumale, devenu plutôt sourd. Ferdinand pénètre sans être annoncé dans la salle à manger et trouve Aumale à table. Il s'approche, l'appelle timidement. Aumale n'entend rien et continue à manger sa soupe. Ferdinand répète son appel sans plus de succès. Finalement, Ferdinand touche l'épaule de son oncle qui se retourne brusquement : « Ah, Ferdinand, c'est toi. Je

suis comme l'Europe, je ne t'avais pas reconnu. »
Bien des années plus tard, Ferdinand était devenu un
quinquagénaire imposant, quelque peu bedonnant, à
la barbe blanche et pointue, toujours couvert
d'innombrables décorations enchâssées de pierreries.
Il était redouté de l'Europe entière pour ses mani-
gances mais laissa une empreinte ineffaçable sur son
pays.

Son petit-fils Siméon, qui régna enfant lorsque son
père mourut de manière inexpliquée, fut ensuite
chassé par les communistes. Il est revenu dans son
pays il n'y a pas si longtemps pour en devenir le Premier ministre. Cet homme de devoir et modeste réussit involontairement à laisser sa marque.

Quant à la Grèce, tout juste indépendante, on lui
avait trouvé un prince bavarois, Othon, que nous
avons déjà rencontré dans ces pages – l'amant de
Lady Jane Digby. Après trente ans de règne, il fut
chassé parce qu'il n'avait pas su produire d'héritier et
qu'il avait des tendances absolutistes. On chercha un
nouveau candidat. On demanda à Léopold de Saxe
Cobourg, futur roi Léopold Ier des Belges. Il fut plus
ou moins forcé de refuser et le regretta toute sa vie.
En particulier, il fit peindre sa fille adorée, la petite
Charlotte, en costume grec, en témoignage de sa nostalgie. On alla sonder aussi l'archiduc Maximilien. Il
refusa hautainement en insultant pas mal les Grecs.
Mal lui en prit puisqu'il accepta, quelques années
plus tard, la couronne du Mexique et qu'il finit
fusillé. Les Grecs, eux, n'exécutaient pas leurs souverains mais ils avaient une propension à les chasser

assez souvent, ce qui rendait les candidats au trône plutôt hésitants. Finalement, les Grecs, en mal de roi, envoyèrent une délégation au Danemark. Y régnait une dynastie qui était l'exemple même des transplantations de rois. En effet, cette famille, celle de mon père, continue à régner sur le Danemark mais aussi sur la Norvège. Elle va régner sur la Grèce comme on va l'apprendre mais aussi sur la Russie sous le nom de Romanov. Enfin, elle régnera un jour sur l'Angleterre grâce au prince Philip, né Philip de Grèce et membre de cette dynastie. Ainsi se perpétuera-t-elle chez son fils, son petit-fils et tous ses descendants. Autant la famille de ma mère, la Maison de France, est verticale, remontant tout droit du VIIIe siècle sans avoir jamais quitté son pays, autant la famille de mon père est horizontale vu qu'elle s'est répandue dans tant de royaumes.

Donc, la délégation grecque arrivée à Copenhague alla demander au roi Frédéric VII de leur donner son neveu Guillaume comme roi. Le Danois accepta sans même consulter l'intéressé. Celui-ci, âgé de dix-huit ans, était alors cadet dans la marine danoise. Avec sa nombreuse famille, il menait une existence plutôt parcimonieuse, à tel point que pour déjeuner, il achetait un sandwich au hareng qu'il empaquetait dans du journal. Ce jour-là, tout en dévorant sa pitance, son regard tomba sur le journal maculé de graisse de hareng. Il put y lire que le roi Frédéric avait accepté pour le prince Guillaume la couronne de Grèce. C'est ainsi qu'il apprit qu'il était devenu roi. Tout le monde prédisait qu'il ne durerait pas sur le trône

de Grèce. Il partit pourtant plein d'enthousiasme
et régna pendant cinquante ans sous le nom de
Georges Ier, ce qui, comme je me plais à le répéter,
est le record absolu de longévité politique dans toute
l'histoire grecque. Ce fut mon grand-père. Depuis,
l'histoire de notre dynastie a connu de nombreux
aventures et rebondissements, des hauts et des bas,
des exils, des tragédies. Un jour, je demandai à mon
cousin le roi Constantin un titre qui résumerait l'histoire de notre famille sur laquelle je préparais un
album de photos : « *In and out* », me répondit-il.

L'histoire de ces princes allemands ou danois
transplantés de l'Europe du Nord dans les Balkans,
qui sont toujours restés une poudrière, n'est pas
dénuée de romantisme. Élevés dans la tranquillité
quelque peu ennuyeuse des châteaux nordiques, ils
devenaient par la force des choses des aventuriers.
Ils s'en tirèrent avec brio. Étrangers dans leur propre
pays, ils devinrent, eux et tous leurs descendants,
aussi patriotes que les plus zélés de leurs sujets. Tous
aimèrent passionnément leur pays d'adoption et
tous voulurent le servir de leur mieux. Jusqu'à récemment, les transplantations parurent incongrues à une
époque où il était devenu inconcevable que les chefs
d'État n'appartinssent pas à leur pays de naissance.
Depuis, nous avons vu un Japonais devenir président
du Pérou, un Syrien maître de l'Argentine, un demi-
Kenyan président des États-Unis et un descendant de
Hongrois président de la France.

Pendant ce temps, l'Empire ottoman survivait. Tout décadent et affaibli qu'il était en ce début de XXe siècle, il était gouverné par un sultan décidé à ne rien lâcher et à maintenir intact l'héritage qu'il avait reçu. Personnage intéressant que le sultan Abdul Hamid, dont j'ai écrit la biographie. Il passe dans l'histoire occidentale comme un monstre sanglant, on l'appelle « le grand saigneur » ou « le sultan rouge », « le massacreur des Arméniens ». On assurait que dans son palais immense, plein d'or et de pierres précieuses, il avait fait installer dans les sous-sols des chambres de torture où il se plaisait à voir souffrir ses prisonniers. Combien d'opposants disparurent sous son règne horrible…

Je suis allé rendre visite dans un minuscule appartement de Lausanne à son petit-fils. Il me fit de son grand-père une peinture bien différente. La mère de mon ami, la fille préférée d'Abdul Hamid, lui avait consacré ses mémoires. C'était un bon père de famille, très aimé de ses femmes. En fait, il était casanier, presque bourgeois, détestait le luxe, il vivait modestement, préoccupé par son devoir de conserver ce qui pouvait l'être.

Plus tard, je visitai le palais de Yildiz qu'il s'était fait construire à la porte d'Istanbul, et dont il suffisait de prononcer le nom pour terroriser les populations. Des légendes couraient sur des salles innombrables, des salons étincelant de dorures. En fait, il s'agissait de petites villas plutôt exiguës, assez sympathiques, sans aucun goût, entourées d'un grand jardin avec, effectivement, une très grande pièce, une seule, qui était la bibliothèque – car Abdul Hamid était un érudit. Mais comparée aux autres palais d'Istanbul que je connaissais, la modestie des lieux, tant par la taille que par la décoration, me sembla confondante. Au lieu de splendeurs de marbres et de bronzes, c'étaient des petits pavillons de banlieue dans un joli parc. Où était l'or ? Où étaient les pierres précieuses ?

Abdul Hamid est universellement accusé du massacre des Arméniens. Pourtant, le grand massacre est postérieur à son règne. Il fut ordonné par ses successeurs. La région orientale frontalière de l'Empire ottoman habitée par des Arméniens était instable. La proximité de la Russie l'ouvrait aux convoitises de cette dernière. Des missionnaires anglo-saxons la parcouraient en prêchant aux Arméniens la révolte contre les musulmans ottomans. Abdul Hamid fut informé qu'une insurrection n'était pas impossible. Il fit l'erreur fatale de faire venir les Kurdes. C'est lui qui les introduisit dans ce qui est aujourd'hui la Turquie. Ces bachi-bouzouks formaient une sorte de milice chargée, dans l'esprit d'Abdul Hamid, de maintenir l'ordre. Que firent-ils ? Ils massacrèrent les Arméniens. Le sultan essaya de les arrêter, c'était trop tard.

Abdul Hamid reçut Herzl, le promoteur du sionisme, qui lui déclara être au courant de ses difficultés financières. Il lui proposa, avec l'argent des Rothschild, de racheter la Palestine, alors province ottomane. Abdul Hamid, avec un sourire, lui répondit que malheureusement il ne pouvait distraire un mètre carré de l'empire dont il avait hérité, mais, ajouta-t-il : « Ne vous en faites pas, après moi, vous aurez la Palestine gratis. » Cela prit quelques décennies mais il arriva exactement ce qu'il avait prédit.

L'empire d'Abdul Hamid couvrait à l'époque l'Arabie saoudite et l'Irak. Or, les Anglo-Saxons y avaient trouvé des réserves immenses de pétrole. Ils se précipitèrent sur les lieux pour acheter les terrains pétrolifères. Ce fut pour apprendre que la Couronne, c'est-à-dire Abdul Hamid, les avait devancés de peu et avait racheté tous ces terrains. Le pétrole n'était donc plus accessible aux Anglo-Saxons. Il n'y avait plus qu'une solution : renverser Abdul Hamid. Pour cela il fallait commencer par le calomnier, par en faire un monstre sanglant, afin que tout le monde se réjouisse ensuite de le voir détrôné. Ainsi naquit la légende conduisant à la Révolution qui le chassa du trône, grâce à quoi les Anglo-Saxons, après la guerre mondiale, mirent la main sur les terrains pétrolifères qu'ils convoitaient.

Lors du dépeçage de l'Empire ottoman, les Français arrivèrent bons derniers, sans se douter des véritables raisons de ce partage. Ils exigèrent leur part du gâteau. Les Anglais, malins, leur accordèrent les seules provinces ottomanes où il n'y avait pas de pétrole, c'est-à-dire la Syrie et le Liban, gardant pour eux l'Irak, tandis que les Américains s'installèrent en Arabie saoudite pour y exploiter tranquillement l'or noir.

Une anecdote vint corrompre l'image trop idéale que j'avais d'Abdul Hamid. Une dame grecque de ma connaissance avait pour grand-père son architecte privé. Un jour, le sultan lui demanda de creuser un tunnel entre son palais de Yildiz et le quai du Bosphore… pour avoir une possibilité de fuite au cas où une éventuelle révolution tournerait trop mal. Le Grec lui construisit son tunnel. Un beau jour, l'épouse du Grec, la grand-mère de la dame que je connaissais, reçut un message du palais : son mari était tombé malade et devait rester à la clinique du palais. La grand-mère commença à trembler. Puis arriva un autre message lui annonçant que son mari faisait une crise aiguë d'appendicite. Du coup, la grand-mère s'effondra. Son mari avait été opéré de l'appendicite deux ans plus tôt. Suivit bientôt le triste message de sa mort pendant l'opération. Le lendemain, un messager du palais se présenta à la grand-mère et lui tendit un sac rempli de pierres précieuses. Le prix de son silence et un cadeau de consolation. Le sultan tenait à ce que personne ne connût l'existence de son tunnel, même celui qui l'avait creusé.

Abdul Hamid n'abandonnait sa retraite de Yildiz que lors de fêtes solennelles, comme le Bayram qui saluait la fin du ramadan. Il se rendait alors dans le fabuleux palais voisin de Dolma Baché construit par ses ancêtres. On faisait venir du vieux palais de Topkapi un immense trône en or incrusté de péridots. Il était installé dans la salle de bal, la plus grande du monde. Abdul Hamid y recevait les dignitaires de l'empire et les ambassadeurs. Un jour, au milieu de la cérémonie, la terre brusquement trembla. Les lustres se mirent à se balancer, les colonnes à trembler, les murs à s'écailler, les plats à tomber, ce fut la panique. Tout le monde poussa des hurlements et s'écrasa aux portes pour fuir. Un seul ne bougea pas : Abdul Hamid, qui resta impassible debout devant le trône scintillant.

Une fois le Sultan Rouge renversé par ce qu'on appelle la révolution des Jeunes Turcs, la situation ne fit qu'empirer. Ses successeurs ne firent que des bêtises. Leur chef, Enver Pacha, était un imbécile, de l'avis même de Kemal Atatürk, le fondateur de la Turquie moderne. Les États balkaniques en profitèrent pour attaquer la Turquie. Abdul Hamid détrôné avait été exilé à Salonique, alors métropole ottomane. On l'avait logé dans une belle villa à la porte de la ville. On lui interdisait les journaux. Cet homme qui avait été le mieux renseigné de son empire ne savait plus rien de ce qui se passait dans le monde. Un matin, il entendit des canonnades au loin. Il interrogea ses gardiens. Ceux-ci répondirent qu'il s'agissait de manœuvres de l'armée ottomane mais leur nervosité fit soupçonner à Abdul Hamid une raison plus importante. La canonnade se rapprochait. De nouveau, Abdul Hamid interrogea ses gardiens et, de nouveau, ceux-ci lui répondirent par des mensonges de moins en moins rassurants. Finalement, au milieu de la nuit suivante, un officier réveilla le sultan déchu et lui annonça qu'il était évacué. Que se passait-il ? C'était mon oncle Constantin de Grèce, généralissime des troupes grecques et futur roi, qui était arrivé à la porte de Salonique dont il allait s'emparer quelques jours après, ajoutant la Macédoine à la

Grèce. Entre autres bêtises, Enver Pacha, le nouveau maître de la Turquie, avait établi une alliance étroite avec l'empire d'Allemagne. Du coup, on recevait le Kaiser en visite officielle à Istanbul. Les Français de l'ambassade voyaient cette alliance du plus mauvais œil. Cependant, ils furent invités au dîner de gala donné dans le palais de Dolmabahce pour le Kaiser Guillaume II. À la sortie, un journaliste demanda à l'ambassadeur comment il avait jugé le banquet. L'ambassadeur, pisse-vinaigre, répondit : « Tout était froid, sauf le champagne. »

L'alliance avec l'Allemagne poussa les Jeunes Turcs à entrer en guerre au côté de celle-ci. Triste résultat : ils perdirent la guerre et virent l'empire démembré par les Alliés. Entre-temps, ces derniers avaient tenté, en grande partie à l'instigation du jeune Winston Churchill, un débarquement à Gallipoli. Avant que ce débarquement ne se solde par un désastre, la panique s'installa à Istanbul. Tout le monde était certain que les Alliés, c'est-à-dire l'ennemi, ne tarderaient pas à prendre la ville. Les trains étaient sous pression pour emmener vers l'est la famille impériale, le trésor, les archives, le gouvernement. Les Alliés se rapprochaient. Alors, le gouvernement ottoman décida de miner les principaux monuments de la ville. Au moins ne tomberaient-ils pas aux mains de l'ennemi. En particulier, ils placeront un grand nombre de barils de poudre sous Sainte-Sophie, la basilique byzantine des empereurs chrétiens, un des monuments les plus beaux et les plus inspirants du monde. À l'époque, il y avait encore à Istanbul un ambassadeur d'Amérique, Morgenthau, qui deviendra un des grands économistes des États-Unis. Lorsqu'il apprit que Sainte-Sophie devait sauter, il se précipita chez le grand vizir, Talat Pacha, et protesta vigoureusement. Comment était-ce possible de seulement envisager de détruire un des plus vénérables monuments du monde ? Le grand vizir le regarda d'un air sceptique et lâcha : « Vous savez, nous, les Turcs, nous aimons le neuf. »

Les Jeunes Turcs qui avaient pris le pouvoir à la chute d'Abdul Hamid avaient conservé nominalement au moins le sultanat. À la fin de la guerre mondiale, Atatürk fonda la Turquie moderne en renversant la monarchie. La famille impériale fut la plus spoliée de toutes les dynasties qui tombèrent à cette époque. À la différence des autres têtes découronnées, victimes des révolutions, c'est à peine si celle-ci put faire sortir quelques bijoux. Depuis, ils n'ont jamais rien récupéré.

Les petites-filles du dernier sultan, frère d'Abdul Hamid, étaient des beautés renversantes, grandes, majestueuses, magnifiques, toute la courtoisie et le style de très grandes dames. Les passants, dans la rue, se retournaient sur la princesse Hanzade tant sa beauté resplendissait. Quant à sa sœur, la princesse Nesli-Shah, elle avait le teint très blanc, les yeux verts étirés, un nez fin busqué, une bouche admirablement dessinée. Les ans n'avaient pas de prise sur elle. Elle est morte au printemps 2012, dernier témoin d'un passé fabuleux. Elle était née dans l'immense palais impérial de Dolma Baché et, conduisant jusqu'à récemment sa petite Mini, elle regagnait son modeste logis en longeant le mur du palais. Les encombrements d'Istanbul la forçaient à rester au volant, immobile, pendant de longs quarts d'heure devant son ancienne demeure. Parfois, lorsqu'elle avait un passager, elle montrait d'un doigt négligent l'enceinte kilométrique et murmurait : « *home* ». Ces princesses n'avaient pas un sou. Elles ne s'en conduisaient pas moins comme leur parenté avec une dignité exemplaire. La république turque se montra fort ingrate envers les descendants de ces sultans ottomans qui ont fait tant de bruit dans l'Histoire. Les Européens, eux, que ce soit après les révolutions ou plus tard, ont beaucoup mieux traité leurs anciennes dynasties.

entre deux êtres inégaux de naissance, était d'autant plus monstrueuse que François-Ferdinand était l'héritier du trône… Les enfants nés de cette union ne pourraient pas y prétendre. Cela n'arrêta en rien l'amoureux. L'empereur François-Joseph se contenta de donner à l'épouse de son neveu le titre de duchesse de Hohenberg. Cette situation créa d'innombrables problèmes de protocole ainsi que des frictions, des humiliations, des malentendus, des colères rentrées.

Au fil des ans, François-Ferdinand devint de plus en plus anxieux de voir sa femme traitée sur le même pied que lui. Aussi accepta-t-il avec empressement l'invitation de la mairie de Sarajevo de venir, sa femme et lui, visiter la ville officiellement – la Croatie, dont Sarajevo était la capitale, appartenait alors à l'empire d'Autriche-Hongrie. Mais les mouvements indépendantistes devenaient de plus en plus virulents et les services de sécurité déconseillèrent à l'archiduc de s'y rendre. Enchanté pourtant à la perspective de voir sa femme traitée comme lui-même, il accepta. La veille de son départ, il se trouvait dans son château de chasse de Blumbach, près de Salzburg. Il partit à la chasse avec son gaiger, son fidèle garde-chasse. Il aperçut un aigle blanc, il l'épaula. Le gaiger le supplia de n'en rien faire. Tuer un aigle blanc portait irrémédiablement malheur. Têtu, François-Ferdinand ne fit pas attention aux prières du gaiger. Il visa, tira, abattit le rapace ; le gaiger se désola : le malheur attendait l'archiduc.

Le lendemain, son train emmenait l'archiduc et sa femme à Sarajevo. Leur voiture, à un moment, quitta

l'itinéraire prévu et s'engagea dans une rue sans protection. Un homme se trouvait près de la voiture, il
tira plusieurs fois. L'archiduc et sa femme s'effon-
drèrent dans les bras l'un de l'autre, ensanglantés,
mourants.

La nouvelle de leur mort retentit comme un coup
de tonnerre mais, oserais-je ajouter, sans plus.
L'archiduc n'était pas populaire et les attentats mortels contre des têtes couronnées s'étaient multipliés
pendant les dernières décennies. Bien sûr, on prévoyait des complications entre les puissances mais les
crises internationales s'étaient succédé, auxquelles on
avait chaque fois donné des solutions pacifiques.

L'assassin et ses complices étaient des Serbes
nationalistes qui voulaient libérer une partie de leur
patrie du joug autrichien. La Serbie étant naturellement la complice des assassins de l'archiduc, l'empereur François-Joseph et le gouvernement autrichien
voulurent profiter de l'occasion pour la mettre définitivement au pas. Ils envoyèrent donc un ultimatum
à Belgrade avec des conditions extrêmement dures, si
dures qu'elles ne pouvaient être acceptées. Toutefois,
si la Serbie était attaquée, la Russie interviendrait
automatiquement pour la soutenir. Le Grand Frère
slave s'opposait directement à l'hégémonie autrichienne. Le Grand Frère slave était aussi l'instigateur
de l'assassinat de l'archiduc. Mon oncle, le prince
Paul de Serbie, futur régent de Yougoslavie, était
bien placé pour le savoir. Il m'affirma à plusieurs
reprises que les services secrets russes avaient com-
mandité les assassins de l'archiduc. Pourquoi la Russie provoqua-t-elle cet imbroglio ? Pourquoi cette

l'idée que son pays d'adoption luttât contre son pays
d'origine. Il dépérit si bien qu'il en mourut.

En Grèce, une partie de l'opinion ainsi que le
gouvernement souhaitaient entrer en guerre du côté
des Alliés. Mais le roi Constantin tenait à rester
neutre. La propagande antimonarchique se fonda sur
la parenté de la reine Sophie, sœur du Kaiser
Guillaume II d'Allemagne. Le fait que ce dernier se
soit brouillé avec sa sœur depuis des décennies, le fait
que la famille royale grecque, danoise de naissance,
haïssait la famille du Kaiser, n'y changèrent rien.

En Russie, l'impératrice Alexandra fut accusée
d'aider secrètement les Allemands alors qu'elle détestait son cousin germain l'empereur Guillaume II.
Depuis sa naissance, elle était beaucoup plus anglaise
qu'allemande et manifesta tout au cours de la guerre
un fervent patriotisme russe. D'autres s'en tirèrent
mieux qu'elle.

La reine Élisabeth de Belgique, elle, devint comme
son mari, le roi Albert, l'incarnation même de la
résistance des Belges face à l'invasion des Allemands.
Or elle-même était allemande. Personne ne s'avisa de
le lui reprocher.

D'autres durent cacher leur origine allemande. La
famille royale anglaise qui portait le nom de Saxe
Cobourg Gotha dut l'effacer pour le remplacer par
un patronyme d'adoption, Windsor, sous lequel elle
est connue de nos jours.

Bref, l'union sacrée des rois, qui avait résisté à tant
de guerres, vola en éclats lors de ce conflit. Malgré la

division en deux camps, on parvenait à s'échanger des nouvelles entre parents, qui ne pouvaient plus communiquer officiellement. Un des grands relais fut la reine de Suède : elle appartenait à un pays neutre et était apparentée à toutes les dynasties alliées ou ennemies. Des messages passaient, des informations se transmettaient. On suit au fil des mois de correspondance qu'elle échange avec ses cousins royaux l'évolution des nouvelles sur le sort de la famille impériale russe. La reine de Suède porte témoignage que, pendant longtemps, on crut que l'impératrice Alexandra et ses enfants avaient été sauvés. De même, en pleine guerre, avant la Révolution, le frère de l'impératrice Alexandra, le grand-duc de Hesse, prince allemand, fit très probablement un voyage ultra-secret en Russie pour voir sa sœur. Était-ce pour discuter de la situation, pour porter des offres de l'empereur Guillaume ou simplement pour se renseigner sur la situation de sa sœur et voir ce qu'il pouvait faire ?

Plus tard, après la Révolution, Madame Anna Anderson qui se prétendait la grande-duchesse Anastasia, fille de Nicolas II échappée par miracle au massacre, affirma avoir vu, en pleine guerre, le grand-duc de Hesse dans les couloirs du Palais Alexandre à Tsarskoye Selo où résidait la famille impériale russe. Cela suffit pour déchaîner contre elle les dénégations furieuses des survivants de la famille impériale ainsi que de la famille grand-ducale de Hesse. Beaucoup de l'opposition féroce à Anna Anderson vient de ce que cette femme portait des affirmations troublantes fondées probablement sur des faits réels – comment en avait-elle eu connaissance. Cela n'empêche pas qu'elle était un imposteur, bien que l'attitude des familles royales, profondément dérangées par ces révélations, fasse croire à un complot contre elle.

En Autriche, l'impératrice Zita dont le mari avait succédé à l'empereur François-Joseph en pleine guerre, était par naissance une Bourbon, appartenant à une branche cadette de la dynastie française. Elle avait des frères princes de Bourbon qui se battaient dans les armées alliées. Elle, comme son mari l'empereur Charles, voulut éviter des souffrances et des pertes inutiles à leur empire au moment où ils se rendaient compte que la guerre risquait bien d'être perdue. Par l'intermédiaire de ses frères, elle entra en contact avec des Alliés, et en particulier les Français. Des contacts discrets eurent lieu. On était au point d'arriver à un accord lorsque Clemenceau, tout-puissant en France, révéla l'affaire et fit capoter les possibilités d'une paix séparée. Cet acte mit dans une situation impossible l'empereur et l'impératrice d'Autriche, retarda la fin de la guerre et, par conséquent, augmenta le nombre de morts.

Après la guerre, l'empereur Charles voulut récupérer au moins son royaume de Hongrie fortement monarchiste. Il échoua. Cet homme intègre, honnête, éminemment vertueux, symbole de patriotisme, fut traité comme un criminel de guerre et mourut pratiquement prisonnier en la lointaine île de Madère.

L'ordre monarchique, tel qu'il avait existé jusqu'alors, avait peut-être fait son temps. Une page se tournait

454 Une promenade singulière à travers l'Histoire

avec la guerre de 14-18 et l'entrée des États-Unis
dans l'Histoire mondiale.

Jusqu'alors, les États-Unis étaient demeurés comme
repliés sur eux-mêmes. Leur Histoire était restée, en
apparence, sans histoires. Des personnages austères
l'avaient dirigé. Aucun complot, aucun scandale,
aucun mystère. Mais quelle que soit l'époque, les
États-Unis connurent des secrets, même s'ils furent
étouffés puis oubliés. Le plus récent et le plus vif
reste peut-être l'assassinat du président Kennedy. Il
est tué publiquement devant des milliers de specta-
teurs, en direct à la télévision. Tout de suite fut
trouvé l'assassin, Lee Harvey Osvald, un homme pas
tout à fait équilibré. À peine l'a-t-on mis en prison
que l'assassin est assassiné par Ruby, un membre
des forces de sécurité. Là-dessus, ledit Ruby meurt
d'un cancer. Fin de l'histoire. Il faut tout de même
un mépris formidable de l'intelligence humaine pour
nous asséner un tel mensonge, pour nous forcer à
l'avaler et pour nous intimer de nous en contenter
sans chercher plus loin.

Au siècle précédent, c'est le président Abraham
Lincoln qui avait été assassiné. Cela se déroula aussi
en public, dans un théâtre. L'assassin était un acteur
nommé Booth qui avait des sympathies sudistes et
qui ne pardonnait pas au président d'avoir déclenché
la guerre de Sécession. Pendant la représentation
théâtrale, Booth était entré dans la loge présidentielle
et avait tiré à bout portant dans le dos et le cou du
président. Puis, il avait sauté de la loge sur la scène,

s'était fait mal à la cheville, mais avait pourtant réussi à s'enfuir en boitant. Une chasse à l'homme fut organisée dans tous les États. Finalement, la police réussit à localiser Booth dans une grange de Virginie. Assiégé, il voulut sortir de la grange, les policiers tirèrent sur lui avant même qu'il ait pu se rendre. Son cadavre fut ramené à Washington et montré à ses proches. Tous affirmèrent ne pas reconnaître Booth. Le cadavre qu'on leur présentait n'était pas celui de l'assassin de Lincoln. Personne ne les écouta. On dénicha des complices, on les pendit, dont une femme, la première à être exécutée aux États-Unis. L'assassin fut enterré et l'affaire avec lui.

Des années plus tard, plusieurs personnes reconnurent ici ou là Booth. Nul ne fit attention à leurs déclarations. Booth était mort et la discussion était close.

Des rumeurs circulèrent sur un énorme complot politique qui aurait armé ou tout au moins encouragé Booth. Un complot qui comprenait les plus hautes personnalités de l'État. Les noms de politiciens les plus en vue furent prononcés. De nouveau personne ne donna suite. Booth avait agi seul, on l'avait trouvé, on l'avait tué. Fin de l'histoire.

J'ai habité des années New York. J'ai été très heureux aux États-Unis. J'ai appris à apprécier profondément les Américains. Non seulement, ils sont fidèles en amitié et j'en ai la preuve, ils sont généreux, hospitaliers. Il y a chez eux une liberté, une absence de préjugés qui m'ont séduit. Les Américains s'intéressent à chacun, indépendamment des positions ou des rangs sociaux. Si n'importe quel personnage sait parler, sait intéresser, et même s'il pratique les métiers les plus humbles, il est accepté. Dans un salon en Amérique, on peut, à la différence de l'Europe, mêler tout le monde, de toutes les classes, de toutes les races, de toutes les professions.

J'aime le côté direct des Américains. Au lieu de tourner autour du pot comme les Européens, ils vous demandent, aussitôt après avoir été présentés, votre nom, votre nationalité, votre occupation, et la conversation s'engage tout de suite sans frivolités.

Enfin, c'est une banalité de dire qu'ils sont dynamiques et que New York est un des lieux les plus stimulants au monde où les idées naissent à répétition, où les projets les plus intéressants sont brassés, où on trouve toujours quelqu'un de disposé à vous entendre. Il y a chez les Américains un élément éminemment rafraîchissant, vivifiant, chaleureux.

New York, bien sûr, est une ville internationale qui ne ressemble à aucune autre au monde. Elle ne ressemble pas même au reste des États-Unis, sorte d'île flottante qui pourrait être amarrée n'importe où. Mais ces qualités des Américains, je les ai retrouvées même dans les régions les plus reculées du pays.

On peut se demander quelle est la participation, quel est l'intérêt véritable des Américains pour la politique de leur gouvernement. Certes, ils suivent de très près la politique de leur ville, de leur État, parce qu'elle les affecte. Quant à la politique étrangère du gouvernement fédéral, les médias lui accordent une place limitée et l'immense majorité des Américains s'en désintéresse, pour autant que leurs fils ne s'embarquent pas dans des guerres lointaines qu'en général ils désapprouvent.

L'Amérique est si vaste que bon nombre d'Américains ne l'ont jamais quittée. C'est le peuple qui détient le pourcentage le plus bas au monde de passeports. Ce qui se passe hors de chez eux est loin de les passionner. Ainsi s'explique en partie la différence profonde entre les Américains et la politique américaine.

Il est donc injuste de mêler les Américains à l'appréciation mitigée qu'on peut avoir de la politique américaine. En ce qui concerne cette dernière, lorsque j'habitais aux États-Unis et que j'étais aux premières lignes pour observer la marche quotidienne du pays, une question s'était posée à moi. En fait, au lieu d'un seul pouvoir comme dans la plupart des pays, il existe aux États-Unis plusieurs pouvoirs, les uns apparents, les autres beaucoup moins : partis, lobbys, groupes de pression, empires industriels et financiers, puissances locales. Leurs délimitations sont fort imprécises, leurs rôles plus ou moins occultes, et pour compliquer les choses, leur influence évolue dans un sens ou dans l'autre, la balance entre eux changeant constamment. Aussi, lorsqu'on est confronté à une action du pouvoir américain, est-il très difficile d'en connaître le véritable auteur.

En effet, les États-Unis, tout en soignant les bons sentiments que peut suggérer l'hypocrisie protestante, sont impérialistes. Cela commence par la conquête de l'Ouest : dans des étendues sans fin, se trouvaient des tribus indiennes et des troupeaux de bisons clairsemés. Pourquoi ne pas occuper les riches terres en en délogeant leurs propriétaires légitimes ? Pendant un demi-siècle, nous avons été gavés de westerns où des « méchants » Indiens attaquent traîtreusement des « bons » Blancs qu'ils torturent. Cette pieuse version couvre le plus flagrant génocide généré par les Blancs contre les Indiens. De temps à autre, le gouvernement américain préférait les méthodes douces. On invita à Washington un célèbre chef indien. On le reçut à la Maison Blanche et, pour l'impressionner, on mit les petits plats dans les grands. Au sortir du banquet, on lui demanda anxieusement ses impressions, sûrs d'avoir gagné un allié. « Un tout petit trop est juste assez pour moi », répondit l'invité emplumé. Au début du XXe siècle, on en invita un autre d'un calibre supérieur : même scénario, on lui montre tout ce qui révèle la puissance américaine. À la fin de la visite, le Grand Chef déclare : « Lorsque vous aurez tué le dernier cochon pour en faire des saucisses, lorsque vous aurez mis le dernier fruit en conserve, vous découvrirez que l'argent ne se mange pas ! »

Les colonies espagnoles et portugaises de l'Amérique latine s'étaient libérées de leur colonisateur et étaient désormais des « pays indépendants ». Restait cependant un morceau important, l'île de Cuba qui appartenait toujours aux Espagnols en cette fin du XIXe siècle. Pas de problème ! Les Américains firent sauter un de leurs navires de guerre, le *Maine*, dans le port de La Havane. Devant cet attentat monstrueux dont étaient évidemment responsables les Espagnols, ils déclarèrent la guerre à l'Espagne, ils débarquèrent à Cuba, et dans la foulée à l'autre bout de la planète sur une autre colonie espagnole, les Philippines, chassèrent des deux pays les colons, déclarèrent ces pays indépendants et prirent en réalité la relève des Espagnols. Ils avaient libéré Cuba et les Philippines pour mieux les assujettir à leur empire. Ils n'avaient rien fait de moins que transformer des colonies espagnoles en colonies américaines.

Là-dessus, éclatent au XXe siècle les deux guerres mondiales et là, les États-Unis ont un argument de poids pour leur défense. Dans les deux cas, le même phénomène s'est reproduit : au départ, les États-Unis, avec la majorité absolue de l'opinion publique, ne voulaient à aucun prix être mêlés au conflit. C'est l'Europe qui les a, par deux fois, appelés au secours, étant sur le point de céder devant l'Allemagne et ses alliés. Sans parler des pressions sans fin sur le gouvernement américain afin qu'il entre en guerre à leurs côtés. L'opinion, elle, ne voulait rien savoir, préférant une nation autarcique qui ne se mêlerait pas des affaires des autres. Pour la faire basculer en faveur de la guerre, le gouvernement américain dut utiliser des subterfuges.

Lors de la Seconde Guerre mondiale, les Japonais, sans déclaration de guerre, bombardèrent la flotte américaine à Pearl Harbour. On est aujourd'hui à peu près sûr que Roosevelt, alors président des États-Unis, avait été informé de l'attaque imminente des

Japonais, avait laissé faire pour pouvoir galvaniser l'opinion américaine en faveur d'une entrée en guerre.

C'est après la guerre que les choses se gâtent. À la fin du premier conflit mondial, le président des États-Unis Wilson arriva à Paris pour discuter des nouvelles conditions de l'Europe, armé de principes certes très sympathiques, éminemment respectables et totalement irréalistes. Grâce à lui, l'Europe centrale fut divisée en petits États, grâce à quoi l'Allemagne rendue très forte put quelques décennies plus tard les avaler tranquillement l'un après l'autre. Wilson avait agi au nom de l'autodétermination des peuples. Dans son entêtement il avait détruit le contrepoids à l'Allemagne.

L'Allemagne non seulement renaquit de ses cendres mais, du coup, s'imposa. Hitler parvint au pouvoir, rappelons-le, par des élections plutôt démocratiques et se lança avec les Allemands dans l'aventure infernale. Autant la Première Guerre mondiale avait été le résultat de plusieurs événements, de plusieurs volontés, d'une conjecture, d'un aboutissement, autant on peut affirmer que la Seconde Guerre mondiale fut le fait de la volonté d'un seul homme, Adolf Hitler. Bien sûr, l'Italie y entra à ses côtés mais plutôt avec réticence. Bien sûr, le Japon en profita pour se lancer lui aussi dans les conquêtes mais tout cela fut inventé, organisé, conçu par ce seul être, Hitler. Le comble, c'est que les témoins à qui j'ai parlé et qui l'avaient rencontré, tous, du Régent de Yougoslavie à la reine d'Italie et autres venus plaider les causes perdues de leur pays, ont souligné sa banalité. La reine Marie

Josée ajoutait même qu'il avait la main blanche et molle. Les historiens se sont retrouvés pour insister sur le caractère sans relief du personnage. Alors, comment se fait-il qu'il ait eu, à lui seul, un rôle tellement déterminant dans l'Histoire contemporaine ? C'est peut-être le mystère le plus extraordinaire de cette guerre.

Hitler pouvait avoir des réactions inattendues. Un prince allemand de ma connaissance avait montré en son temps un soutien plus que favorable aux nazis. Comment ce prince, cultivé, raffiné, fin d'esprit, courtois et doux, avait pu trouver attrayants ces grossiers bourreaux ? Je me le suis toujours demandé. Il gardait un sac d'anecdotes sur cette époque. Le roi Fouad régnait alors en Égypte. Le prince le connaissant bien, celui-ci lui avait demandé d'intervenir auprès d'Hitler afin qu'il rende à l'Égypte la tête de Néfertiti conservée au musée de Berlin – le plus parfait exemple de l'art égyptien. Le prince s'exécuta, alla trouver Hitler et lui fit part de la requête égyptienne. Hitler accepta tout de suite de rendre Néfertiti. Déjà, à cette époque, il flirtait avec l'Égypte dans l'idée d'ennuyer l'Angleterre, maîtresse virtuelle du pays. « Cependant, ajouta Hitler, je dois vous avouer, *mein prinz*, que je n'ai jamais vu la tête de Néfertiti. Aussi, avant qu'elle ne parte pour l'Égypte, j'aimerais la contempler. » Un imposant cortège de Mercedes aux fanions à croix gammée part pour le Kaiser Friedrich Museum. Hitler entre dans la pièce ronde au milieu de laquelle était installé le buste célèbre. Il s'arrête, mesmérisé ; il contemple la reine Néfertiti, puis, lentement, silencieusement, en fait une fois le tour, deux fois, trois fois, dix fois. Une demi-heure durant, il tourne en silence autour de Néfertiti, tout le monde demeurant figé, dans l'attente d'un verdict. Enfin Hitler sort de sa transe, se dirige vers la porte, et murmure au prince : « *Niemals* », « jamais ».

Néfertiti avait fait un nouvel amoureux qui refusait de s'en séparer.

La Seconde Guerre mondiale revit les armées américaines accourir au secours de l'Europe, et avec elles, le président américain s'occuper du sort de l'Europe libérée. Alors que les armées alliées et ennemies se battaient sur tous les fronts, on prévoyait cependant la défaite de l'Allemagne. Aussi, dans l'urgence de décider de l'avenir, se réunirent à Yalta en Crimée les trois maîtres de l'époque, Roosevelt, Staline et le Premier ministre anglais Churchill. Les réunions eurent d'ailleurs lieu dans l'ancien palais du tsar de Russie. Staline, à l'époque, dépendait de l'Amérique et de l'Angleterre pour son armement et ses ressources. Il n'était donc pas en position d'exiger quoi que ce soit. Cependant, sans coup férir, les deux autres lui donnent la moitié de l'Europe. Tout cela, sans explication. C'était vouer les malheureux habitants de l'Europe de l'Est à un sort effroyable qu'ils subirent pendant cinquante ans de communisme.

Plus tard, pour se défendre, Anglais et Américains prétendirent qu'ils ne savaient pas en réalité qui était Staline. Alors, pourquoi accuser les Allemands de n'avoir pas su qui était Hitler ? Tout le monde connaissait l'existence des camps de concentration nazis comme tout le monde connaissait l'existence des goulags de Staline. Nul n'ignorait qu'il était un des bourreaux les plus meurtriers de l'Histoire, un tyran sanglant. Lui donner la moitié de l'Europe, c'était envoyer à la mort des millions d'êtres.

Autre excuse produite par les Américains, la maladie de Roosevelt. À l'époque de Yalta, il ne comprenait pas très bien ce qui se passait tant il était faible et, explication ridicule, il serait tombé sous le charme de Staline. Que dire de Churchill qui, lui, n'était pas malade. C'était un Européen, un grand seigneur d'une famille qui s'était battue pour la défense de l'Angleterre, puisqu'il descend de Malborough, le grand général du XVIIᵉ siècle. Il connaissait l'Europe, il connaissait Staline et pourtant comme Roosevelt, il lâche tout sans y être forcé.

Je me suis, depuis des décennies, demandé quelle pouvait être l'explication de cette action impardonnable. On peut soupçonner l'entourage de Roosevelt et de Churchill d'avoir été noyauté par des agents soviétiques ou par des communistes convaincus qui auraient influencé les décisions des deux maîtres subrepticement et souterrainement. Mais cette explication suffit-elle ?

Il y a le cas de la Yougoslavie. Cela commence avant la guerre. Le roi Alexandre de Yougoslavie est assassiné à Marseille. Son fils et successeur, Pierre II, est trop jeune pour régner. Un Régent est nommé. Son oncle et le mien, le prince Paul de Yougoslavie. Très vite, celui-ci subit les pressions de l'Allemagne nazie en vue de signer un traité de coopération fort avantageux pour l'Allemagne. Le Régent, anglophile jusqu'à l'os, répugne de tout son être à l'idée de s'allier à Hitler. Mais les pressions sur celui-ci s'accentuent. Le Régent va trouver les Anglais pour demander leur soutien. Réponse des Anglais : « Nous ne pouvons rien faire pour vous, débrouillez-vous tout seul. » Le Régent revient en Yougoslavie. Les pressions de l'Allemagne se transforment en menaces : « Ou vous signez le traité, ou nous envahissons la Yougoslavie. » Le Régent cède. Effectivement, il se rend à Berlin, effectivement il est l'invité d'Hitler et lui serre la main, effectivement il signe avec l'Allemagne un traité considéré comme honteux.

Il rentre en Yougoslavie, croyant avoir épargné son pays. Peu après, un coup d'État le renverse. L'ordre en vient de son neveu, le jeune roi Pierre II… qui n'a même pas été mis au courant de l'opération. Le Régent est expulsé et sera interné par les Anglais comme ennemi. À peine le nouveau gouvernement issu du coup d'État est-il mis en place et dénonce-t-il le traité d'alliance avec l'Allemagne que celle-ci, comme prévu, envahit la Yougoslavie, n'en fait qu'une bouchée et commence une occupation féroce. La résistance s'organise, ou plutôt les résistances. D'un côté, le général Braza Mihailovic, royaliste, compétent, de l'autre, Tito, chef des maquis communistes. Mihailovic a, de loin, l'avantage. Il réunit le plus grand nombre de partisans, il est parfaitement organisé et il est l'allié naturel des forces anglo-saxonnes. Les maquisards communistes yougoslaves s'emparent de lui et le fusillent. Il est aujourd'hui avéré qu'ils ne l'auraient jamais fait sans l'accord des Anglais. Ceux-ci, dès le début, soutenaient Tito et ses communistes contre Mihailovic et ses royalistes. Tito, avec ses maquisards, gagne la guerre. Grâce à lui et aux Anglais, la Yougoslavie devient communiste pour le malheur des Yougoslaves.

Ma cousine germaine se trouvait être la reine de Roumanie : Hélène, mère du roi Michel. Tous les deux avaient essayé, contre vents et marées, de protéger leur pays pendant la Seconde Guerre mondiale. Vers la fin du conflit, ils prirent la dangereuse initiative de débarquer eux-mêmes le dictateur pro-allemand, le maréchal Antonescu, lors d'une dramatique confrontation au Palais Royal. Ne sachant où mettre l'homme fort pour l'empêcher d'appeler à la rescousse ses barbouzes, ils ne trouvèrent pour l'enfermer que la chambre forte où Antonescu se retrouva au milieu de l'argenterie royale. Puis, ils prévinrent les Américains que les armées soviétiques étaient à leur porte et qu'ils allaient envahir la Roumanie. Ils supplièrent les Américains d'occuper leur pays avant que n'arrivent les Soviets. Les Américains répondirent poliment qu'ils ne pouvaient rien et que, selon leurs accords, ils devaient laisser les Soviets agir. Ceux-ci entrèrent en Roumanie, l'occupèrent, y établirent un joug de fer, tout en conservant la monarchie. La reine Hélène et son fils le roi Michel vécurent ainsi, officiellement sur le trône, officieusement dans l'angoisse, ne sachant chaque matin s'ils se verraient le soir. Survint le mariage de la princesse Élisabeth d'Angleterre avec le prince Philip. Tous deux y furent invités, ils acceptèrent. Le monde entier crut qu'ils en profiteraient pour sortir de Roumanie et ne jamais y revenir. Ils se rendirent au mariage à Londres et eurent le courage de revenir se jeter, sciemment, dans la gueule du loup. Et l'extravagant ménage, roi et communistes, reprit pour quelque temps encore. Un beau jour, les communistes annoncèrent au roi et à sa mère que le temps du divorce était venu. Un train les attendait pour les mener à la frontière. Pendant tout le voyage, la reine et son fils se demandèrent s'ils arriveraient vivants à l'étranger. Ils y parvinrent et furent sauvés mais l'épreuve, la tension les avait laminés.

Mc Millan, futur Premier ministre anglais, fut envoyé par Churchill à la fin de la guerre en Italie. Ce fidèle sujet du roi d'Angleterre, ainsi qu'il apparaît dans son journal, devint à tu et à toi avec les chefs communistes italiens et manifesta le plus profond mépris pour la famille royale. Victor Emmanuel avait effectivement pactisé avec les fascistes mais son fils, le prince héritier Humbert, était leur adversaire déclaré. Or, visiblement, Mc Millan préférait une Italie communiste à une Italie monarchique.

Il y eut aussi la très sombre histoire des Russes blancs. Nombre d'entre eux s'étaient engagés, il est vrai, dans l'armée allemande pour combattre le régime soviétique. À la fin de la guerre, ils avaient été faits prisonniers avec les soldats allemands par les Alliés. Staline les avait réclamés. L'Angleterre les avait livrés, sachant qu'ils seraient immédiatement exécutés. Ainsi, presque dix mille Russes furent fusillés, grâce au gouvernement britannique.

Les Anglo-Saxons ont tout de même eu, durant cette période dramatique, des attitudes étranges. Les Américains, on le sait, ont considérablement contribué à la libération de la France, en débarquant en Normandie et en chassant les armées nazies. Mais, ce qui apparaît dans les mémoires du ministre Duff Cooper, l'Anglais chargé de faire la liaison entre les Américains et les Français de De Gaulle, c'est que les Américains comptaient diviser la France, en faire une sorte de condominium anglo-saxon, de supprimer même l'existence du franc comme monnaie. Cherchaient-ils donc à coloniser ceux qu'ils libéraient ? Les États-Unis jusqu'en 1942, au plus fort de la guerre, gardèrent un ambassadeur, l'amiral Leahy, à Vichy, auprès du maréchal Pétain, chef d'une France amoindrie et alliée de l'Allemagne nazie, alors que les noirceurs de cette collaboration étaient partout dénoncées. Pour la postérité, Pétain est considéré comme un traître à la France pour avoir pactisé avec l'ennemi. Il ne faut pas oublier cependant que s'il arriva au pouvoir, c'est parce qu'il avait été élu par le Parlement. Ce pouvoir, il ne l'a pas saisi, on le lui a donné. Ce célèbre guerrier, l'un des héros de la Première Guerre mondiale, se retrouvait à la tête d'un régime allié des nazis et d'un tiers de la France que ceux-ci lui avaient laissé. L'argument des pétainistes est que Pétain, patriote jusqu'à la moelle, avait simplement voulu sauver les meubles, c'est-à-dire éviter à la France les horreurs d'une occupation sauvage comme par exemple en Tchécoslovaquie, en Grèce ou en Pologne et, effectivement, comparée à ces pays, la guerre fut moins cruelle pour la France. Pour ce faire, Pétain, comme il l'avait dit dans son discours d'intronisation, avait fait « don de sa personne à la France ».

Cependant, une anecdote contredit cette belle image d'Épinal. Un des plus grands journalistes français de l'époque, Henri de Jouvenel, avait interviewé le maréchal Pétain en 1938, un an avant la guerre, alors que la République l'avait envoyé comme ambassadeur de France à Madrid. Pétain avait fait part au journaliste de ses vues sur l'avenir. Pour lui, la guerre était inévitable. Et d'ajouter : « Je serai le Hindenburg de la France », faisant allusion au maréchal allemand Hindenburg qui, dans la débâcle allemande de 1918, était arrivé au pouvoir et avait sauvé l'Allemagne de la décomposition totale. Le journaliste, à cette déclaration, avait sursauté. « Mais, monsieur le maréchal, pour que vous soyez le Hindenburg de la France, il faudrait d'abord une défaite de la France. » « Et alors ! » Ce qui prouve que Pétain était en fait animé d'une ambition sans limite et prévoyait, dès cette époque, de parvenir au pouvoir coûte que coûte, y compris sur les ruines de son pays.

Pendant la guerre, de Gaulle incarna à Londres « une certaine idée de la France », alors que sur le terrain les résistants malmenaient l'occupant nazi. De Gaulle et les résistants étaient loin de s'entendre, même si les héros de la résistance qui n'avaient peur de rien n'hésitaient pas à se sacrifier au nom de la France, accumulant les hauts faits. Bien plus tard, il rédigea ses mémoires et les publia chez Plon. Son éditeur était un ami, Marcel Jullian, historien, écrivain, un homme plein de vie, d'énergie, d'esprit, de connaissances, un personnage étonnant, une personnalité détonante. Il assistait donc de Gaulle dans la rédaction de ses mémoires. Lorsque l'ouvrage fut presque terminé et prêt à être imprimé, Marcel s'enhardit et lors d'une de leurs dernières sessions dit à de Gaulle : « Mon général, depuis longtemps, il y a une question que je voudrais vous poser mais je n'ose le faire. » « Faites donc, Marcel, faites donc », répondit, paternel, le général. « Que pensez-vous des résistants ? » Silence. Puis, de Gaulle lève les bras au ciel : « Des sportifs, Marcel, des sportifs. »

Celui qui a le mieux décrit la guerre dans différents pays d'Europe est l'écrivain italien Curzio Malaparte. Correspondant de guerre d'un pays allié de l'Allemagne, il a vu les pires horreurs qu'il rapporte d'une façon inoubliable tant elle est marquante. Cet écrivain aime aussi les anecdotes piquantes. La guerre est presque finie, les Américains ont débarqué en Italie et occupent la ville de Naples. Le haut commandement américain s'est installé dans le palais du prince de Gerace, où les généraux américains recevaient tout le temps des délégations, sénateurs, militaires, économistes venus se rendre compte de la situation. Dans Naples, il n'y avait plus rien à manger et les importations de *corned beef* ne suffisaient pas à nourrir ces hôtes d'honneur. Quelqu'un eut la bonne idée d'aller chercher du poisson dans l'aquarium de Naples, l'un des plus célèbres d'Europe qui réunissait les espèces les plus rares de tous les points du globe et qui avait été épargné par les bombes. Le haut commandement, à l'idée d'avoir une réserve importante de produits de la mer, s'enthousiasme. Et l'on commence à puiser dans l'aquarium. On offrit au ministre des Affaires étrangères soviétique Vychinski des huîtres perlières qui, chacune, conservaient une très belle perle dans leur coquille. « Gâchis capitaliste », murmura le Soviétique. On servit à Churchill des poissons torpille en lui expliquant que ces poissons devaient leur nom au fait qu'ils envoyaient un courant électrique dès qu'on les touchait. Churchill, tremblant, effleura de sa fourchette le poisson torpille mais heureusement aucune électricité suspecte ne le fit sauter de sa chaise.

Voilà qu'on annonce l'arrivée d'un groupe de sénateurs américains particulièrement influents. Seulement, l'aquarium est presque vide, tout a été dévoré, sauf un bac qui contenait un poisson unique au monde, venu de la mer Rouge. Il aurait donné naissance à la légende de la sirène, mi-humain, mi-poisson. La tête pourrait passer pour celle d'un être humain mal formé et le corps possède ce qui ressemble à deux petits seins. On pêche malgré tout cette rareté, on la passe à la casserole. Les sénateurs s'installent à la table des généraux. Les portes de la salle à manger du prince de Gerace s'ouvrent à deux battants et les valets entrent portant un énorme plat d'argent sur lequel on a couché le poisson sur un lit d'herbes. À sa vue, tout le monde se lève en poussant des cris d'horreur : « Mais c'est un enfant ! » protestent les sénateurs. Le général en chef répond que c'est un poisson. Cependant, lui-même n'a jamais vu cet animal et il lance des regards d'angoisse vers son état-major. Serait-ce vraiment un poisson ou est-ce un enfant ? Tout le monde discute, tout le monde piaille horrifié. Les sénateurs refusent de toucher à ce plat de résistance, ils regardent d'un air de plus en plus soupçonneux les militaires qui n'en mènent pas large. Finalement, on convoqua le chapelain de l'armée américaine pour bénir le poisson avant de l'enterrer au cimetière voisin.

Pendant les années 39-45, l'Europe se battait et l'Égypte dansait. C'était le pays stratégique pour l'Angleterre qui la contrôlait militairement. Pays immensément riche, à l'abri du conflit, on s'y livrait sans limite aux plaisirs. Les khédives avaient fait place à des rois qui régnaient sous la surveillance britannique. La Cour d'Égypte n'avait jamais été aussi brillante depuis qu'elle s'occidentalisait. Les palais étaient gigantesques et somptueux, dont les noms s'égrènent comme des joyaux du passé : Abdin, Koubé, Raseltine, Montazah.

Les princesses étaient sorties du harem, elles s'habillaient à l'occidentale avec les créations des plus grands couturiers et portaient les plus somptueux bijoux montés par Cartier ou Chaumet. Elles laissaient enfin voir leur incomparable beauté. On ne peut imaginer la splendeur de ces Égyptiennes qui rivalisaient avec les princesses ottomanes, grandes, minces, la peau très pâle, les yeux verts, le nez très droit, parfois à peine aquilin, la bouche rouge et charnue. C'étaient toutes des souveraines, des fées, la palme revenant de loin à la première femme du Shah, la princesse Fawzia d'Égypte. Les réceptions, les bals se succédaient aussi dans les maisons privées où des dîners de trois cents personnes étaient servis dans de la vaisselle d'or. À Alexandrie, on dansait au son des orchestres de jazz dans la nuit étoilée et chaude alors qu'on pouvait entendre les canons de l'armée allemande du maréchal Rommel bombarder les positions britanniques à cent cinquante kilomètres de là.

Le roi Farouk, alors régnant, était un très beau jeune homme aux grands yeux bleus. Il était l'idole, l'espoir de son pays. Le premier, il avait arabisé la Cour qui jusqu'alors, en raison de ses origines, parlait le turc. Ce patriote sincère essayait de faire ce qu'il pouvait pour son pays. C'était sans compter avec les Anglais. Le résident britannique, Sir Miles Lambson, proconsul tyrannique, un jour où le roi n'avait pas voulu faire ses volontés, demanda audience. Il arriva au palais Abdin avec ses tanks qui écrasèrent les grilles du palais. Il entra en trombe dans le bureau du roi entouré de ses tommies mitraillettes au poing et lui tendit deux documents. « Ou vous signez ce décret ou vous signez votre abdication que voici. » Farouk signa le décret mais c'était désormais un homme brisé. Il se laissa aller, il engraissa, il se livra au jeu pour lequel il avait une passion, et aux femmes. En 1956, des officiers complotèrent contre lui. Les réunions des comploteurs se déroulèrent sous la bénédiction des Anglais puis dans l'ambassade américaine. Farouk fut détrôné et put partir avec sa famille sur son yacht, le *Mansura*.

Je l'ai vu plusieurs années plus tard au mariage d'un cousin à Lausanne car, pendant la guerre, Farouk, excessivement généreux, avait hébergé un nombre incroyable de royautés européennes ayant dû fuir l'ennemi. L'ancienne idole de l'Égypte était alors un monsieur très grand, très gros, impassible, ne souriant jamais, portant d'épaisses lunettes noires et un tarbouch rouge.

Puis, j'avais visité son ancien palais de Montazah à Alexandrie. Je raffolais de cette monstruosité de style byzantino-Tudor. Le soir, nous avions visité les salons encore meublés d'énormes fauteuils dorés en style rococo 1900, gardant leurs lourds rideaux de velours brodés. Ils étaient à peine éclairés. Dans le salon de jeu où Farouk avait perdu des fortunes avec les plus riches de ses sujets, on avait installé une table de baccarat. Le vieux croupier, qui certainement avait connu la Cour d'Égypte, faisait les gestes rituels d'une façon automatique et regardait avec mépris des Soviétiques d'origine asiatique, à la tête ronde et aux yeux bridés, qui risquaient un rouble sur la table de chemin de fer.

Beaucoup moins pathétique que le roi Farouk était ce reliquat de la monarchie que je découvris lors d'une de mes premières visites au Caire. Nasser régnait encore et j'imaginais les pauvres membres de la famille royale pourchassés ou cachés. J'ai ainsi rencontré le malheureux prince Hassan Hassan, grand seigneur s'il en fut, qui se terrait dans un minuscule appartement, encombré des quelques immenses cana-

pés sculptés qui provenaient du palais. Le prince
Ouajed ed Din, objet de ma visite, nous avait quant
à lui donné une adresse en banlieue. Nous traversâmes des quartiers misérables et pauvres que j'ima-
ginai parfaitement adaptés à la situation présente des
descendants de Mohamed Ali. Au milieu de ces
masures se dressait un très haut et très long mur. Un
portail hermétiquement clos s'ouvrit devant nous et
nous pénétrâmes dans un jardin de rêve. Que faisait
cet îlot paradisiaque au milieu de la misère de banlieue ? Des pelouses immaculées, des fontaines jaillis-
santes, des réverbères argentés, des buissons fleuris
menaient à un petit palais admirablement entretenu.
Le « prince » apparut. Il portait un toupet qui se
mêlait à sa rare chevelure et qui avait une teinte indé-
terminée. Des lunettes à monture incrustée de strass
cachaient ses yeux. Un cachemire mauve le couvrait.
Il nous accueillit aimablement et nous fit visiter sa
demeure remplie de merveilles. Comment le prince
réussissait-il à garder tant de biens sous l'œil de Nasser ? On murmurait au Caire qu'il y bénéficiait de
protections exceptionnelles. En tout cas, son habitat
s'en ressentait. Il nous mena dans un grand salon,
tout aussi somptueux que les autres pièces, où le thé
fut servi dans un service en or massif. Sa conversation
était frivole et charmante. Puis, il nous fit visiter son
vaste jardin. Au fond, nous aperçûmes entre les
arbres un petit pavillon. Il le désigna d'un geste négligent : « Et ceci, c'est mon petit Parc aux Cerfs », faisant allusion au domaine de ce nom situé à Versailles,
où le roi Louis XV venait s'ébattre avec de jolies
femmes. À ce moment, la porte du Parc aux Cerfs

s'ouvrit et en sortit un moustachu à croquenots. Pendant la visite de son palais, le prince s'était arrêté de nombreuses fois devant des cadres gigantesques en argent contenant tous les mêmes photos, une dame un peu croulante, couverte d'énormes diamants, et chaque fois le « prince » essuyait une larme en murmurant : « Ceci est mon auguste maman. »

La visite finie, je me renseignai sur « l'auguste maman ». C'était la princesse Shefikar. Elle était née dans la famille du khédive. Princesse par naissance, elle avait épousé son cousin le futur roi Fouad d'Égypte. Pour une raison qui n'a jamais été éclaircie, le frère de Shefikar tira une balle sur Fouad qui lui traversa le cou et endommagea à jamais ses cordes vocales. D'où les aboiements du futur roi. La princesse, elle, qui était immensément riche, finit par divorcer de son cousin et mena, dit-on, joyeuse vie. Ses réceptions étaient la fable et l'envie de toute l'Égypte par leur splendeur, la variété et la qualité des invités. C'était chaque fois un souvenir inoubliable pour ceux qui y avaient assisté. On murmurait que le « prince » Ouajed ed Din était le produit d'une liaison de la princesse avec un palefrenier polonais. Un beau jour, la princesse mourut et fut enterrée dans un somptueux tombeau, un turbé qu'elle s'était fait édifier. Je demandai à le visiter. Dans la Cité des Morts, nous errons longtemps entre les tombeaux démesurés et inoubliables des sultans mamelouks, l'un plus fabuleux que l'autre. Puis, nous arrivons devant un turbé de taille respectable entouré d'un jardinet verdoyant. Nous montons les marches, le gardien nous ouvre les portes, nous entrons dans la salle du tombeau et nous nous trouvons face à face avec un énorme lit de marbre. Tout y est représenté, les draps froissés, la marque de la tête sur l'oreiller. Nous nous étonnons de ce curieux monument funéraire. C'était la princesse elle-même qui l'avait fait sculpter. Des membres de la Cour et de sa famille protestèrent contre cette bizarrerie. Consultées, les Oulémas, les autorités religieuses de l'Égypte, prononcèrent qu'elle avait bien le droit d'avoir un tombeau en forme de lit. Personne n'a jamais su les raisons qui avaient poussé la galante princesse à ce choix inhabituel mais, évidemment, un tel monument ouvre le champ à l'imagination et à toutes les suppositions.

La Seconde Guerre mondiale propulsa au premier rang un nouvel acteur, le Japon. Pendant des siècles, cet empire était resté replié sur lui-même, verrouillé aux étrangers. Au XIXᵉ siècle, l'empereur Meiji avait fait avancer l'Histoire à grands pas et avait fait d'un Japon médiéval un État moderne. Néanmoins, ce pays restait plutôt hermétique. En 1905, à la surprise générale, alors qu'on ne savait pas grand-chose du pays et qu'on avait tendance à légèrement le mépriser, le Japon sortit vainqueur d'une guerre contre la colossale Russie.

Au début de la Seconde Guerre mondiale, le Japon se jette sur l'Asie, il conquiert la Chine, l'Indochine, la Birmanie, les Philippines, la moitié du Pacifique. Tout le monde le considère alors comme la nation guerrière par excellence. Y règne la tradition toujours vivante de ces chevaliers du Moyen Âge, les samouraïs, sabre à la main, qui préfèrent se tuer que d'être vaincus. Du Japon on voit son armée, sa flotte, ses soldats tellement disciplinés qu'ils ressemblent à des robots dont rien ne brise l'élan.

Or, jusqu'au Xe siècle, les femmes dominaient au Japon. Y fleurissait une civilisation d'un raffinement inimaginable, toute de douceur, de poésie, de musique, de délicatesse où la femme avait un rôle prépondérant.

En particulier, elle règne sans conteste sur les lettres. La dame Murasaki parle ainsi de ses amours :

De ce soir funeste
quand disparut en fumée
celui que j'aimais
le nom de Shiogama
m'est devenu familier.

Elle publia *Le Dit de Genji*, le premier roman psychologique de la littérature mondiale, un chef-d'œuvre qui garde, de nos jours encore, toute sa fraîcheur.

Sei Shônagon, elle, se consacre uniquement à la poésie :

Les roses trémières desséchées.
Les objets qui servirent à la fête des poupées.
Un petit morceau d'étoffe violette aux couleurs de
vigne, qui vous rappelle
la confection d'un costume, et que l'on découvre
dans un livre où il était resté, pressé.

Un jour de pluie, où l'on s'ennuie, on retrouve les
lettres d'un homme jadis aimé.
Un éventail chauve-souris de l'an passé.

Elle jouait un rôle fort important à la Cour mais la mort en couches de l'impératrice la rejeta dans l'ombre. Elle se retira mélancoliquement et survécut longtemps, trop longtemps. Elle répondait à des visiteurs qui passaient la voir par ce délicieux poème :

Si à ceux qui viennent me voir,
Je ne puis me résoudre à faire dire
« Elle est à la maison »
Ne vous étonnez pas car souvent, tristement,
Je me demande moi-même si j'y suis.

À côté des femmes de lettres, il y avait des femmes mystiques, des femmes prêtres, des femmes chefs d'État. Puis, des troubles à répétition ébranlèrent l'empire. Pour maintenir l'ordre, il fallut des gardes, des soldats. Les samouraïs, ces féroces guerriers japonais, apparurent. Au fur et à mesure que la situation se dégradait, ils prirent de plus en plus d'importance. Les seigneurs de la guerre se multiplièrent et, finalement, le shogun, sorte de Premier ministre, installa par un coup d'État une dictature militaire. La femme, avec tout ce qu'elle représentait, fut oubliée au profit du guerrier. Le Japon entier avait basculé dans le bakufu – ce qui veut dire « sous la tente » –, le régime militaire.

De la Seconde Guerre mondiale, on retient les pillages nazis dans toute l'Europe. Puis, vinrent les pillages soviétiques.

Le premier prix du pillage de la Seconde Guerre mondiale revient cependant au Japon, ainsi que je le découvris dans l'ouvrage fascinant de Sterling et Teggy Seagrave, *The Yamato Dynasty*. Les Japonais ont volé sur une échelle bien supérieure aux nazis et aux Soviétiques dans tous les pays qu'ils ont occupés. À peine les conquerraient-ils que des escouades spéciales se jetaient sur les objets d'art, l'or, les pierres précieuses, les statues de divinités, les bijoux et emportaient tout. Ce service était dirigé par rien moins qu'un prince de la famille impériale japonaise. Ce trésor démesuré a été enterré dans différentes caches, certaines au Japon, certaines dans les pays occupés. Une seule d'entre elles a été retrouvée aux Philippines bien des années après la guerre. Ceux qui ont eu la chance de découvrir ce butin ont dû en céder la moitié à Marcos, alors président des Philippines, pour pouvoir garder le reste. Quant aux autres caches, elles sont toujours enterrées quelque part.

Le général Mc Arthur, qui occupa le Japon à la fin du conflit ayant décidé de reconstruire le Japon et pour ce faire de garder la figure de l'empereur, avait absous celui-ci de crimes de guerre. Les services américains affirmèrent que l'empereur n'avait aucune responsabilité dans la guerre ni dans les atrocités commises par ses militaires. Bref, il n'avait été qu'une marionnette aux mains de l'état-major. Il est prouvé désormais que cette pieuse image est une fiction. L'empereur Hiro Hito sut tout, vit tout, approuva tout. Le processus pour l'innocenter relève d'un des tripatouillages les plus éhontés de l'Histoire.

La Cour de l'empereur du Japon, aujourd'hui, reste la plus mystérieuse du monde. On ignore tout de la vie quotidienne de la famille impériale. On connaît leurs mariages, on connaît les difficultés que traverse telle princesse ou impératrice, difficultés psychologiques la plupart du temps. Mais que font ces princes et ces princesses de leurs journées ? À quelles occupations se livrent-ils ? Qui les entoure ? Comment mènent-ils leur existence quotidienne ? Rien, aucune information n'a jamais filtré. Certains de mes cousins, souverains, ont été reçus avec grande sympathie chez eux. Ils bavardent librement, se conduisent comme n'importe quelle royauté, à un détail près : aucune royauté étrangère n'a pénétré dans leur intimité. Personne n'a jamais vu leur chambre à coucher ou leur salle de bains. On sait simplement que la Cour existe, qu'il y règne un protocole et des traditions impitoyables, qu'on y parle une langue très ancienne que, depuis longtemps, personne en dehors du palais ne comprend. Depuis l'accession au trône de l'actuel empereur, fils de celui de la Seconde Guerre mondiale, lui-même et la famille impériale apparaissent de temps à autre en dehors du palais, contrairement à ses prédécesseurs, mais on ne l'a jamais vu à l'intérieur. Ce point intrigue un aficionado comme moi.

Pendant la guerre 39-45, Roosevelt avait donc tout lâché aux Soviets. Son successeur Truman, lui, leur

reprit tout. Roosevelt avait été un personnage flamboyant, plein de glamour. Truman était un petit
homme, modeste, apparemment effacé mais d'une
lucidité, d'une fermeté, d'une solidité sans pareilles.
Ce fut lui qui stoppa les Soviets. La guerre froide
commença automatiquement. Truman, sous son appa-
rente banalité, était un homme extraordinaire. À la
fin de son mandat, lui, le président tout-puissant de
la plus grande nation du monde, prit sa valise et partit en taxi de la Maison Blanche tout seul à la gare,
où il prit le train pour son Missouri natal. Lorsqu'on
voit aujourd'hui défiler les cortèges des potentats
même les plus minuscules avec motards pétaradant,
suite imposante, écartement brutal des foules,
l'exemple d'humilité donné par Truman est impres-
sionnant et en dit long sur le personnage.

J'ai vécu la guerre froide. La mauvaise foi évidente
de l'empire soviétique, son impérialisme sauvage
créaient une angoisse constante. À tout moment, ils
pouvaient lancer leurs blindés sur l'Europe occidentale incapable d'y résister. Le seul appui, le seul soutien, la seule défense venait des Américains. Alors,
qu'on les aimât ou pas, qu'on les trouvât sympathiques ou méchants, c'était le rempart contre l'univers soviétique dont on avait bien mesuré l'horreur,
c'est-à-dire une tyrannie inimaginable, des goulags
innombrables, une surveillance de tous les instants,
un régime certes qui n'affamait pas mais qui oppres-
sait, qui jetait une chape de plomb, qui empêchait
non pas de respirer mais de penser. Il y avait un
grand point d'interrogation. Les Américains membres

de l'OTAN – qu'ils avaient d'ailleurs fondée contre l'Union soviétique – étaient, selon les traités, forcés d'intervenir en Europe si les Soviets attaquaient. Mais le feraient-ils et jusqu'où se battraient-ils pour défendre les Européens ? Nul ne le savait. En fait, on se demandait ce qui empêchait les Soviets d'arriver jusqu'à l'Atlantique. Et cette angoisse diffuse exista jusqu'à la chute du Rideau de Fer.

Les Américains soignaient tant qu'ils pouvaient leur image. D'ailleurs, la différence entre la brutalité soviétique et la démocratie américaine suffisait à faire pencher la balance en faveur de la seconde. Les communistes français couvraient Paris de graffitis : « US go home », en fait personne en Europe ne voulait que les Américains partent. Cependant, les mêmes Américains jouaient à fond la carte anti-européenne dans les colonies, bien sûr celles qui ne leur appartenaient pas. Bien des pays d'Asie et d'Afrique acquirent leur indépendance ouvertement encouragés par l'Amérique. L'exemple le plus frappant demeure l'Indochine. Les Américains poussaient tant et plus les Français à s'en retirer, alors qu'une guerre féroce les opposait aux communistes indochinois. Les Français perdirent après la tragique défaite de Dien Bien Phu, ils se retirèrent d'Indochine et les Américains, tout tranquillement, leur succédèrent, pas directement mais à travers des gouvernements à leur solde. La guerre contre les communistes indochinois reprit et les Américains, à leur tour, perdirent la guerre, même si Kissinger écrivit un livre de trois cents pages pour prouver qu'ils l'avaient gagnée. Alors, cela valait-il la peine de chasser les Européens si c'était pour refaire exactement les mêmes erreurs ? En fait, la décolonisation prônée par les Américains aboutissait à un néocolonialisme instrumenté par ces mêmes Américains. Mais, là, ils tombaient nez à nez avec un adversaire autrement habile dans ce domaine, l'Union soviétique.

La plus grande défaite américaine dans ce conflit d'impérialisme concerne la Chine. Celle-ci avait été, pendant plus d'un millénaire, un des empires les plus puissants et une des civilisations les plus brillantes de l'Histoire. Depuis le XIXe siècle, c'était une victime. D'abord, les Européens profitant de sa décadence et qui, sans la coloniser directement, l'avaient humiliée, utilisée, forcée à se droguer pour pouvoir gagner l'argent de l'opium. Ensuite, le Japon s'était jeté sur elle, l'avait envahie, tyrannisée et, selon son habitude, s'y était livré à d'inimaginables atrocités.

À la fin de la guerre, était apparu le héros libérateur, Mao Tsé-toung. Il avait chassé le « vilain » Chang Kaï-chek, président de droite soutenu par les Américains qui, selon Malraux, faisait jeter ses ennemis dans les cheminées des locomotives. Il avait rendu son pays indépendant, y compris apparemment du grand allié soviétique. Il avait modernisé la Chine. Grâce à Mao Tsé-toung, plus de ces famines, plus de ces épidémies qui décimaient la Chine. Moi-même, du temps où j'étais étudiant, j'admirais Mao Tsé-toung. Bien sûr, c'était un régime plutôt tyrannique mais tellement efficace comparé au régime soviétique. Au moins, les Chinois pouvaient enfin manger à leur faim. Au moins les Chinois n'avaient plus à redouter les ingérences étrangères.

Mao Tsé-toung mourut et la vérité se fit petit à petit jour. La « révolution culturelle » qu'il avait déclenchée avait pratiquement anéanti une civilisation millénaire. Elle avait décimé les artisans, les artistes, les poètes, les penseurs, les mystiques. Tout ce qui continuait à faire la gloire de la Chine avait disparu. La révolution culturelle avait tout simplement éradiqué, chez les Chinois, leur passé, au contraire des Soviets qui, tout en accablant les tsars, avaient gardé chez les Russes la fierté du passé impérial. Chez les Chinois d'aujourd'hui, rien ne restait de la merveilleuse Chine impériale.

Quant aux réformes économiques de Mao Tsé-toung, elles s'étaient souvent soldées par des désastres effroyables. Enfin, lui et sa clique avaient fait tuer plus d'opposants que n'importe quel autre tyran. Dans leurs exterminations impitoyables, Mao Tsé-toung et son régime commirent cependant une erreur de taille : le Tibet. Depuis toujours, la Chine lorgnait sur cette région immense, stratégiquement très importante et au sous-sol richissime. Le régime de Mao commença à s'y infiltrer sournoisement, puis l'envahit carrément et l'annexa. Ce fut un déchaîne-ment. Les moines furent massacrés par milliers, les couvents anéantis par centaines. Non seulement la race tibétaine mais la culture tibétaine furent systé-matiquement éradiquées. Des centaines de milliers de sculptures en bronze de tous les siècles et d'une valeur artistique inestimable furent fondues pour être transformées en tuyaux. Les seuls religieux condamnés par les Chinois qui échappèrent à leur sort le purent grâce à leurs pouvoirs magiques. Le Tibet avait cessé d'exister. Mais les Chinois n'avaient pas été assez malins pour empêcher le dalaï-lama, alors très jeune, de s'échapper. Avec lui était parti du Tibet l'esprit même des lieux. Bien des Tibétains réussirent à émigrer. Ce n'est pas leur nombre qui compte mais la puissance de leurs voix. Le dalaï-lama et eux, en se répandant dans tous les continents, firent connaître au monde entier le bouddhisme tibétain jusqu'alors confiné dans sa terre d'origine, le Tibet. Ce mouvement aboutit à étaler au grand jour l'inqualifiable conduite de la Chine. La Chine avait mis la main sur le Tibet mais, à cause de cette monstruosité, le message de tolérance, d'altruisme, d'humanité que le bouddhisme tibétain avait pendant tant de siècles abrité au Tibet se répandit jusqu'aux confins de la terre.

La décolonisation produisit un de mes héros. Géant de l'Histoire, il était tout petit, rabougri et totalement atypique. Gandhi avait débuté comme avocat en Afrique du Sud où s'était installée une importante colonie indienne. Plus tard, revenu en Inde, il se mit en tête de rendre cet empire indépendant des Anglais. Il n'avait ni armes ni argent. C'est par le seul pouvoir de sa parole qu'il convainquit des milliers, puis des millions d'Indiens. Contrairement à la grande majorité des vainqueurs de l'Histoire, il prêchait la plus grande tolérance et il agissait pacifiquement. Sans pratiquement aucuns moyens, il s'opposa à la formidable machine de la puissance politique et militaire de l'Angleterre et il la vainquit. Enfin, c'était un homme plein d'humour dont les spirituelles saillies abondent… Il affectait, même lorsqu'il était devenu une célébrité, de voyager toujours en troisième classe, dans les wagons où s'entassaient les Intouchables. Un journaliste ne put s'empêcher de lui demander pourquoi il voyageait en troisième classe : « Parce qu'il n'y a pas de quatrième classe. » Lord Irwing, le vice-roi anglais, venait d'établir une taxe sur le sel qui affectait durement le peuple indien. Gandhi s'y opposa, toujours par ses moyens habituels. Il organisa une marche de quatre cents kilomètres qui rassemblait des milliers sinon des millions d'Indiens, lesquels allèrent jusqu'à la mer pour ramasser leur propre sel. Devant l'ampleur du mouvement, Lord Irwing convoqua Gandhi pour discuter de la situation. Il le reçut dans l'immense palais de granit rose que les Anglais venaient d'édifier à New Delhi, la nouvelle capitale de l'empire. Celui-ci arriva avec la modestie qui le caractérisait. Lord Irwing fit servir le thé, alors Gandhi sortit de son châle un petit paquet de papier, il l'ouvrit méticuleusement et versa dans son thé un peu de sel. « Ce sel n'est pas taxé, c'est pour rappeler à votre Excellence le Boston tea party »… Clin d'œil à l'Histoire, lorsque les Américains, en pleine guerre d'indépendance contre les Anglais, avaient jeté à la mer des caisses de thé sur lesquelles les colonialistes anglais voulaient établir une taxe…

Gandi ne s'élevait pas uniquement contre les Anglais mais aussi contre les erreurs de base du système indien. Il protestait contre l'injustice du système

des castes, contre le fanatisme engendré par les diffé-
rences de religions. Rien ne l'impressionnait. C'est en
simple dhoti, ce linge blanc entortillé autour de son
corps, que bras nus, jambes nues, ses lunettes sur le
bout du nez, le petit homme trottina jusqu'à Buckingham Palace pour prendre le thé avec le roi et la
reine. Ne pouvant venir à bout de sa ténacité, les
Anglais lui suscitèrent un terrible ennemi, le fanatisme religieux. Bien stylés par leurs agents, les
musulmans de l'empire refusèrent de voir leur sort lié
aux hindouistes dans une Inde indépendante.
S'ensuivit le drame de la partition avec ses millions
de morts, victimes des haines confessionnelles.
Gandhi en fut désespéré et, ironie tragique, il fut
assassiné par un fanatique. Mais l'Inde, grâce à lui,
est aujourd'hui indépendante – c'est la plus grande
démocratie du monde.

La décolonisation eut pour conséquence l'apparition du Tiers Monde, c'est-à-dire que les anciennes
colonies, ayant acquis leur indépendance en Asie, en
Afrique, en Amérique latine formèrent un bloc, une
union d'ailleurs plutôt lâche. Le Tiers Monde avait
évidemment une coloration anti-occidentale puisque
de l'Occident venaient les puissances coloniales. Il
eut ses ténors, le Premier ministre de l'Inde, Nehru,
le maître de Cuba, Fidel Castro, le « libérateur »
d'Indonésie Soekarno et surtout Nasser, le tyran de
l'Égypte devenu l'idole des Arabes pour avoir osé
défier l'Occident. L'Occident avait d'ailleurs réagi,
France et Angleterre, avec Israël, avaient attaqué
l'Égypte. Ils étaient en train de gagner une guerre

éclair lorsque l'Union soviétique se fit menaçante et, surtout, les États-Unis intimèrent aux Occidentaux d'arrêter. Irréparable fut l'humiliation subie par la France et l'Angleterre dont Nasser put s'affirmer le vainqueur.

Les pays du Tiers Monde tenaient des conférences, en particulier celle de Bandung en Indonésie où se réunirent toutes les nations hormis l'Occident pour déblatérer contre ce même Occident. Ce Tiers Monde se présentait comme une troisième force entre l'Amérique et l'Union soviétique. Vis-à-vis de celle-ci, toujours plus menaçante, le Tiers Monde se montrait plus timide, surtout s'il en recevait l'aide économique. Cependant, le Tiers Monde aurait bien voulu s'en détacher tout autant que de l'Amérique.

Le Tiers Monde, qui était apparu comme une force importante et prometteuse, se dilua sans qu'on sache trop comment. Les ténors se turent ou moururent, les États du Tiers Monde ne s'entendirent plus ou plutôt s'occupèrent de leurs intérêts personnels. Bref, il finit par ne plus former un élément important en tant que tel.

Alors apparut l'Islam ou plutôt le renouveau de l'Islam, principalement au Moyen-Orient. Depuis des siècles l'Islam arabe restait plutôt tranquille. Mais la création d'Israël à la fin de la Seconde Guerre mondiale constitua une énorme bombe à retardement. D'un côté, on ne pouvait refuser au peuple juif d'avoir une terre pour se poser après avoir été pour-

chassé pendant des millénaires et avoir été forcé
d'errer d'un pays à l'autre. On ne pouvait pas non
plus s'opposer à ce que ce peuple retrouve sa terre
historique, c'est-à-dire la Palestine. Cependant, la
création d'Israël libéra des démons sans nombre. Ce
minuscule État, fiché dans un coin de la Méditerranée qui n'a ni intérêt stratégique, ni richesses, ni ressources naturelles jusqu'à la découverte toute récente
de réserves de gaz, est devenu l'axe de la politique
mondiale, le moteur de l'Islamisme et l'arbitre qui
décide de la guerre ou de la paix.

Un événement aux conséquences incalculables survint que, jamais, je n'aurais cru voir de mon vivant :
l'effondrement de l'empire soviétique et la disparition du Rideau de Fer. À la fin du second conflit
mondial, lors des discussions pour la paix, alors
que des Occidentaux insistaient sur l'importance du
pape, Staline, avec un gros rire, avait répondu : « Et
de combien de divisions dispose-t-il ? » Cependant,
ce fut un pape, le Polonais, qui sans troupes réussit
à miner l'empire soviétique. On ne peut nier que
cette transformation spectaculaire débuta en Pologne,
avec les syndicats de Lech Walesa, encouragés par le
pape polonais. Ensuite, le mouvement se répandit
aux autres pays satellites de l'empire soviétique et
atteignit son cœur même. Désormais, les États-Unis
n'avaient plus de concurrents, ils demeuraient le seul
empire mondial.

Je me trouvais en avion lorsque j'appris la chute du
Rideau de Fer. Je tressaillis de joie, je me sentis pro-

fondément ému à l'idée de ces pays de l'Europe de l'Est enfin libérés, à ces millions de Russes qui ne souffriraient plus du régime communiste. L'aurore d'un monde nouveau se levait. Et monde nouveau il y eut. Hélas, pas du tout celui que j'attendais ni celui que j'espérais…

POSTFACE

L'Histoire, loin d'être un domaine immuable, figé dans un passé mort, est plus vivante que jamais. D'abord du fait des découvertes constantes et essentielles, que ce soit dans des archives ou dans des sites archéologiques, découvertes qui altèrent la vision qu'on avait d'un personnage, d'un fait, d'une époque ou de l'Histoire même. La preuve : lorsque je commençai à rédiger cet ouvrage, je soupçonnais, ainsi que je l'ai écrit, que l'Histoire pouvait être beaucoup plus ancienne qu'on ne le croyait. Lorsque je termine cet ouvrage, une preuve en a été apportée. Cette preuve a un nom, Göbekli, un lieudit au sud-est de la Turquie. On soupçonnait depuis longtemps qu'il recelait des antiquités, probablement byzantines, peut-être hellénistiques. Sur les indications d'un paysan, l'archéologue allemand en charge creusa. Il vit et il comprit aussitôt, comme lui-même le raconte : « En un instant, j'eus devant moi le choix. Ou je refermais la terre ou je passerais ma vie ici. » Il choisit la seconde solution. Ce qu'il venait de découvrir était une très grande stèle, richement sculptée d'animaux, dont le style n'évoquait aucune civilisation connue. Les fouilles alentour révélèrent un nombre considérable de stèles semblables, témoignages d'un art très sophistiqué. Ces stèles formaient des cercles de plus en plus vastes, certainement dédiées au culte. La révélation sensationnelle, ce fut la datation de ces stèles. Indubitablement, elles remontaient à onze mille ans, c'est-à-dire au moins cinq mille ans avant les tout premiers témoignages de l'Art égyptien. Soudain, l'Histoire reculait dans le temps d'une façon spectaculaire. Qui étaient ces hommes qui avaient édifié de pareils monuments ? Nul ne le sait encore, mais déjà on a découvert des idoles d'un art et d'une ancienneté équivalents dans la ville toute proche d'Urfa, autrefois Edesse, ainsi que des sites portant des monuments similaires sur des cercles concentriques de plus en plus larges atteignant trois cents kilomètres de diamètre avec pour centre Göbekli. C'est là un chapitre entièrement nouveau, entièrement inédit qui pourrait révolutionner toutes les données…

L'interprétation de l'Histoire varie constamment pour cause politique. Pour qu'elle soit à ce point et d'une façon aussi indécente utilisée sans vergogne, c'est qu'elle se révèle très utile aux politiciens. Dans son silence millénaire, elle ne demande pourtant qu'une chose : impartialité et justice, ce qui lui est de moins en moins accordé. Selon les opinions d'un parti, d'un gouvernement, d'une nation, on inverse l'aspect des choses, on supprime des chapitres entiers, on en exhume d'autres. Au nom d'un manichéisme créé de toutes pièces, on condamne à l'enfer ou au paradis tel ou tel personnage ou alors on les jette dans la fosse profonde de l'oubli.

En Russie, les Soviets plongèrent dans un trou noir pendant des décennies un passé qui allait de la mort du tsar Alexandre Ier à la révolution de 1917. Ils avaient conservé jusqu'au moindre souvenir des tsars mais il n'y avait plus de tsars, ils n'existaient plus dans l'enseignement, dans les guides touristiques. Sitôt le Rideau de Fer tombé, on s'était empressé de les exhumer et de les remettre sur le piédestal. On alla plus loin. Du dernier tsar Nicolas II, jusqu'alors traité de tyran sanguinaire, on fit un saint.

La révolution culturelle, nous l'avons vu, a éradiqué le passé impérial de la Chine. Bien entendu, quelques monuments demeurent parmi les milliers qui ont été détruits mais le pire, c'est que ce glorieux passé a disparu du savoir chinois dont les meilleurs experts se trouvent aujourd'hui à l'étranger.

La partialité et la passion avec lesquelles on juge tel événement lointain dans le temps ou la violence avec laquelle on défend tel point de vue historique prouvent l'importance de l'Histoire, l'importance du passé sur le présent.

Ceux qui tâchent d'aborder l'Histoire avec impartialité pour y trouver une vérité rencontrent un corps vivant, qui respire, qui réagit, qui abonde en surprises, en nouveautés, qui passionne, exalte et comble.

Lorsque je raconte l'Histoire à ma façon, certains ont l'amabilité de me complimenter et de m'affirmer que je sais la rendre intéressante. « Ce n'est pas comme ça qu'on nous a appris l'Histoire à l'école. En classe, c'était assommant. » En fait, l'amour de l'Histoire vient de la façon dont on l'apprend. Les dates m'ennuient, les batailles ne m'intéressent pas. Je préfère les dessous de cartes, les coulisses qui révèlent la personnalité des acteurs. Sous chaque pierre de l'Histoire, il y a l'humain, toujours passionnant.

À étudier l'Histoire, on peut se demander si l'humanité progresse. Certes, elle avance, positivement dans nombre d'époques, nombre de pays et nombre de domaines mais dans d'autres, non seulement elle a stagné, mais elle a fortement reculé.

La connaissance a fait des bonds en arrière avec l'arrivée du christianisme comme la foi sincère et lumineuse a régressé avec le règne du positivisme. Des fanatiques barbares détruisent le Bouddha du Bâmiyân, symbole de la tolérance, de la douceur, de l'humanité, au moment même où la technologie fait des découvertes inimaginables.

La progression de l'humanité me fait penser à un électrocardiogramme. Sur un papier, une ligne zigzague sans arrêt, tantôt elle monte, tantôt elle descend, tantôt les écarts sont très forts, tantôt ils sont très faibles. Tel est pour moi le cours de l'Histoire.

L'Histoire ne s'arrête pas, elle se poursuit, elle s'écrit chaque jour, chaque minute. Il n'y a pas de passé, il y a un présent continu. Aussi, pour bien comprendre ce qui arrive autour de nous, faut-il se plonger dans ce qui s'est passé.

Et si l'on essaie de trouver un sens à l'Histoire, il faut chercher en nous.

Le sens de la vie de chacun, tel est le sens de l'Histoire.

REMERCIEMENTS

Je remercie vivement Renaud Dozoul qui m'a amicalement et efficacement assisté dans l'élaboration de cet ouvrage.

Je remercie chaleureusement Jean-Louis Bachelet dont la relecture attentive du manuscrit de ce livre, la culture prodigieuse et le jugement pertinent m'ont amplement aidé.

Enfin, Marina reçoit comme toujours ma reconnaissance la plus profonde pour ses critiques perçantes et justes.

Table

Michel de Grèce
Dans Le Livre de Poche

Le Rajah Bourbon   n° 31008

« Il existait en Bourbonnais une tradition
au dire de laquelle le Connétable de
Bourbon avait laissé un fils, qui avait été
envoyé aux Indes pour le soustraire aux
rancunes de François Ier... » (*Annales
bourbonnaises*, 1892). Qui mieux que
Michel de Grèce pouvait, avec sa
connaissance intime de l'Histoire et son
inimitable talent de conteur, nous faire
découvrir le destin de ce héros oublié ? Voici l'histoire fabuleuse et inédite de Jean de Bourbon, héritier du trône de
France, devenu Rajah indien.

Le Vol du Régent   n° 31710

Paris, septembre 1792. Le garde-meuble
de la place de la Concorde abrite les
joyaux de la couronne. Plus de dix mille
pierres précieuses, dont le célèbre
Régent, le plus gros diamant du monde,
sont là, à portée de main... Une bande de
brigands, avec à leur tête un gentleman
escroc et une espionne anglaise, va tenter
le casse du millénaire. Les corruptions au

plus haut sommet de l'État leur réserveront bien des surprises... En puisant aux sources d'archives méconnues, Michel de Grèce nous conte la plus rocambolesque des enquêtes policières, tout à la fois roman d'amour, roman d'espionnage et fresque palpitante du Paris révolutionnaire.

Le Livre de Poche s'engage pour
l'environnement en réduisant
l'empreinte carbone de ses livres.
Celle de cet exemplaire est de :
500 g éq. CO_2
Rendez-vous sur
www.livredepoche-durable.fr

PAPIER À BASE DE
FIBRES CERTIFIÉES

Composition réalisée par NORD COMPO

Achevé d'imprimer en février 2014 en France par
CPI BRODARD ET TAUPIN
La Flèche (Sarthe)
N° d'impression : 3004222
Dépôt légal 1re publication : mars 2014
LIBRAIRIE GÉNÉRALE FRANÇAISE
31, rue de Fleurus – 75278 Paris Cedex 06

31/7662/5